Uma noite para se entregar

Copyright © 2011 Eve Ortega
Copyright © 2015 Editora Gutenberg

Título original: *A Night to Surrender*

Todos os direitos reservados pela Editora Gutenberg. Nenhuma parte desta publicação poderá ser reproduzida, seja por meios mecânicos, eletrônicos, seja via cópia xerográfica, sem a autorização prévia da Editora.

EDITORA
Silvia Tocci Masini

EDITORES ASSISTENTES
Felipe Castilho
Nilce Xavier

ASSISTENTES EDITORIAIS
Andresa Vidal Branco
Carol Christo

REVISÃO
Monique D'Orazio

CAPA
Diogo Droschi

DIAGRAMAÇÃO
Christiane Morais

Dados Internacionais de Catalogação na Publicação (CIP)
Câmara Brasileira do Livro, SP, Brasil

Dare, Tessa

Uma noite para se entregar / Tessa Dare ; tradução A C Reis -- 1. ed.; 3. reimp. -- Belo Horizonte : Editora Gutenberg, 2018.

Título original: *A Night to Surrender*

ISBN 978-85-8235-249-6

1. Ficção histórica 2. Romance norte-americano I. Título.

15-01300   CDD-813

Índices para catálogo sistemático:
1. Romances históricos : Literatura
norte-americana 813

A **GUTENBERG** É UMA EDITORA DO **GRUPO AUTÊNTICA**

São Paulo
Av. Paulista, 2.073,
Conjunto Nacional, Horsa I
23º andar . Conj. 2310-2312 .
Cerqueira César . 01311-940
São Paulo . SP
Tel.: (55 11) 3034 4468

Belo Horizonte
Rua Carlos Tuner, 420
Silveira . 31140-520
Belo Horizonte . MG
Tel.: (55 31) 3465 4500

Rio de Janeiro
Rua Debret, 23, sala 401
Centro . 20030-080
Rio de Janeiro . RJ
Tel.: (55 21) 3179 1975

www.editoragutenberg.com.br

~ Série Spindle Cove • Livro 1 ~

Tessa Dare

Uma noite para se entregar

3ª reimpressão

Tradução: A C Reis

Capítulo Um

Sussex, Inglaterra
Verão de 1813

Bram encarou um par de olhos escuros e arregalados. Olhos que refletiam uma surpreendente centelha de inteligência. Aquela poderia ser a fêmea rara com quem um homem conseguia argumentar.

"Agora, atenção", disse ele. "Nós podemos fazer isto da forma mais fácil ou podemos dificultar tudo."

Bufando suavemente, ela virou a cabeça. Era como se ele tivesse deixado de existir.

Bram apoiou seu peso na perna boa, sentindo o golpe em seu orgulho. Ele era um tenente-coronel do Exército Britânico e, com mais de um metro e oitenta de altura, diziam que compunha uma figura impressionante. Normalmente, bastava um olhar enviesado de sua parte, para suprimir qualquer tentativa de desobediência. Não estava acostumado a ser ignorado.

"Escute bem o que vou dizer." Ele deu um puxão forte na orelha dela e engrossou a voz para que ficasse mais ameaçador. "Se sabe o que é melhor para você, vai fazer o que estou dizendo."

Embora ela não pronunciasse nenhuma palavra, sua resposta era clara: *que tal você admirar meu grande traseiro lanoso?*

Maldita ovelha.

"Ah, o interior da Inglaterra. Tão encantador. Tão... perfumado." Colin aproximou-se, despido de seu refinado casaco londrino, afundado até a cintura em um rio de lã. Enxugando com um lenço o brilho da transpiração de sua têmpora, perguntou: "Imagino que isso signifique que não possamos simplesmente voltar?".

À frente deles, um garoto que empurrava um carrinho derrubou sua carga, espalhando milho por toda a estrada. Era um almoço grátis em que todos os carneiros e ovelhas de Sussex estavam presentes. Um tropel imenso de ovelhas agitava-se e balia ao redor do infeliz garoto, deliciando-se com os grãos derramados e obstruindo completamente o caminho das carroças de Bram.

"Será que conseguimos fazer os animais recuarem?", perguntou Colin. "Talvez possamos dar a volta, encontrar outro caminho."

Bram gesticulou, mostrando o cenário à volta deles.

"Não *existe* outro caminho."

Estavam parados no meio da estradinha de terra que passava por um tipo de vale estreito e tortuoso. De um lado, elevava-se um barranco repleto de arbustos e, do outro, dezenas de metros de brejo separavam a estrada de imensas falésias. Abaixo delas – *bem* abaixo – estava o brilhante mar turquesa. Se o ar estivesse razoavelmente seco e claro, e se Bram apertasse os olhos na direção da fina linha azul no horizonte, poderia ver a costa norte da França.

Tão perto. Ele chegaria lá. Não naquele dia, mas em breve. Tinha uma tarefa a cumprir naquela região e, quanto antes a concluísse, tanto antes poderia voltar ao seu regimento. Nada poderia detê-lo.

A não ser ovelhas. Maldição. Parecia que as ovelhas eram capazes de detê-lo.

"Eu cuido delas", disse uma voz grossa.

O cabo Thorne juntou-se a eles. Bram olhou para o lado e viu o gigantesco suboficial levantando o rifle.

"Não podemos simplesmente atirar nelas, Thorne."

Obediente como sempre, Thorne baixou a arma.

"Eu tenho meu sabre. Afiei a lâmina ontem à noite."

"Também não podemos fatiá-las."

Thorne deu de ombros.

"Estou com fome."

Sim, esse era Thorne: direto, prático e impiedoso.

"Estamos todos com fome." O estômago de Bram roncou em apoio àquela declaração. "Mas abrir caminho é nosso objetivo no momento, e é mais difícil mover ovelhas mortas que vivas. Temos que empurrá-las para o lado."

Thorne baixou o cão de seu rifle, desarmando-o, e então, com um movimento ágil, virou a arma e bateu a coronha contra um flanco lanoso.

"Mexa-se, ovelha maldita."

O animal arrastou-se alguns passos barranco acima, empurrando seus companheiros na mesma direção. Mais atrás, os condutores das carroças fizeram seus animais avançarem e logo acionaram novamente os freios, para aproveitar aqueles poucos centímetros que haviam conquistado.

As duas carroças transportavam suprimentos para reequipar o regimento de Bram: mosquetes, balas, granadas, lã e branqueador para os uniformes. Ele não poupava despesas e *faria* com que subissem aquela colina. Mesmo que levasse o dia todo e que cada passo provocasse dores excruciantes da coxa à canela. Seus superiores achavam que ele não estava recuperado o bastante para reassumir o comando de campo. Bram provaria que estavam errados. Um passo de cada vez.

"Isto é absurdo", resmungou Colin. "Neste ritmo vamos chegar na próxima terça-feira."

"Pare de falar e comece a agir." Bram empurrou uma ovelha com o pé, franzindo o rosto ao fazê-lo. Com a perna já acabando com ele, a última coisa de que necessitava era um incômodo, mas era exatamente isso que havia herdado, junto com as contas e posses de seu pai: a responsabilidade pelo primo vagabundo, Colin Sandhurst, Lorde Payne.

Bateu no flanco de outra ovelha, o que lhe valeu um balido indignado e mais alguns centímetros.

"Tive uma ideia", disse Colin.

Bram grunhiu; aquilo não era uma surpresa. Adultos, ele e Colin eram pouco mais que estranhos; mas, durante os poucos anos em que conviveram em Eton, seu primo mais novo sempre estava cheio de ideias. Ideias que o deixaram afundado até as canelas em excremento. Literalmente, em pelo menos uma ocasião.

Colin olhou de Bram para Thorne e de novo para o primo, com os olhos aguçados.

"Eu lhes pergunto, cavalheiros, nós temos ou não uma grande quantidade de pólvora preta?"

"Tranquilidade é a alma da nossa comunidade."

A menos de quinhentos metros de distância, Susanna Finch estava sentada na sala decorada com cortinas de renda da Queen's Ruby, uma pensão para moças de fino trato. Com ela, conversavam as possíveis novas moradoras do local, a Sra. Highwood e suas três filhas solteiras.

"Aqui em Spindle Cove as moças desfrutam de uma atmosfera salutar, de aperfeiçoamento." Susanna apontou para um grupo de jovens que, reunidas junto à lareira, bordavam empenhadas. "Está vendo? O retrato da boa saúde e do refinamento."

Em sincronia, as moças ergueram os olhos do trabalho e sorriram contida e placidamente.

Excelente. Ela fez um meneio aprovando com a cabeça.

Normalmente, as moças de Spindle Cove nunca desperdiçariam uma tarde tão linda bordando dentro de casa. Estariam passeando pelo campo, tomando banho de mar na enseada ou escalando as falésias. Mas em dias como aquele, quando novas visitantes chegavam à vila, todas compreendiam que certo nível de decoro era necessário. Susanna se permitia uma mentirinha inocente quando se tratava de salvar a vida de uma jovem.

"A senhora aceita mais chá?", perguntou ela, ao receber um bule cheio da Sra. Nichols, a idosa proprietária da pensão. Se a Sra. Highwood observasse as moças atentamente, talvez reparasse nas moderadas obscenidades gaélicas que Kate Taylor bordava ou que na agulha de Violet Winterbottom nem mesmo tinha linha.

A Sra. Highwood fungou. Embora o dia estivesse agradável, ela se abanava com vigor.

"Bem, Srta. Finch, talvez este lugar possa fazer bem à minha Diana." Ela olhou para a filha mais velha. "Já consultei os melhores médicos, tentei muitos tratamentos. Até a levei para Bath, em busca de cura."

Susanna aquiesceu, compreensiva. Pelo que havia entendido, Diana Highwood sofria de ataques de asma desde pequena. Com cabelo louro e um sorriso que formava uma linha rosada, a mais velha das irmãs era belíssima. Sua saúde frágil havia atrasado o que teria sido um debute deslumbrante. Contudo, Susanna suspeitava fortemente de que eram todos aqueles médicos e tratamentos que mantinham a jovem doente.

Ela abriu um sorriso acolhedor para Diana.

"Estou certa de que uma temporada em Spindle Cove será muito benéfica para a saúde da Srta. Highwood. Aliás, muito benéfica para todas vocês."

Nos últimos anos, Spindle Cove tonou-se o destino preferido de certo tipo de moça bem-nascida: o tipo com que ninguém sabia como lidar, que incluía as doentes, as escandalosas e as terrivelmente tímidas; esposas jovens desencantadas com o matrimônio e garotas encantadas *demais* pelo homem errado... Todas elas eram levadas até ali por seus guardiães, para quem representavam um problema, na esperança de que o ar marítimo pudesse curá-las de suas aflições.

Única filha do único cavalheiro do local, Susanna era, por definição, a anfitriã da vila. Susanna sabia o que fazer com aquelas jovens inconvenientes com quem ninguém sabia como lidar. Ou melhor, sabia o que *não* fazer. Nenhuma "cura" era necessária. Não precisavam de médicos enfiando agulhas em suas veias, nem de professoras velhas criticando sua dicção. Precisavam apenas de um lugar para si mesmas.

Spindle Cove era esse lugar.

A Sra. Highwood agitou seu leque.

"Sou uma viúva sem filhos homens, Srta. Finch. Uma das minhas filhas precisa de um bom casamento, e logo. Eu tinha muita esperança na Diana, linda como ela é, mas se não ficar mais forte até a próxima temporada…" Ela acenou desdenhosamente na direção de sua filha do meio, um contraste moreno, de óculos, em meio às irmãs louras. "Não vou ter escolha senão tentar com a Minerva."

"Mas Minerva não liga para os homens", disse a jovem Charlotte. "Ela prefere terra e rochas."

"Isso é chamado de Geologia", disse Minerva. "É uma ciência."

"E a garantia de ficar solteirona, isso sim! Garota anormal. Sente-se ereta na cadeira, ao menos." A Sra. Highwood suspirou e se abanou com mais força. Olhou para Susanna, e disse: "Não tenho esperança nela, na verdade. É por isso que Diana precisa ficar boa, a senhorita compreende. Consegue imaginar Minerva na sociedade?".

Susanna apertou o lábio para segurar o riso ao imaginar, com facilidade, a cena. Provavelmente seria semelhante ao seu próprio debute. Assim como Minerva, ela esteve absorvida em atividades não adequadas a uma dama, e naquilo que dizia respeito ao universo feminino ela era um desastre. Nos bailes, era ela a amazona sardenta no canto, que ficaria satisfeita em permanecer invisível, caso a cor de seu cabelo permitisse.

Quanto aos cavalheiros que tinha conhecido… nenhum deles conseguiu arrebatá-la. Para dizer a verdade, nenhum deles havia se esforçado muito para tanto.

Ela afastou do pensamento aquelas lembranças incômodas. Aquela época havia ficado para trás.

O olhar da Sra. Highwood recaiu sobre um livro no canto da mesa.

"Fico satisfeita por perceber que a senhorita mantém o livro da Sra. Worthington à mão."

"Ah, sim", respondeu Susanna, alcançando o volume azul encadernado em couro. "A senhora vai encontrar cópias de *A Sabedoria da Sra. Worthington* espalhadas por toda a vila. Nós o consideramos um livro muito útil."

"Ouviu isso, Minerva? Seria muito bom que você o decorasse." Quando Minerva revirou os olhos, a Sra. Highwood disse: "Charlotte, abra-o agora. Leia o início do Capítulo Doze".

Charlotte pegou o livro e o abriu, então limpou a garganta e leu em voz alta e dramática:

"'Capítulo Doze. Os perigos do excesso de estudo. O intelecto de uma moça deve ser, em todos os aspectos, igual a sua roupa de baixo: atual, imaculada e imperceptível para o observador.'"

A Sra. Highwood pigarreou.

"Sim. Isso mesmo. Ouça e acredite, Minerva. Ouça e acredite em cada palavra. Como a Srta. Finch disse, você vai ver que esse livro é muito útil."

Susanna bebericou seu chá, engolindo um bolo amargo de indignação. Ela não era uma pessoa colérica ou ressentida normalmente, mas quando provocada, suas paixões exigiam um esforço admirável para serem contidas.

Aquele livro a provocava enormemente.

A Sabedoria da Sra. Worthington para Moças era a perdição das garotas sensatas em todo o mundo, abarrotado de conselhos insípidos e danosos em todas as páginas. Susanna se deliciaria em esmagar suas folhas com almofariz e pilão, e colocar o pó resultante em um frasco com rótulo de caveira, que guardaria na prateleira mais alta de seu armário de ervas, ao lado de folhas secas venenosas e tóxicas.

Em vez disso, assumiu a missão de retirar de circulação o maior número possível de cópias. Um tipo de quarentena. Antigas residentes da Queen's Ruby enviavam exemplares daquela obra a partir de todos os cantos da Inglaterra. Não se podia entrar em um aposento de Spindle Cove sem encontrar uma cópia, ou três, de *A Sabedoria da Sra. Worthington*. E exatamente como Susanna disse à Sra. Highwood, elas achavam mesmo o livro muito útil. Seu tamanho era perfeito para manter uma janela aberta. Também era um excelente peso de porta ou de papel. Susanna usava as cópias que tinha para amassar ervas ou, às vezes, para tiro ao alvo.

Ela esticou o braço para Charlotte.

"Posso?", pegando o livro da mão da garota, ela o ergueu bem alto. Então, com um movimento rápido, usou-o para esmagar um mosquito incômodo. Com um sorriso calmo, colocou o livro sobre a mesa de canto. "Realmente, é muito útil."

"Elas não vão saber o que as acertou." Com o salto da bota, Colin apertou um torrão sobre a primeira carga de pólvora.

"Nada irá atingi-las", disse Bram. "Não estamos usando projéteis."

A última coisa de que precisavam eram estilhaços voando por todos os lados. As cargas preparadas eram inofensivas; pólvora preta embrulhada em papel, para fazer um pouco de barulho e uma pitada de terra.

"Tem certeza de que os cavalos não irão disparar?", perguntou Colin, enquanto desenrolava um pedaço de pavio de queima lenta.

"Estes animais são de cavalaria. Insensíveis a explosões. As ovelhas, por outro lado..."

"Irão se espalhar como moscas." Colin soltou um sorriso despreocupado. "Imagino que sim."

Bram sabia que bombardear as ovelhas era imprudente, impulsivo e completamente estúpido, assim como todas as ideias de infância do seu primo. Claro que deviam existir soluções melhores e mais eficientes, que não envolviam pólvora preta, para uma barricada de ovelhas.

Mas o tempo passava, e Bram estava impaciente, por vários motivos, para retomar a viagem. Havia oito meses, uma bala de chumbo atravessou seu joelho direito, despedaçando sua vida. Ele passou meses em uma cama de hospital, depois várias semanas rangendo e gemendo pelos corredores como um fantasma que arrastava correntes. Certos dias, durante sua convalescência, Bram tinha certeza de que *ele* iria explodir.

E agora ele estava muito perto – pouco menos de dois quilômetros – de Summerfield e de Sir Lewis Finch. Menos de dois quilômetros de reconquistar seu comando. Ele se recusava a ser impedido por um rebanho de ovelhas comilonas, cujas barrigas provavelmente explodiriam, se não fossem espantadas para longe daquele milho.

Uma explosão bela era tudo que precisavam naquele momento.

"Assim está bom", anunciou Thorne, ao inserir a última carga no topo da colina. Conforme voltava abrindo caminho em meio às ovelhas, acrescentou: "Está tudo liberado mais adiante. Pude ver à distância".

"Existe uma vila aqui perto, não é?", perguntou Colin. "Deus, diga-me que existe uma vila."

"Sim, existe", respondeu Bram, guardando a pólvora não usada. "Eu vi no mapa. Spin-qualquer-coisa Bay, ou Sei-lá Harbor... Não lembro bem."

"Pouco me importa o nome", disse Colin. "Desde que tenha uma taverna e um pouco de civilização. Deus, eu odeio o campo!"

"Deu pra ver a vila", disse Thorne. "Logo depois da colina."

"Não é encantadora, é?" Colin ergueu a sobrancelha enquanto pegava o isqueiro. "Eu odiaria se fosse encantadora. Prefiro uma vila sombria, duvidosa, cheia de maus costumes. Vida saudável me causa arrepios."

O cabo olhou, imperturbável, para ele.

"Não sei dizer se é encantadora, milorde."

"Certo. Dá para perceber", murmurou Colin, que em seguida triscou o fogo e acendeu um pavio. "Tudo pronto!"

"Srta. Finch, que vila encantadora." Diana Highwood juntou as mãos.

"É o que achamos." Sorrindo com modéstia, Susanna conduziu as visitantes até a praça da vila. "Aqui nós temos a igreja de Santa Úrsula, um valioso exemplo de arquitetura medieval. É claro que a praça em si é linda." Ela evitou mostrar o campo gramado que usavam para jogar críquete e boliche de grama, e rapidamente afastou a Sra. Highwood, para que ela não visse o par de pernas com meias pendurado em uma das árvores. "Veja aquilo." Ela apontou um amontoado de torres e arcos de pedra sobre a falésia rochosa. "São as ruínas do Castelo Rycliff. É uma paisagem excelente para desenhar e pintar."

"Oh, como é romântico", suspirou Charlotte.

"Parece decadente", disse a Sra. Highwood.

"Mas não é. Dentro de um mês, o castelo abrigará nosso Festival de Verão. Famílias de dez paróquias virão, algumas muito distantes, como Eastbourne. Nós, mulheres, vestimos roupas medievais, e meu pai fará uma exibição para as crianças da região. Ele coleciona armaduras antigas, sabe. Entre outras coisas."

"Que ideia maravilhosa", disse Diana.

"É o ponto alto do nosso verão."

Minerva olhava fixamente para as falésias.

"Qual a composição dessas rochas, arenito ou calcário?"

"Hum... arenito, eu acho." Susanna desviou a atenção delas para uma fachada com venezianas vermelhas do outro lado da rua. Floreiras de janela transbordavam flores, enquanto um cartaz com letras douradas balançava silenciosamente ao vento. "E essa é a Casa de Chá. O Sr. Fosbury, o proprietário, faz bolos e doces que fariam bonito em qualquer doceria de Londres."

"Bolos?" A Sra. Highwood apertou a boca de modo desagradável. "Espero que vocês não se permitam um excesso de doces."

"Oh, não", mentiu Susanna. "Raramente."

"Diana foi rigorosamente proibida de cometer exageros. E receio que aquela ali tenha propensão à corpulência.", e apontou para Minerva.

Com a afronta da mãe, Minerva baixou os olhos, como se estivesse estudando atentamente as pedras debaixo de seus pés. Ou como se implorasse ao chão que a engolisse por inteiro.

"*Minerva!*", ralhou a mãe. "Postura!"

Susanna passou o braço pela cintura da moça, mostrando seu apoio.

"Nós temos o clima mais ensolarado de toda a Inglaterra, será que eu mencionei isso? O correio passa por aqui duas vezes por semana. Vocês estariam interessadas em conhecer as lojas?"

"Lojas? Só vejo uma."

"Bem, é verdade. Só temos uma, mas ela é o suficiente, como a senhora verá. A loja *Tem de Tudo* da Sra. Bright realmente tem tudo que uma jovem pode querer comprar."

A Sra. Highwood passou os olhos pela rua.

"Onde fica o médico? Diana precisa de um médico por perto o tempo todo, para fazer sangria quando ela tem seus ataques."

Susanna franziu o rosto. Não era de admirar que Diana nunca conseguisse recuperar integralmente sua saúde. Que prática inútil, horrível, a sangria. Um "tratamento" com maior possibilidade de tirar a vida do que preservá-la. Tratamento que a própria Susanna mal sobreviveu. Por força de hábito, ela passou as mãos por suas luvas compridas, que iam até os cotovelos. As costuras irritavam as feridas cicatrizadas que as luvas escondiam.

"Temos um cirurgião na cidade ao lado", disse ela. Um cirurgião que ela não deixaria se aproximar do gado, muito menos de uma moça. "E, em nossa vila, temos uma farmacêutica muito competente." Desejou que a mulher não fizesse perguntas muito detalhadas a respeito.

"E quanto aos homens?", perguntou a Sra. Highwood.

"Homens?", ecoou Susanna. "O que há com eles?"

"Com tantas jovens de berço e solteiras residindo aqui, vocês não são atacadas por caçadores de fortuna? Eles eram numerosos em Bath, todos atrás do dote da minha Diana. Como se ela fosse se casar com algum terceiro filho de fala melosa."

"Definitivamente não, Sra. Highwood." Desta vez, Susanna não precisava inventar. "Não existem devassos endividados nem oficiais ambiciosos por aqui. De fato, há poucos homens em Spindle Cove. Além do meu pai, apenas comerciantes e criados."

"Eu não sei...", suspirou a Sra. Highwood, ao observar a vila mais uma vez. "É tudo tão comum... não é mesmo? Minha prima, Lady Agatha, falou-me de um novo balneário em Kent. Banhos minerais, tratamentos purgativos. Ela acredita muito na cura pelo mercúrio."

Susanna sentiu o estômago apertar. Se Diana Highwood fosse para um lugar como aquele, poderia ser realmente seu fim.

"Por favor, Sra. Highwood. Não podemos subestimar os benefícios para a saúde do ar marítimo e do sol."

Charlotte desviou seu olhar do castelo em ruínas rapidamente e pediu: "Vamos ficar, mamãe. Eu quero participar do Festival de Verão."

"Eu acredito que já estou me sentindo melhor", disse Diana, inspirando profundamente.

Susanna saiu de perto de Minerva e se aproximou da matriarca ansiosa. A Sra. Highwood podia ser aquele tipo de mãe desorientada, exagerada, mas obviamente amava suas filhas e queria, de coração, fazer o que fosse melhor para elas.

Bem, Susanna poderia confortá-la com sinceridade. As três irmãs Highwood precisavam daquele lugar. Diana necessitava de uma folga dos tratamentos de médicos charlatães, Minerva precisava de uma chance de ir atrás de seus interesses sem ser repreendida, e a jovem Charlotte precisava, apenas, de um lugar para ser uma garota, para esticar suas pernas e soltar sua imaginação.

E Susanna precisava das Highwood, por razões que não conseguia explicar. Ela não tinha como voltar no tempo e desfazer as desgraças de sua própria juventude, mas podia ajudar a poupar outras jovens do mesmo tormento, e isso era o melhor a fazer por si mesma.

"Confie em mim, Sra. Highwood", disse ela, pegando a mão da mulher. "Spindle Cove é o lugar perfeito para as férias de verão das suas filhas. Prometo-lhe que aqui elas ficarão saudáveis, felizes e perfeitamente seguras."

Bum!!! Uma explosão distante trovejou no ar. As costelas de Susanna tremeram com a força do baque.

A Sra. Highwood segurou o chapéu com a mão enluvada.

"Minha nossa. Isso foi uma explosão?"

Raios, raios, raios! Tudo estava indo tão bem.

"Srta. Finch, a senhorita acabou de dizer que este lugar é seguro."

"Ah, mas é..." Susanna exibiu-lhes seu sorriso mais reconfortante. "É sim. Sem dúvida trata-se apenas de um navio no Canal, soando seu canhão sinalizador."

Ela sabia muito bem que não havia nenhum navio. Aquela explosão só podia ser coisa do seu pai. Quando jovem, Sir Lewis Finch havia sido um celebrado inventor de armas de fogo e artilharia. Suas contribuições ao exército britânico conquistaram-lhe admiração, influência e uma fortuna considerável. Mas após os incidentes com o canhão experimental, ele havia prometido a Susanna que desistiria de conduzir testes de campo.

Ele prometeu!

Conforme elas avançavam pela rua, um estrondo baixo, sinistro, enchia o ar.

"O que é esse barulho?", perguntou Diana.

Susanna fingiu inocência.

"Que barulho?

"*Esse* barulho", disse a Sra. Highwood.

O estrondo ganhava força a cada segundo. As pedras do pavimento vibravam sob suas sandálias de salto. A Sra. Highwood fechou os olhos com força e soltou um gemido lamurioso.

"Ah, *esse* barulho", disse Susanna despreocupadamente, conduzindo as Highwood pela rua. Se conseguisse levá-las para dentro de casa... "Esse barulho não é nada com que devamos nos preocupar. Ouvimos isso por aqui o tempo todo. Acasos do clima."

"Isso não pode ser um trovão", disse Minerva.

"Não. Não, não se trata de trovão. É um... fenômeno atmosférico causado por rajadas intermitentes de..."

"Ovelhas!", exclamou Charlotte, apontando para o outro lado da rua.

Um rebanho de animais lanosos enlouquecidos irrompia pelo antigo arco de pedra e entrava na vila, afunilando-se pela rua estreita e aproximando-se delas.

"Ah, sim", murmurou Susanna. "Precisamente isso. Rajadas intermitentes de ovelhas."

Ela fez suas hóspedes atravessarem a rua e todas se abrigaram no pórtico da loja *Tem de Tudo*, enquanto as ovelhas em pânico passavam. O coro de balidos agitados castigava seus tímpanos.

Caso seu pai tivesse só se machucado, ela iria matá-lo.

"Não há motivo para alarme", disse Susanna por cima do barulho. "A vida no campo tem seus encantos peculiares. Srta. Highwood, sua respiração está bem?"

"Estou ótima, obrigada", respondeu Diana.

Sem esperar por uma resposta, Susanna ergueu a barra da saia e atravessou intrepidamente a rua, ziguezagueando em meio às últimas ovelhas, enquanto saía da vila. Não demorou mais do que alguns segundos. Afinal, aquela era uma vila muito pequena.

Em vez de pegar a estradinha mais longa, que rodeava a colina, ela a escalou. Ao se aproximar do topo, a brisa lhe trouxe nuvens de fumaça e tufos de lã. Apesar dos sinais ameaçadores, ela encontrou no alto da colina uma cena que não lembrava um dos testes de artilharia do pai. Lá embaixo, na outra ponta da rua, duas carroças estavam paradas. Quando aguçou o olhar, conseguiu distinguir pessoas em volta dos transportes parados. Figuras masculinas altas, mas nenhum cavalheiro corpulento e careca entre eles.

Nenhum deles podia ser seu pai.

Aliviada, ela inspirou profundamente o ar acre, impregnado de pólvora. Com o fardo do receio removido, sua curiosidade veio à tona. Intrigada, ela desceu o barranco florido até chegar ao caminho estreito e esburacado. À distância, os homens pararam de se mover. Eles a haviam notado.

Protegendo os olhos com a mão, ela olhou fixamente para os homens, tentando identificá-los. Um deles vestia um casaco de oficial, outro não usava casaco algum. Quando ela se aproximou, o homem sem casaco começou a acenar com vigor. Gritos foram conduzidos pela brisa até ela. Franzindo o cenho, Susanna se aproximou, na esperança de ouvir melhor as palavras.

"Espere! Senhorita, não...!"

Blam!

Uma força invisível arrancou-a do chão e a jogou de lado, arremessando-a completamente para fora da estrada. Ela enfiou o ombro na grama alta, derrubada por algum tipo de animal descontrolado.

Um animal vestindo casaco vermelho.

Juntos, eles rolaram para longe da estrada, joelhos e cotovelos absorvendo os golpes. Os dentes de Susanna rangeram em seu crânio, e ela mordeu a língua com força. A saia rasgou e ar frio subiu mais alto por sua coxa do que uma brisa bem-comportada se atreveria.

Quando pararam de rolar, ela se viu imobilizada por um peso tremendo, que arfava. E um penetrante olhar verde a fitava.

"O que...?" Ela não teve fôlego para terminar a pergunta.

Bum, respondeu o mundo.

Susanna baixou a cabeça, abrigando-a sob a proteção do que ela reconheceu ser um casaco de oficial. Um botão de metal apertou sua face. A figura do homem formava um escudo protetor, enquanto uma chuva de torrões caía sobre os dois. Ele cheirava a uísque e pólvora.

Depois que a poeira baixou, ela afastou o cabelo da testa dele, buscando em seu olhar sinais de desorientação ou dor. Contudo, seus olhos estavam alertas e vivos, mas aquele assustador tom de verde... forte e ricamente matizado como jade.

"Você está bem?", perguntou ela.

"Estou." A voz dele era rouca e grave. "E você?"

Ela concordou, esperando que ele a liberasse após sua confirmação. Quando ele não mostrou intenção de se mover, ela ficou intrigada. Ou ele estava gravemente ferido, ou era muito impertinente.

"Senhor, ahn, o senhor é muito pesado." Com certeza ele entenderia *aquela* sugestão.

"Você é macia", respondeu ele.

Bom Deus. Quem era aquele homem? De onde vinha? E por que continuava *em cima* dela?

"Você está com um pequeno ferimento." Com dedos trêmulos, ela tocou um ponto vermelho na têmpora dele, perto do cabelo. "Aqui." Apertou a mão contra a garganta dele, para sentir seu pulso. Ela logo o encontrou, batendo forte e regularmente contra as pontas enluvadas de seus dedos.

"Ah... Isso é gostoso."

O rosto dela ficou quente.

"Você está com visão dupla?"

"Talvez... Vejo dois lábios, dois olhos, duas bochechas coradas... milhares de sardas."

Ela o encarou.

"Não se preocupe, senhorita. Não é nada." O olhar dele ficou sombrio devido a alguma intenção misteriosa. "Nada que um beijinho não cure."

E antes mesmo que ela pudesse recuperar o fôlego, ele pressionou seus lábios contra os dela.

Um beijo. Sua boca tocando a dela... Era quente e firme, e então... acabou.

Seu primeiro beijo de verdade em todos os seus 25 anos, e terminou num piscar de olhos. Apenas uma lembrança, agora, a não ser pela leve sugestão de uísque em seus lábios. E pelo calor. Ela ainda sentia o calor dele, masculino e intenso. Atrasada, ela fechou os olhos.

"Agora sim", murmurou ele. "Estou melhor."

Melhor? Pior? A escuridão por trás de suas pálpebras não tinha respostas, então ela as abriu novamente.

Diferente. Aquele homem forte e estranho, a tinha em seu abraço protetor, e ela se perdia em seu intrigante olhar verde, e seu beijo reverberava nos ossos dela com mais força do que uma explosão de pólvora. E agora ela se sentia diferente...

O calor e o peso dele... eram como uma resposta. A resposta a uma pergunta que Susanna nem mesmo percebeu que seu corpo vinha fazendo. Então era assim, ficar deitada debaixo de um homem. Sentir-se moldada por ele, sua carne cedendo em alguns lugares e resistindo em outros. O calor crescendo entre dois corpos; batidas de coração duelando dos dois lados do mesmo tambor.

Talvez... apenas talvez... aquilo fosse o que ela estava esperando sentir por toda sua vida. Não erguida do chão, mas jogada do outro lado da estrada, rolando de cabeça para baixo, enquanto o mundo explodia a sua volta.

Ele rolou para o lado, dando-lhe espaço para respirar.

"De onde você surgiu?"

"Acho que eu é que deveria lhe perguntar isso." Ela se ergueu com o cotovelo. "Quem é você? O que está fazendo aqui?"

"Isso não é óbvio?" O tom dele era grave. "Estamos bombardeando as ovelhas."

"Ah. Ah, Deus. É claro que sim." Dentro dela, a compaixão se misturou ao desespero. Claro que ele não batia bem da cabeça. Um daqueles pobres soldados arruinados pela guerra. Ela deveria ter adivinhado. Nenhum homem *são* jamais havia olhado para ela daquela forma.

Susanna pôs de lado a decepção. Pelo menos ele tinha vindo ao lugar certo. E pousado sobre a mulher certa. Susanna tinha muito mais experiência em tratar ferimentos na cabeça do que investidas de cavalheiros. O segredo estava em parar de pensar nele como um homem grande e viril, e simplesmente encará-lo como uma pessoa que precisava de sua ajuda. Uma espécie de eunuco pouco atraente e enfermo.

Esticando o braço em sua direção, ela passou um dedo por sua sobrancelha.

"Não fique assustado", disse ela, em tom calmo e equilibrado. "Está tudo bem. Você vai ficar ótimo." Ela pôs a mão no rosto dele e o encarou diretamente nos olhos. "As ovelhas não podem fazer mal a você aqui."

~ *Capítulo Dois* ~

"Você vai ficar bem", repetiu Susanna.

Bram acreditou nela. Com todo o coração. De fato, naquele momento ele se sentia muito bem. A estrada estava livre das ovelhas, sua perna funcionava, e uma jovem atraente tocava sua sobrancelha. Do que ele podia reclamar?

Claro que aquela jovem atraente pensava que ele fosse um idiota boca-mole. Mas aquilo era o de menos. Falando a verdade, ele *ainda* estava se recompondo.

Nos momentos que se seguiram à explosão, sua primeira, e reconhecidamente egoísta, preocupação foi o joelho. Ele estava quase certo de que havia rompido novamente a articulação, com aquela desajeitada tentativa de salvar a jovem. Antes de ser ferido na guerra, ele teria conseguido tirar a garota da estrada mais graciosamente. Ela teve sorte por ele estar perto dela, e não mais adiante, junto dos outros, porque do contrário, não teria conseguido alcançá-la a tempo.

Depois que uma breve avaliação e algumas flexões de pernas mostraram-lhe que o joelho permanecia intacto, seus pensamentos voltaram-se para a jovem. As íris dos olhos dela eram azuis como… bem, íris. Ela era perfumada como um jardim… um jardim inteiro. Não apenas a flores e ervas, mas ao sumo das folhas e à essência rica e fértil da terra. Ela era o lugar perfeito para ele aterrissar, quente e macia. E fazia um tempo absurdamente longo desde a última vez em que ele tivera uma mulher debaixo de si, e Bram não conseguia lembrar de uma que o tivesse acariciado tão docemente como aquela.

Deus, ele a havia mesmo beijado?

Sim. E ela tinha sorte por ele não ter feito mais. Por um instante, ele se sentiu verdadeiramente atordoado. Bram acreditava que era culpa da explosão, ou talvez a culpa fosse dela.

Ela se ergueu um pouco mais. Mechas soltas de cabelo caíam por seu rosto. Seu cabelo era um tom admirável de dourado com toques de vermelho. Bram pensou em bronze derretido.

"Você sabe que dia é hoje?", perguntou, olhando para ele.

"*Você* não sabe?", respondeu ele.

"Aqui em Spindle Cove nós, mulheres, temos uma programação. Às segundas-feiras passeamos no campo. Às terças, banho de mar. Às quartas você irá nos encontrar no jardim." Ela encostou as costas de sua mão na testa dele. "O que fazemos às segundas-feiras?"

"Nós não chegamos às quintas-feiras."

"As quintas são irrelevantes. Estou testando sua habilidade de reter informação. Você lembra das segundas?"

Ele abafou uma risada. Deus, como o toque dela era gostoso. Se ela continuasse a tocá-lo e acariciá-lo daquela forma, ele acabaria enlouquecendo.

"Diga-me seu nome, então", disse ele. "Prometo que me lembrarei." Um pouco ousado, talvez, mas qualquer chance de apresentação formal tinha sido derrubada pela carga de pólvora.

Falando da carga de pólvora, lá vinha a mente brilhante por trás do ataque às ovelhas. Maldito seja.

"A senhorita está bem?", perguntou Colin.

"Estou bem", respondeu ela. "Receio não poder dizer o mesmo de seu amigo."

"Bram?" Colin o cutucou com a bota. "Você parece estar inteiro."

Não graças a você.

"Ele está completamente arruinado, pobrezinho." A garota tocou sua bochecha. "Foi a guerra? Há quanto tempo ele está assim?"

"Assim?" Colin sorriu com ironia para Bram. "Ah, a vida toda."

"Toda a vida?"

"Ele é meu primo. Eu sei bem como ele é."

Um rubor subiu às faces de Susanna, cobrindo suas sardas.

"Se ele é seu primo, você deveria cuidar melhor dele. O que você estava pensando, ao deixá-lo vagar pelo campo, travando guerra contra rebanhos de ovelhas?"

Ah, aquilo era encantador. A garota se importava com ele. Ela gostaria de vê-lo acomodado em um asilo bem confortável. Talvez quinta-feira fosse o dia em que ela o visitaria para colocar compressas frias em sua testa.

"Eu sei, eu sei", respondeu Colin, com seriedade. "Ele é um bobo de verdade. Completamente instável. Às vezes esse pobre vagabundo chega a babar. Mas o diabo é que ele controla meu dinheiro. Até o último centavo. Não posso lhe dizer o que fazer."

"Agora chega", disse Bram. Era hora de acabar com aquela bobagem. Uma coisa era desfrutar de um momento de descanso e do toque de uma mulher, e outra era deixar que lhe tirassem a dignidade.

Ele se pôs em pé sem muita dificuldade e também ajudou Susanna a se levantar. Fez uma pequena reverência.

"Tenente-coronel Victor Bramwell. Garanto-lhe que possuo saúde perfeita, mente sã e um primo que não vale nada."

"Eu não compreendo", disse ela. "Aquelas explosões…"

"Apenas cargas de pólvora. Nós as enterramos na estrada para afugentar as ovelhas."

"Você preparou cargas de pólvora para afugentar um rebanho de ovelhas…" Soltando-se dele, ela estudou as crateras na estrada. "Senhor, continuo não convencida quanto à sua sanidade. Mas não há dúvida de que seja homem."

Ele ergueu uma sobrancelha.

"Isso nunca foi dúvida."

A única resposta dela foi um rubor ainda maior.

"Garanto-lhe que toda loucura é do meu primo. Lorde Payne estava apenas me provocando, divertindo-se às minhas custas."

"Entendo. E você estava se divertindo às minhas custas, fingindo que estava machucado."

"Ora, vamos lá." Ele se inclinou na direção dela e murmurou: "Você vai fingir que não estava gostando?".

Susanna ergueu as duas sobrancelhas, e continuou erguendo, até que formassem um arco perfeito, pronto para disparar flechas envenenadas.

"Vou fingir que não ouvi isso."

Ela ajeitou a luva, e ele engoliu em seco. Alguns momentos antes, ela havia pressionado aquela mão contra a garganta daquele homem, que havia beijado os lábios dela. Fingimentos à parte, eles dividiram um momento de atração. Sensual. Poderoso. Real… Talvez ela preferisse negá-lo, mas não conseguiria apagar a lembrança que ele tinha de sua boca doce e exuberante.

E ela não podia esconder aquele cabelo. Deus, aquele cabelo! Agora que estava em pé, envolta pela luz do dia, ela resplandecia de beleza. Chamas vermelhas e raios solares dourados competiam para ver o que brilhava mais.

"Você não chegou a me dizer seu nome", disse ele. "Senhorita...?"

Antes que ela pudesse responder, uma carruagem fechada precipitou-se colina abaixo, na direção deles. O condutor não se preocupou em diminuir a velocidade, ao contrário, chicoteou os animais para que se apressassem, e a carruagem investiu contra eles. Todos tiveram que pular para o lado, para que não fossem esmagados pelas rodas.

Em um gesto protetor, Bram se colocou entre a moça e a estrada. Conforme a carruagem se afastava, ele notou um brasão pintado em sua lateral.

"Ah, não", murmurou Susanna. "Não as Highwood." Ela gritou para a carruagem, que sacudia à distância: "Sra. Highwood, espere! Volte. Eu posso explicar tudo. Não vá embora!".

"Parece que elas já foram."

Ela se voltou para Bram, fuzilando-o com o brilho azul de seus olhos. E forçou as mãos contra seu peito. Não foi suficiente para movê-lo, mas foi o bastante para causar uma impressão.

"Espero que esteja feliz. Se atormentar ovelhas e abrir buracos na nossa estrada não foi estrago suficiente por hoje para você, saiba que arruinou o futuro de uma moça."

"Arruinei?" Bram não tinha o hábito de arruinar moças. Essa era a especialidade de seu primo. Mas se um dia ele resolvesse adotar a prática, empregaria uma técnica diferente. Ele se aproximou, baixando a voz. "Sério, foi apenas um beijo. Ou está falando da sua roupa?"

Ele baixou o olhar. A roupa dela havia levado a pior no incidente. Grama e terra acumulavam-se na musselina rosa. Um babado rasgado esparramava-se pelo chão, inerte como um lenço esquecido. Seu decote também havia sofrido. Ele imaginou se a jovem sabia que seu seio esquerdo estava a uma exclamação de escapar completamente do corpete. Bram também imaginou se devia parar de encarar o seio.

Não, ele decidiu. Ele faria um favor a ela encarando-o, chamando sua atenção para algo que precisava ser consertado. Na verdade, olhar fixamente para aquele seio meio exposto, corado de emoção, era seu dever solene para com ela, e Bram nunca foi de fugir às suas responsabilidades.

Ela pigarreou e cruzou os braços sobre o peito, interrompendo abruptamente a missão de Bram.

"Não se trata de mim", disse ela, "nem do meu vestido. A moça naquela carruagem está vulnerável e precisava de ajuda, e..." Ela perdeu o fôlego e tirou mechas de cabelo do rosto. "E agora ela se foi. Todas se foram." Susanna mediu-o de alto a baixo. "Então, de que você precisa? Um carpinteiro para lhe fazer rodas novas? Suprimentos? Orientações para chegar à estrada principal? Diga-me o que precisa para ir embora, que eu irei lhe fornecer alegremente."

"Não queremos lhe dar nenhum trabalho. Desde que esta seja a estrada para Summerfield, nós iremos..."

"Summerfield? Você não falou Summerfield."

Vagamente, ele compreendeu que ela estava aborrecida com ele, o que provavelmente havia feito por merecer, mas ela não conseguiria fazer com que Bram se sentisse arrependido. A agitação dela era agressivamente atraente. A forma como suas sardas se juntavam quando ela franzia o rosto. O alongamento de seu pescoço, pálido e esguio, enquanto ela se empertigava para enfrentá-lo.

Ela era alta para uma mulher e ele gostava de mulheres altas.

"Eu realmente disse Summerfield", respondeu Bram. "É a residência de Sir Lewis Finch, não é?"

Susanna franziu a testa.

"Que assunto o senhor tem com Sir Lewis Finch?"

"Assunto de homem, querida. Os detalhes não lhe dizem respeito."

"Summerfield é minha casa", disse ela. "E Sir Lewis Finch é meu pai. Então, tenente-coronel Victor Bramwell", ela disparou cada palavra como um tiro, "o senhor me diz respeito!"

"Victor Bramwell. É *mesmo* você."

Sir Lewis Finch levantou de sua escrivaninha e atravessou o escritório com passos ansiosos. Quando Bram quis fazer uma reverência, o veterano o impediu com um gesto. Então ele pegou a mão de Bram entre as suas e a sacudiu calorosamente.

"Com os diabos, é bom ver você. Na última vez que nos encontramos você era um jovem capitão, saído havia pouco de Cambridge."

"Faz bastante tempo, não é?"

"Fiquei triste quando soube do falecimento de seu pai."

"Obrigado." Bram pigarreou, sem jeito. "Eu também."

Bram examinou o grisalho excêntrico em busca de sinais de desagrado. Sir Lewis Finch não era apenas um inventor brilhante, mas também havia se tornado conselheiro real. Diziam que o Príncipe Regente sempre escutava quando Sir Lewis falava. Uma palavra daquele homem poderia colocar Bram de volta em seu regimento já na semana seguinte.

E como era idiota, Bram anunciou sua chegada à vila derrubando a filha daquele homem na estrada, rasgando seu vestido e a beijando sem permissão. No que concernia a uma campanha estratégica, aquela não seria digna de medalha. Felizmente, Sir Lewis parecia não ter notado o estado esfarrapado de sua filha quando chegaram. Mas Bram precisava terminar aquela conversa antes que a Srta. Finch voltasse e tivesse a oportunidade de relatar o ocorrido.

Ele não podia ser responsabilizado por não estabelecer a relação entre os dois. A não ser pelos olhos azuis que os dois tinham, ela não poderia ser mais diferente do pai. A Srta. Finch era esguia e notavelmente alta. Em contraposição, Sir Lewis era baixo e possuía um ventre protuberante. Os poucos fios de cabelo grisalho remanescentes não seriam suficientes para escovar a dragona de Bram.

"Sente-se", convidou Sir Lewis.

Bram tentou não demonstrar demais seu alívio, ao se sentar na surrada cadeira de couro. Quando Sir Lewis lhe entregou o copo, Bram racionou o uísque em goles pequenos e controlados.

Enquanto bebia, Bram estudava o ambiente. A biblioteca era diferente de qualquer biblioteca particular vista por ele. Naturalmente, havia uma escrivaninha. Algumas cadeiras. Livros, claro. Paredes cheias deles, que preenchiam prateleiras de mogno do chão ao teto. As prateleiras em si eram separadas por colunas de argamassa com desenhos egípcios. Algumas lembravam talos de papiros, outras estavam esculpidas na forma de faraós e rainhas. E de um lado da sala, ocupando a maior parte do espaço vazio, jazia um enorme caixão de pedra sólida, de cor creme. Sua superfície estava inscrita, por dentro e por fora, com fileiras e mais fileiras de símbolos minúsculos.

"Isso é mármore?", perguntou ele.

"Alabastro. É um sarcófago, da tumba do rei..." Sir Lewis coçou a cabeça. "Esqueci o nome agora. Tenho anotado em algum lugar."

"E as inscrições?"

"Do lado de fora, feitiços. Dentro são orientações para chegar ao mundo inferior." O idoso arqueou as sobrancelhas. "Você pode se deitar aí dentro, se quiser. Faz bem para a coluna." .

"Não, obrigado." Bram estremeceu.

Sir Lewis bateu as palmas.

"Bem, imagino que você não trouxe duas carroças por oito estradas só para discutir antiguidades enquanto bebemos um bom uísque."

"O senhor sabe que não. Conversa fiada nunca é meu propósito. Mas obrigado pelo uísque."

"E espero que possa jantar conosco mais tarde. Susanna já deve ter informado à cozinheira."

Susanna... Então o nome dela é Susanna.

O nome lhe pareceu adequado. Simples, bonito.

Susanna... Susanna Finch.

Parecia o refrão de uma música. Uma música alegre, que não saía da cabeça. O tipo de harmonia que persistia, cavava uma trincheira na cabeça da pessoa e continuava tocando ali alegremente, durante horas, dias... mesmo que essa pessoa preferisse se livrar dela. Mesmo que essa pessoa preferisse cortar o dedão do próprio pé só para desviar sua atenção para outra coisa, *qualquer* coisa.

Susanna... Susanna Finch. Bela Susanna com cabelo de bronze.

Ele voltou sua atenção para a janela, que dava para um jardim imaculadamente bem cuidado. Cada erva ou arbusto que ele via, associava a outro elemento do perfume intrigante, jardineiro, de Susanna. Ele viu alfazema, sálvia, jacinto, rosa... uma dúzia de outras plantas cujo nome ele não sabia. Mas através da janela aberta, a brisa carregava o aroma delas até ele. E erguia seu cabelo com dedos delicados, assim como ela havia feito.

Ele sacudiu o corpo. Ela era filha de Sir Lewis. Bram não podia pensar nela daquela forma. Ou de nenhuma forma.

"Então", disse ele, dirigindo-se a Sir Lewis, "o senhor recebeu minha carta?"

Sir Lewis sentou do outro lado da escrivaninha.

"Recebi."

"Então sabe por que estou aqui."

"Você quer seu comando de volta."

Bram assentiu.

"E já que estou aqui, gostaria de saber se o senhor está interessado em um aprendiz. Meu primo tem aptidão para a destruição, e não muito mais do que isso."

"Você está se referindo a Payne?"

"Estou."

"Bom Deus. Quer que eu pegue um *visconde* como aprendiz?" Sir Lewis riu dentro de seu copo.

"Ele pode ser um visconde, mas pelos próximos meses continuará sendo minha responsabilidade. A menos que alguém lhe dê uma ocupação em que ele possa ser útil, Colin Payne terá acabado com nós dois até o fim do ano."

"Por que *você* não lhe dá uma ocupação em que ele possa ser útil?"

"Eu não vou estar aqui", disse Bram, inclinando-se para frente e olhando Sir Lewis diretamente nos olhos. "Vou?"

Sir Lewis tirou os óculos e os colocou de lado, massageando as têmporas com o polegar e o indicador. Bram não estava gostando daquilo. Massagem de têmpora não era sinal de que a decisão seria a seu favor.

"Escute, Bramwell…"

"Bram."

"Bram, eu admirava muito seu pai."

"Assim como eu. E toda a nação." O pai de Bram havia se destacado na Índia, alcançando a patente de general e conquistando muitas honrarias e medalhas. "Meu pai admirava o senhor e seu trabalho."

"Eu sei, eu sei", disse Sir Lewis. "E fiquei muito triste, de verdade, quando recebi a notícia da morte dele. Mas nossa amizade é exatamente o motivo de eu não poder ajudá-lo. Não da forma como está me pedindo."

Bram sentiu a barriga endurecer.

"O que o senhor quer dizer?"

O idoso passou a mão pelos fios remanescentes de cabelo grisalho.

"Bram, você foi atingido no joelho."

"Isso já faz meses."

"E você sabe muito bem que um ferimento dessa natureza pode demorar um ano ou mais para sarar. Se é que irá sarar completamente." Sir Lewis balançou a cabeça. "Eu não posso, em sã consciência, recomendar você para um comando de campo. Você é um oficial de infantaria. Como pretende liderar a pé um batalhão de soldados, quando mal pode caminhar?"

A pergunta o atingiu como um soco no estômago.

"Eu posso caminhar."

"Não tenho dúvida de que possa atravessar esta sala. Talvez possa ir até o fim do pasto e voltar, mas você conseguiria cobrir quinze, dezoito, vinte quilômetros em ritmo puxado, dia após dia?"

"Sim!", disse com firmeza. "Eu posso marchar. Eu posso cavalgar. Eu posso liderar meus homens."

"Sinto muito, Bram. Se eu o enviasse de volta à frente da batalha, nessas condições, estaria assinando sua sentença de morte, e talvez de quem estiver sob seu comando. Seu pai era um amigo bom demais para isso. Simplesmente não posso."

As palmas de Bram ficaram úmidas. A ruína estava próxima.

"Então o que devo fazer?"

"Aposente-se. Vá para casa."

"Não tenho uma casa." Dinheiro não era problema, claro, mas seu pai era um segundo filho. Bram não havia herdado nenhuma propriedade e nunca teve tempo para comprar uma para si.

"Então compre uma casa. Encontre uma garota bonita para casar. Estabeleça-se e constitua família."

Bram sacudiu a cabeça. Sugestões impossíveis, todas elas. Ele não renunciaria ao seu posto aos 29 anos, enquanto a Inglaterra continuava em guerra. E com certeza não se casaria. Como seu próprio pai, ele pretendia servir até que arrancassem a pistola de suas mãos frias e sem vida. E embora fosse permitido às mulheres de oficiais que os acompanhassem, Bram acreditava firmemente que o lugar de mulheres bem criadas não era em campanha. Sua própria mãe era prova disso. Ela havia sucumbido aos acontecimentos sangrentos na Índia, pouco tempo antes do jovem Bram ser enviado para uma escola na Inglaterra.

Ele se sentou na ponta da cadeira.

"Sir Lewis, o senhor não entende. Meus dentes nasceram mastigando biscoito de ração. Eu aprendi a marchar antes de falar. Não sou homem para me estabelecer. Enquanto a Inglaterra continuar em guerra, não posso e não irei renunciar ao meu posto. É mais do que meu dever, senhor. É minha vida. Eu…" Ele balançou a cabeça. "Não sei fazer mais nada."

"Se você não quer se aposentar, há outras formas de ajudar no esforço de guerra."

"Com os demônios, já passei por tudo isso com meus superiores. Não vou aceitar uma suposta promoção que signifique ficar carimbando papéis no Ministério da Guerra." Ele fez um gesto na direção do sarcófago de alabastro. "É melhor me enfiar nesse caixão e lacrar a tampa. Sou um soldado, não um burocrata."

Os olhos azuis de Sir Lewis suavizaram-se.

"Você é um homem, Victor. Você é humano."

"Sou o filho do meu pai", respondeu ele, batendo na escrivaninha com o punho. "O senhor não pode me pôr para baixo."

Ele estava indo longe demais, mas que se danassem os limites. Sir Lewis Finch era a única e última opção de Bram. O velho não podia simplesmente recusar.

Sir Lewis ficou olhando para as mãos entrelaçadas durante um longo e tenso momento. Então, com calma inabalável, recolocou os óculos.

"Não tenho nenhuma intenção de pô-lo para baixo. Muito ao contrário."

"O que o senhor quer dizer?" Bram ficou desconfiado.

"Eu quero dizer exatamente o que disse. Eu fiz o oposto de rebaixá-lo." Ele levou a mão a uma pilha de papéis. "Bramwell, prepare-se para ser promovido."

⟅⟆ *Capítulo Três* ⟆⟅

Susanna, controle-se.

Após pedir licença para arrumar apressadamente o cabelo desgrenhado e trocar seu vestido rasgado e sujo por um limpo de musselina azul com luvas combinando – e durante o processo falando mais bruscamente com Gertrude do que a pobre empregada merecia –, ela se juntou aos acompanhantes do tenente-coronel Bramwell no Salão Vermelho.

Ao entrar, deu uma rápida olhada no espelho do hall. Sua aparência estava refeita, dentro do possível. Sua compostura, por outro lado, permanecia estilhaçada em mil pedaços cortantes, todos arranhando e queimando dentro dela. Alguns atingiam seu amor-próprio, outros reviravam o conhecido poço de medo que sempre era agitado quando seu pai e pólvora preta se misturavam. O restante fazia com que ela formigasse toda de constrangimento. A sensação não era agradável.

E tudo aquilo era culpa *dele*. Aquele bombardeador de ovelhas animalesco, provocador, bem-apessoado. Quem era aquele homem e o que queria com seu pai? Ela esperava que fosse apenas uma visita social, embora tivesse de admitir que Bramwell não parecia ser o tipo de homem que fazia visitas sociais.

A empregada trouxe a bandeja e Susanna a orientou a colocá-la em uma mesa de jacarandá com pernas esculpidas no formato de peixes dourados com longos bigodes.

"Chá, cavalheiros?", perguntou ela, esticando as luvas ao pegar a chaleira. Servir chá era exatamente o que Susanna precisava naquele momento. Que força civilizatória tinha o chá... Ela pegaria os cubos de açúcar com pequenas pinças de prata e mexeria o leite com uma colherinha. Colherinhas eram incompatíveis com um estado de agitação sensual.

A ideia a reconfortava. Isso! Ela serviria chá aos homens e talvez um belo jantar. Então eles iriam embora, e o mundo voltaria a seu equilíbrio. Pelo menos o cantinho dela.

O cavalheiro que antes estava apenas meio vestido – Lorde Payne, que agora ela conhecia – havia encontrado seu casaco e sua gravata e tinha ajeitado o cabelo. Ele constituía um ornamento aristocrático adequado na casa, em meio aos armários laqueados e aos vasos verdes vitrificados.

Quanto ao militar – um cabo, o que ela deduzia a partir de seus remendos –, ficou perto da janela e era o retrato vivo do constrangimento. Ele olhava desconfiado para o tapete com desenho de um dragão, como se a besta bordada pudesse atacá-lo. Se aquilo acontecesse, Susanna não tinha dúvida de que o cabo a mataria habilmente.

"Aceita chá, cabo?"

"Não."

Ocorreu-lhe que aquela devia ser a primeira – e única – palavra que ela ouvia de seus lábios. Era o tipo de homem que se percebia, só de olhar para ele, que tinha uma história interessante para contar. Ela também sentia, com a mesma certeza, que ele nunca a contaria. Nem sob ameaça de uma faca, quanto mais tomando chá.

Ela entregou a Lorde Payne uma xícara fumegante, e ele deu um gole rápido e imprudente. Um sorriso malicioso foi endereçado a Susanna.

"Chá pólvora? Muito bem, Srta. Finch. Aprecio uma moça com senso de humor."

Agora, aquele... era um devasso. Estava escrito nele; em sua roupa refinada e nos modos sedutores. Ele podia mandar bordar a palavra em seu colete, em meio aos arabescos dourados. Ela conhecia tudo a respeito de homens daquele tipo. Metade das moças em Spindle Cove estavam ou fugindo deles ou ansiando por eles.

Susanna deu uma espiada na porta fechada da biblioteca de seu pai e imaginou o que o estaria prendendo por tanto tempo. Quanto antes os dois saíssem dali, mais fácil ela respiraria.

Payne se reclinou em sua poltrona e ergueu a cabeça para observar o lustre de bronze.

"Esta é uma bela sala." Ele apontou uma vitrine montada na parede. "E aqueles são..." Ele inclinou a cabeça. "O que são aquelas coisas?"

"Foguetes da dinastia Ming. Meu pai é um ávido colecionador de antiguidades. Ele tem um interesse especial em história dos armamentos." Servindo seu próprio chá, ela explicou: "Summerfield é uma casa eclética. Esta sala é em estilo chinês. Nós temos uma sala de café da manhã austríaca, uma sala de visitas otomana e um pátio italiano. O escritório do meu pai é inspirado no Egito e na grande biblioteca de Alexandria. As coleções medievais dele ficam no salão. Ah, e temos uma maluquice grega no jardim".

"Sir Lewis deve ser um grande viajante."

Ela balançou a cabeça enquanto misturava o açúcar ao chá.

"Não, na verdade não é. Nós sempre falamos de fazer o Grand Tour, mas as situações nunca foram favoráveis. Então, meu pai trouxe o mundo até Summerfield."

E como ela o amava por isso... Sir Lewis Finch talvez nunca figurasse entre os pais mais atentos ou dedicados, mas quando ela mais precisou dele, seu pai não lhe faltou. Ele havia levado todas as suas posses e seu laboratório inteiro para Summerfield, recusado convites e oportunidades incontáveis para viajar durante anos... tudo pela saúde e felicidade de Susanna.

"Ótimo, vocês estão reunidos." Seu pai emergiu da biblioteca, amarrotado como sempre. Susanna sorriu brevemente, enquanto lutava para segurar o impulso de ir alisar o cabelo do pai e endireitar sua gravata.

O tenente-coronel Bramwell o seguia como uma nuvem de tempestade, sombrio e agitado. Mas *nele*, Susanna não sentiu nenhum impulso de tocar. Pelo menos nenhum impulso que ela admitiria. Enquanto Bramwell caminhava pela sala, Susanna notou que ele puxava a perna direita. Talvez Bramwell tivesse se machucado quando a jogou ao chão.

"Eu tenho um anúncio a fazer", disse seu pai, erguendo um maço de papéis com aspecto oficial. "Como Bramwell não conseguiu demonstrar o entusiasmo que era de se esperar, pensei em eu mesmo dar a boa notícia a vocês, que são amigos dele." Sir Lewis ajeitou os óculos. "Em honra à sua bravura e às suas contribuições na libertação de Portugal, Bramwell foi nomeado conde. Tenho as cartas-patentes do próprio Príncipe Regente. Ele será conhecido, daqui em diante, como Lorde Rycliff."

Susanna engasgou com o chá.

"Como? Lorde Rycliff? Mas esse título está extinto. Não existe um Conde de Rycliff desde..."

"Desde 1354. Exatamente. Esse título está dormente há quase cinco séculos. Quando escrevi para o Príncipe Regente, destacando as contribuições de Bramwell, ele gostou da minha sugestão de reativá-lo."

Uma explosão no Salão Vermelho não teria atordoado mais Susanna. Seu olhar se fixou no oficial em questão. Para um homem elevado a nobre, ele não parecia muito feliz.

"Bom Deus!", exclamou Payne. "Um conde? Isso é insuportável. Como se não fosse ruim o bastante ele controlar minha fortuna, meu primo agora é superior a mim. O que esse título inclui?"

"Não muita coisa além da honraria. Nenhuma terra, exceto pelo..."

"Castelo", concluiu Susanna, com a voz distante.

O castelo dela!

Claro, o castelo Rycliff não pertencia a ela, mas Susanna sempre se sentiu dona dele. Afinal, ninguém mais parecia querer aquela pilha de ruínas. E logo que chegou àquela propriedade com o pai, ela estava tão enfraquecida pela febre, que Sir Lewis lhe disse que o castelo era seu. *Você precisa melhorar, Susanna Jane,* foi o que ele lhe havia dito. *Você tem um castelo para explorar.*

"Susanna, mostre a maquete para eles." O pai apontou para uma prateleira alta na parede sul da sala.

"Papai, acredito que o tenente-coronel não esteja interessado em..."

"Agora ele é Lorde Rycliff, e é claro que está interessado. O castelo é dele!"

O castelo é dele! Ela não conseguia acreditar. Por que seu pai não tinha lhe contado nada a respeito?

"A maquete, querida", pediu o pai. "Eu mesmo a pegaria, mas sabe que só você é alta o bastante para alcançar aquela prateleira."

Com um suspiro mudo, Susanna obedeceu o pai, levantou de sua poltrona e cruzou a sala para pegar a maquete de argila que ela tinha feito do castelo Rycliff havia mais de uma década. Às vezes a vida conseguia ser surpreendentemente eficaz na distribuição de constrangimentos. Em menos de um minuto ela seria exposta diante de três visitantes homens como uma aberração de tão alta e uma escultora horrível. O que aconteceria em seguida? Talvez seu pai convidasse os homens para contar as sardas dela, uma por uma. Eles ficariam ali até o nascer da lua.

De repente, Bramwell estava do seu lado.

"Isto?", perguntou ele, tocando com o dedo a borda da maquete.

Ela se encolheu, desejando poder negar.

"É, obrigada." Enquanto Bram pegava a maquete na prateleira, ela o observava com o canto do olho. Susanna tinha que admitir que o título Rycliff lhe caía bem. Se dessem àquele homem uma cota de malha e uma clava, ela poderia confundi-lo com um guerreiro medieval que tivesse atravessado os séculos por alguma fenda temporal e chegado aos tempos atuais. Ele todo era grande e sólido, sua mandíbula era quadrada e tinha uma sombra de barba de um dia ou mais. Ele se movia com mais força do que elegância e mantinha comprido o cabelo escuro, amarrado na nuca com uma tira de couro. E a forma como ele olhou para ela antes de beijá-la – como se fosse devorá-la, algo que ela gostaria – vinha diretamente da Idade das Trevas.

Quando ele apresentou aqueles destroços de argila seca ao sol e musgo colado por cima, Susanna conteve a vontade de passar um espanador de pó por aquela coisa. Era evidente que as empregadas também não conseguiam alcançar aquela prateleira.

"Ela não é ótima?" Seu pai tirou o modelo das mãos de Bramwell e o ergueu. "Susanna fez isto aqui quando tinha 15 anos."

"Tinha 14", ela o corrigiu, xingando-se mentalmente em seguida. Por que *catorze* melhoraria aquilo de alguma forma?

Com um floreio, seu pai colocou a maquete sobre a mesa no centro da sala. Os homens, relutantes, aproximaram-se para observar. Bramwell olhava com raiva para o modelo cinzento.

"Pode não parecer muita coisa", disse seu pai, "mas a história do castelo Rycliff é lendária. Foi construído pelo próprio Guilherme, o Conquistador, e depois ampliado por Henrique VIII. Está situado numa falésia, bem na beira do mar. Abaixo fica a enseada, estão vendo?" Ele apontou. "E a água na verdade tem uma cor linda, não este cinza sombrio."

Susanna tocou a orelha.

"Isso foi pintado de azul, mas a tinta desbotou..."

"A enseada foi um movimentado porto medieval", continuou Sir Lewis. "Mas no século 13 houve um desmoronamento terrível, resultado de tempestades e erosão. Ninguém sabe ao certo. Metade do castelo original caiu no mar, e o que restou está em ruínas. Mas, ora essa, Bramwell." Sir Lewis cutucou o oficial. "Demonstre um pouco de alegria. Vai me dizer que você não queria um castelo?"

Ao lado dele, Susanna observou a enorme mão de Bram se fechar. Ela ouviu as juntas estalar.

"Sir Lewis, estou honrado e agradeço sua recomendação, mas isto" – ele apontou para a maquete – "não era o que eu tinha em mente. Não tenho interesse de brincar de cavaleiros e dragões."

Ignorando-o, Sir Lewis apertou o dedo indicador na superfície laqueada da mesa, onde teria sido o lado ocidental do castelo.

"A vila fica bem aqui, no vale. Lugarzinho encantador." Então ele se virou e apertou os olhos na direção do outro lado da sala. "E ali, onde aquele emblema de jade está" – ele apontou – "ficaria Cherbourg, na costa norte da França."

Bramwell olhou para o emblema, depois voltou-se para Sir Lewis novamente. E ergueu a sobrancelha em uma pergunta silenciosa.

Sir Lewis bateu com a mão no ombro do oficial.

"Você queria um comando, Bramwell. Bem, você acaba de receber um castelo na costa sul da Inglaterra, não a oitenta quilômetros do inimigo. Como novo lorde, deverá formar uma milícia para defendê-lo."

"O quê?", Susanna deixou escapar. "Uma milícia, aqui?"

Ela devia ter ouvido ou entendido mal. Aqueles homens deviam tomar chá – talvez jantar – e então ir embora. Para nunca mais serem vistos. Ela não poderia se tornar vizinha do agressor de ovelhas. E céus... uma milícia? O que seria das moças e da pensão da Sra. Nichols? Não havia homens assim em Spindle Cove! A ausência de aproveitadores e militares era a principal atração da vila.

"Papai, pare de brincar", disse ela, alegremente. "Não queremos gastar o tempo destes cavalheiros. Você sabe muito bem que uma milícia seria inútil aqui."

"Inútil?" Bramwell olhou torto para ela. "Milícias não são inúteis. Pelo contrário, são essenciais. Caso não esteja ciente, Srta. Finch, a Inglaterra está em guerra."

"É claro que tenho ciência disso, mas todo mundo sabe que a ameaça de uma invasão francesa já passou. Eles não têm uma marinha de verdade desde Trafalgar, e as forças de Bonaparte estão tão esgotadas após a surra que tomaram na Rússia, que ele não tem condições de invadir nenhum lugar. De fato, tudo que ele pode fazer é tentar manter a Espanha, mas com as forças de Wellington em marcha, até isso será difícil."

A sala ficou em silêncio, e Bramwell franziu o rosto para ela. Mais um dos princípios de *A Sabedoria da Sra. Worthington* mostrou que não funcionava. Se o intelecto de uma mulher era, de alguma forma, análogo à sua roupa de baixo, os homens deveriam ficar empolgados quando fosse revelado. O estranho era que Susanna nunca tinha visto aquilo acontecer.

"A senhorita está bem a par dos eventos atuais", disse ele.

"Sou uma inglesa interessada no resultado da guerra. Eu me dou ao trabalho de me manter informada."

"Se está tão bem informada, deve saber que não estamos em guerra apenas com a França, mas também com a América. Para não falar que nossa costa está apinhada de corsários e contrabandistas de todos os tipos." Com a ponta de um dedo, ele puxou a maquete para si. "Estou estarrecido que este castelo Rycliff tenha ficado desprotegido por tanto tempo."

"Não há nada de estarrecedor nisso." Esticando a mão, ela puxou o modelo de volta. "Ninguém tentaria desembarcar aqui. Como disse meu pai, a linha costeira mudou desde que os normandos invadiram. O desmoronamento formou um tipo de recife. Somente os menores barcos pesqueiros conseguem navegar por ali, ainda assim na maré alta. Muitos barcos atolaram ou naufragaram nessa enseada. Nem mesmo os contrabandistas se arriscam." Ela olhou para ele, desafiadora. "A natureza nos concede proteção suficiente. Não precisamos de homens de uniforme. Não aqui."

Seus olhares se cruzaram e se mantiveram firmes. Algo defensivo chamejou naqueles olhos verdes, e ela imaginou que pensamentos passavam pela cabeça dele. Certamente não lhe ocorria beijá-la, ela poderia apostar.

"Eu receio", disse Sir Lewis, rindo, "que este seja o tipo de discussão mais irritante."

Susanna sorriu.

"O tipo em que a mulher tem toda razão?"

"Não, minha querida. O tipo em que os dois lados têm o mesmo mérito."

"Como assim?"

Seu pai apontou para as cadeiras, convidando todos a se sentar.

"Susanna, você tem razão", disse ele, quando todos se sentaram. "As chances de qualquer inimigo invadir Spindle Cove são pequenas, infinitesimais. Contudo…"

De repente, Lorde Payne engasgou e tossiu, colocando a xícara sobre o pires, com um estalo.

"Qual é o seu problema?", perguntou Bramwell.

"Nada, nada." Payne passou a mão pelo colete respingado. "Sir Lewis, o senhor disse Spindle Cove?"

"Disse."

"Este lugar, aqui…. É Spindle Cove?", insistiu Payne.

"É", ecoou lentamente Susanna. "Por quê?"

"Ah, nenhum motivo." Payne esfregou a boca com uma das mãos, como se afastasse um sorriso. "Por favor, continue."

"Como eu dizia", continuou Sir Lewis, "as chances de invasão são realmente reduzidas. Contudo, o próprio Bramwell pode lhe dizer que uma defesa sólida é baseada na aparência de prontidão, não na probabilidade de ataque. Lugares semelhantes ao longo da costa foram fortificados com torres Martello defendidas por milícias locais. Spindle Cove não pode ficar com a aparência de elo fraco nessa corrente."

"Não há nada de fraco em nossa vila, pai. Os visitantes sabem que é perfeitamente segura. Se essa milícia se concretizar, nossa reputação só vai pi…"

"Susanna, querida", seu pai suspirou alto, "agora chega."

Não estava nem perto de chegar. *Papai, o senhor sabe que tipo de homem é esse?*, ela desejava argumentar. *Ele bombardeia ovelhas indefesas, é inimigo de vestidos de musselina com babados e beija mulheres desavisadas! Uma besta completa. Não podemos tê-lo por aqui! Não podemos!*

Apenas o profundo respeito pelo pai a manteve quieta.

"Para ser completamente honesto", continuou Sir Lewis, "existe outra razão. Eu sou o único cavalheiro da região, você sabe. Esse dever seria meu. O Duque de Tunbridge é responsável pela milícia de Sussex, e ele vem me pressionando há mais de um ano para que forneçamos uma demonstração de nossa prontidão." Ele baixou os olhos para o tapete. "E eu prometi lhe fazer uma durante o Festival de Verão deste ano."

"O Festival de Verão? Ah, mas não falta nem um mês", disse Susanna, desanimada. "E sempre fizemos do festival um evento para as crianças. Armaduras, balestras, alguns melões arremessados ao mar com o velho trabuco..."

"Eu sei, querida, mas este ano teremos que demonstrar aos nossos vizinhos, e ao Duque, certa capacidade militar." Ele se inclinou para frente e apoiou os braços nos joelhos. "Se Bramwell concordar, é claro. Mas se ele não adotar o título de Rycliff e assumir esta milícia como seu dever... a tarefa caberá a mim."

"Papai, o senhor não pode." Apenas pensar naquela ideia fez Susanna perder a força. Seu pai não poderia ser o responsável por estabelecer uma companhia de milícia. Ele era idoso e tinha o coração fraco. E era tudo que restava de família para ela. Susanna lhe devia a vida, em mais de uma maneira. A perspectiva de receber aquele horrível Bramwell e seus amigos em sua comunidade calma e segura a apavorou. Mas se a única alternativa ameaçasse a saúde de seu pai, como ela poderia ficar contra aquele plano de milícia?

A resposta era simples. Ela não podia.

"Bramwell", Sir Lewis dirigiu-se ao oficial, "você liderou regimentos inteiros em batalhas. Estou lhe pedindo que treine uma companhia de vinte e quatro homens. Creia-me, eu sei muito bem que isso é como pedir a um leão africano que cumpra as tarefas de um rato de celeiro. Mas essa é uma posição de comando, uma que posso lhe oferecer. E é só por um mês. Se você se sair bem... após o verão pode conseguir algo mais."

Os homens trocaram olhares significativos e Bramwell – agora Lorde Rycliff, pelo que parecia – ficou em silêncio por um bom tempo. Ela segurou a respiração. Meia hora antes tudo o que desejaria era ver aquele homem e seus companheiros pelas costas. Mas agora ela se via forçada a assumir uma posição muito desagradável. A de esperar que ele aceitasse.

Afinal, Bramwell se levantou e puxou a frente de seu casaco.

"Muito bem, então."

"Excelente!" Pondo-se em pé, Sir Lewis bateu as mãos e as esfregou com energia. "Vou escrever para o duque. Susanna, você gosta de caminhar e temos bastante tempo antes do jantar. Por que não mostra o castelo a seu dono?"

"É por aqui", disse Susanna, ao conduzir os homens para fora da trilha de terra, até uma antiga estrada coberta de grama.

O caminho era conhecido. Ao longo dos anos em que ela residia em Spindle Cove, Susanna devia ter andado por ali milhares de vezes. Conhecia cada curva do terreno, cada depressão na estrada. Mais de uma vez, ela percorreu aquele caminho no escuro da noite sem errar um passo.

Naquele dia, contudo, ela tropeçou.

Ele estava lá, segurando seu cotovelo com a mão forte e firme. Ela não percebeu que ele a seguia tão de perto. Quando Susanna pensou ter recuperado o equilíbrio, o calor e a presença dele a fizeram balançar novamente.

"Você está bem?"

"Estou. Acho que sim." Em um esforço para afastar o constrangimento, ela brincou: "Segundas-feiras são para caminhar no campo; terças para banhos de mar..."

Ele não riu. Nem mesmo sorriu. Ele a largou sem fazer comentário, adiantando-se para assumir a liderança. Seus passos eram largos, mas ela reparou que ele continuava puxando a perna direita.

Ela fez o que uma pessoa que se preocupava com o bem-estar dos outros nunca deveria fazer. Ela desejou que estivesse doendo.

Talvez o salto que ele tinha dado sobre ela, na estrada, tivesse evitado que ela perdesse alguns dedos, mas se não fosse por ele, não haveria perigo. Se não fosse por ele, naquele momento Susanna estaria cuidando para que as jovens Highwood se instalassem na pensão. Pobre Diana. E pobre Minerva! Pelo menos Charlotte era jovem e resiliente.

Eles caminharam o resto do percurso em silêncio. Quando chegaram ao cume de arenito, Susanna parou.

"Bem", disse ela, entre duas tomadas de fôlego, "aí está, milorde. O castelo Rycliff."

As ruínas do castelo estavam encarapitadas sobre uma formação rochosa e uma saliência de mato que se projetava sobre o mar. Quatro torres de pedra, alguns arcos remanescentes... aqui e ali, trechos de muro. Aquilo era tudo que restava. Ao fundo, abria-se o Canal da Mancha, que assumia, naquele momento em que o sol da tarde ia descendo, um lindo tom de violeta.

O silêncio reinou por um longo minuto enquanto os homens apreciavam a cena. Susanna também ficou quieta, pois tentava enxergar a antiga fortaleza com novos olhos. Quando garota, sentia-se arrebatada pelo romantismo do lugar. Quando alguém enxergava o castelo como uma ruína pitoresca, os muros e céus ausentes eram suas melhores características. As partes faltantes eram o convite para um sonho; inspiravam a imaginação. Mas encarando a ruína como uma possível residência, Susanna acreditava que as partes faltantes inspirariam desconfiança. Ou talvez urticária.

"E a vila?" perguntou ele.

"Vocês podem ver daqui." Ela os levou através do que restava de um corredor em arco, por um gramado que foi, certa vez, o pátio do castelo, até a falésia, de onde se podia observar a enseada em forma de lua crescente e o vale que protegia aquela comunidade amada por Susanna. Dali, a vila parecia pequena e insignificante. Com um pouco de sorte, ela não chamaria a atenção dos visitantes.

"Vou precisar observá-la de perto, amanhã", disse ele.

"Não tem nada de mais", Susanna quis disfarçar. "Apenas uma vila inglesa comum. Não vale a pena desperdiçar seu tempo com ela. Casinhas, igreja, algumas lojas..."

"Certamente deve haver uma pousada", disse Lorde Payne.

"Há uma pensão", disse Susanna, afastando-os da borda da falésia. "A Queen's Ruby, mas receio que esteja completamente ocupada nesta época do ano. Visitantes de verão, vocês entendem, que vêm para aproveitar o mar." E *fugir de homens como vocês.*

"Não será necessária uma pousada." Lorde Rycliff caminhava lentamente pelas ruínas. Ele encostou uma mão na parede próxima e a forçou, como se testando sua solidez. "Nós vamos ficar aqui."

Aquela afirmação foi recebida com incredulidade universal. Até as pedras pareceram duvidar dele, rejeitando suas palavras como falsas.

"*Aqui?*", disse o cabo.

"Isso mesmo", disse Lorde Rycliff. "Aqui! Precisamos começar logo, se quisermos armar o acampamento antes de anoitecer. Vá buscar as carroças, Thorne."

Thorne assentiu e foi-se imediatamente, descendo pelo caminho por onde tinham vindo.

"Você não pode querer ficar *aqui*", disse Lorde Payne. "Você já viu isso *aqui?*"

"Eu vi", respondeu Rycliff. "Estou olhando para isso aqui. E aqui é onde nós vamos acampar. É o que milicianos fazem."

"Eu não sou miliciano", disse Payne. "E eu não acampo."

Susanna imaginou que ele não acampasse. Pelo menos não com aqueles sapatos finos.

"Bem, agora você acampa", disse Rycliff. "E agora você também é um miliciano."

"Ah, não. Pense direito, Bram. Você não vai me arrastar para sua brigada de soldadinhos de chumbo."

"Não estou lhe dando alternativa. Você precisa adquirir um pouco de disciplina, e esta é a oportunidade perfeita." Ele deu uma olhada ao redor. "Já que você gosta tanto de fazer fogo, pode começar uma fogueira aqui."

Susanna pôs a mão no braço de Rycliff, na esperança de atrair sua atenção.

E conseguiu. Atenção total e constante. O olhar intenso dele perscrutou o rosto da moça, vasculhando cada traço e defeito.

"Perdoe a interrupção", disse ela, liberando o braço dele. "Mas isso não é absolutamente necessário. Meu pai pode não ter feito o convite formal, ainda, mas tenho certeza de que ele pretende hospedar vocês em Summerfield."

"Então agradeça ao seu pai, mas eu declinarei respeitosamente."

"Por quê?"

"Eu devo defender o litoral. É difícil fazer isso a dois quilômetros da costa."

"Mas, milorde, o senhor compreende que esse negócio de milícia é só pelas aparências? Meu pai não está realmente preocupado com uma invasão."

"Talvez ele devesse se preocupar." Ele olhou para o primo, que, naquele momento, quebrava galhos secos de uma parede coberta por hera. Inclinando a cabeça, Rycliff a puxou de lado. "Srta. Finch, não é aconselhável que soldados se hospedem na mesma casa de damas solteiras. Preocupe-se com sua reputação, caso seu pai não o faça."

"Preocupar-me com minha reputação?" Ela teve que rir. Então, Susanna baixou a voz. "Isso vindo do homem que me jogou no chão e me beijou sem permissão?"

"Exatamente." Os olhos dele ficaram sombrios.

O significado das palavras dele a invadiu em uma onda quente e sensual. Com certeza ele não estava sugerindo que...

Não. Ele não estava sugerindo nada. Aqueles olhos duros de jade passavam uma mensagem muito clara, que ele enfatizou com uma leve contração dos braços maciços: *Sou tão perigoso quanto você supõe. Ou mais...*

"Pegue seu convite gentil e volte para casa com ele. Quando soldados e donzelas vivem sob o mesmo teto, coisas acontecem. E se acontecer da senhorita ficar debaixo de mim novamente..." – o olhar faminto dele percorreu o corpo de Susanna – "não vai me escapar tão facilmente."

Ela ficou sem ar.

"Você é um animal."

"Apenas um homem, Srta. Finch. Apenas um homem."

~ *Capítulo Quatro* ~

Bram disse para si mesmo que estava cuidando da segurança da Srta. Finch enquanto a observava descer o barranco rochoso. Estava contando uma mentira para si mesmo. Na verdade, Bram estava completamente encantado pela imagem dela se retirando, pela forma como suas curvas ondulavam, provocantes, a cada passo que Susanna dava.

Ele iria sonhar com aqueles seios à noite, com a lembrança de tê-los presos debaixo de si, tão macios e quentes.

Maldição. Aquele dia não havia saído como planejado. Àquela hora ele deveria estar a caminho do Quartel de Brighton, preparando-se para zarpar para Portugal e retomar a guerra. Em vez disso, ele havia se tornado... conde, inesperadamente. Preso naquele castelo em ruínas, comprometido com o equivalente militar de uma pré-escola. E para tornar tudo pior, era atormentado pelo desejo por uma mulher que não poderia ter, nem mesmo tocar, se quisesse reconquistar seu comando.

Como se percebesse a situação difícil em que Bram se encontrava, Colin começou a rir.

"O que é tão engraçado?", perguntou Bram.

"É que você não percebe que está sendo um bobo. Não ouviu o que falaram mais cedo? Estamos em Spindle Cove, Bram. *Spindle. Cove.*"

"Você fala como se eu conhecesse esse nome. Não conheço."

"Você realmente precisa frequentar mais as casas noturnas. Deixe-me esclarecer. Spindle Cove, ou Enseada das Solteironas, como a chamamos, é uma vila turística à beira-mar. Famílias boas mandam suas filhas frágeis para se recuperar aqui com o ar marítimo, ou quando não sabem o que fazer com elas. Meu amigo Carstairs mandou a irmã para cá no verão passado, quando ela se apaixonou pelo cavalariço."

"E daí...?"

"Daí que seu plano para uma milícia está condenado antes de começar. As famílias mandam suas filhas para cá porque é seguro. E é seguro porque não tem homens. É por isso que chamam o lugar de Enseada das Solteironas." "Tem que haver homens. Não existem vilas sem homens."

"Bem, podem haver alguns criados e comerciantes, uma ou duas almas com um graveto seco e um par de uvas-passas entre as pernas, mas não há homens *de verdade*. Carstairs nos contou tudo a respeito daqui. Ele não conseguiu acreditar no que encontrou quando veio buscar a irmã. As mulheres daqui são devoradoras de homens."

Bram mal prestava atenção no primo. Seu olhar estava determinado a registrar os últimos momentos da Srta. Finch, enquanto ela desaparecia à distância. Susanna era como um pôr-do-sol em si mesma, seu cabelo de bronze derretido brilhando enquanto mergulhava na linha do horizonte. Fogosa... Brilhante... Quando ela desapareceu, ele se sentiu instantaneamente mais frio.

E então, somente então, Bram se voltou para o primo tagarela.

"O que você estava dizendo?"

"Nós temos que sair daqui, Bram. Antes que elas peguem nossas bolas para usar como almofada de alfinetes."

Bram andou até a parede mais próxima, onde apoiou o ombro para descansar o joelho. Droga, a subida era puxada.

"Deixe-me tentar entender", disse ele, enquanto massageava discretamente a coxa dolorida, fingindo que estava tirando poeira. "Você sugere que nós nos retiremos porque a vila está cheia de solteironas? Desde quando *você* reclama de excesso de mulheres?"

"Essas não são solteironas normais. São... são incontroláveis. E excessivamente instruídas."

"Oh! Assustador, de fato. Eu mantenho minha posição ao enfrentar um ataque da cavalaria francesa, mas uma solteirona instruída é algo completamente diferente."

"Você está debochando de mim agora, mas espere para ver. Essas mulheres são uma raça à parte."

"Essas mulheres não me dizem respeito."

A não ser uma delas, que não morava na vila. Ela vivia em Summerfield, era filha de Sir Lewis Finch e absolutamente proibida – não importava o quanto ele suspeitasse que a Srta. Finch poderia virar um furacão na cama.

Colin podia falar os absurdos que quisesse sobre mulheres instruídas. Bram sabia que as mulheres inteligentes eram sempre as melhores amantes. Ele também admirava uma mulher que soubesse algo do mundo além de moda e teatro. Para ele, escutar a Srta. Finch explicar como o exército de Napoleão estava enfraquecido era igual a ouvir uma cortesã lendo versos eróticos. Excitante além da medida. E então ele cometeu aquele erro idiota, embora inevitável, de imaginá-la nua. Aquele cabelo luminoso e a pele leitosa esparramados sobre lençóis brancos...

Para interromper aquele fluxo de pensamento erótico, Bram apertou com força o músculo contraído de sua coxa. A dor abriu espaço por entre a persistente nuvem de desejo.

Ele pegou a garrafa no bolso do casaco e tomou um gole estimulante de uísque.

"As mulheres não me dizem respeito", repetiu ele. "Estou aqui para treinar os homens locais. E há homens aqui, em algum lugar. Pescadores, agricultores, comerciantes, criados... Se é verdade o que você diz, e eles estão em menor número do que as mulheres... Bem, então eles estarão ansiosos por uma chance para exercitar os músculos, provar seu valor." Assim como ele estava.

Bram caminhou até a entrada e ficou aliviado ao ver as carroças se aproximando. Ele não conseguiria continuar perdido em pensamentos sensuais com trabalho para ser feito. Armar tendas, dar água e comida aos cavalos, fazer uma fogueira.

Após um último gole, ele fechou a garrafa e a enfiou no bolso.

"Vamos examinar melhor este lugar antes que escureça."

Eles começaram pelo centro e foram abrindo o perímetro. Claro que o centro atual não era o verdadeiro centro, pois metade do castelo havia caído no mar.

Virando para o norte, Bram percebeu que o arco por onde entraram era a portada original. Paredes saíam pelos dois lados daquela estrutura. Mesmo nos lugares em que as paredes desmoronaram, era possível encontrar facilmente os lugares onde elas existiram. Ali, saindo do muro externo do castelo, saliências cobertas de musgo marcavam as paredes internas. Ao sul, do lado do mar, torres redondas ligadas por corredores de pedra, sem janelas, formavam uma espécie de trevo de quatro folhas no alto da falésia.

"Aqui devia ser a casa da guarda", refletiu ele, enquanto passava pela entrada em arco, para se colocar no centro das quatro torres.

Colin entrou em uma das torres vazias e escuras.

"As escadas estão intactas, pois são de pedra, mas é claro que o piso de madeira se foi há muito tempo." Ele inclinou a cabeça e espiou para os cantos escuros acima. "Impressionante coleção de teias de aranha. Esse barulho são andorinhas chilreando?"

"Esse barulho?" Bram prestou atenção. "São morcegos."

"Claro. Morcegos. Então essa porcaria sobre a qual estou seria... Maravilha." Ele voltou ao pátio, onde tentou limpar as solas dos sapatos no musgo. "Lugarzinho encantador que você tem aqui, primo."

E *era* encantador. Depois que o céu escureceu, um manto de estrelas apareceu acima das ruínas do castelo. Bram sabia que havia tomado a decisão certa ao recusar o convite para ficar em Summerfield. Todas as preocupações com dever e autocontrole à parte, ele nunca se sentiu à vontade dentro daquelas mansões formais inglesas. As vergas das portas eram muito baixas para ele, e as camas, muito pequenas. Aquelas casas não eram para ele, e ponto final.

O campo aberto era onde ele se sentia bem. Bram não precisava de um lugar como Summerfield. Contudo, seu estômago vazio começava a argumentar que ele deveria, pelo menos, ter aceitado uma refeição à mesa de Sir Lewis.

Um balido fraco chamou sua atenção para baixo. Um cordeiro estava a seu pé, fuçando a borla de sua bota.

"Oh, veja", disse alegremente Colin. "O jantar."

"De onde veio este bicho?"

Thorne se aproximou.

"Ele veio com a gente. Os condutores dizem que está fuçando as carroças desde as explosões."

Bram examinou a criatura. Devia ter se separado da mãe. Àquela altura do verão, ele já devia ter passado da idade de desmame. Também já tinha passado da idade de parecer bonitinho. O cordeiro olhou para ele e soltou outro balido queixoso.

"Será que nós temos geleia de menta?", perguntou Colin.

"Não podemos comer este cordeiro", disse Bram. "Este animal pertence a alguém da região, e essa pessoa vai sentir sua falta."

"Essa pessoa nunca irá saber." Um sorriso carnívoro se espalhou pelo rosto do primo enquanto ele passava a mão pelo flanco lanoso do cordeiro. "Nós vamos destruir as provas."

Bram balançou a cabeça.

"Não vai acontecer nada disso. Desista de suas fantasias de costeleta de cordeiro. A casa dele não pode estar longe. Vamos encontrá-la amanhã."

"Bem, nós temos que comer algo esta noite, e não estou vendo alternativa."

Thorne apareceu caminhando em direção à fogueira, com uma braçada de lebres já abertas e desentranhadas.

"Aqui está sua alternativa."

"Onde você encontrou isso?", perguntou Colin.

"No brejo." Agachando-se, Thorne pegou uma faca em sua bota e começou a tirar a pele dos animais com eficiência implacável. O cheiro forte de sangue logo se misturou com o de fumaça e cinzas.

Colin encarou o soldado.

"Thorne, você me assusta. E não tenho vergonha de dizer isso."

"Você vai aprender a admirá-lo", disse Bram. "Thorne sempre consegue uma refeição. O nosso regimento era o mais bem abastecido da península."

"Bem, pelo menos isso satisfaz um tipo de fome", disse Colin. "Agora, quanto à outra... Tenho uma necessidade insaciável de companhia feminina que precisa ser resolvida. Eu não durmo sozinho." Ele olhou para Bram e Thorne. "O que foi? Vocês acabaram de voltar de anos na península. Era de se imaginar que vocês estivessem salivando."

Thorne bufou.

"Existem mulheres na Espanha e em Portugal." Ele pôs de lado uma carcaça esfolada e pegou outra lebre. "E eu já encontrei uma por aqui."

"Quê?", Colin balbuciou. "Quem? Quando?"

"A viúva que nos vendeu ovos na estrada. Ela vai ficar comigo."

Colin olhou para Bram como se dissesse: *Eu devo acreditar nisso?*

Bram deu de ombros. Thorne era um homem habilidoso. Em todos os lugares em que haviam acampado, ele sempre arrumava caça e conseguia uma mulher local. Ele nunca pareceu se apegar a nenhuma delas. Ou talvez fossem as mulheres que não se apegassem a Thorne.

Apego era um problema para Bram. Ele era um oficial, um cavalheiro de bens e, descontando-se as exceções, ele gostava de conversar com uma mulher antes de copular com ela. Juntas, essas atividades pareciam encorajar as mulheres a se apegarem, e envolvimento romântico era um luxo ao qual ele não podia se dar.

Colin endireitou-se, visivelmente incomodado.

"Espere só um minuto. Eu aceito ser superado quando se trata de caçar animais, mas não serei superado em se tratando de... caçar fêmeas. Você não tem como saber, Thorne, mas minha reputação é lendária. Lendária! Dê-me um dia na vila. Não me importa que elas *sejam* macacas solteironas. Vou estar debaixo das saias delas muito antes de você, e com mais frequência."

"Mantenham as calças no lugar, vocês dois." Bram deu um empurrão mal-humorado no cordeiro que tinha adormecido sobre seu joelho. "A única forma de cumprirmos nossa missão, para podermos ir embora deste lugar, é conseguindo a cooperação dos homens daqui. E eles não estarão dispostos a cooperar, se estivermos ocupados seduzindo suas irmãs e filhas."

"O que é que você está falando, Bram?"

"Estou falando 'nada de mulheres'. Não enquanto estivermos acampados aqui." Ele olhou para Thorne. "É uma ordem."

O cabo não respondeu. Apenas atravessou as duas lebres esfoladas com um espeto feito de um galho afiado.

"Desde quando eu recebo ordens de você?", perguntou Colin.

Bram olhou-o de frente.

"Desde que meu pai morreu e eu voltei da península para encontrar você afundado em dívidas. Não aprecio esse dever, mas sou o responsável por sua fortuna pelos próximos meses. Enquanto eu estiver pagando suas contas, você fará o que eu digo. A menos que você se case, o que nos pouparia de muitos dissabores pelo resto do ano."

"Ah, sim. Porque o casamento é uma ótima forma para um homem evitar dissabores." Colin levantou-se de um pulo e afastou-se na direção das sombras.

"Aonde você pensa que está indo?", chamou Bram. Colin podia ficar emburrado como um adolescente, mas devia ter cuidado. Eles não tinham verificado a segurança de todo o castelo, e a falésia estava perto...

"Eu vou urinar, caro primo. Ou você quer que eu mantenha as calças no lugar para isso também?"

Bram não estava mais alegre do que Colin quanto àquela missão. Parecia ridículo que um homem de 26 anos, um visconde desde pequeno, precisasse de um tutor. Mas os termos de sua herança – com o intuito de encorajar a produção de um herdeiro legítimo – estipulavam claramente que a fortuna de Payne fosse mantida sob tutela até que ele se casasse ou completasse 27 anos.

Enquanto Colin fosse sua responsabilidade, Bram não imaginava forma melhor de lidar com a situação do que transformar seu primo em soldado. Ele já tinha conseguido incutir noções de disciplina e responsabilidade em sujeitos muito menos promissores. Desertores, devedores, criminosos inveterados... o homem sentado do outro lado do fogo, por exemplo. Se Samuel Thorne tinha se saído bem, então havia esperança para qualquer homem.

"Amanhã vamos começar a recrutar voluntários", disse Bram a seu cabo.

Thorne anuiu e virou as lebres no fogo.

"A vila parece um bom lugar para começar."

Outro movimento de cabeça quase imperceptível.

"Cães pastores", Thorne falou, algum tempo depois. "Talvez eu consiga alguns. Seriam úteis. Por outro lado, galgos são melhores para caçar."

"Nada de cães", disse Bram. Ele não gostava de animais de estimação. "Ficaremos aqui por apenas um mês."

Um farfalhar nas sombras fez com que os dois virassem a cabeça. Um morcego, talvez. Ou uma cobra. Mas, então, ele supôs que provavelmente fosse apenas um rato.

"O que nós precisamos neste lugar", disse Thorne, "é de um gato."

Bram fez uma carranca.

"Pelo amor de Deus, não vou adquirir um gato."

Thorne olhou para o animal lanoso sobre o joelho do coronel e ergueu a sobrancelha.

"O senhor parece ter adquirido um cordeiro, milorde."

"O cordeiro vai embora amanhã."

"E se não for?"

"Vai virar nosso jantar."

Capítulo Cinco

Em uma vila de mulheres, os segredos tinham expectativa de vida menor que mosquitos. No instante em que abriu a porta da loja *Tem de Tudo*, da Sra. Bright, na manhã seguinte, Susanna foi inundada com perguntas. Ela deveria estar à espera daquele ataque. Moças se amontoaram ao redor dela, como galinhas atrás do milho, ciscando pedaços de informação.

"É verdade o que ouvimos? O que estão dizendo é verdade?", perguntou Sally, 19 anos, a segunda filha da Sra. Bright, debruçando-se sobre o balcão.

"Isso depende." Susanna levantou as mãos para desamarrar o laço de seu chapéu. Enquanto ela soltava os nós, a expectativa dentro da loja cresceu num nível palpável.

"Depende de quê?"

"De quem são essas pessoas que estão falando e exatamente o que elas falaram", Susanna falou com calma. Alguém tinha que ter calma.

"Dizem que fomos invadidas!", disse Violet Winterbottom. "Por *homens*."

"O que mais poderia nos invadir? Lobos?"

Susanna passou os olhos pela loja, enquanto fazia uma pausa para organizar os pensamentos e apreciar aquela beleza familiar. Aquela visão nunca deixava de encantá-la. Na primeira vez em que entrou na loja *Tem de Tudo*, ela sentiu como se tivesse encontrado a caverna do tesouro de Ali Babá.

A frente da loja, cuja face dava para o sul, era composta por janelas em formato de losangos que permitiam a entrada abundante do sol dourado. Cada uma das outras três paredes estava coberta, do chão até o teto alto, por prateleiras lotadas de produtos pitorescos de todos os tipos: rolos de seda e renda, penas para escrever e frascos de tinta, botões e adornos, carvão e pigmentos, confeitos e limões em conserva, pós para os dentes, pó de arroz e mais, muito mais – tudo aquilo brilhando ao sol do meio-dia.

"A auxiliar de cozinha da pensão soube pelo irmão", disse Sally, as faces rosadas de empolgação. "Que grupo de soldados acampou no alto da falésia."

"É verdade que tem um lorde entre eles?", perguntou Violet.

Susanna tirou o chapéu e o colocou de lado.

"Verdade, alguns soldados estão temporariamente acampados nas ruínas do castelo. E não, não tem um lorde no grupo." Ela fez uma pausa. "Tem dois."

O grito de empolgação provocado por aquela declaração chegou a lhe doer nos ouvidos. Ela olhou para Sally.

"Você pode me mostrar de novo aqueles dois carretéis de renda? Aqueles que eu vi na quinta-feira passada? Não consegui me decidir entre..."

"Deixe a renda para lá", disse Sally. "Fale mais desses cavalheiros. Não seja cruel, você sabe que estamos morrendo de curiosidade."

"Srta. Finch!" Uma mulher inesperada abriu caminho até ela. "Srta. Finch, o que é isso a respeito de lordes?"

"Sra. Highwood?" Susanna piscou, descrente, ao ver a viúva coberta de rendas. "O que a senhora ainda está fazendo por aqui?"

"Estamos todas aqui", disse Minerva, em pé atrás da mãe, braços dados com Charlotte. Do balcão, Diana fez um aceno tímido.

De algum modo, Susanna não percebeu a presença delas durante o tumulto inicial.

"Mas... Mas eu vi sua carruagem indo embora ontem."

"Mamãe a enviou para buscar nossas coisas", disse Charlotte, ficando na ponta dos pés. "Vamos ficar em Spindle Cove durante o verão! Não é maravilhoso?"

"É." Susanna riu, aliviada. "É sim. Estou feliz."

Até a Sra. Highwood sorriu.

"Eu apenas senti que era a decisão correta. Minhas amigas sempre dizem que minha intuição é imbatível. Ora, e não é que esta manhã dois lordes aparecem na região? Enquanto estamos aqui Diana pode se recuperar *e* casar."

Hum. Susanna não tinha tanta certeza *disso*.

"Agora conte-nos tudo sobre eles", insistiu Sally.

"Na verdade, não há muito o que contar. Três cavalheiros chegaram na tarde de ontem. Eles são o tenente-coronel Bramwell, o cabo Thorne e o primo de Bramwell, Lorde Payne. Por seus serviços à Coroa, Bramwell recebeu o título de Conde de Rycliff. O castelo é dele." Ela se voltou para Sally. "Posso ver a renda agora?"

"O castelo é dele?", perguntou Violet. "Como pode? O homem apenas entra marchando numa cidade e, de repente, um castelo com séculos de idade torna-se dele?"

A Sra. Lange bufou.

"Assim são os homens. Sempre tomando, nunca pedindo."

"Aparentemente, ele recebeu o título em reconhecimento à sua bravura", disse Susanna. "Ele recebeu a tarefa de estabelecer uma milícia local e fazer uma inspeção. O Festival de Verão dará lugar a demonstrações militares."

"O quê?", exclamou Charlotte. "Não vai haver Festival de Verão? Mas eu estava contando com isso."

"Eu sei, querida. Todas nós contávamos com isso, mas vamos encontrar outras formas de nos divertir durante o verão, não tenha dúvida."

"Tenho certeza de que sim." Sally olhou para ela com malícia. "Ora essa. Dois lordes e um soldado... Não é de admirar que você esteja atrás de renda esta manhã, Srta. Finch. Com os cavalheiros por perto, todas vocês vão querer cuidar da aparência."

Diversas moças se aproximaram dela para investigar os produtos com interesse renovado.

A Srta. Kate Taylor não se juntou a elas. Em vez disso, cruzou a loja para se aproximar de Susanna. Professora de música de Spindle Cove, Kate era uma das poucas residentes da pensão que ficava lá o ano inteiro.

"Você parece preocupada", disse Kate, em voz baixa.

"Não estou", mentiu ela. "Nós trabalhamos tanto para erguer esta comunidade, e nossa causa é importante demais. Não vamos deixar que alguns homens nos dividam."

Kate olhou para as outras mulheres.

"Parece que isso já começou."

O grupo de moças havia se dividido em dois: as que absorviam avidamente os conselhos de beleza de Sally Bright se reuniram à esquerda. À direita, as remanescentes formavam um bolo defensivo, que olhava com preocupação para seus sapatos e suas luvas.

Susanna temia exatamente aquela reação. Um punhado de moças de Spindle Cove podia se tornar vítima da febre escarlate e sair em perseguição aos casacos-vermelhos, enquanto a maioria tímida e desajeitada retornaria para suas conchas protetoras, como os caranguejos eremitas.

"Diana precisa de uma fita nova", decidiu a Sra. Highwood. "Rosa-coral. Ela sempre fica bem de rosa-coral. E verde-escuro para Charlotte."

"E para a Srta. Minerva?", perguntou Sally.

A Sra. Highwood fez um gesto de pouco caso.

"Nada de fita para Minerva. Ela embaraça as fitas tirando e pondo esses óculos."

Susanna esticou o pescoço para observar a garota de óculos em questão, preocupada com seus sentimentos. Felizmente, Minerva havia se afastado para os fundos da loja, onde parecia interessada em alguns frascos de tinta. A filha do meio da Sra. Highwood não possuía o que se pode chamar de beleza convencional; mas, por trás daqueles óculos, vivia uma inteligência aguçada, que não precisava ser enfeitada por uma fita."

"Como são esses homens?", Charlotte perguntou para Susanna. "São incrivelmente lindos?"

"O que isso tem a ver?"

A Sra. Highwood anuiu com ar sábio.

"Charlotte", disse ela, "a Srta. Finch tem toda razão. Não faz diferença se esses lordes são bem apessoados. Desde que possuam uma boa fortuna. A aparência murcha, o ouro não."

"Sra. Highwood, as jovens não precisam se preocupar com aparência ou fortuna desses homens, nem com a cor favorita de suas fitas. Eu acredito que eles não irão conviver socialmente conosco."

"O quê? Eles têm que conviver conosco. Eles não podem ficar só lá, naquele castelo úmido."

"Por mim, quanto mais longe ficarem, melhor", murmurou Susanna, mas ninguém ouviu aquela observação estranhamente ácida, porque, naquele momento, Finn e Rufus Bright apareceram na porta da loja.

"Eles estão chegando!", gritou Finn. "Nós os vimos..."

Seu irmão gêmeo concluiu a frase:

"Mais adiante na rua. Nós vamos cuidar dos cavalos deles." Os dois desapareceram com a mesma rapidez com que surgiram.

Oportunidades para aprender existiam em todos os lugares, acreditava Susanna. Ela aprendia uma coisa nova todos os dias. Naquela manhã ela aprendeu como era estar no meio de uma debandada de antílopes.

Cada mulher que estava na loja passou apressadamente por ela, empurrando e tentando chegar às janelas em losango para observar os homens que se aproximavam. Ela se espremeu contra a porta e segurou a respiração até a poeira baixar.

"Oh!", disse Sally, "eles são lindos."

"Oh!", fez a Sra. Highwood, aparentemente agitada demais para encontrar uma palavra. "Oh!"

"Não consigo ver nada", resmungou Charlotte, batendo os pés. "Minerva, seu cotovelo está na minha orelha."

Susanna ficou na ponta dos pés e esticou o pescoço para enxergar. Ela não precisava se esticar tanto. Havia momentos em que sua altura absurda era útil.

Lá estavam eles. Todos os três, desmontando de seus cavalos, na praça do vilarejo. Os garotos Bright pegaram, ansiosos, as rédeas.

Espremendo-a por todos os lados, as moças se derreteram pelas feições atraentes de Lorde Payne e por sua atitude cortês. Susanna não conseguiu olhar para ele. Sua atenção foi atraída imediata e diretamente pelo horrível Lorde Rycliff, que parecia mais sombrio e medieval do que nunca, com seu rosto não barbeado e aquele desavergonhado cabelo comprido, amarrado em um rabo de cavalo grosso à nuca. Ela não conseguia deixar de olhar para ele. E ela não conseguia olhar para ele sem... *senti-lo*. Seu calor sólido contra o peito dela. Sua mão forte segurando seu delicado cotovelo. Seus lábios quentes tocando os dela...

"Meu Deus", Kate suspirou em seu ouvido. "Eles são tão... másculos, não são?"

Sim, pensou Susanna. Que Deus a ajudasse, pois *ele* era.

"E aquele moreno é assustadoramente grande."

"Você precisa senti-lo de perto."

Kate arregalou os olhos e uma risada admirada irrompeu de seus lábios.

"O que você disse?"

"Ahn... eu disse que você precisa vê-lo de perto."

"Não. Não foi isso. Você disse que eu preciso *senti-lo* de perto." Os olhos castanhos de Kate faiscaram com malícia.

Sentindo as orelhas quentes de constrangimento, Susanna agitou a mão, fazendo pouco caso.

"Sou uma curadora. Faço avaliações com as mãos."

"Se você pensa assim..." Kate voltou-se para a janela.

"Imagino que isso quer dizer que teremos de cancelar nossa reunião desta tarde?", Violet suspirou alto.

"Claro que não", respondeu Susanna. "Não temos que alterar nossos planos. O mais provável é que esses homens não nos incomodem. Mas se o novo Lorde Rycliff e seus acompanhantes querem tomar chá... Precisaremos recebê-los da melhor forma."

Essa afirmação foi recebida com um surto de entusiasmo e um ciclone de preocupação. Objeções se levantaram ao redor dela.

"Srta. Finch, eles não vão entender. Vão debochar de nós, como os cavalheiros da cidade."

"Ora, como vou me apresentar para um conde? Não tenho nenhuma roupa fina para vestir."

"Vou morrer de vergonha. Vou *morrer* de verdade."

"*Moças*", Susanna ergueu a voz. "Não há motivo para preocupações. Vamos fazer o que sempre fizemos. Dentro de um mês, esse negócio de milícia estará encerrado e esses homens terão ido embora. Nada vai mudar em Spindle Cove por causa da visita deles."

Pelo bem de suas amigas, Susanna precisava manter a fachada de coragem frente àquela invasão. Mas ela sabia, enquanto espiava pela

pequena vigia da porta, que suas palavras eram falsas. Era tarde demais...
As coisas já estavam mudando em Spindle Cove.

Algo havia mudado *nela*.

Após desmontar de seu cavalo, Bram ajeitou o casaco e observou o lugar.

"Uma vila bem decente", refletiu. "Bastante encantadora."

"Eu sabia", disse Colin e acrescentou uma maldição petulante.

A praça era grande, pontuada pelas sombras das árvores. Do outro lado da rua, havia uma fileira de edificações bem arrumadas. Ele imaginou que a maior devia ser a pousada. Ruelas estreitas de terra com casinhas saíam do centro da vila, acompanhando os contornos do vale. O lado da vila que dava para a enseada tinha um grupo de casas humildes. Bram imaginou que fossem as residências dos pescadores. No centro da praça elevava-se a igreja – uma catedral alta, notavelmente grandiosa para uma vila daquele tamanho. Ele imaginou que fosse remanescente da cidade portuária medieval que Sir Lewis havia mencionado.

"Este lugar é limpo", disse Colin, com cuidado. "Limpo demais. E sossegado demais. Não é natural. Isso me dá arrepios."

Bram tinha de admitir que a cidade era estranhamente imaculada e assustadoramente vazia. Cada pedra do calçamento brilhava. As ruelas de terra não tinham detritos. Todas as fachadas de lojas e casas ostentavam floreiras de janela transbordando gerânios vermelhos.

Um par de garotos veio correndo na direção deles.

"Podemos ajudar com os cavalos, Lorde Rycliff?"

Lorde Rycliff? Então já o conheciam. As notícias corriam em vilas pequenas, imaginou ele.

Bram entregou as rédeas a um dos jovens ansiosos de cabelos muito claros.

"Como se chamam, garotos?"

"Rufus Bright", disse o que estava à esquerda. "E este é Finn."

"Somos gêmeos", explicou Finn.

"Não diga."

Bright era um nome adequado aos garotos com aquela cabeleira incandescente, tão loira que parecia branca.

"Está vendo?", ele se dirigiu a Colin. "Eu falei que este lugar tinha homens."

"Eles não são homens", retrucou Colin. "São garotos."

"Eles não brotaram do solo. Se existem crianças, devem existir homens. E mais, homens cujo pau não murchou e virou um graveto." Ele se voltou para um dos meninos. "O pai de vocês está por perto?"

A cabeleira clara agitou-se negativamente.

"Ele... ahn, não está aqui."

"Quando vocês imaginam que ele volta?"

Os gêmeos se entreolharam com expressão de cautela.

Finalmente, Rufus falou.

"Não sei dizer, milorde. Errol, nosso irmão mais velho, viaja para lá e para cá, trazendo produtos para vender na loja. Nós somos os donos da *Tem de Tudo*, do outro lado da rua. Quanto ao nosso pai... faz tempo que ele não aparece."

"A última vez foi há quase dois anos", disse Finn. "Ele ficou tempo suficiente apenas para fazer outro bebê na nossa mãe e distribuir sopapos no resto de nós. Ele gosta mais de bebida do que dos filhos."

Rufus cutucou o gêmeo com o cotovelo.

"Agora chega de espalhar os assuntos da família. O que você vai revelar agora? Os remendos nos seus fundilhos?"

"Ele perguntou do nosso pai. Eu contei a verdade."

A verdade era uma vergonha danada. Não apenas porque aqueles garotos tinham um bêbado ausente como pai, mas porque Bram poderia ter usado um Sr. Bright sóbrio na milícia. Ele examinou os garotos diante dele. Tinham 14, talvez 15 anos. Um pouco jovens demais para terem alguma utilidade.

"Você pode nos mostrar onde fica o ferreiro?", pediu Bram.

"Seu cavalo perdeu uma ferradura, milorde?"

"Não. Mas tenho outro serviço para ele." Bram precisava encontrar os homens mais fortes e capazes da vila. O ferreiro seria um bom começo.

Conforme a manhã foi passando, Bram começou a entender por que o Sr. Bright se voltou para a bebida.

Aquela deveria ser uma tarefa simples. Como tenente-coronel ele havia sido responsável por mil soldados de infantaria. Ali, ele precisava de apenas vinte e quatro homens para formar uma força de voluntários. Após uma hora vasculhando a vila, ele conseguiu menos indivíduos aptos do que os dedos de uma das mãos. Talvez menos do que poderia contar em um polegar.

Descobrir a ausência do Sr. Bright foi apenas a primeira decepção, seguida de perto por sua visita ao ferreiro. Este, Aaron Dawes, era um sujeito robusto e maciço, como geralmente eram os ferreiros. Apenas pelas aparências, Bram teria considerado aquele um candidato excelente. O que o fez hesitar, contudo, ao entrar na forja, foi encontrar o homem não ferrando um cavalo ou martelando a lâmina de um machado, mas moldando meticulosamente a dobradiça de um broche gracioso.

Depois foi o vigário. Bram julgou prudente parar na igreja para se apresentar. Ele esperava conseguir explicar sua missão militar e obter o apoio do clérigo no recrutamento dos homens da região. O vigário, um certo Sr. Keane, era jovem e parecia bastante inteligente, mas aquele sujeito agitado só conseguia falar de um tal Corpo Auxiliar de Senhoras e das novas almofadas bordadas para os bancos.

"Não diga que eu não lhe avisei", disse Colin, quando saíram da desanimadora reunião com Keane.

"Que tipo de vigário usa um colete cor-de-rosa?"

"Um vigário de Spindle Cove. O que foi que eu lhe disse, Bram? Gravetos secos. Uvas-passas."

"Deve haver outros homens. Homens de verdade. Em algum lugar."

Tinha que haver outros. Os pescadores estavam todos no mar, era óbvio, de modo que suas casas na enseada não teriam homens durante o dia. Com certeza haveria agricultores na zona rural, mas provavelmente teriam viajado até o mercado mais próximo, pois era sábado.

Naquele momento, Bram imaginou que só haveria um lugar com a probabilidade de encontrarem homens. O local preferido, havia muito tempo, de recrutadores do exército e da marinha.

"Vamos até a taverna", disse ele. "Preciso de uma bebida."

"Eu preciso de um bife", disse Thorne.

"E eu preciso de uma prostituta", falou Colin. "Eles têm isso em vilas litorâneas? Prostitutas de taverna?"

"Deve ser ali." Ele atravessou a praça, na direção de um estabelecimento de aparência alegre, com a placa tradicional de taverna pendurada sobre a entrada. Graças a Deus! Aquilo era quase tão bom quanto voltar para casa. Os verdadeiros pubs ingleses, pelo menos, com seus cantos frios e escuros, e piso grudento, eram o real domínio dos homens.

Bram diminuiu o passo quando eles se aproximaram da entrada. Olhando mais de perto, aquilo não se parecia com nenhuma taverna em que ele tinha estado. Havia cortinas de renda na janela. Acordes delicados de piano chegavam flutuando até ele. E a placa pendurada sobre a porta dizia…

"Por favor, diga que não está escrito o que eu estou lendo."

"O Amor-Perfeito", seu primo leu em voz alta, em tom horrorizado. "Casa de chá e doces."

Bram praguejou. A coisa ia ser feia.

Corrigindo: quando abriu a porta vermelha do estabelecimento, ele percebeu que a coisa não ia ser feia, de modo algum. Tudo seria muito *bonito*, além de todos os limites da tolerância masculina.

Capítulo Seis

"Desculpe, primo." Colin bateu a mão no ombro de Bram quando eles entraram no estabelecimento. "Eu sei que você odeia quando eu estou certo."

Bram observou a cena. Nada de chão grudento, sem cantos escuros e úmidos, sem homens.

O que ele viu foram diversas mesas com toalhas adamascadas brancas. Em cima de cada uma, um vaso de cerâmica com flores silvestres frescas, e, ao redor delas, sentava-se um grupo de moças. No total, deviam ser umas vinte. Bem-vestidas, com laços e, em alguns casos, óculos. E pareciam surpresas pelo surgimento dos homens.

A música do piano morreu súbita e rapidamente. Então, como se orquestradas, as garotas voltaram-se ao mesmo tempo para o centro do salão, obviamente procurando orientação de sua líder: Srta. Susanna Finch.

Bom Deus. A Srta. Finch era a abelha-rainha da colmeia das solteironas? Seu cabelo de bronze derretido era um lampejo de beleza indômita em meio à beleza comum do resto do ambiente. E suas sardas desalinhadas não combinavam com aquela serenidade organizada. Apesar de ter toda a intenção de permanecer indiferente, Bram sentiu seu sangue esquentar até chegar a uma fervura incontrolável.

"Ora, Lorde Rycliff. Lorde Payne. Cabo Thorne. Que surpresa." Ela se levantou da cadeira e fez uma reverência. "Não querem se juntar a nós?"

"Vamos! Pelo menos vamos comer...", murmurou Colin. "Onde duas ou mais mulheres se reúnem deve haver comida. Tenho certeza de que isso está na Bíblia."

"Sentem-se." A Srta. Finch apontou para eles uma mesa com cadeiras vazias, junto à parede.

"Você é nosso homem de infantaria." Colin empurrou o primo para frente. "Você primeiro."

Bram relaxou e caminhou até uma cadeira vazia, abaixando-se para evitar as vigas do teto, sentindo-se o proverbial elefante na loja de louça. À volta dele, mulheres frágeis seguravam xícaras quebradiças em suas mãos delicadas. Elas acompanhavam os movimentos deles com olhos arregalados em seus rostos de porcelana. Bram desconfiou que, se fizesse um movimento repentino, poderia destruir toda aquela cena.

"Vou pegar bebidas para vocês", disse Susanna.

Ah, não. Ela não iria deixá-lo sozinho no meio de toda aquela delicadeza. Bram puxou a cadeira e a segurou para ela.

"Meu primo pode fazer isso. Sente-se, Srta. Finch."

Um brilho de surpresa faiscou em seu rosto, enquanto ela sentava. Bram pegou a cadeira ao lado para si. Após suas observações matutinas e os avisos sinistros de Colin, ele percebeu que algo de muito estranho estava acontecendo naquela vila... E o que quer que fosse, a Srta. Finch iria se sentar e explicar para ele.

Claro, assim que ela sentou ao seu lado, Bram percebeu que sua capacidade de concentração diminuiu imediatamente. O tamanho exíguo da mesa os obrigava a ficar muito próximos, com o ombro dela roçando seu braço. A partir disso era fácil demais imaginar outras formas agradáveis de fricção. Lembrar da sensação do corpo dela sob o seu.

A música recomeçou. Uma xícara de chá apareceu sobre a mesa.

Ela se aproximou, banhando-o com seu aroma de estufa.

"Leite ou açúcar?", perguntou Susanna, com um murmúrio abafado.

Diabos! Ela estava lhe oferecendo chá. Mas o corpo dele reagiu como se ela estivesse nua à sua frente, equilibrando a leiteira em uma das mãos e o açucareiro na outra, e perguntando qual substância ele gostaria de lamber em sua pele nua.

Os dois. Os dois, por favor.

"Nada." Controlando-se frente à tentação, Bram pegou a garrafa no bolso do casaco e acrescentou uma dose generosa de uísque à sua xícara fumegante. "O que está acontecendo aqui?"

"Esta é nossa reunião semanal. Como lhe contei ontem, as mulheres de Spindle Cove têm uma programação. Às segundas, caminhadas pelo campo. Às terças, banho de mar. Nós passamos as quartas-feiras no jardim e…"

"Sei, sei", disse ele, coçando o rosto não barbeado. "Eu lembro da programação. Às quintas espero que você abrigue cordeiros órfãos."

Ela continuou, serena.

"Além de nossas atividades em grupo, cada mulher segue seus próprios interesses. Arte, música, ciências, poesia. Aos sábados, nós comemoramos nossas realizações pessoais. Estas reuniões ajudam as moças a desenvolver autoconfiança antes que voltem à sociedade."

Bram não conseguia imaginar como a moça que tocava piano naquele momento podia ter pouca autoconfiança na sociedade. Ele próprio tinha pouca habilidade musical, mas sabia reconhecer o verdadeiro talento quando o ouvia. Aquela jovem extraía sons do instrumento, que ele não sabia que um piano poderia produzir; cascatas de risos e sinceros suspiros lamuriosos. E a garota era bonita, além de tudo. Observando-a de perfil, ele notou o volumoso cabelo castanho e as feições delicadas. Ela não era o tipo preferido de Bram, mas possuía certa beleza que nenhum homem poderia negar.

E enquanto a garota tocava, Bram quase conseguiu controlar seu desejo por Susanna Finch. Apenas um gênio musical seria capaz disso.

"Aquela é a Srta. Taylor", sussurrou Susanna. "Ela é nossa professora de música."

Colin chegou, colocando uma travessa no centro da mesa e ajudando a diminuir o constrangimento.

"Aí está", disse ele. "Comida."

"Tem certeza?", perguntou Bram, após observar o conteúdo da travessa, que estava repleta de doces pequeninos e de bolos minúsculos, cada um com uma cobertura de um tom pastel diferente. Rosetas e pérolas de açúcar enfeitavam aqueles bocados refinados.

"Isto não é *comida*." Bram pegou um bolo com cobertura lavanda, segurando-o entre polegar e indicador e o observou. "Isto é... enfeite comestível."

"É comestível, e isso é tudo que me importa." Colin enfiou na boca um pedaço de bolo de sementes.

"Ah, esses cor de lavanda são a especialidade do Sr. Fosbury." Ela apontou o bolo na mão de Bram e pegou um igual para si. "São recheados com geleia de groselha que ele mesmo faz. Divino!"

"Um *senhor* Fosbury fez isto?" Bram ergueu o bolo lavanda.

"Claro! Faz uma geração que ele é o dono deste lugar. Antes era uma taverna."

Então aquele lugar *tinha sido* uma taverna com canecos de cerveja de verdade, era de se imaginar. E torta de rins, e bifes tão malpassados que podia-se ouvir o boi mugindo. O estômago de Bram soltou um ronco desesperado.

"O que faz o dono de uma taverna começar a preparar bolos?" Ele passou os olhos pelo lugar, tão refinado e alegremente decorado. Na janela, cortinas de renda esvoaçavam, joviais, debochando dele *e* de seu docinho com cobertura lavanda.

"As coisas mudam", disse Susanna. "Depois que a pensão virou um refúgio de moças, a alteração na estratégia de negócio dele foi o mais lógico."

"Entendo. Então este lugar não é mais uma taverna. É uma casa de chá. Em vez de comida nutritiva, de verdade, encontramos aqui essa variedade absurda de doces. Vocês reduziram um homem decente, trabalhador, a alguém que faz rosinhas com glacê para sobreviver."

"Bobagem. Nós não *reduzimos* o Sr. Fosbury a nada."

"O diabo que não reduziram. Vocês... o fizeram murchar, virar uma uva-passa." Bram jogou o bolo na travessa, enojado, e procurou onde limpar a cobertura lavanda de seus dedos. No fim, ele deixou manchas violeta na toalha de mesa adamascada e se divertiu com o olhar atônito da Srta. Finch.

"Essa é uma visão medieval", disse ela, obviamente ofendida. "Aqui em Spindle Cove nós vivemos na modernidade. Por que um homem não pode fazer geleia de groselha ou belas coberturas, se isso o agrada? Por que uma moça não pode estudar geologia ou medicina, se esse é o interesse dela?"

"As mulheres não são da minha conta." Bram passou os olhos pelo lugar. "Então onde todos esses homens 'modernos' se congregam à noite, já que estão privados de uma taverna?"

"Acho que eles vão para casa." Susanna deu de ombros. "Os poucos que restam."

"Então eles estão fugindo desta vila? Não é difícil de imaginar por quê."

"Alguns se alistaram no exército ou na marinha. Outros foram procurar trabalho nas cidades maiores. Simplesmente não há muitos homens em Spindle Cove." Seu olhar azul encontrou o dele. "Entendo que isso dificulta sua missão, mas para ser completamente franca... não consideramos isso uma privação."

Ela tomou um gole de chá. Ele ficou surpreso que Susanna conseguisse falar aquilo com um sorriso recatado no rosto. Enquanto baixava a xícara, ela arqueou as sobrancelhas.

"Eu sei o que você quer, Lorde Rycliff."

"Oh, eu duvido muito disso." A imaginação dela não podia ser tão fértil.

Susanna pegou outro pedaço de bolo, equilibrando-o entre o polegar e o indicador.

"Você gostaria que nós lhe oferecêssemos uma fatia grande e sangrenta de carne, algo em que você possa espetar o garfo, cortar com sua faca, *conquistar*, do modo mais bruto. Um homem encara sua comida como uma conquista, mas para a mulher comer é uma libertação. Somos todas mulheres aqui, e Spindle Cove é nosso lugar, onde saboreamos a liberdade em pedaços pequenos e doces."

Ela ergueu o confeito até os lábios e deu-lhe uma mordida provocante e impenitente. Sua língua saiu da boca para resgatar um bocado perdido de geleia. Ela soltou um suspirou de prazer, e Bram quase gemeu alto.

Bram procurou desviar a atenção, buscando refúgio na talentosa performance da Srta. Taylor, que encantou de tal modo a pequena plateia, que houve uma pausa entre os últimos acordes de música e os primeiros aplausos entusiasmados. Bram acompanhou as mulheres nas palmas. A única alma na taverna que não aplaudiu foi Thorne. Mas será que ele contava como alma? O cabo permanecia impassível junto à porta, com os braços cruzados à frente do peito. Bram supôs que, para Thorne, aplaudir se aproximava demais de uma demonstração de emoção, assim como dançar, rir ou qualquer expressão com o rosto que fosse mais comunicativa do que um piscar de olhos. O homem era uma rocha. Não, não apenas uma rocha. Uma rocha envolta em ferro. E, só para completar, coberta com gelo.

Assim, Bram percebeu que algo verdadeiramente chocante havia acontecido quando viu seu cabo estremecer. Ninguém mais naquela sala notaria – foi uma tensão sutil dos ombros, um breve engolir em seco. Mas para Thorne, aquela reação equivalia a um grito de gelar o sangue.

Bram virou-se para ver o que assustava tanto seu amigo. A Srta. Taylor havia levantado do banco ao piano, sorrindo e fazendo uma graciosa reverência antes de voltar para sua mesa. Foi então que ele conseguiu ver o que não havia percebido ao admirar apenas o perfil da pianista. O outro lado do rosto belo e delicado da Srta. Taylor era desfigurado por uma marca de nascença bordô. A mancha vermelho-escuro em forma de coração obscurecia boa parte de sua têmpora direita e entrava por baixo do cabelo.

Que pena, aquilo. Uma moça tão bonita...

Como se lesse seus pensamentos, a Srta. Finch olhou enviesado para ele.

"A Srta. Taylor é uma das minhas amigas mais queridas", disse Susanna. "Não sei se conheço pessoa mais gentil ou bonita."

A voz dela estava cortante como uma espada, que ela manejava com precisão cirúrgica.

Não magoe minha amiga, foi o recado.

Ah... Aquilo explicava tudo: o estranho estado das coisas naquela vila e a resistência de Susanna contra a milícia. A Srta. Finch se julgava protetora daquele pequeno grupo de esquisitices femininas e a seus olhos, Bram – e qualquer homem de sangue quente – era considerado inimigo.

Interessante... Bram respeitava a intenção dela, até mesmo admirava. Sem dúvida ela se considerava uma solucionadora de problemas, mas as contas dela precisavam de uma correção fundamental. Não se podia simplesmente retirar os homens da equação. Proteger aquele lugar era dever de um homem – de Bram, especificamente. E Susanna complicava as coisas com sua ninhada de patinhos feios.

E para falar de esquisitices, uma jovem de óculos substituiu a Srta. Taylor como centro das atenções. A garota não se sentou ao piano, nem portava outro instrumento musical. Ela carregava uma caixa de curiosidades que começou a circular entre as outras mulheres, cuja falta de interesse era visível. Bram inclinou a cabeça. Pelo que podia ver, aqueles tesouros pareciam ser... pedaços de terra. Isso explicava a perplexidade geral.

"O que diabos essa garota está fazendo?", murmurou Colin, enquanto mastigava seu terceiro pedaço de bolo de sementes. "Parece que ela está dando uma palestra sobre terra."

"Essa é Minerva Highwood", disse Susanna, com o mesmo tom afiado. "Ela é uma geóloga."

Colin achou graça.

"Isso explica os quinze centímetros de lama na bainha do vestido dela."

"Ela veio passar o verão com a mãe e as duas irmãs, Srtas. Diana e Charlotte." Susanna indicou um grupo de mulheres com cabelos claros em uma mesa próxima.

"Ora, ora", murmurou Colin. "*Essas* são interessantes."

Outra jovem se levantou para ir até o piano. Colin se afastou da mesa e se sentou no lugar que acabava de ficar vago, que por acaso era ao lado de Diana Highwood.

"O que ele está fazendo?", perguntou Susanna. "A Srta. Highwood está em convalescência. Espero que seu primo não pretenda..." Ela começou a se erguer da cadeira.

Lá ia Susanna novamente, toda protetora... Ele a segurou com a mão.

"Não ligue para ele. Deixe que eu cuido do meu primo. Agora nós estamos conversando. Você e eu."

Enquanto ela se sentava, Bram chutou a perna da cadeira, virando-a para que Susanna tivesse que olhar para ele. Ela olhou para a mão com que ele tocava seu punho enluvado. Apenas para constranger os dois, Bram manteve a mão ali. O cetim esquentou sob seus dedos. A fileira de botões era tentadora.

Droga, tudo nela era tentador.

Bram fez um esforço para soltá-la.

"Deixe-me ver se a estou entendendo, Srta. Finch. Você reuniu uma colônia de mulheres solteiras, depois afastou ou castrou todos os homens de Spindle Cove. Mas ainda assim, não sente falta de nada."

"De nada. Na verdade, creio que nossa situação é a ideal."

"Você percebe como isso parece..."

Ela inclinou a cabeça, compassiva.

"Ameaçador?", disse Susanna. "Eu percebo, sim, que um homem possa enxergar a situação dessa forma."

"Eu ia dizer 'sáfico'."

Aqueles lábios suculentos, manchados de groselha, abriram-se com a surpresa.

Bom... Ele estava começando a se perguntar o que seria necessário para conseguir provocá-la. E buscando vários tipos de provocações, Bram começou a pensar nas reações dela. Como reagiria sua pele macia e quente com aquelas sardas deliciosas que pareciam um tempero...

"Choquei você, Srta. Finch?"

"Chocou, tenho que admitir. Não com suas insinuações de amor romântico entre mulheres, mas eu nunca teria imaginado que você fosse tão versado em poesia grega antiga. Isso é um choque, de fato."

"Só para você saber", disse Bram, "frequentei Cambridge durante três semestres."

"Verdade?" Ela o encarou com falsa admiração. "Três semestres inteiros? Nossa, como isso é impressionante." A voz dela estava grave, sedutoramente lenta, e fez cada pelo do braço dele ficar em pé.

Em algum momento daquela conversa, Susanna parou de discutir com ele e começou a flertar. Bram duvidava que ela havia percebido – do mesmo modo que não notou o perigo, no dia anterior, quando seu vestido rasgado esteve a um suspiro de expor seu seio pálido e macio. Faltava experiência à Susanna para que ela entendesse a diferença sutil entre antagonismo e atração.

Então Bram ficou absolutamente imóvel e sustentou o olhar dela. Ele a encarou diretamente, penetrando no fundo de seus olhos até que ela também tomasse consciência da atração ardente que ia e vinha entre eles dois.

O ar ficou quente com o esforço que Susanna fazia para não respirar, e seu olhar baixou – ainda que brevemente – para a boca de Bram. O fantasma fugaz de um beijo...

Ah, sim, disse-lhe Bram, com um movimento sutil da sobrancelha. *É isso que estamos fazendo aqui.*

Ela engoliu em seco, mas não desviou o olhar.

Droga, eles podiam se dar tão bem. Bram percebia aquilo só de fitar os olhos dela. Aquelas íris azuladas continham inteligência, paixão e... profundezas. Profundezas intrigantes que ele desejava muito explorar. Um homem podia passar a noite toda conversando com uma mulher daquelas. Nos intervalos, é claro. Seriam necessários, também, longos momentos de gemidos e de respiração ofegante.

Ela é filha de Sir Lewis Finch, sua consciência gritou em sua orelha. O problema era que o resto do corpo não ligava para isso.

Susanna pigarreou, quebrando abruptamente o feitiço jogado em Bram.

"Sra. Lange", disse ela, "não gostaria de ler um poema para nós?"

Bram se recostou na cadeira. Uma jovem morena e esguia subiu no palco, segurando um papel. Ela parecia dócil e tímida.

Até que... abriu a boca.

"Oh, traidor vil! Oh, profanador de votos!"

Bem, ela conseguiu a atenção do público.

"Escute minha raiva, como um trovão distante. Meu coração, que a besta rasgou em pedaços. Minha enseada, que o bruto miserável saqueou, embora não completamente." Ela olhou por sobre o papel. "Não é de admirar."

Susanna se inclinou para a frente e sussurrou:

"A Sra. Lange está brigada com o marido."

"Não diga...", respondeu ele, também murmurando. Bram ergueu as mãos, preparando-se para aplaudir por educação.

Mas o poema não parava ali. Ah, não. Ele continuou...

Por vários minutos....

Pelo jeito havia muitos, muitos versos de infâmia épica para serem lidos. E quanto mais a mulher recitava, mais sua voz ficava estridente. Suas mãos começaram até a tremer.

"Toda minha confiança ele traiu, quando outra ele procurou. Esse feito cruel foi por mim retribuído. Com a ajuda de uma bandeja de latão batido. E o sangue dele teve a audácia… de deixar nas cortinas suas hemácias." Ela fechou os olhos com força. "Eu me lembro bem, daquela mancha seca. É minha promessa. Nunca… nunca… *nunca* mais..."

O salão todo segurou a respiração.

"…outra vez."

Silêncio.

"Bravo!" Colin se pôs em pé, aplaudindo com energia. "Muito bem, mesmo. Mais um!"

Com o canto do olho, Bram viu os lábios suculentos e macios da Srta. Finch se retorcendo. Ela lutava, com toda força, para não rir. E Bram se esforçava, enormemente, para não cobrir aquela boca com a sua e saborear a doçura de seu riso, a aspereza de sua inteligência... Tomá-la, da forma que ela precisava ser tomada; por inteiro, medieval e selvagemente.

Sua única alternativa de ação ficou clara.

Ele se afastou da mesa, arrastando os pés da cadeira nas tábuas do piso. Quando todas as mulheres do lugar se voltaram para ele, mudas de horror, Bram se pôs em pé e resmungou:

"Boa tarde."

E então, ele saiu pela porta.

Capítulo Sete

Susanna foi atrás dele.

Antes mesmo de perceber o que fazia, ela se levantou e passou pela porta, seguindo aquele homem impossível até a rua. Era claro que ela preferia que ele fosse embora, mas não podia permitir que ele saísse *daquela forma*.

"Isso foi indelicado." Erguendo a saia, ela correu atrás dele, que andava na direção do cavalo. "Aquelas moças estavam nervosas, mas se esforçaram ao máximo para receber vocês bem. Você poderia, ao menos, sair com educação."

Quanto a isso, ele poderia ter aceitado um bolo com cobertura lavanda, ou jantar na noite anterior em Summerfield. Ele poderia ter evitado provocá-la até fazer com que corasse e remexesse infantilmente no cabelo, na frente de todas as suas protegidas. Ele poderia até ter se dado o trabalho de fazer *a barba*.

O que havia de errado com aquele homem, que não conseguia se comportar com educação em sociedade? Seu primo era um visconde! Com certeza ele também tinha sido criado como um cavalheiro.

Ela o alcançou na praça, só um pouco ofegante.

"Spindle Cove é uma estância turística, Lorde Rycliff. As visitantes viajam por grandes distâncias para desfrutar do clima agradável, ensolarado, e da atmosfera restauradora. Se você respirar fundo e der uma boa olhada em redor, talvez perceba que o lugar pode *lhe* fazer bem. Porque, perdoe-me por dizer isso, mas a presença de um lorde azedo, mal-humorado, não combina com a imagem que vendemos daqui."

"Posso imaginar que não combine." Rycliff pegou as rédeas das mãos de Rufus Bright. Ele inclinou a cabeça na direção de *O Amor-Perfeito*. "Eu não me encaixo naquele lugar. Eu sei bem disso. A pergunta que fica, Srta. Finch, é o que *você* está fazendo nesta vila?"

"É o que eu venho tentando lhe explicar. Nós temos uma comunidade de mulheres, aqui em Spindle Cove, e apoiamos umas às outras com amizade, estímulo intelectual e um estilo de vida saudável."

"Não, não. Eu consigo ver que isso pode parecer atraente para uma pirralha tímida e desajeitada, sem perspectiva de algo melhor. Mas o que *você* está fazendo aqui?"

Perplexa, Susanna virou as palmas enluvadas para o céu.

"Vivendo alegremente."

"Mesmo?", disse ele, olhando com ceticismo para ela. Até o cavalo resfolegou em aparente descrença. "Uma mulher como *você*."

Ela se arrepiou. Que tipo de mulher Bram pensava que ela era?

"Se você acredita estar contente sem nenhum homem na sua vida, Srta. Finch, isso só prova uma coisa." Em um movimento rápido, ele subiu na sela. As palavras seguintes foram ditas de cima para baixo e a fizeram se sentir pequena e inferiorizada. "Você só tem encontrado os homens errados."

Ele cutucou sua montaria e se afastou trotando, deixando-a ultrajada e espumando. Ela girou sobre os calcanhares, mas deu de cara com a dragona do cabo Thorne.

Susanna engoliu em seco. A presença de Thorne, quando estava do outro lado da sala, era intimidadora. De perto, ele era aterrorizador! Mas a raiva e a curiosidade de Susanna também estavam muito aguçadas. Juntas, sobrepuseram-se a qualquer noção de etiqueta ou cautela.

"O que há de errado com aquele homem?", perguntou ela ao cabo.

Os olhos dele ficaram frios.

"Aquele homem." Ela apontou para a rua. "Rycliff. Bramwell. Seu superior."

A mandíbula de Thorne ficou tensa.

"Você deve conhecê-lo bem. Provavelmente trabalha ao lado dele há anos e é seu confidente mais próximo. Conte-me, então? Começou na infância? Ele foi negligenciado pelos pais, maltratado por uma governanta? Trancado em um sótão?"

O rosto inteiro do homem transformou-se em pedra. Uma pedra marcada com linhas nada amigáveis e uma fenda implacável onde deveria existir uma boca.

"Ou foi a guerra? Talvez ele seja assombrado por lembranças de batalhas. O regimento dele foi emboscado, com grande perda de vidas? Ele foi capturado e mantido prisioneiro atrás das linhas inimigas? Eu espero que ele tenha *alguma* desculpa."

Ela esperou e observou. O rosto do cabo não forneceu nenhuma pista.

"Ele tem um medo paralisante de chá...", soltou Susanna. "Ou de espaços fechados... Aranhas, é meu palpite. Pisque uma vez para sim, duas para não."

Ele não piscou nenhuma vez.

"Deixe para lá", disse ela, exasperada. "Eu mesma vou ter de arrancar isso dele."

Cerca de trinta, ofegantes, minutos depois, Susanna chegou ao alto da falésia, no perímetro do castelo Rycliff. Naturalmente, Lorde Rycliff havia chegado muito antes dela. Susanna encontrou o cavalo já sem sela e pastando junto às ruínas do muro.

"Lorde Rycliff?", ela chamou. Seu grito ecoou nas pedras.

Nada de resposta.

Ela tentou novamente, com as mãos em volta da boca.

"Lorde Rycliff, posso ter uma palavra com o senhor?"

"Somente uma, Srta. Finch?" A resposta abafada veio da direção da torre. "Eu não tenho tanta sorte assim..."

Ela avançou na direção das torres de pedra, aguçando os ouvidos para ouvir a voz dele.

"Onde você está?"

"Na sala de armas."

Sala de armas?

Seguindo o som da resposta, ela se dirigiu até a entrada em arco. Uma vez lá dentro, Susanna virou à esquerda e entrou na torre de pedra no canto nordeste que, pelo que parecia agora, era a sala de armas. Ela imaginou que aquele fosse um lugar adequado ao armazenamento de armas e pólvora: frio, escuro e fechado por pedra. O ranger das pedras secas sob seus pés indicava que o telhado da torre estava suficientemente intacto para impedir a chuva de entrar.

Ela parou à porta, esperando que seus olhos se adaptassem à escuridão. Lentamente, a cena foi entrando em foco, e quando enxergou, Susanna ficou desolada.

Ela esperava – com todo coração – que ele não levasse muito a sério aquela coisa de milícia, limitando seus esforços ao mínimo necessário. A ocasião exigia apenas um espetáculo, raciocinava Susanna. Rycliff não poderia querer, honestamente, montar uma verdadeira força combatente em Spindle Cove.

Mas olhando para aquela cena, ela não podia ignorar a verdade. O homem estava levando a milícia a sério. Havia muitas armas ali.

De um lado da torre, havia uma fileira de mosquetes Brown Bess. Na outra parede, balas de canhão de vários tamanhos. Prateleiras feitas recentemente sustentavam barris de pólvora, e ao lado deles, de costas para ela, estava Lorde Rycliff.

Ele tinha se despido ao chegar e, naquele momento, vestia apenas uma camisa para fora da calça e botas – nada de casaco ou gravata. O tecido claro brilhava no ambiente escuro, delineando os contornos dos músculos das costas e dos braços. Susanna não era médica, mas conhecia bem a anatomia humana. Bem o bastante para reconhecer que belo espécime ele era. Sem o casaco impedindo a visão, por exemplo, ela podia perceber que seu traseiro era especialmente bem formado. Rígido, musculoso e...

E completamente inadequado como objeto de sua atenção! O que estava acontecendo com ela? Susanna olhou para cima, dando-se um instante para se recompor, antes de chamar sua atenção. O cabelo de Bram era comprido, escuro e ele o prendia com uma tira de couro. As pontas chegavam até entre as escápulas, onde faziam uma curva para cima como um anzol, pronto para fisgá-la.

"Lorde Rycliff?", arriscou ela. Ele não se virou. Susanna inspirou fundo e tentou mais uma vez, colocando mais energia na voz. *"Lorde..."*

"Eu sei que está aí, Srta. Finch." A voz dele parecia calma e controlada, e ele permaneceu de costas para ela, debruçado sobre algo que Susanna não conseguia ver. "Tenha um pouco de paciência. Estou medindo pólvora."

Susanna deu um passo para dentro.

"Agora sim", murmurou ele, a voz grave e sedutora. "Isso... É assim..."

Céus! A voz abafada e grossa possuía uma força persuasiva. Aquele som a desequilibrava, fazendo-a balançar entre os dedos do pé e os calcanhares. Ela deu um passo para trás e suas costas encontraram a parede de pedra antiga. A borda fria acalmou a pele entre as escápulas.

"Bem, Srta. Finch, o que você quer?", perguntou ele, sem se virar.

Que pergunta perigosa...

Ela percebeu que continuava encostada na parede. O orgulho fez com que desse dois passos à frente. Ao avançar, alguma coisa baliu para ela, como se a repreendesse pela invasão. Susanna parou e olhou para baixo.

"Você sabia que tem um cordeiro aqui?"

"Não tem importância. É só o jantar."

Susanna sorriu para a ovelha e a acariciou.

"Olá, Jantar. Quem é a coisa mais fofa?"

"Jantar não é o nome dele, é a... função que vai desempenhar." Com uma promessa impaciente, ele se virou, limpando as mãos com um pano. Suas palmas estavam cobertas por um pó cor de carvão, e seus olhos, tão dilatados na escuridão fria, tinham um brilho preto como azeviche. "Se você precisa me dizer algo, diga. Caso contrário, pode ir."

Ela rosnou para si mesma. Ele era tão... tão *homem*. Falando docemente com suas armas, depois vociferando com ela. Sendo filha de quem era, Susanna compreendia que um homem podia parecer casado com seu trabalho, mas aquilo era ridículo.

"Lorde Rycliff", Susanna endireitou os ombros ao falar, "meu interesse é manter a harmonia na vila, e receio que não tenhamos começado bem."

"Mesmo assim" – ele cruzou os braços diante do peito – "aqui está você."

"Aqui estou eu... Porque não aceito ser tratada dessa forma, entende? E também não vou permitir que aterrorize minhas amigas. Apesar do constrangimento de nosso primeiro encontro, tenho tentado ser amigável. Você, por outro lado, tem se portado como um animal. A forma como falou comigo ontem à noite... O modo como se comportou na casa de chá... Agora mesmo, neste momento... Dá para dizer por seu tom de voz e por sua postura, que você quer parecer ameaçador, mas veja..." Ela apontou para a ovelha. "Nem mesmo Jantar está com medo. Eu também não estou."

"Então vocês são dois tolos. Eu poderia fazer uma refeição com os dois."

Ela balançou a cabeça e se aproximou dele.

"Acho que não. Eu sei que você não esperava ter de morar aqui, mas as pessoas sempre vêm a Spindle Cove para melhorar. Se me permite dizer, Lorde Rycliff, acho que você está sofrendo. Você parece um grande leão com um espeto na pata. Depois que for tirado, seu bom humor irá voltar."

Fez-se uma longa pausa na conversa.

Uma sobrancelha morena arqueou-se.

"Você pretende tirar meu espeto?"

Corando de constrangimento, ela mordeu o lábio.

"Não exatamente."

Com uma risada seca, Bram recuou, passando a mão pelo cabelo.

"Você precisa ir embora. Nós não podemos ter essa conversa."

"É tão doloroso assim?", perguntou ela, com a voz calma. "Alguma tragédia o persegue? A devastação da guerra o deixou amargurado?"

"*Não.*" Bram limpou a medida de pólvora e a jogou em uma prateleira. "Não, e não. A única coisa que me causa dor neste momento" – ele se virou – "é você."

"Eu?" Ela perdeu o fôlego. "Isso é ridículo. Não sou um espeto."

"Ah, não! Você é algo muito, muito pior!"

"Uma farpa?", sugeriu ela. "Uma agulha? As rosas têm espinhos, mas não tenho a beleza necessária para essa comparação." Quando ele não riu, Susanna disse: "Lorde Rycliff, não consigo ver como posso lhe causar qualquer problema".

"Então deixe-me explicar para você...", ele falou baixa e pausadamente. "Eu deveria estar a caminho da Espanha, neste momento, onde eu reencontraria meu regimento. Em vez disso, ganhei um título que não pedi, um castelo que não quero, e um primo decidido a me enlouquecer, falir ou as duas coisas. Mas seu pai me ofereceu a chance de seguir em frente, de deixar tudo para trás. A única coisa que eu preciso fazer é reunir doze homens da região, equipá-los, armá-los e treiná-los para estabelecer uma milícia respeitável. Tarefa muito fácil para se fazer em um mês. É quase insultuosa em sua simplicidade." Ele ergueu um dedo. "Mas aí tem um porém, não é? Pois *não* existem homens neste lugar. Não homens de verdade, pelo menos. Apenas solteironas, bolos para o chá e poesia."

"Claro que existem homens aqui. Se você precisar de ajuda para encontrá-los, só tem que pedir."

"Ah, tenho certeza disso." Ele pigarreou. "'Pergunte à Srta. Finch.' Sabe quantas vezes ouvi essas palavras esta manhã?"

Ela balançou negativamente a cabeça.

"Mais do que consegui contar." Ele começou a andar em volta dela com passos lentos e pesados. "Quando perguntei aos gêmeos Bright se havia costureiras na vila, para fazer uniformes, eles disseram: 'Pergunte à Srta. Finch'. Quando questionei o ferreiro a respeito de bons pedreiros para fazerem reparos no castelo... 'Bem, a Srta. Finch também deve saber informar. Pergunte a ela.'" Bram continuou a circundá-la. "Onde eu encontro o registro da paróquia, para uma lista de todas as famílias da região? 'Bem, disse seu vigário afetado, 'a Srta. Finch está fazendo um estudo dos registros de nascimento daqui, e terei que perguntar a ela'. Perguntar... À Srta.... Finch... Não há como fugir de você! É como se você obrigasse a vila toda a dizer: 'Dá licença, mamãe?'."

Susanna endireitou os ombros quando ele completou a volta ao seu redor e parou diante dela – um pouco perto demais. A intensidade no olhar de Bram revelou que ele queria se aproximar ainda mais.

Não, não lhe dou permissão, disse ela em silêncio. *Você não pode dar dois passos para frente.*

Ele deu assim mesmo.

"Eu tento ser útil", disse ela. "Não há nada de errado com isso. E é natural que os moradores mostrem certa deferência por mim, em respeito ao meu pai. Ele é o cavalheiro de maior patente na região."

"Seu pai é o cavalheiro de maior patente?" Bram empertigou-se. "Ora, ora. Acontece que eu sou o lorde local."

"Oh", disse ela, sorrindo aliviada. "*Agora* eu entendo. Seu orgulho está ferido. Esse é seu problema. Sim, eu posso entender que seja decepcionante receber o título e ter tão pouca influência sobre os moradores da região; mas, com o tempo, eu tenho certeza de que eles..."

"Não estou com o orgulho ferido, pelo amor de Deus." Ele balançou negativamente a cabeça. "E não, não estou decepcionado. Nem assombrado, amargurado ou ameaçado. Pare de tentar grudar todas essas *emoções* em mim, como se fossem faixas cor-de-rosa, cheias de babados. Não sou uma de suas solteironas delicadas, Srta. Finch. Isto aqui não se trata dos meus sentimentos mais profundos. Tenho metas a realizar, e você", ele encostou um dedo no ombro dela, "está me atrapalhando."

"Lorde Rycliff", ela disse com cuidado, "o senhor está me tocando."

"Estou, sim. E não perguntei se podia. Veja, não vou perguntar nada à Srta. Finch. Eu vou lhe *dizer* para ficar longe." A pressão do dedo em seu ombro aumentou. "*Você* é meu problema, Srta. Finch. Não, você *não* é um espeto, nem uma farpa ou um tipo delicado de flor. Você é um maldito barril de pólvora, e sempre que me aproximo de você nós começamos a soltar faíscas."

"Eu... eu não sei o que você quer dizer com isso."

"Ah... sabe sim!" Ele pôs o dedo na borda rendada de sua manga e deslizou-o, acariciando seu braço.

Ela foi incapaz de reprimir um estremecimento de prazer.

Bram soltou um gemido que veio do fundo do peito.

"Está vendo? Você está fervendo de paixão. Talvez ache que a mantém controlada e abrigada. Escondida de todos, até mesmo de você. Talvez as almas patéticas dessa vila que fingem ser homens estejam intimidadas demais por seus ideais modernos para notar. Mas eu só preciso olhar para você para enxergar tudo. Esse ponto obscuro e potencialmente explosivo, mantido sob controle apenas por um pedaço de fita e renda." A voz dele foi ficando rouca enquanto seu olhar passeava pelo corpo de Susanna. "Sou um maldito idiota por tocar em você, mas não consigo evitar."

Seu toque acompanhou a borda da luva com o dedo, passeando ao longo do delicado limite entre o cetim e a pele. A sensação correu pelo corpo todo de Susanna, eriçando os pelos de sua nuca. Ela pensou nas dobras da palma da mão dele, ainda preenchidas por pólvora. Tão perigoso... O carinho dele fez com que se sentisse abalada, diferente.

Só um pouco suja...

"Você entende agora?", disse ele, continuando a carícia ousada. "Isto é perigoso. Você vai embora agora mesmo, se sabe o que é melhor para si."

Ir embora? Ela não conseguia se mover! Seu corpo estava tão ocupado respondendo ao dele, que não tinha um instante para obedecer aos comandos da própria Susanna. A respiração dela acelerou. Uma dor estranha cresceu em seus seios. Seu coração batia furiosamente, e uma pulsação semelhante batia no encontro de suas coxas.

"Eu sei o que você está fazendo." Susanna ergueu o queixo. "Só está tentando mudar de assunto. Eu disse que você estava sofrendo e feri seu orgulho. Por que admitir que tem sentimentos, quando é muito mais másculo ser rude e grosseiro? Se isso é uma tentativa de me afastar, saiba que não vai funcionar."

"Não vai?" Ele colocou um dedo sob o queixo de Susanna. "Isto aqui funcionou antes."

Ele baixou a cabeça, e seus lábios tocaram os dela.

Faíscas. Ela podia jurar que as viu, pululando em tons brilhantes de laranja. Agulhas quentes ferroavam sua pele.

"E isto?", perguntou ele. Outro beijo. "Ou isto, talvez..."

Sua boca movia-se sobre a de Susanna, provocando-a com uma série de beijos breves mas tórridos. Havia uma intenção por trás daqueles beijos, autoritária e firme. Eles eram como pequenas palavras em... em alemão, ou holandês. Uma dessas línguas que ela deveria saber, mas que nunca se preocupou em aprender. E agora ela estava frustrada, sem saber como responder. Eram acusações? Avisos? Pedidos desesperados por algo mais?

Qualquer que fosse a discussão que estivessem tendo, Susanna só sabia uma coisa: ela não poderia deixá-lo vencer.

Susanna endireitou-se e pressionou na boca agressiva de Bram beijinhos de sua própria vontade. Com as duas mãos ela agarrou a camisa dele, como se para chacoalhar aquele homem impossível e incutir nele um pouco de bom senso. Ou talvez apenas para evitar cair, pois sensações atordoantes corriam por todo seu corpo. Uma alegria difusa apertou seu estômago deixando o coração flutuar solto em seu peito.

Quando os beijos terminaram, ela o encarou, orgulhosa de si mesma por não ter se dissolvido ali mesmo. Apesar da completa convulsão de seus sentidos, ela tentou parecer calma e composta. Como se aquele tipo de coisa acontecesse normalmente com ela, no curso de interações diárias. Como se ela, frequentemente, ficasse cara a cara com homens enormes, viris, não barbeados, em uma sala cheia de explosivos, sentindo aquelas faíscas letais de atração voando entre eles e ao redor. Como se seus seios estivessem *sempre* roçando uma parede dura de músculos peitorais, seus bicos endurecendo e crescendo com aquele hábito mundano. Excitação absolutamente esperada e agendada.

"Bem?", fez ele. "Fui claro? Você vai embora agora?"

"Sinto desapontá-lo", disse ela, ofegante. "Mas é necessário muito mais do que isso para me assustar."

Com uma rápida flexão dos braços de Bram, seus corpos colidiram, e ele sussurrou, pouco antes de sua boca cobrir a dela:

"Deus... Eu estava esperando que você dissesse isso.

Capítulo Oito

Aquele beijo podia ser o fim de tudo, Bram sabia. Tinha sido completamente tolo ao beijar a Srta. Susanna Finch, colando o seu corpo esguio ao dele, enquanto se deliciava com o tênue sabor de groselha em seus lábios, e aquilo poderia ser o fim de tudo. O fim de todos os seus planos, de sua carreira militar... Talvez o fim *dele*, e ponto final.

E se esse fosse o caso, se ele tivesse apostado impulsivamente todo seu futuro em um beijo proibido...

Ele bem que podia ir mais devagar e fazer a coisa direito.

Ele deixou sua boca pairar sobre a dela. Susanna não tinha sido muito beijada. Pelo menos não da forma certa. Dava para ver pela maneira como ela tinha dificuldade para reagir. Ela não possuía aquela formação, mas demonstrava grande aptidão natural.

Bram segurou o pescoço de Susanna com uma mão.

"Suavemente, amor... Deixe eu mostrar pra você."

Com seus lábios ele provocou os dela, roçando-os de baixo para cima. E outra vez... E então mais uma, persuadindo sua boca a se abrir. Ela se retraiu ao primeiro toque da língua dele, mas Bram a segurou firme até o susto passar. E então a provou... O suave, doce deslizar de sua língua contra a dela fez Bram gemer de satisfação.

Sim, ele lhe disse sem palavras. *Sim... De novo...*

Desde que se encontraram pela primeira vez Bram suspeitou de que aquela mulher era uma sedutora disfarçada, e agora Susanna mostrava que ele tinha razão, com cada toque de sua língua contra a dele. Sua falta de experiência apenas melhorava tudo. O modo como ela agarrava sua camisa, perseguia sua língua, deslizava o dedo enluvado pelo contorno de seu rosto não barbeado... Ela estava inventando cada uma daquelas pequenas intimidades e agia guiada por um desejo puro, instintivo. Aqueles não eram movimentos que ela praticava em outros homens.

Eram apenas dele...

Ele aprofundou o beijo, mantendo o ritmo firme e constante. Cada vez tomando-a mais um pouco, indo apenas uma fração além. Da mesma forma que ele faria amor com ela.

Assim que o pensamento emergiu em sua cabeça, Bram o tomou para si. Ele *tinha* que fazer amor com ela. Algum dia... Não naquela noite. Ela apenas aprenderia a beijar naquela noite. Susanna não estava pronta.

Bram, por outro lado, sentia-se absolutamente pronto. Pronto, desejoso e capaz. Em um movimento irracional, instintivo, ele a apertou contra sua virilha dolorida. Se ela conseguiu sentir a evidência abundante da excitação de Bram, não se intimidou. Seus seios transmitiam maciez e calor ao peito dele, enquanto ela se entregava ao beijo.

Baixando a cabeça, Bram beijou seu pescoço, sua orelha, perdendo-se em seu perfume. A pele de Susanna cheirava a ervas, e seu sabor... era uma lembrança. A lembrança de um dia distante de verão. Sol quente... Água fresca e cristalina... Grama alta e brisa delicada. Tudo de bom, real e novo. Até o nome dela era uma música especial.

"Susanna", sussurrou ele, junto à orelha dela.

Ela suspirou em seus braços, como se amasse o som de seu nome nos lábios dele.

Então ele repetiu e murmurou aquela melodia leve, obstinada.

"Susanna. Linda Susanna." Ele passou o nariz por sua orelha, depois a prendeu entre os lábios, beijando o lóbulo delicado. Seu breve arfar atiçou o desejo dele.

Ela o fazia querer mais... Demais. Droga, ela fazia Bram *ansiar*.

Ele a beijou novamente, demorando para saborear seus lábios carnudos, suculentos, antes de enfiar a língua entre eles. Dessa vez, ele mergulhou mais fundo, exigiu mais. Susanna produziu um miado no fundo de sua garganta, que foi mais uma exigência erótica do que um gemido. Seu beijo agora tinha urgência e uma doce frustração. Ele podia saborear o quanto ela desejava seu toque, e saber disso o enlouquecia.

Tudo aquilo a partir de simples beijos, com os dois totalmente vestidos. Bom Deus! Ele desceu uma das mãos pelo braço de Susanna e segurou a extremidade de sua luva. Aquelas luvas de cetim o deixavam louco de desejo, com suas intermináveis fileiras de botões e costuras. Do jeito que estava, ela mal conseguia conter sua paixão. O que aconteceria se as luvas fossem retiradas?

Ele soltou o primeiro botão com um toque de seu polegar.

"Lorde Rycliff", disse ela, rouca.

"Bram", ele a corrigiu, soltando outro botão. "Depois de um beijo desses, você deve me chamar de Bram."

"Bram, por favor..."

"Com prazer." Ele beijou novamente seus lábios, deslizando os dedos por baixo do cetim desabotoado.

As mãos dela deslizaram para o peito dele, que Susanna empurrou com força.

"Lorde Rycliff. *Por favor.*"

O tom desesperado na voz dela o surpreendeu. Ele baixou os olhos e a encontrou com a expressão aflita e o lábio inferior tremendo. Seus olhos estavam abatidos.

Bram imediatamente sentiu falta deles. Se ele passava tanto tempo pensando nos olhos de Susanna, era porque em cada interação que tiveram, ela o encarava diretamente nos olhos. Destemida e orgulhosa. Até naquele momento.

Droga, e lá estava ele, certo de que Susanna estava gostando. Ele não era do tipo que forçava uma mulher a fazer o que não queria.

"Susanna?" Ele esticou a mão e segurou o queixo dela, levantando seu rosto. Os olhos dela estavam arregalados e suplicantes, e o coração dele deu um pulo estranho. Desejo e honra duelavam. Ele a queria, sim, mas Bram também queria protegê-la. Imaginou brevemente se aquilo significava que ele era um hipócrita.

Não, ele decidiu. Significava apenas que ele era um homem.

"Eu..." Susanna abriu os lábios, como se fosse falar. Aquilo queria dizer que ele precisava escutar. Bram lutou para aquietar o desejo que corria por suas veias, para que pudesse entender as palavras dela por sobre as batidas furiosas de seu coração.

"Meu pai...", suspirou ela.

O pai dela.

Ele sentiu o estômago apertar e a soltou imediatamente. Aquela era a cura instantânea para seu desejo. De alguma forma, por um minuto inteiro e desastroso, ele tinha conseguido se esquecer completamente de Sir Lewis Finch. O bom amigo de seu falecido pai. Um herói nacional. O homem que tinha o destino de Bram em suas mãos. Como ele poderia ter esquecido?

A resposta era simples: depois de Bram tomar a decisão de beijar Susanna e de beijá-la *de verdade...* Não sobrava espaço em seu cérebro, seus braços ou coração para qualquer outra coisa que não ela.

Aquele beijo o consumiu por inteiro. E não podia... não iria acontecer de novo.

"Ah, meu Deus", murmurou ela, ajeitando o cabelo desalinhado. "Como isso aconteceu?"

"Não sei. Mas não vai acontecer novamente."

Susanna olhou de forma enviesada para ele.

"É claro que não. Não *pode* acontecer."

"Você precisa ficar longe de mim", disse Bram. "Mantenha distância."

"Nossa, claro!" As palavras dela saíram apressadamente. "Vou manter muita distância. Vou ficar longe de você. E você mantenha seus homens longe das minhas garotas, certo?"

"Perfeitamente. Estamos combinados, então."

"Ótimo." Os dedos trêmulos de Susanna tiveram trabalho para abotoar novamente as luvas.

"Quer ajuda com isso?"

"Não", respondeu ela, incisiva.

"Você..." Ele pigarreou. "Pretende contar sobre isso ao seu pai?"

"Sobre *isso*?" Ela olhou para ele, horrorizada. "Céus, claro que não. Está louco? Ele nunca poderá saber disso."

Uma onda de emoção passou por ele, e se foi antes que Bram pudesse identificá-la. Alívio profundo, ele supôs.

"É só que... você falou nele. Antes..."

"Falei?" Ela franziu a testa. "Falei. Não fale com meu pai, era o que eu queria dizer. Não fale a respeito de hoje, nem de nada. Quando ele propôs essa coisa da milícia eu pensei que fosse apenas uma exibição, mas depois de ver tudo isso..." Ela voltou os olhos para o armamento. "Por favor, não o inclua nisto. Ele pode querer se envolver, mas você não deve permitir. Ele está ficando velho e sua saúde já não é a mesma. Não tenho nenhum direito de pedir qualquer coisa a você, mas isso eu preciso pedir."

Ele não saberia como recusar.

"Muito bem. Você tem minha palavra."

"Então você tem meu muito obrigada."

E aquilo foi tudo o que Bram conseguiu dela. Pois com aquelas poucas palavras, ela se virou e foi embora.

Naquela noite, como acontecia na maioria das noites, Susanna jantou sozinha.

Após o jantar, ela se vestiu para dormir. Sabendo que não conseguiria, ela escolheu um livro; um texto médico pesado, soporífero. Ela tentou ler, mas fracassou terrivelmente. Após ficar encarando a mesma página por mais de uma hora, ela se levantou da cama e desceu até o térreo da casa.

"Papai? Ainda está trabalhando?"

Ela desceu os braços até a altura dos quadris e puxou o penhoar, apertando-o, e olhou para o relógio do vestíbulo, com ajuda da vela que carregava. Passava de meia-noite.

"Papai?" Ela pairou sobre a entrada da oficina de seu pai, situada no térreo de Summerfield. Até poucos anos atrás, Sir Lewis usava uma casa anexa como lugar para suas experiências, mas ela o convenceu a transferir suas atividades para a casa principal na mesma época em que o convenceu a desistir das experiências de campo. Ela gostava de tê-lo por perto. Quando estava trabalhando, seu pai frequentemente ficava recluso por horas, até mesmo dias. Pelo menos dentro de casa ela conseguia ver se ele estava se alimentando.

E ele não estava... Pelo menos não naquela noite. A bandeja com o jantar permanecia, intocada, sobre a mesa junto à porta.

"Papai. O senhor sabe que precisa comer algo. O gênio não consegue se alimentar de ar."

"É você, Susanna?" Ele ergueu a cabeça grisalha, mas não olhou para ela. A sala estava repleta de mesas de trabalho de diferentes tipos. Uma bancada de marceneiro, com plainas e um torno; uma estação de solda... Naquela noite, ele estava sentado à bancada de projetos, em meio a rolos de papel e restos de carvão de desenho.

"Sou eu."

Ele não a convidou a entrar, e ela sabia que não devia entrar sem um convite explícito. Sempre foi assim, desde que ela era uma garotinha. Quando o pai estava concentrado, não podia ser interrompido; mas, se ele estivesse trabalhando em algo trivial, ou frustrado a ponto de lançar as mãos para cima, ele a convidava a entrar e a colocava sentada no joelho. Ela ficava ali com ele, então, maravilhada com os desenhos e cálculos confusos. Aquilo tudo era grego para ela. Na verdade, era mais complicado, pois em uma tarde chuvosa ela havia aprendido sozinha o alfabeto grego. Ainda assim, ela adorava ficar sentada com ele, debruçada sobre os projetos, sentindo-se parte de segredos misteriosos e da história militar enquanto esta era escrita.

"Você precisa de algo?", perguntou ele, e Susanna reconheceu o tom ausente de sua voz. Se ela precisasse conversar sobre algo importante, ele não a dispensaria, mas Sir Lewis não queria interromper seu trabalho por banalidades.

"Não quero interrompê-lo, mas hoje vi Lorde Rycliff. Na vila... Nós conversamos." *E então eu o segui até o castelo, onde nossos lábios colidiram. Várias vezes...*

Deus. Ela não conseguia parar de pensar naquilo. O rosto barbado, os lábios fortes, as mãos firmes em seu corpo. O sabor dele... Susanna aprendia uma coisa nova todos os dias, mas aquela era a primeira vez que experimentava o *gosto* de uma pessoa. Aquele segredo a devorava por dentro, e ela não tinha para quem contá-lo. Nenhuma alma. Não tinha mãe nem irmã. A vila estava cheia de mulheres, cujas confissões ardentes Susanna ouvia inúmeras vezes; mas, se ela confiasse na pessoa errada e seu momento de fraqueza se tornasse de conhecimento público, todas aquelas moças seriam chamadas de volta a suas casas. Ela corria o risco de perder cada amiga que tinha.

Ela bateu a cabeça de leve no batente da porta. Idiota, idiota!

"Parece que os planos de Rycliff para a milícia já estão tomando forma. Achei que o senhor gostaria de saber."

"Ah." Ele rasgou uma folha de papel no meio e puxou outra de uma pilha. "É bom saber disso."

"Como você o conheceu, papai?"

"Quem, Bramwell?"

Bram. Depois de um beijo desses você deve me chamar de Bram.

Um arrepio percorreu seu corpo.

"Isso."

"O pai dele foi meu colega de escola. Depois tornou-se general, muito condecorado. Viveu na Índia durante a maior parte de seu tempo no exército e morreu lá há não muito tempo."

Uma pontada de compaixão atingiu o coração de Suzanna. Será que Bram ainda estava de luto pelo pai?

"Quando foi isso?"

O pai ergueu a cabeça, apertando os olhos para enxergar uma distância imaginária.

"Já deve fazer mais de um ano."

Não era tão recente, então. Mas a tristeza podia durar mais de um ano... Susanna detestou pensar durante quanto tempo choraria por seu pai, caso ele morresse inesperadamente.

"O senhor conheceu a Sra. Bramwell?"

Com um estilete, ele apontou o toco de lápis e recomeçou a escrever.

"Encontrei-a algumas vezes, sendo que na última Victor ainda era criança. Então eles foram para a Índia, e isso foi o fim dela. Disenteria, eu acho."

"Céus. Que trágico."

"Essas coisas acontecem."

Susanna mordeu o lábio, sabendo que ele se referia à mãe dela. Embora tivesse morrido junto com o filho natimorto havia mais de uma década, Anna Rose Finch continuava viva na memória de Susanna: linda, infalivelmente paciente e bondosa. Mas seu pai tinha dificuldades para falar dela.

Para mudar de assunto, ela disse:

"Devo pedir à Gertrude que lhe traga um bule de chá novo? Café ou chocolate, talvez?"

"Isso, isso...", murmurou ele, inclinando a cabeça. "O que você achar melhor."

Outra folha de papel foi parar no chão, amassada em uma bola. A culpa beliscou a nuca de Susanna. Ela o estava distraindo de seu trabalho.

Susanna sabia que deveria ir embora, mas algo não a deixava sair. Ela se encostou no batente da porta e ficou observando seu pai trabalhar. Quando garota, se divertia com a forma como ele contorcia o rosto enquanto trabalhava. Se uma testa enrugada podia extrair ideias de um papel em branco, ele deveria receber um raio divino de brilhantismo...

Agora!

"Arrá!" Ele puxou uma nova folha de papel. Sua mão deslizava para frente e para trás, rabiscando linhas de texto e cálculos. A genialidade tinha um ritmo, Susanna havia observado, e seu pai, naquele momento, assumia essa cadência. Os ombros curvados, sustentando o mundo. Nada que ela dissesse poderia chamar sua atenção, a não ser, talvez, se gritasse "Fogo!" ou "Elefantes!".

"Sabe, pai", ela disse, como quem não queria nada, "ele me beijou hoje. Lorde Rycliff." Ela fez uma pausa e então, para testar o nome em seus lábios, acrescentou: "Bram".

"Hum-hum."

Pronto. Ela havia contado para alguém. Não importava que a informação tivesse passado por cima da cabeça de seu pai como um tiro de mosquete. Pelo menos ela havia falado em voz alta.

"Pai?"

A única resposta foi o som do lápis no papel.

"Eu não fui totalmente sincera. Na verdade, Bram primeiro me beijou ontem." Ela mordeu o lábio. "Hoje... hoje foi algo muito maior."

"Ótimo", murmurou ele, distraído, passando a mão pelo que restava de seu cabelo. "Ótimo, ótimo."

"Não sei o que pensar dele. Ele é rude e mal-educado e quando não está me mandando embora, está me tocando em lugares onde não deveria. Não tenho medo dele, mas quando está perto de mim, eu... eu tenho um pouco de medo de mim mesma. Sinto como se eu fosse explodir."

Ela deixou passar alguns segundos. O som do lápis continuou.

"Ah, papai." Ela virou o corpo, apoiando a testa no batente. Susanna enrolou na mão a faixa do penhoar. "Não quero que o senhor fique preocupado. Não vai acontecer de novo. Não sou uma dessas garotas bobocas, volúveis, que ficam com febre quando os soldados passam. Não vou deixar que ele me beije de novo, e sou inteligente o bastante para saber que não posso deixar um homem desses chegar perto do meu coração."

"Exato", murmurou o pai, sem parar de escrever. "Isso mesmo."

Exato. Isso mesmo.

Não importava o quanto Lorde Rycliff a intrigava, atraía... *beijava...* ela devia mantê-lo à distância. Sua paz interior e sua reputação dependiam daquilo, e as mulheres de Spindle Cove dependiam dela.

Susanna inspirou profundamente, sentindo-se aliviada e decidida.

"Estou feliz por ter conversado sobre isso com o senhor, pai."

Então ela pegou a faca e o garfo na bandeja e cortou a carne assada em fatias finas. Em seguida, Susanna abriu um pãozinho e colocou a carne dentro.

Quebrando o acordo tácito, ela entrou na área de trabalho e circulou a mesa dele na ponta dos pés. Ajeitou o sanduíche perto do tinteiro, na esperança de que seu pai acabasse por reparar nele.

"Boa noite." Em um movimento impulsivo, ela se debruçou sobre a escrivaninha e beijou o alto da cabeça dele. "Por favor, lembre-se de comer."

Ela já tinha chegado à porta quando o pai respondeu. E as palavras vieram na mesma voz distante, como se ele estivesse falando com ela do fundo de um poço abismal.

"Boa noite, minha querida. Boa noite."

Capítulo Nove

Quando voltou à sua cama, Susanna disse a si mesma que não precisava se preocupar com Lorde Rycliff. Eles haviam concordado em manter separados os homens das mulheres. Com um pouco de sorte, os dois estariam tão ocupados que mal se veriam até o Festival de Verão.

Mas ela não tinha pensado na igreja...

Logo na manhã seguinte, lá estava ele. Sentado do outro lado do corredor, a uma distância de um metro, talvez um metro e meio dela.

E ele havia se barbeado.

Aquele foi o primeiro detalhe em que ela reparou. Mas, de modo geral, ele estava esplêndido, resplandecente em seu uniforme de gala, banhado por uma luz dourada que entrava pelo lanternim no alto da nave. O galão e os botões de seu casaco brilhavam com tal esplendor, que olhar para eles quase doía.

Os olhos de Bram encontraram os seus, do outro lado do corredor.

Engolindo em seco, Susanna enterrou o nariz no missal e resolveu purificar seus pensamentos. Não funcionou... Durante toda a missa ela esteve atrasada para levantar ou sentar. Qualquer que fosse o tópico da homilia do Sr. Keane, ela não fazia a menor ideia do que se tratava.

Ela não conseguia deixar de espiar na direção de Bram sempre que uma desculpa se apresentava – ainda que a desculpa fosse uma mosca imaginária passando diante dela, ou a necessidade repentina, irresistível, de esticar o pescoço. Claro que ela não era a única. Todas as outras paroquianas também o espiavam, mas Susanna tinha certeza de que ela era a única que ligava aqueles olhares breves e proibidos a memórias escandalosas.

Aquelas mãos grandes, fortes, segurando o missal? Ontem elas passeavam por seu corpo com intenções ousadas, irreverentes.

A mandíbula barbeada, tão bem definida e masculina? Ontem Susanna havia passado sua mão enluvada por ela.

Aqueles lábios grandes e sensuais, que naquele momento murmuravam ao acompanhar a litania? Ontem a beijaram... Apaixonadamente... E soltaram seu nome em um suspiro quente e desejoso. *Susanna. Linda Susanna.*

Quando chegou o momento da oração, ela fechou os olhos bem apertados.

Que Deus me proteja. Livrai-me desta terrível aflição.

Sem dúvida, ela havia contraído uma cepa virulenta de paixão.

Por que ele, dentre todos os homens? Por que ela não podia desenvolver um carinho especial pelo vigário, como muitas das moças inocentes faziam? O Sr. Keane era jovem, falava bem e, além disso, era muito elegante. Se força bruta e calor eram o que a atraía, por que nunca ficou rodeando a forja do ferreiro?

Susanna sabia a resposta, lá dentro dela. Esses outros homens nunca a desafiaram. Ainda que não tivessem mais nada em comum, ela e Bram possuíam temperamentos fortes, conflitantes. Filha de um armeiro, Susanna sabia que era necessária uma batida dura e firme da pederneira contra o metal para produzir tantas fagulhas daquele jeito.

Quando a missa acabou, ela recolheu suas coisas e preparou-se para fugir para casa. Seu pai raramente aparecia na vila para ir à igreja, mas às vezes a acompanhava na refeição de domingo. Principalmente se tivessem convidados.

"Sr. Keane", chamou ela, andando em direção oposta ao fluxo de pessoas, enquanto se dirigia ao púlpito. A multidão abriu caminho e Susanna viu as costas do vigário. "Meu pai e eu ficaríamos encantados se o senhor jantasse conosco hoje."

O vigário se virou, revelando com quem conversava: Lorde Rycliff.

Droga. Tarde demais para fugir dali. O vigário fez uma reverência e Susanna retribuiu a mesura.

"Podemos contar com o senhor para o jantar, Sr. Keane?" Desviando o olhar para a esquerda, ela disse friamente: "Lorde Rycliff, o senhor também é bem-vindo".

O Sr. Keane sorriu.

"Agradeço pelo convite gentil, Srta. Finch, mas com essa chamada de voluntários hoje…"

"Hoje?" Susanna surpreendeu-se. "Não imaginava que Lorde Rycliff fosse fazer isso hoje."

Keane pigarreou.

"Hum… eu anunciei isso do púlpito, agora mesmo."

"Anunciou?" Pelo canto do olho, ela viu a expressão divertida de Lorde Rycliff. "Oh. Oh, *aquilo*. Sim, é claro, Sr. Keane. Eu o ouvi dizer aquilo."

"Está vendo, Srta. Finch", disse Rycliff, "o bom vigário não pode aceitar sua gentileza. Ele vai se oferecer como voluntário."

"Eu vou?" Aquilo parecia ser novidade para o Sr. Keane. Ele ficou vermelho. "Bem, eu... eu estou disposto e sou capaz, é claro. Mas não sei se é adequado a um clérigo ingressar em uma milícia. Eu tenho que refletir um pouco a esse respeito." Ele franziu a testa e ficou estudando suas mãos unidas. Então seu rosto se iluminou. "Já sei. Vamos perguntar à Srta. Finch."

O aborrecimento de Rycliff ao ouvir aquelas palavras não poderia ter sido mais evidente. Ou mais satisfatório.

Susanna sorriu.

"Eu creio que Lorde Rycliff tem razão", ela falou para o vigário, com sinceridade. "Ao ser voluntário, o senhor dará ótimo exemplo e, indiretamente, pode fazer um favor ao meu pai. Eu ficaria muito grata."

"Então serei voluntário", disse Keane, "se acha que é o melhor, Srta. Finch."

"Eu acho." Ela se virou para Rycliff. "Não está satisfeito por ouvir isso, milorde?"

Ele apertou os olhos.

"Maravilhado."

Quando saíram da igreja, Susanna ficou perplexa. Ela não via tanta gente reunida na praça desde o Festival de Santa Úrsula do ano anterior. Enquanto o sino da igreja repicava, mais e mais moradores saíam dela, e mais fazendeiros e pastores chegavam do campo. Ela não sabia se todos vinham para ingressar na milícia ou só para ver o espetáculo. Ela imaginava que muitos dos moradores ainda não soubessem dos assuntos militares.

Susanna virou-se para ir embora, mas enquanto atravessava a praça, Sally Bright puxou freneticamente sua manga.

"Srta. Finch, por favor. Preciso de sua ajuda. Minha mãe está nervosa."

"O que houve? A pequena Daisy ficou doente?"

"Não, não. São Rufus e Finn, os malandros. Eles estão decididos a ser voluntários na milícia de Lorde Rycliff."

"Mas são jovens demais", disse Susanna. "Eles não têm nem 15 anos."

"*Eu sei* disso. *Você* sabe disso. Mas eles estão planejando mentir e dizer que atendem aos pré-requisitos. Quem conseguirá detê-los?" Ela balançou a cabeça, desanimada, e seus cachos loiríssimos dançaram. "Imagine Rufus e Finn manuseando mosquetes. Isso é prenúncio de uma desgraça. Mamãe não sabe o que fazer."

"Não se preocupe, Sally. Vou falar com Lorde Rycliff."

Ela o procurou na multidão. Grande como era e vestido de vermelho, não seria difícil encontrá-lo. Lá estava ele – ocupado, comandando dois homens que arrumavam mesas. Ela os reconheceu como os condutores das carroças do outro dia. Deixando Sally na extremidade da praça, Susanna se aproximou.

"Lorde Rycliff?"

Pegando um maço de papéis, ele a puxou de lado.

"Srta. Finch, você não tem que estar em outro lugar? Não tem uma programação a seguir?"

"É domingo. Não temos programação no domingo. Mas ficarei feliz em deixá-lo em paz, assim que lhe der uma palavrinha."

Ele olhou para ela incisivamente.

"Pensei que tínhamos um acordo. Eu mantenho meus homens longe das suas moças, e você fica longe de mim. Não está cumprindo sua parte."

"É só uma interrupção momentânea. Só desta vez."

"Só desta vez?" Ele emitiu um som de pouco caso, enquanto procurava algo nos papéis. "E agora há pouco na igreja?"

"Muito bem, são duas vezes."

"Pense bem." Ele empilhou os papéis e olhou para ela, devorando-a com seu intenso olhar esverdeado. "Você invadiu meus sonhos pelo menos dez vezes noite passada. Quando estou acordado, você entra gingando nos meus pensamentos. Às vezes, quase não está vestida. Que desculpa você tem para isso?"

Ela gaguejou, tentando formular uma resposta, a língua tropeçando nos dentes.

"Eu... eu nunca gingo."

Resposta imbecil.

"Hum." Ele inclinou a cabeça de lado e a encarou, pensativo. "Você rebola?"

Susanna soltou uma exclamação indignada. Lá vinha ele outra vez, tentando diminuí-la com insinuações grosseiras. O bom senso dizia-lhe para ir embora, mas sua consciência não a deixava recuar. As mulheres Bright dependiam dela.

"Preciso falar com você sobre os gêmeos Bright", disse ela. "Rufus e Finn. A irmã deles me disse que os dois querem ser voluntários, mas você não pode permitir."

Uma sobrancelha morena foi arqueada.

"Ah, eu não posso?"

"Eles são jovens demais. Se eles lhe disserem que não, estarão mentindo."

"Por que devo aceitar sua palavra em vez da deles? Se vou formar uma companhia razoável, preciso de todos os voluntários dispostos com que puder contar." Ele se virou para ela. "Srta. Finch, minha milícia é exatamente isso. *Minha* milícia. Eu lhe dei minha palavra com relação a seu pai, mas além disso irei tomar minhas próprias decisões, sem contar com seus palpites. Contente-se em coordenar as mulheres desta vila, enquanto eu cuido dos homens."

"Rufus e Finn são *meninos*."

"Se ingressarem na milícia, eu farei deles homens." Lorde Rycliff olhou para a multidão. "Srta. Finch, vou fazer um chamado por voluntários. A menos que você também queira ingressar na milícia, sugiro que deixe a praça e sente-se com as mulheres. Onde é seu lugar."

Fervendo de raiva, mas sem ter como protestar naquele momento, ela fez uma reverência e se retirou.

"Como queira, milorde."

"E então?", perguntou Sally, quando Susanna veio ao seu encontro. "Ele foi razoável? Ele concordou?"

"Não sei se algum homem, algum dia, será razoável." Ela ajustou as luvas com puxões irritados. "Mas não se preocupe, Sally. Vou fazê-lo concordar. Só preciso pegar algumas coisas emprestadas na loja."

Conforme Bram tornava-se o centro das atenções, ele resolveu tirar as mulheres – *todas* elas – de sua cabeça. Passou os olhos lentamente pela multidão à procura de homens. Viu alguns que eram jovens demais, como os gêmeos. E outros poucos que eram velhos demais, grisalhos e desdentados. Ali e acolá, ele enxergou alguns homens que ficavam no meio termo. Um punhado de pescadores e agricultores, o ferreiro-joalheiro estava perto do vigário afetado, enquanto Fosbury emergiu da cozinha da casa de chá, vestindo um avental e coberto de um pó açucarado.

Bram apertou o maxilar. Com aquele grupo duvidoso de homens ele teria que formar uma força de combate de elite, impecavelmente treinada. A outra alternativa seria o fim definitivo de sua carreira militar. Ele permaneceria na Inglaterra como um miserável dominado, manco e inútil, derrotado de todas as formas.

Fracassar simplesmente não era uma opção.

"Bom dia", anunciou ele, erguendo a voz para que todos ouvissem. "A maioria de vocês já deve ter ouvido que sou Rycliff. O título antigo foi restaurado e dado a mim, e agora estou aqui para fortalecer e defender o castelo. Para esse fim, estou pedindo que os homens peguem em armas. Preciso de homens capazes, com idades entre 15 e 45 anos."

Bram conseguiu a atenção deles. O chamado estava feito. Agora seria o momento ideal de formular algumas palavras motivadoras, ele imaginou.

"Que fique bem claro, a Inglaterra está em guerra. Quero soldados capazes e dispostos. Homens corajosos, preparados para lutar e defender. Se há, entre vocês, homens que desejam ser desafiados, tornar-se parte de algo maior do que si mesmos... então venham. Se há homens que desejam usar sua força dada por Deus a serviço de uma causa nobre... então venham. Se há homens em Spindle Cove que desejam ser homens *de verdade* outra vez... atendam a este chamado às armas."

Ele fez uma pausa, esperando ouvir em resposta algum tipo de grito entusiasmado.

Porém, só obteve silêncio. Um silêncio atento, interessado, mas ainda assim, silêncio.

Bem, ainda que discursos inspiradores não fosse seu forte, Bram possuía um argumento incontestável a seu favor. Ele endireitou o casaco e disse o restante:

"Treinamento e exercícios durarão um mês. Uniformes, armas e outros suprimentos serão fornecidos, assim como salários. Oito xelins por dia."

Aquilo chamou a atenção da multidão. Oito xelins era mais do que o pagamento de toda uma semana da maioria dos trabalhadores, e mais do que suficiente para vencer qualquer relutância. Murmúrios entusiasmados vieram do público, e diversos homens começaram a se apresentar.

"Façam uma fila", Bram disse. "Falem com Lorde Payne para alistamento, depois com o cabo Thorne para obter o equipamento."

Houve certo tumulto, conforme os homens se dirigiram à mesa de alistamento, mas Finn e Rufus tomaram a frente da fila. Bram aproximou-se de Colin atrás da mesa.

"Nomes?", pediu Colin.

"Rufus Ronald Bright."

"Phineas Philip Bright."

Colin escreveu os nomes.

"Data de nascimento?"

"Oito de agosto", disse Finn, olhando para o irmão, "de mil setecentos e noventa e oi..."

"Sete", emendou Rufus. "Temos mais de 15 anos."

Bram interrompeu-os, olhando severamente para os garotos.

"Têm certeza?"

"Sim, milorde." Finn empertigou-se e bateu a mão no peito. "Tenho mais de 15. Que o diabo me leve se eu estiver lhe contando alguma mentira, Lorde Rycliff."

Bram suspirou para si mesmo. Sem dúvida eles enfiaram mais de quinze pedaços de papel em seus sapatos. Era o truque mais velho que os recrutadores do exército enfrentavam. Com aqueles papéis sob os calcanhares, os garotos podiam dizer, com toda honestidade, que tinham mais de quinze.

Susanna tinha razão, era óbvio que os garotos mentiam. E eles ainda *eram* meninos, não homens. Bram observou seus rostos iguais, que ainda não veriam uma lâmina de barbear por anos. Mas se o aniversário deles era em agosto, aquilo colocava seu verdadeiro aniversário de quinze anos a apenas alguns meses. Ele analisou a fila de homens atrás dos gêmeos enquanto fazia um rápido cálculo mental. No total, somavam menos de vinte. Aquilo não era bom... Para formar uma milícia que parecesse minimamente impressionante em treinamento, ele precisaria de pelo menos, vinte e quatro.

"Bram?", perguntou Colin, olhando para Bram.

"Você ouviu os rapazes. Eles têm mais de quinze."

Os garotos sorriram enquanto terminavam de responder às perguntas de Colin e prosseguiram para a mesa de Thorne, onde foram medidos e receberam armas. Bram não sentiu nem mesmo uma ponta de culpa por colocar mosquetes nas mãos dos meninos. Se eles ainda não soubessem manusear uma arma e atirar, estava na hora de aprender.

Um a um, os outros homens passaram pela fila, informando a Colin nome, idade e outras informações vitais antes de irem até Thorne para serem medidos para receberem os casacos e as armas. Conforme a manhã passava, o joelho de Bram começou a doer. Depois, passou a latejar. Não demorou muito para que a maldita articulação começasse a gritar de dor – tão alto que ele ficou surpreso que ninguém mais ouvisse.

Quando Colin terminou com um recruta, Bram chamou o primo de lado.

"Você está muito lento. Vá ajudar Thorne."

Sentando no banquinho em que antes estava Colin, Bram contraiu o rosto. Ele disfarçou uma flexão de sua perna sob a mesa, tentando diminuir a dor, enquanto se concentrava na lista de recrutas diante de si. Então ele mergulhou a pena no tinteiro.

"Vamos prosseguir. Nome?"

"Finch."

Capítulo Dez

Bram congelou, a pena pairando sobre o papel, e torceu para que seus ouvidos o estivessem enganando.

"É F-I-N-C-H", soletrou ela, prestativa. "Finch, como o pássaro."

Ele olhou para cima.

"Susanna, que diabos está fazendo?"

"Não sei quem é Susanna. Mas eu, *Stuart* James Finch, vou me alistar na sua milícia."

Ela não usava mais o vestido de musselina verde-folha que ele havia admirado na igreja. Em seu lugar, ela vestia um par de calças que lhe caíam surpreendentemente bem, uma camisa de algodão, fechada nos punhos, e um casaco azul-cobalto que, por mais estranho que parecesse, combinava lindamente com seus olhos.

E luvas, claro. Luvas de homem. Que Deus não permitisse que a Srta. Finch aparecesse em público sem suas luvas. E ela continuou:

"Minha data de nascimento é 5 de novembro de 1788. E essa é a verdade perante Deus, milorde."

O cabelo dela estava preso em um rabo de cavalo, e ela vestia roupas de homem, mas não havia nada nela que não fosse feminino. A voz, a postura... Céus, até seu perfume. Ela não conseguiria enganar um cego.

Mas era claro que ela não pretendia *enganar* Bram. Aquela raposinha queria apenas marcar um ponto. E queria fazer isso na frente de dezenas de pessoas. A vila toda se reuniu ao redor deles, homens e mulheres, ansiosos para ver como aquela situação se resolveria. Todos se perguntavam: quem seria o vencedor?

Ele venceria. Se ele deixasse que ela o vencesse, nunca conseguiria o respeito dos homens. E mais: não o mereceria.

"Escreva meu nome", pediu ela.

"Você sabe que não vou escrever. Só homens podem se alistar."

"Bem, eu sou um homem", disse Susanna.

Ele a encarou.

"O que foi?" A voz dela transbordava inocência fingida. "Você aceitou a palavra de Rufus e Finn. Por que não pode aceitar a minha?"

Ele abaixou a voz e se inclinou para frente por sobre a mesa.

"Porque neste caso tenho conhecimento em primeira mão que contradiz sua palavra. Você gostaria que eu contasse a toda essa gente exatamente *como* eu sei que você é uma mulher?"

"Fique à vontade", ela sussurrou por entre um sorriso forçado, "se preferir planejar um casamento em vez de uma milícia." Ela olhou para os dois lados. "Em uma vila tão pequena como esta, cheia de mulheres, um anúncio desses com certeza incitaria um pânico matrimonial."

Eles ficaram se encarando por um longo instante.

"Se você aceitar Finn e Rufus", disse ela, "terá que me aceitar."

"Muito bem", disse ele, molhando novamente a pena. Ele queria ver o quão longe ela iria com aquilo. "Stuart James Finch, nascido em 5 de novembro de 1788." Ele virou a folha e empurrou na direção dela. "Assine aqui."

Ela pegou a pena com a mão enluvada e fez uma assinatura caprichada, finalizada com floreios.

"Próximo", disse ele, erguendo-se e apontando na direção de Thorne. "Vamos precisar medir você para o uniforme."

"Mas é claro."

Bram a acompanhou até a outra mesa e arrancou a fita métrica da mão de Thorne.

"Eu mesmo vou medir este recruta." Ele ergueu a fita para que Susanna a visse. "Tem alguma objeção, Finch?"

"Nenhuma." Ela ergueu o queixo.

"Tire o casaco, então."

Ela obedeceu sem discutir.

Bom Jesus!

Bram não era apreciador da moda que as mulheres usavam naquela época, vestidos de cintura império e saias coluna drapeadas. Embora ele aprovasse a forma como aquele estilo apresentava o busto para a apreciação dos homens – que homem não apreciava uma bela visão de seios carnudos? –, Bram não gostava da forma como aquela moda obscurecia o restante do corpo da mulher. Ele gostava de pernas torneadas, dos tornozelos bem-feitos, quadris generosos... Ele tinha uma predileção particular por um traseiro redondo, com bom encaixe para as mãos.

Quem imaginaria que uma roupa masculina realçaria perfeitamente cada curva feminina de Susanna Finch? Seu colete emprestado não abotoava em cima, devido ao bom tamanho de seus seios. Mas ele se encaixava perfeitamente no meio, destacando a cintura fina e o doce alargamento dos quadris. Sua calça terminava no joelho. Abaixo dela, meias brancas agarravam-se a todos os contornos de seus tornozelos e de suas panturrilhas longas e bem definidas.

"Vire-se", mandou ele.

Ela obedeceu e, ao se virar, puxou para frente seu comprido rabo de cavalo, oferecendo-lhe uma visão sem obstáculos de suas costas e de seu... traseiro. Aquela calça comprimia uma bela e redonda bunda. Deus, ela era perfeita para suas mãos! E teimosa, cabeça dura que era, tinha lhe dado a desculpa perfeita para tocá-la.

Ele começou pelos ombros, colocando a fita métrica de um lado e alongando-a por toda a extensão dos ombros. Ele se demorou, permitindo que seu toque percorresse os altos e baixos das escápulas dela, como se não a estivesse tocando para tirar medidas, mas para o prazer de ambos.

Os ombros dela tremeram sob seu toque. O coração de Bram acelerou.

"Quarenta e dois centímetros", ele falou alto.

Em seguida, Bram mediu o braço de Susanna, começando no topo do ombro e descendo a fita por toda a extensão, até o punho, antes de falar a medida.

"Fique ereto, Finch."

Conforme ela endireitou as costas, Bram encostou uma extremidade da fita em sua nuca, no alto do colarinho. Então ele desceu com a fita por toda a extensão de sua coluna, tocando cada vértebra, e continuou para baixo, chegando até o meio daquela bunda deliciosa. Ele ouviu a súbita perda de fôlego dela, e isso ecoou em sua virilha.

"Sessenta e cinco centímetros de comprimento de casaco." Quando se ergueu, ele puxou seu próprio casaco para a frente, na esperança de que ninguém percebesse os vários centímetros ganhos em suas próprias medidas. Aquela cena o estava excitando tanto, que ele havia se esquecido completamente da dor no joelho.

"De frente para mim, Finch."

Ela fez uma volta lenta e sensual, quase como se estivesse dançando...

"Erga os braços", ordenou ele. "Vou medir o peito agora." Seu sangue esquentou só de pensar em deslizar as mãos pela circunferência daquele peito exuberante.

Os olhos de Susanna brilharam. Então, ela cruzou os braços, impedindo-o.

"Acontece que eu sei essa medida. São oitenta e cinco centímetros."

Ele suspirou, contrariado.

"Perfeito." Droga, como ele queria sentir novamente aquele corpo sob o seu... Ele *ansiava* por isso.

"Terminamos?", perguntou ela, recolocando seu casaco.

"Agora, as armas...", disse ele, lutando para recuperar a compostura. "Vou ter que lhe fornecer um mosquete, Sr. Finch."

Ela não tinha desistido quando teve que ser medida em público, mas talvez obrigá-la a segurar uma arma a fizesse pensar duas vezes. Embora o pai dela inventasse armas, a maioria das moças bem-educadas não gostava de tocar em armas de fogo, isso quando não tinham pavor delas.

Ele escolheu um mosquete e entregou para Susanna.

"Este é um fuzil", disse ele, separando as palavras em sílabas lentas, como se falasse com um idiota. "A bala sai deste cano, está vendo? Este é o gatilho, aqui no meio. E a outra extremidade você apoia no ombro, assim."

"É mesmo?", disse ela, com assombro fingido. Segurando a arma, Susanna perguntou: "Posso tentar?"

"Devagar." Ele se colocou atrás dela. "Vou lhe mostrar como empunhá-la."

"Não será necessário", ela sorriu. "Suas instruções foram claras e precisas."

Então, enquanto ele, Thorne, Colin e toda a população de Spindle Cove observavam, Susanna Finch pegou um cartucho na mesa, rasgou-o com os dentes bonitos e alinhados e cuspiu o pedaço de papel e a bala no chão. Engatilhando a arma, ela despejou um pouco de pólvora na abertura, fechando-a em seguida. Então enfiou o restante da pólvora no cano e a socou com a vareta.

Bram tinha visto mulheres de soldados limparem e montarem as armas do marido, mas ele nunca havia testemunhado nada como aquilo. Susanna não apenas sabia a sequência correta de ações, como *compreendia* o processo. Aquelas mãos enluvadas moviam-se com segurança, manuseando a arma com elegância implacável e instigante. O desejo e o corpo de Bram, já haviam sido provocados pela medição. Agora sua excitação atingia proporções semelhantes à do cano do mosquete.

Ela apoiou a arma no ombro, engatilhou o cão e disparou a carga vazia. O mosquete deu um tranco violento em seu ombro, mas Susanna não recuou.

"Você acha que eu aprendi como fazer?", perguntou ela, com modéstia e baixando o mosquete.

Extraordinário! Bram lutou contra o impulso de aplaudi-la. Ele não marcou o tempo, mas acreditava que ela havia gasto menos de vinte segundos. Talvez tivesse chegado a quinze. Havia atiradores de elite que não conseguiam carregar e disparar em quinze segundos.

"Onde você aprendeu a atirar assim?"

"Com meu pai, é claro." Ela levantou um ombro, com ar de pouco caso. "A maioria dos homens não aprende esse tipo de coisa com o pai?"

Sim. A maioria dos *homens* aprendia. O próprio Bram aprendeu tudo a respeito de tiro com seu pai. Ele começou a implorar por sua primeira arma de caça no momento em que aprendeu a formar palavras. Não porque amasse tanto assim as armas, mas porque adorava o pai. Bram sempre procurou qualquer desculpa para passar mais tempo com ele. Aquelas aulas solenes e pacientes sobre segurança, limpeza e tiro de precisão, eram algumas das lembranças mais queridas de Bram. Ele se perguntava se não seria a mesma coisa com ela. Se ela não teria passado por aulas semelhantes com Sir Lewis e, assim, dominado a arma, aprendido seu funcionamento por dentro e por fora, treinado e praticado até poder atirar por instinto – tudo isso como forma de se sentir mais próxima ao pai.

E agora Bram se sentia mais próximo *dela*, de uma forma que nunca havia se sentido: estranho. E muito inconveniente... Ele contraiu os ombros, na tentativa de afastar aquele sentimento.

"Agora quer me ver calar a baioneta?", perguntou ela.

"Isso não será necessário."

Ele a admirou – alta, mosquete apoiado no ombro, em posição perfeita. Bram havia se achado muito inteligente ao deixá-la prosseguir com aquela farsa de "eu sou homem". O feitiço, porém, se voltou contra ele. Homem ou não, Susanna era seu recruta mais promissor. Ele ficou tentado a puni-la ao deixar que se alistasse.

Porém, ela seria uma distração grande demais. Para todos os homens, mas principalmente para Bram. Passar o dia inteiro com Susanna, enquanto ela vestia aquela calça tão justa no corpo? Ele não conseguiria dirigir os exercícios com a tropa, empregando toda sua atenção.

E, o mais importante, ele não poderia permitir que ela levasse a melhor sobre ele na frente de toda a vila. Ele teria que afastá-la do serviço de algum modo e sem perder os garotos Bright com isso.

Ele baixou os olhos para a mesa. A resposta reluziu diante dele, afiada e brilhante.

"Mais uma coisa, Srta... *Sr.* Finch. Mais uma exigência que fazemos aos voluntários."

"Mesmo? O que é?"

Bram voltou-se para o grupo de mulheres que estavam sentadas nos limites da praça.

"Senhoras, é necessário que eu peça sua ajuda. Preciso que cada uma de vocês consiga-me uma tesoura e a traga aqui, tão breve quanto possível."

As mulheres se entreolharam. Então começou o alvoroço e elas correram para a Queen's Ruby, onde saquearam suas cômodas e caixas de costura. Algo semelhante aconteceu na *Tem de Tudo*, que foi revirada como um bolso de calça.

Quando todas as tesouras disponíveis foram, aparentemente, desenterradas, e todas as senhoras estavam armadas e reunidas na praça, Sally Bright adiantou-se.

"O que o senhor quer que façamos com elas, Lorde Rycliff?"

"Usem-nas", respondeu ele. "Na minha milícia todos os voluntários devem usar cabelo curto. Acima do colarinho, na nuca; acima da orelha, nos lados."

Ele olhou para Susanna. Ela ficou pálida e suas sardas pareceram dançar em seu rosto.

Virando-se para os recrutas, ele fez um gesto largo com o braço.

"As mulheres escolheram suas armas. Homens, escolham qual delas vai cortar seu cabelo."

As mulheres trocaram olhares surpresos. Igualmente aturdidos, os homens recuaram. Alguns pares eram óbvios, claro. Uma mulher que ele supôs ser a Sra. Fosbury já pegava o marido pelo colarinho e o fazia se sentar em um toco de árvore para submetê-lo à vontade da tesoura. Mas os homens e mulheres solteiros de Spindle Cove ficaram olhando uns para os outros em silêncio. Como Quakers em um encontro, à espera de um sinal dos céus. Bom Deus, ele precisava ensinar um pouco de iniciativa para aqueles homens.

Bram virou-se para o primo.

"Não é você que sempre começa o baile? Faça as honras."

Colin olhou enviesado para ele.

"Não sou voluntário."

"Não, você não é; mas está endividado e obrigado. Você não tem nenhuma escolha."

Colin levantou-se lentamente, puxando a frente de seu colete.

"Muito bem. Como você disse, eu gosto mesmo de ser o primeiro a escolher as mulheres." Ele deu um passo largo à frente, tirou o chapéu com uma mesura exagerada, teatral e se ajoelhou diante dos pés da Srta. Diana Highwood.

"Srta. Highwood, faria a bondade?"

A moça de cabelo claro ficou corada.

"Ahn, claro. Com certeza, Lorde Payne. Ficarei honrada."

As outras moças trocaram risinhos, certamente interpretando aquilo como um favorecimento da parte de Colin. Susanna tinha razão quanto ao fervor matrimonial. Antes do meio-dia haveria boatos de um noivado. Se pelo menos houvesse um pingo de verdade naquilo, Colin bem que poderia ficar noivo, pois assim deixaria de ser um problema para Bram.

Mas o *problema* atual de Bram inclinou a linda cabeça sardenta.

"O acordo era para você manter seus homens *longe* das minhas moças."

"Preciso lembrar-lhe de quem foi que quebrou o acordo primeiro?" Ele pegou uma tesoura na mesa, a que Thorne tinha usado para cortar as fitas métricas. "Bem?", ele perguntou em voz alta. "Como vai ser, Finch?"

Ela arregalou os olhos para a tesoura.

"Acima do colarinho, você disse?"

"Oh, sim..."

"Todo voluntário da milícia?"

"Sem exceções."

Susanna implorou com os olhos a Bram. Ela baixou a voz para um sussurro.

"Eles são meninos. Refiro-me a Finn e Rufus. A mãe está ansiosa por causa deles. Procure compreender."

"Ah, mas eu compreendo." Ele compreendia que ela procurava, ostensivamente, proteger aqueles garotos do perigo, mas também compreendia o outro objetivo de Susanna: manter sua posição de poder naquela vila. Nessa questão, ele não poderia deixá-la vencer. "Talvez nem você nem eu queiramos isso, mas eu sou o lorde agora. *Minha* milícia. *Minha* vila. *Minhas* regras." Ele levantou a tesoura. "Tosquie ou seja tosquiada."

Depois de um longo instante, ela tirou o chapéu emprestado e o colocou de lado. Levando as duas mãos até a nuca, desfez o longo rabo de cavalo, e então balançou os cachos com um movimento sensual da cabeça. O cabelo recém-libertado derramou-se pelos ombros em ondas de bronze que brilhavam à luz do sol, ofuscando Bram e deixando-o pasmo.

Naquele instante, percebeu que havia cometido um grave erro tático.

Com um suspiro resignado, ela o encarou.

"Muito bem. É só cabelo."

É só cabelo.

Bom Deus. Aquela aura de bronze derretido que emoldurava seu rosto não era, absolutamente, "só cabelo". Era beleza, viva e fluida. Era uma coroa gloriosa. Era... como o justo hálito de anjos furiosos. Era um tipo de experiência religiosa, e ele provavelmente estaria amaldiçoado só de olhar para aquele cabelo.

Um ruído fraco, melancólico, arranhou sua garganta. Ele o disfarçou com uma tosse forçada.

Deixe-a cortar, ele pensou consigo mesmo. *Você não tem escolha. Se ela vencer esta batalha, está tudo perdido. Você já era.*

"Dê a tesoura para mim", disse ela. "Eu mesma posso cortar." Ela esticou a mão para pegar o instrumento, mas Bram o segurou com força.

"Não."

"Não?", repetiu Susanna, tentando não mostrar seu pânico. Era importante mostrar coragem naquele momento.

Na verdade, ela não queria cortar o cabelo, "aquele *cabelo*", como suas primas haviam se referido a ele, nada afetuosamente. Ainda que fosse rebelde e fora de moda, caía-lhe bem e era uma das coisas herdadas da mãe. Mas Susanna faria o sacrifício, se aquilo pudesse manter Finn e Rufus a salvo.

Se aquilo significasse vencer *Bram*.

Cresceria novamente, ela disse para si mesma. Já tinha crescido antes, depois daquele verão terrível em Norfolk. Só que desta vez ela mesma queria cortar, rapidamente, pensando o mínimo naquilo. Não conseguia imaginar permanecer parada enquanto outra pessoa manuseava a tesoura.

"Entregue-a para mim." Chegando próxima do desespero, ela agarrou o cabo da tesoura. "Eu mesma corto."

Mas ele não soltou.

"Finn e Rufus", ele falou baixo, somente para ela. "Eles ficarão com o tambor e o pífaro. Vão estar na milícia, participar dos treinamentos e receber o pagamento, mas não receberão armas. Isso é suficiente?"

Ela ficou pasma. Ele a tinha onde queria, à beira da humilhação pública, e agora propunha um acordo?

"Eu... eu acho que sim. É sim."

"Muito bem, então. Isso significa que você voltou a ser mulher?"

"Vou me trocar agora mesmo."

"Não tão depressa", disse ele, ainda segurando firmemente o cabo da tesoura. Ele a olhou com atrevimento. "Antes de ir, você fará algo por mim. O mesmo que as outras mulheres estão fazendo."

De fato, à volta deles, os homens e mulheres de Spindle Cove formavam pares. Enquanto Diana se ocupava de Lorde Payne, o ferreiro caminhou até a viúva Watson e sua tesoura. Finn e Rufus pareciam discutir a respeito de qual deles ficaria com Sally.

"Você quer que eu corte o *seu* cabelo?" Sua imaginação foi para aquele rabo de cavalo comprido, sempre pendurado entre as escápulas dele, provocando-a.

"Como eu disse, sem exceções." Ele colocou a tesoura na mão dela. "Continue, então. Sou todo seu."

Susanna pigarreou.

"Acredito que você precise se ajoelhar."

"Ajoelhar?" Ele bufou. "Sem chance, Srta. Finch. Só existe uma razão pela qual eu ajoelharia diante de uma mulher, e esta não é uma delas."

"Espero que seja para propor casamento."

Um brilho demoníaco acendeu os olhos dele.

"Não..."

O corpo todo de Susanna foi desperto. Ela olhou em volta. Por toda a praça, o trabalho de cortar cabelo ocupava suas amigas e vizinhos. Aquela tinha se tornado uma conversa particular. E isso também era bom, considerando o que aconteceu em seguida.

"Se você não pretende ajoelhar", disse ela, ficando na ponta dos pés, "não sei como pode esperar que eu corte seu cabelo. Todas as cadeiras estão em uso. Eu posso ser alta, mas não tenho como alcançar... oh!"

Ele agarrou-a pela cintura com as duas mãos e a ergueu. A força bruta do movimento a excitou. Era a segunda vez, em três dias, que ele a levava às alturas. Três, se ela contasse o beijo do dia anterior.

Por que ela estava contando? Susanna não deveria contabilizar aquilo.

Ele a colocou sobre a mesa, o que a deixou a mais alta dentre os dois.

"Está bem assim?"

Ela aquiesceu em silêncio, e Bram deslizou as mãos de sua cintura. Então ela ficou perdida nas lembranças do abraço do dia anterior, na pressão do corpo dele contra o seu... Seus olhares se encontraram. As conhecidas fagulhas voaram e Susanna engoliu em seco.

"Vire-se, por favor."

Graças a Deus, pela primeira vez, ele obedeceu.

Ela pegou em sua mão, aquela madeixa morena na nuca de Bram, presa com um cordão de couro. O cabelo dele era viçoso e macio. Provavelmente a coisa mais macia naquele homem, ela divagou. Uma vez que o cortasse, ficaria espigado, rebelde e duro.

"Por que a demora?", provocou ele. "Está com medo?"

"Não." Com a mão firme, ela ergueu a tesoura. Agarrando o feixe de cabelo firmemente com a outra mão, ela mirou... e cortou. "Oh, céus." Susanna exibiu a madeixa cortada diante do rosto de Bram, e depois a deixou cair no chão sem cerimônia. "Pena."

Ele apenas riu, mas Susanna acreditou ter percebido um pouco de orgulho ferido na risada.

"Estou vendo que você gostou da oportunidade de brincar de Dalila."

"Você deveria torcer para que eu não decida brincar de Judite. Estou segurando a tesoura neste momento e aconselho que você fique parado. Preciso me concentrar." Deixando a tesoura de lado por um instante, ela puxou seu próprio cabelo para trás e o prendeu com um laço simples. Então ela começou a aparar o cabelo dele e os dois ficaram quietos.

Enquanto ela trabalhava, o silêncio tomou conta. Aquela tarefa era tão íntima. Para dar bom acabamento ao corte, ela teve que passar os dedos por entre os fios grossos, erguendo-os e medindo-os antes de cortar. Ela tocou a orelha de Bram, sua têmpora, sua mandíbula.

"Não seria mais fácil se você tirasse as luvas?", perguntou ele.

"Não." Naquele instante, as luvas de couro fino eram a única coisa que a mantinha sã.

Uma tensão sensual palpável tornou espesso o ar que os rodeava. A respiração dele era audível, um suspirar rouco para dentro e para fora. Os dedos dela escorregaram por um momento, e ela arranhou a orelha de Bram com uma das lâminas da tesoura. Ela ficou horrorizada, mas ele pareceu não perceber. Apenas uma gota de sangue minúscula brotou no local, mas ela precisou empregar toda sua força de vontade para não levar seus lábios ao ferimento.

Depois de mais algumas tesouradas, ela deixou o instrumento de lado. Para verificar se o corte estava simétrico, Susanna levou suas duas mãos ao cabelo de Bram e passou seus dedos enluvados por entre os fios, alisando-os da testa à nuca.

Conforme seus dedos percorriam aquele caminho longo e suave, Bram produziu um ruído. Um gemido involuntário. Ou talvez um lamento que se originou não na garganta, mas no fundo de seu peito, em algum lugar na região de seu coração.

Aquele som era mais do que um suspiro. Era uma confissão, uma súplica... Apenas roçando a ponta de seus dedos, ela evocou nele uma reação de um anseio profundo e oculto. Todo o corpo de Susanna doeu como uma resposta instintiva.

Oh, Deus. Oh, Bram.

"Vire-se", sussurrou ela.

Quando ele obedeceu, seus olhos estavam fechados.

Os dela permaneciam abertos. Abertos para um homem totalmente novo. O soldado grande, bruto, nomeado lorde medieval, aparecia diante dela tosquiado como um cordeiro, parecendo vulnerável e perdido, necessitando de carinho. Do carinho *dela*.

Todas as emoções que Bram se empenhava em negar ecoaram nos ouvidos de Suzanna. Será que ele sabia como as havia traído por completo? Ela pensou naqueles beijos apaixonados do dia anterior. Céus, a forma como ele tomou suas medidas... Como ele usava cada desculpa para tocá-la, em cada interação. Uma sensação desceu por sua coluna, como se ela ainda pudesse sentir o passeio deliberado do polegar de Bram. Susanna pensou, então, que ele queria apenas desestabilizá-la.

Mas agora ela via claramente os motivos dele. Lá estava seu segredo. Nada de trauma de infância, nem efeitos da guerra. Apenas um desejo profundo, inconfesso, de intimidade. Ah, ele preferiria morrer a admitir o fato, daquela forma, mas aquele som ansioso, baixo, revelou tudo.

Aquele era o som que um animal grande e peludo fazia quando o espinho de sua pata era retirado.

Lá estava um homem que precisava ser tocado, necessitava de carinho – e ele tinha *fome* daquelas duas coisas. Mas quanto ele permitiria Susanna lhe dar? Ela passou os dedos pela franja cortada junto à testa de Bram. O pomo de adão dele pulou em sua garganta. Ela passou um único dedo por sua face.

"Assim está bom." Ele abriu os olhos, frios e desafiadores.

Magoada pelo tom incisivo, ela parou de tocá-lo.

"Muito bem, Srta. Finch." Recuando, ele passou a mão pelo cabelo escuro, agora curto. "Diga-me, como estão os homens?"

Susanna passou os olhos pela praça. Para todos os lugares que olhava, ela via escalpos recém-revelados, brancos de cegar.

"Como um rebanho de ovelhas recém-tosquiadas."

"Errado", disse ele. "Eles não parecem ovelhas. Parecem soldados. Homens com um objetivo comum. Um time! Logo farei com que também ajam assim."

Pegando-a pela cintura, ele a ergueu da mesa e a recolocou no chão firme. O estranho era que continuava parecendo que o mundo oscilava para Susanna.

"Olhe bem para eles. Dentro de um mês terei uma milícia. Eles se tornarão homens de ação, responsáveis. Vou mostrar a todas as suas solteironas afetadas e protegidas o que homens *de verdade* podem fazer." Ele retorceu o canto da boca. "Spindle Cove será um lugar muito diferente. E você, Srta. Finch, irá me agradecer."

Ela balançou a cabeça. Ele acabava de revelar muita coisa. Aquela atitude de macho bruto já não podia intimidá-la, e ela não deixaria um desafio daqueles passar sem uma resposta firme e confiante.

Ela removeu calmamente fios de cabelo cortados da lapela de Bram.

"Dentro de um mês esta comunidade que eu amo e esta atmosfera que trabalhamos tanto para cultivar, continuarão as mesmas. Tudo que eu vejo aqui, hoje, continuará inalterado, a não ser por uma coisa. Spindle Cove irá mudar *você*, Lorde Rycliff. E se você ameaçar a saúde e a felicidade das minhas moças", ela tocou docemente a face dele, "deixarei você de joelhos."

～～ *Capítulo Onze* ～～

"Às segundas-feiras sempre fazemos caminhadas pelo campo."

Susanna acompanhava as irmãs Highwood na trilha íngreme. Juntas, seguiam um grupo mais numeroso. As moças constituíam um arco-íris de musselina que ocupava todo o caminho.

"As falésias são lindas nesta época do ano. Quando chegarmos ao cume, vocês verão que podem enxergar a quilômetros de distância. A sensação é de estarmos no topo do mundo."

Era graças aos céus que tinham atividades programadas. Depois da agitação do dia anterior na praça e de mais uma noite inquieta, Susanna sentia-se grata por algo que a distraísse. Ela caminhava decidida e firme, inspirando profundamente o ar com cheiro de plantas.

"As flores silvestres são lindas." Charlotte colheu um talo de lavanda da encosta e a girou entre os dedos.

Minerva arrastava-se ao lado de Susanna.

"Srta. Finch, você não sabe como odeio parecer com a minha mãe, mas você tem certeza de que todo este exercício fará bem para a saúde de Diana?"

"Total! Exercício é o único meio pelo qual ela vai ficar forte. Vamos começar devagar, e não iremos além do que é confortável." Ela tocou o braço de Diana. "Srta. Highwood, por favor diga-me se sentir a menor dificuldade em sua respiração. Se for o caso, nós paramos para descansar imediatamente."

Seu chapéu de palha mexeu-se em concordância.

"E", Susanna enfiou a mão no bolso, de onde retirou um frasco pequeno, "eu tenho uma tintura especial para você. Mantenha-a em sua bolsa o tempo todo, mas entenda que ela é muito forte para ser tomada todos os dias. Somente quando você sentir que realmente precisa dela. A tampa é a medida de uma dose. Aaron Dawes a fabricou especialmente em sua forja. Ele é muito habilidoso com essas coisas pequenas."

A Srta. Highwood pegou o frasco.

"O que tem aqui?"

"Extrato de uma planta chamada éfedra. O nome é estranho, mas sua capacidade de abrir os pulmões é única. A planta normalmente cresce em lugares mais quentes, mas o clima em nosso litoral é ameno o bastante para que eu possa cultivá-la aqui."

"*Você* fez isto?"

"Fiz", respondeu Susanna. "Eu me arrisco em farmácia."

Minerva olhou com receio para o frasco. Enquanto elas continuavam sua escalada lenta e firme, ela puxou Susanna de lado.

"Perdoe-me, Srta. Finch, mas minha irmã já sofreu bastante. Não gosto da ideia de confiar a saúde dela a alguém que se 'arrisca'."

Susanna segurou o braço da menina.

"Eu sabia que gostaria de você, Minerva. Tem toda razão de proteger sua irmã, e eu não devia ter descrito meu trabalho dessa forma. Assim como você não deve dizer que se 'arrisca' em Geologia. Por que nós, mulheres, menosprezamos nossas realizações com tanta frequência?"

"Não sei... Os homens estão sempre se vangloriando do que fazem."

"É verdade... Vamos nos vangloriar umas para as outras, também. Eu estudei, cuidadosamente, farmácia científica durante vários anos. Faço remédios para muitos visitantes e moradores e tenho razões seguras, científicas, para acreditar que, em uma crise de respiração, o conteúdo do frasco pode fazer bem à sua irmã."

"Nesse caso, eu confio na sua capacidade", sorriu Minerva. "Agora é a vez de *eu* me vangloriar." Olhando para as outras mulheres, ela diminuiu o passo. Elas ficaram bem para trás do grupo principal. "Promete guardar um segredo? Eu sou a primeira, e única, mulher membro da Sociedade Geológica Real."

Encantada, Susanna soltou uma exclamação de espanto.

"Como você conseguiu isso?"

"Negligenciando a informação de que sou mulher. Aos olhos deles, sou apenas M. R. Highwood, e todas as minhas contribuições são feitas por correspondência. Fósseis são minha área de especialidade."

"Oh, então você está exatamente no lugar certo. Estas colinas de calcário estão cheias de pepitas estranhas, e a enseada... espere até você vê-la amanhã."

Elas ficaram quietas por um tempo quando o caminho ficou mais íngreme e estreito, de modo que se viram obrigadas a caminhar em fila única.

"Lá está o castelo." No alto da trilha, Charlotte ficou na ponta dos pés e acenou com seu ramalhete cada vez maior de flores silvestres na direção das ruínas. "É tão romântico, não é mesmo? Com o mar ao fundo."

"Acho que sim", disse Susanna, mantendo os olhos no chão. Ela sabia muito bem que vista pitoresca era aquela, mas estava tentando manter castelos e romance em duas caixas absolutamente separadas, muito bem tampadas, em sua estante mental.

"Sua vez, Srta. Finch", sussurrou Minerva, seguindo-a de perto. "Você não tem nenhum segredo para revelar?"

Susanna suspirou. Tinha, sim, um segredo – um que era escandaloso, explosivo e que envolvia Lorde Rycliff, beijos na sala de armas e uma grande quantidade de emoções com que ela não conseguia lidar. Bem que gostaria de poder confiar em Minerva, mas homens e fósseis eram coisas diferentes.

Elas fizeram uma volta, acompanhando a trilha, e quase colidiram com as outras moças. Todas haviam parado à beira de um mirante e admiravam, maravilhadas, o vale abaixo.

"Nossa", disse Violet Winterbottom. "É uma vista e tanto."

"Olhe só para eles", suspirou Kate Taylor.

"Pelo amor de Deus, o que foi?", perguntou Susanna, abrindo caminho até a frente. "As vacas do Sr. Yarborough fugiram de novo?"

"Não, não. Aqueles animais são de um tipo diferente." Kate sorriu para ela.

Sons chegaram flutuando até os ouvidos de Susanna. Batidas de tambor hesitantes e irregulares, o grasnido estridente de um pífaro, o relinchar impaciente de um cavalo...

Finalmente, ela pôde ver.

Os homens. Lá estavam eles, na campina plana ao norte do castelo. Daquela distância era difícil distinguir quem era quem dentre aquelas figuras masculinas. Ela não saberia dizer qual deles era o Sr. Fosbury ou o ferreiro, mas Bram, como de costume, destacava-se da multidão. Dessa vez não era porque ele era o mais alto e seu casaco, o mais vivo, mas porque estava a cavalo, o que lhe dava um ponto de vista privilegiado para avaliar a precisão da formação de sua tropa. Enquanto os voluntários marchavam, ele conduzia sua montaria de modo a circundar o grupo, a quem dava instruções de todos os lados.

Ele parecia ser muito capaz, forte e ativo. O que era uma infelicidade, porque todas aquelas qualidades eram o que ela considerava atraentes em um homem. Ela nunca se queixava de sua desastrosa temporada em Londres porque aqueles cavalheiros haviam sido uma grande decepção. Preguiçosos e inúteis. Ela achava muito mais fácil respeitar quem *fazia* alguma coisa.

Violet fez sombra nos olhos com a mão.

"A coisa não parece que está indo muito bem, parece?"

"Eles ficam fazendo a mesma coisa. Em fila única, marchando para frente e para trás, sem parar. De um lado da campina ao outro. Então eles param, viram e começam de novo." Ela olhou para Violet. "Quantas vezes já foram?"

"Eu parei de contar em oito."

"Nós não deveríamos ficar assistindo."

"Por que não?" Kate olhou para ela. "Eles não estão preparando uma exibição de campo? Uma demonstração pública?"

"Ainda assim, vamos continuar nossa caminhada."

"Na verdade, Srta. Finch", disse Diana, "estou me sentindo um pouco sem fôlego. Talvez um descanso me faça bem."

"Oh. É claro." Incapaz de discutir, Susanna abriu o xale e sentou no barranco. Todas as outras mulheres fizeram o mesmo, e nenhuma delas sequer teve a preocupação de fingir que a atividade do momento era colher flores silvestres ou observar pássaros. Todas ficaram olhando fixamente para a campina e para o novo exercício hesitante e constrangedor da milícia.

Susanna ficou preocupada. Ela havia concordado em manter as moças longe dos homens de Bram. A distância física que os separava naquele momento não acalmava suas preocupações. Estar assim longe só fazia as mulheres se sentirem à vontade para olhar e fofocar.

"Reconheço aquele casaco verde-vivo. Deve ser o Sr. Keane."

"Era de se pensar que ele tivesse uma noção de ritmo melhor, com toda aquela cantoria na igreja."

Um cotovelo acertou o flanco de Susanna.

"Olhe, Lorde Rycliff está desmontando."

Susanna preferiu *não* olhar.

"Ele está tomando o mosquete de um deles. Talvez queira, ele mesmo, mostrar para os homens como se faz."

Susanna renovou sua resolução de não olhar. As folhas de grama sob seus dedos eram bem mais interessantes. E, nossa, aquela era uma formiga *fascinante*.

Um suspiro feminino.

"O que é aquela coisa pequena e fofa correndo atrás dele? Algum tipo de cachorro?"

Droga, agora ela tinha que olhar. Um sorriso amplo abriu-se em seu rosto.

"Não. Aquele é o cordeiro de estimação do nosso lorde. Aquela coisinha fofa o segue por aí. Lorde Rycliff o chama de Jantar."

Todas as moças riram, e Susanna riu com elas, sabendo que Bram não gostava de deboche. Era estranho – e um pouco desconcertante – como ela se sentia confiante ao prever as reações dele. Enquanto isso, ela ficava pensando nele como "Bram".

"Oh!" Com um gesto que lembrava fortemente sua mãe, Charlotte colocou a mão no peito. "Eles estão tirando os casacos."

"Não só os casacos."

Enquanto as moças ficaram sentadas, boquiabertas, em silêncio, os homens pararam o exercício e tiraram primeiro o casaco, depois o colete e a gravata.

"Por que estão fazendo isso?", perguntou Charlotte.

"O treino deles é puxado", respondeu Diana. "Talvez esteja quente lá embaixo."

Kate riu.

"Aqui também está ficando quente."

"Não é o calor", disse Susanna, mais uma vez surpresa com a facilidade com que entendia o jeito de Bram pensar. "Os casacos são todos de cores diferentes. Lorde Rycliff quer que eles tenham a mesma aparência, para que ajam em sincronia."

Charlotte pegou os óculos da mão de Minerva e colocou-os à frente dos olhos.

"Droga, não consigo ver nada."

"Pateta", disse Minerva, dando um empurrão carinhoso na irmã menor. "Eu tenho hipermetropia. Os óculos só ajudam com objetos que estão perto. E não sei por que você está fazendo tanto barulho por causa de uns homens em mangas de camisa. Desta distância eles são apenas uns borrões claros."

A não ser Bram. Não havia nada de indefinido no corpo *dele*. Mesmo àquela distância, Susanna conseguia distinguir claramente os músculos de seus ombros e braços, ainda que cobertos pela camisa. Ela lembrou do calor marcante que sentiu quando o tocou.

"Nós deveríamos voltar para a vila." Ela se pôs em pé, bateu a grama da saia e dobrou o xale indiano em um retângulo bem feito.

Violet discordou.

"Mas, Srta. Finch, nós ainda nem chegamos..."

"A Srta. Highwood está com falta de ar", cortou ela, em um tom que não admitia discussão. "Até aqui, basta por hoje."

As moças levantaram em silêncio e reataram os laços de seus chapéus, preparando-se para a caminhada de volta para casa.

"O que acha, Srta. Finch?" Kate sorriu quando o som fraco do tambor voltou. "Quantas vezes Lorde Rycliff vai fazê-los marchar aquele mesmo percurso?"

Susanna não sabia dizer um número preciso para Kate, mas, mesmo assim, ela sabia a resposta.

"Até eles acertarem."

"Eles nunca vão conseguir", resmungou Thorne. "Malditos inúteis, todos eles."

Bram praguejou entre dentes. Pelo amor de Deus, ele havia passado todo o dia anterior apenas tentando ensinar aqueles homens a marcharem em linha reta. Quando se reuniram na manhã de terça-feira, Bram decidiu tornar a tarefa ainda mais simples. Nada de formação, apenas marchar no ritmo através do campo aberto. Esquerda, direita, esquerda...

Mas marchar no ritmo seria mais fácil com um tocador de tambor que conseguisse tocar no ritmo; porém, Finn Bright parecia ter nascido sem noção do que era aquilo. Para não falar dos grasnidos de furar o tímpano que Rufus produzia no pífaro.

Apesar de tudo isso, de algum modo, eles conseguiram percorrer a distância entre o Castelo Rycliff e as falésias do outro lado da enseada.

"Deixe-os em posição de descanso", Bram instruiu Thorne. "Vamos ver se eles conseguem simplesmente... ficar em pé um pouco, sem que caiam de bunda."

Bram preferiria cair em seu próprio sabre antes de admitir que era ele quem precisava de um descanso. Ele olhou para a outra ponta da enseada. Pendurado no braço de terra em frente estava o castelo. Tão perto, se medido pelo voo das gaivotas, mas uma boa marcha de volta. Maldição, ele deveria ter levado o cavalo.

"Então, aquele é o fuso, que deu origem ao nome do lugar – Spindle, imagino?" Colin olhava para uma coluna de pedras que pontuava a entrada da enseada. A formação era alta e arredondada, com um topo protuberante de arenito.

"Acredito que sim."

Colin bufou.

"Essa é a prova de que esse lugar foi batizado por alguma solteirona ressecada. Nenhum homem... diabo, nenhuma mulher com alguma experiência... teria olhado para aquilo e o chamado de *fuso*."

Bram soltou lentamente a respiração. Ele não estava com paciência para o humor adolescente do primo. O sol esquentava suas costas. O mar e o céu disputavam para ver quem era mais azul. Tufos brancos pontuavam os dois, com a espuma do mar espelhando as nuvens. Observando as gaivotas voando alto, ele sentiu o coração flutuando no peito. A água parecia fresca e convidativa, leve.

E seu joelho parecia uma coleção de cacos de vidro envoltos em carne. Nos oito meses desde seu ferimento ele ainda não havia andado tanto sem o suporte. Não deveria *precisar* mais do suporte, maldição. O que eram dois ou três quilômetros através de um campo, afinal?

Diga isso a seus ligamentos. A perna toda de Bram latejava com dores ardentes, e ele não tinha certeza de que conseguiria voltar para o castelo. Mas voltaria... Ele conduziria a todos de volta para casa e não demonstraria sua dor.

A dor é boa, Bram disse para si mesmo. A dor o tornaria mais forte. Da próxima vez ele se esforçaria um pouco mais, e doeria um pouco menos.

Um alvoroço colorido mais abaixo, na enseada, chamou sua atenção.

"O que é aquilo?"

"Bem, estou perdendo perigosamente a prática", respondeu Colin. "Mas, para mim, parecem ser mulheres."

Seu primo estava certo. As mulheres, e Bram tinha certeza de que reconhecia a figura alta e esguia de Susanna Finch entre elas, caminhando ao longo da praia. O grupo parou, elas tiraram os chapéus e lenços e os prenderam nos galhos de uma árvore ressequida. Quando tiraram a proteção da cabeça, Bram pôde ver uma chama cor de bronze e o desejo se acendeu dentro dele. Ele reconheceria aquele cabelo em qualquer lugar. Aquela cabeleira havia desempenhado um papel importante em seus sonhos na noite anterior.

Ao chegarem às pedras, as mulheres sumiram de vista. A curva da enseada as escondia.

"O que você acha que elas estão fazendo?", perguntou Colin.

"É terça-feira", disse Bram. "Dia de banho de mar."

Segundas são para passeios no campo. Terças, banho de mar. Quartas, ficamos no jardim... A expectativa de jardinagem deu-lhe esperança. Deus, talvez no dia seguinte ele conseguisse, finalmente, fugir de Susanna Finch e de suas distrações sensuais enlouquecedoras. Como se não fosse ruim o bastante observá-la subindo a colina no dia anterior, agora ele tinha de sofrer por saber que, em algum lugar não muito distante lá embaixo, ela logo estaria completamente molhada.

Os gêmeos Bright deixaram tambor e pífaro de lado e se juntaram a eles na beirada da falésia.

"Não adianta vocês ficarem esticando o pescoço daqui", disse Rufus. "Elas ficam bem escondidas quando colocam os trajes de banho."

"Trajes de banho?", Bram fez pouco caso. "Deixe com as mulheres inglesas para civilizarem o oceano."

"Se vocês querem uma vista melhor, o lugar certo para espiar, basta descer um pouco o cume", disse Finn e gesticulou na direção de um ponto da colina. Quando Bram ergueu a sobrancelha, as faces do garoto ficaram vermelhas. "Pelo menos é o que eu soube... Pelo Rufus."

Seu irmão deu-lhe uma cotovelada no flanco.

Àquela altura, o resto dos homens havia se aproximado e se reunia perto da beira da falésia.

"Fale-me dessa trilha", disse Bram.

"Bem ali", Finn apontou. "Degraus cortados na pedra pelos piratas na época dos nossos avós. Houve um tempo em que, na maré baixa, dava para subir do mar até a falésia. A trilha sofreu com a erosão e está interrompida no meio do caminho. Mas, descendo um pouco, tem-se a melhor vista da enseada."

Bram franziu a testa.

"Você tem certeza de que ninguém conseguiria subir por ali? Se espiões ou contrabandistas soubessem disso, essa trilha poderia representar um risco verdadeiro." Ele se voltou para os voluntários pescadores. "Seus barcos estão prontos? Eu gostaria de dar uma olhada nas falésias a partir do mar."

O vigário correu para perto dele.

"Oh, mas, milorde..."

"Mas o quê, Sr. Keane? Está um belo dia. Maré alta."

"As moças estão tomando seu banho de mar, milorde." Keane passou a manga da camisa pelo rosto avermelhado. "A Srta. Finch não gostaria da intromissão."

Bram soltou um suspiro impaciente.

"Sr. Keane. O propósito desta milícia é proteger a Srta. Finch e todos os cidadãos de Spindle Cove de intrusos indesejáveis. E se uma fragata francesa aparecesse neste momento, em curso para esta enseada? Ou um navio pirata americano? Você acha que eles interromperiam a invasão simplesmente porque é terça-feira? Vai adiar a luta contra eles simplesmente porque está na hora do banho de mar das moças?"

O ferreiro coçou a nuca.

"Se algum navio for idiota o bastante para entrar nesta enseada, nós podemos simplesmente sentar e assistir as pedras acabarem com ele."

"Não há tantas pedras ali." Bram olhou por sobre a borda. No trecho de água azul diretamente abaixo deles, poucas rochas chegavam à superfície. Um barco a remo de bom tamanho conseguiria chegar até a falésia.

"De qualquer modo", disse Fosbury, "hoje não há nenhuma fragata francesa no horizonte. Nem piratas americanos. Vamos deixar as moças com sua privacidade."

"Privacidade?", ecoou Bram. "Que privacidade? Você todos estão aqui babando por elas enquanto as moças nadam e boiam como sereias."

E claro que ele não era melhor do que os outros. Todos ficaram em silêncio por um longo minuto, enquanto, uma a uma, as moças foram entrando na água, rapidamente submergindo, ficando com o mar até o queixo. Ele as contou... Uma, duas, três solteirinhas... até somarem onze. A Srta. Finch, com sua cabeleira inconfundível, foi a décima-segunda.

Por Deus, como Bram gostaria de nadar naquele momento. Ele podia até sentir a água ao seu redor, fria e excitante. Ele conseguia visualizar Susanna em sua mente, nadando a seu lado. Vestindo um traje molhado, translúcido, coberta por aquele glorioso cabelo solto, ela ficava no raso, desenhando círculos impossíveis com os braços enquanto a espuma das ondas batia em seus seios.

Concentre-se, Bramwell.

Seios brancos como o leite, no tamanho perfeito para suas mãos, coroados por bicos rosados e atrevidos.

Concentre-se em outra coisa, seu confuso imbecil.

Descansando seu peso em uma rocha próxima, ele começou a soltar as botas. Depois que tirou as duas, enrolou as mangas até os cotovelos. Vestindo apenas calções e camisa, Bram andou até a extremidade da parede calcária que se debruçava sobre o mar, agarrando-se à superfície com seus dedos dos pés.

"Espere", disse Colin. "O que você está fazendo? Eu sei que esta milícia não está saindo como você planejou, e que a única coisa que este conjunto de almas patéticas tem de comum é um par de bolas ressecadas e minguadas. Mas com certeza não é para tanto."

Bram fez uma careta para o primo.

"Só estou dando, eu mesmo, uma olhada nessa trilha, já que a ideia de uma pesquisa a bordo de um barco deixou todo mundo agitado."

"Eu não estou agitado", disse Colin. "Mas não sou idiota o bastante para me aproximar tanto da borda da falésia."

"Ótimo. Acredito que será bom ficar algum tempo longe de você." Bram foi o mais longe que pôde e observou. Como Finn e Rufus disseram-lhe, os degraus escavados na pedra desciam um trecho pela falésia até se transformarem em nada. Ninguém conseguiria subir por ali sem a ajuda de cordas e polias. Ou asas.

Tendo satisfeito sua curiosidade, ele se virou sobre a pedra e encarou os homens. Ele não estava usando sua insígnia de oficial, mas utilizou com autoridade sua voz e atitude.

"Escutem bem, todos vocês. Quando eu der uma ordem, ela será seguida. Hoje será a última vez em que irei tolerar qualquer hesitação, ainda que mínima, por parte de qualquer homem. Pigarros, muxoxos, indecisões, agitação e, principalmente a necessidade de 'perguntar à Srta. Finch', serão motivo para dispensa imediata, sem pagamento. Fui claro?"

Um murmúrio geral de concordância se fez ouvir.

Ele bateu no próprio peito com o polegar.

"Eu sou seu lorde e comandante, agora. Quando eu disser marchar, vocês marcham. Quando eu disser disparar, vocês disparam. Sem importar o que a Srta. Finch pensaria do assunto… Se eu lhes mandar pular desta falésia, vocês vão pular sorrindo."

Antes de descer da rocha, ele se permitiu uma última olhada para a enseada. Todas as moças balançavam e flutuavam naquele mar refrescante, atraente, azul-cristal. Uma, duas, três solteirinhas…

Ele parou. Franziu a testa. Concentrou-se e olhou novamente. E então seu coração saiu de seu peito e caiu da borda do penhasco.

Ele contou apenas onze.

~ *Capítulo Doze* ~

"O que Lorde Rycliff está fazendo lá em cima?", perguntou Charlotte, apontando para a falésia. "Espiando-nos? Onde estão as roupas dele?"

"Eu não sei." Aguçando a vista, de onde se encontrava, na borda da água, Susanna viu Bram, descalço, aproximar-se da beira da falésia.

"Ele parece tão triste e sério."

"Ele está sempre assim."

Lá de baixo, ela ouviu Lorde Payne gritar:

"Não faça isso, Bram! Você ainda tem muito pelo que viver!"

As moças gritaram quando Rycliff, aparentemente ignorando seu primo, flexionou as pernas... e pulou.

"Oh, meu Deus!" Horrorizada, Susanna assistiu ao longo e perigoso mergulho no mar. "Pulou! Ele percebeu que aqueles homens não têm jeito e isso o levou ao suicídio."

Um enorme borrifo de água anunciou seu impacto no mar. Ela só pôde rezar para que aquele não fosse o prelúdio de um impacto com algo mais. Aquele local era rochoso. Toda a enseada era rochosa. Era provável que ele batesse a cabeça em uma pedra e nunca mais emergisse.

"Vá buscar ajuda", disse ela à Charlotte e levantou as saias de seu traje de banho. "Chame os homens lá em cima e diga-lhes que sigam a trilha até a praia."

"Mas... eu não estou vestida. O que minha mãe vai dizer?"

"Charlotte, está não é hora de melindres. É questão de vida ou morte. Faça o que eu digo."

Susanna se jogou no mar e nadou até o lugar em que ele parecia ter mergulhado. Ela cortou as ondas com braçadas rápidas e confiantes, mas seu progresso foi dificultado pelo traje de banho cheio de saias, que elas usavam pelo bem do pudor. O tecido arrastava-se ao redor de seus tornozelos, pesado e enrolado.

"Lorde Rycliff!", chamou Susanna, aproximando-se do local de onde ele havia pulado. Ela aprumou-se e começou a bater as pernas, olhando para um lado e para outro, mas em vão. Ela viu muitas pedras, mas nenhuma delas parecia-se com uma cabeça. "Lorde Rycliff, você está bem?"

Nenhuma resposta. Sua saia prendeu em um obstáculo, e o puxão repentino a levou para baixo. Susanna engoliu água do mar. Quando emergiu, ela cuspiu e tossiu.

"Bram!", gritou ela, começando a ficar desesperada. "Bram, onde está você? Está ferido?"

Ele irrompeu a superfície da água a cerca de meio metro dela encharcado, com o olhar sombrio e perigoso.

Ele estava vivo. A explosão de alívio foi tão visceral, tão repentina, que quase a dominou.

"Bram, o que é que você estava pens…"

Ele a ignorou por completo enquanto virava a cabeça para todos os lados, esquadrinhando a enseada.

"Onde está ela?"

"Quem?"

"A número doze." Enchendo os pulmões de ar, ele desapareceu novamente sob a superfície, e Susanna ficou batendo as pernas para não afundar, totalmente desnorteada.

Número doze? Aquilo não fazia sentido. Céus, aquilo parecia com o ridículo bombardeio de ovelhas.

Ele reapareceu na superfície e passou a mão pelo rosto para afastar a água.

"Preciso encontrá-la. A garota de cabelo escuro."

Minerva! Agora fazia sentido. Ele estava procurando por Minerva Highwood. Ele mergulhou do penhasco para salvá-la. Aquele bravo, heroico, temerário e desorientado idiota.

"Vou procurar ali." Ele saiu nadando e circulou um grupo de rochas.

"Espere", Susanna gritou, nadando atrás dele. "Bram, eu posso explicar. Ela não se afogou, eu juro."

"Ela estava aqui e não está mais."

"Eu sei que parece isso, mas se você…"

Ele encheu novamente os pulmões de ar e mergulhou. Uma eternidade pareceu passar antes que ele reaparecesse. O homem tinha a capacidade pulmonar de uma baleia.

Quando finalmente voltou para respirar, Susanna se jogou sobre ele para impedi-lo de afundar novamente.

"Espere!"

Ela o pegou por trás, como uma criança brincando de cavalinho, passando os braços pelos ombros de Bram, e as pernas – tanto quanto permitia o traje de banho –, por sua cintura.

"Ela está bem!", gritou Susanna em sua orelha, balançando-o para trás e para frente. "Escute-me. A número doze. Minerva Highwood. Ela está viva e bem."

"Onde?", perguntou ele, sem fôlego. Ele se chacoalhou, e água do mar espirrou no olho dela.

"Tem uma caverna", ela pegou a cabeça dele entre suas mãos e fez com que ele a virasse. "Ali. A entrada fica submersa quando a maré está alta, mas eu mostrei para ela como nadar até lá. Minerva está viva, bem e à procura de rochas. Geologia, lembra?"

"Geologia."

Eles ficaram em silêncio durante algum tempo. Ela subia e descia enquanto ele respirava com dificuldade, tentando recuperar o fôlego.

"Você foi bondoso", disse ela, pressionando seu rosto contra a nuca dele. "Você foi bondoso ao tentar salvá-la."

"Mas ela está bem."

"Está." *E você também, graças a Deus.*

Algumas inspirações profundas depois, ele disse:

"Acredito que você pode me soltar em segurança. Aqui já dá pé."

Foi então que ela percebeu que Bram não tinha se movido, apesar de toda a agitação dela. Susanna espiou por cima do ombro dele. A água estava na altura do peito de Bram, colando a camisa aberta a seu corpo. O colarinho aberto revelava gotículas de água agarradas aos pelos escuros de seu peito, que brilhavam sob a luz do sol. Ondas pequenas lambiam seus escuros mamilos masculinos, perfeitamente delineados pelo tecido molhado.

E Susanna estava colada nas costas dele, com seus membros esparramados, como um polvo maluco.

"Oh." Mortificada, ela escorregou das costas dele. Susanna esticou as pernas e alcançou o solo firme. "Ora, isso é muito constrangedor."

Quando ela finalmente arrastou seu olhar para o rosto dele, percebeu que Bram estava olhando para os mamilos *dela*. Que previsível. Típico de homem. Ela se preocupou que ele pudesse ter morrido, e Bram tinha a ousadia de estar vivo. Ultrajante, decididamente viril, forte e vivo. Como ele ousava? Como ele *ousava*?

Com toda a agitação daquele resgate aquático, culminando diversos dias de tensão não manifesta, um corte de cabelo revelador e, não menos importante, aquele beijo explosivo... Havia emoção demais crescendo dentro dela, o que só poderia ter dois motivos: raiva irracional ou...

Ela nem iria considerar o "ou". Seria raiva irracional, então.

"Seu imbecil descuidado!", exclamou ela. "Seu cérebro de molusco podre. O que estava pensando, mergulhando daquele jeito? Você não viu as rochas? Podia ter se matado!"

O queixo dele estremeceu.

"Eu também poderia perguntar o que *você* estava fazendo, nadando nesse traje medonho. Você podia ter sido arrastada para baixo da água, como Ofélia, e morrido afogada."

"Eu nadei até aqui para salvar você, seu animal. Sou uma nadadora muito boa."

"Eu também sou bom nadador. Não preciso de resgate."

Ela virou a cabeça e cuspiu mais um tanto de água marinha.

"Vai precisar quando eu acabar com você."

Abaixo da superfície da água, algo tocou sua cintura. Um peixe? Uma enguia? Ela bateu no ser, rodopiando.

"Calma. Sou eu." O braço dele envolveu sua cintura e a puxou para perto. Os dois afundaram na água até o pescoço. Nadando com apenas um braço, ele a puxou para entre duas rochas.

"O que você pensa que está fazendo?"

Ele olhou para o alto da falésia.

"Conseguindo um pouco de privacidade para nós. Precisamos conversar."

"Aqui? Agora? Não poderíamos conversar em lugar e momento mais apropriado?"

"Esse é o problema." Ele passou a mão por seu cabelo escuro e molhado. "Não consigo parar de pensar em você. O tempo todo. Em todos os lugares. Eu tenho um trabalho a fazer aqui. Homens para treinar. Uma vigília para organizar. Um castelo para defender. Mas não consigo nem mesmo me concentrar, por que fico pensando em você."

Ela olhou para ele. Como? Era *essa* a conversa que ele queria ter. Bem, Susanna entendia por que ele não podia ir visitá-la em casa e puxar o assunto durante o chá.

"Diga-me o que é isso, Susanna, mas lembre-se de que está falando com um homem que pode marchar duzentos quilômetros a mais só para evitar um envolvimento romântico."

"Envolvimento?", Ela forçou uma risada casual, uma fileira de ha ha has nada convincentes. "Um barril de piche quente não bastaria para me envolver com você."

Ele balançou a cabeça, parecendo perplexo.

"Eu gosto até mesmo quando você me ataca."

"Você me viu com a arma. Se eu realmente atacasse você, prometo que iria doer. E você não gostaria nem um pouco." Tinha de escapar daquela situação e também dos grandes e musculosos braços de Bram. Ela se debateu, mas ele apenas a segurou mais apertado.

"Você não vai escapar. Ainda não." A voz grave dele enviou vibrações através da água. "Nós vamos resolver isto agora, você e eu. Bem aqui... Agora... Vou lhe contar cada pensamento maluco, erótico, depravado que você me inspirou, e então você vai voltar para casa correndo, assustada. Vai trancar a porta do quarto e ficar lá por um mês, para que eu possa me concentrar e fazer meu maldito trabalho."

"Esse parece um plano muito mal pensado."

"Ultimamente pensar não tem sido meu ponto forte."

A percepção daquele clima sensual... oh, era perigoso. Ela podia aprender a gostar daquela situação. Para ser honesta, já estava gostando, mas podia aprender a *desejá-la*, o que tornaria difícil seu futuro solitário. Ela sabia que Bram precisava de um pouco de contato físico, o que devia ter lhe faltado durante muito tempo, talvez devido à guerra. Mas no máximo ele tinha em mente um enlace frenético de corpos, não uma fusão de corações e almas.

"Eu quero você", disse ele, simples, clara e descontroladamente.

Está vendo?, ela disse para si mesma. *Ele não pode ser mais claro do que isso.*

"Eu quero você... Eu sonho com você... Fico desesperado para estar perto de você", disse Bram, provocando um novo arrepio que escorreu pela coluna de Susanna. "Para tocar você inteira..." As mãos dele passearam por suas costas e seus braços. "O que é essa coisa horrível que você está vestindo?"

"É um traje de banho."

"Parece uma mortalha. E é opaco demais."

"Claro, ora. Esse é o objetivo. Opacidade." A respiração dela ficou rápida; as palavras, tolas.

Uma das mãos de Bram deslizou para capturar seus dedos. Ele os ergueu acima da superfície da água, chacoalhando-os como se fossem um tipo de evidência contundente.

"Quem usa luvas no oceano."

"Eu uso." Ela engoliu em seco.

"Essas suas luvas, elas me deixam louco. Eu quero arrancá-las de suas mãos. Beijar esses punhos esguios, chupar cada um desses dedos delicados e longos. E esse seria só o início. Eu também quero ver o resto de você. Seu corpo foi feito para dar prazer a um homem. É um crime contra a natureza escondê-lo."

Aquilo não podia estar acontecendo. Não com *ela*. Susanna fechou os olhos com força, depois os reabriu.

"Lorde Rycliff, está se esquecendo de sua posição."

"Não, não estou." Seus olhos verdes a aprisionaram. "Eu sei exatamente quem sou. Tenente-coronel Victor St. George Bramwell, Conde de Rycliff há alguns dias. Você é Susanna Jane Finch e eu quero vê-la nua. Nua, branca e encharcada até a raiz dos cabelos, com gotas de água do mar brilhando ao luar. Eu vou lamber o sal do seu corpo."

Ele passou a língua pelo rosto dela. Susanna se sentiu sem ar. Os bicos dos seios endureceram, projetando-se contra o tecido grosso e molhado.

"Você é louco", ofegou ela.

Os lábios de Bram roçaram sua orelha.

"Estou perfeitamente lúcido. Quer testar minha memória? Às segundas-feiras vocês caminham pelo campo. Às terças-feiras tomam banho de mar. Amanhã talvez eu encontre você no jardim e a arraste para trás de algum arbusto."

A sugestão a enfraqueceu. Ela imaginou o corpo dele sobre o seu. O calor dele, contrastando com o solo frio e úmido. A imaginação de Susanna invocou os aromas da grama e da terra.

"E às quintas..." Ele se afastou e olhou estranho para ela. "Isso é interessante. Nós nunca chegamos à quinta-feira. Por favor, diga-me que às quintas vocês passam óleo no corpo e lutam ao estilo grego."

Ela bufou.

"Você é horrível."

"E você adora... Essa é a pior parte. Você me quer com a mesma urgência que eu sinto, porque sou exatamente o que você precisa. Não existe outro homem nessa vila que seja forte o bastante para tomá-la. Você precisa de um homem de verdade, que lhe mostre o que fazer com toda essa paixão que borbulha abaixo da sua superfície. Você precisa ser desafiada, dominada."

Dominada?

"E você precisa ser enjaulado, seu animal."

"Um animal é exatamente o que você quer. Um bruto medieval, grande e sombrio, que jogue você no chão, arranque as roupas do seu corpo e faça o que quiser com você. Eu sei que tenho razão. Não me esqueci de como você ficou *excitada* depois daquela explosão."

A ousadia dele!

Como ele poderia saber?

Susanna ergueu o queixo.

"Bem, eu não me esqueci do som que você fez na primeira vez em que toquei sua testa. Não foi nem mesmo um gemido, foi mais um... choramingo."

Ele fez um som de pouco caso.

"Ah, foi sim", continuou Susanna. "Um choramingo carente, solitário. Porque você quer um anjo. Uma virgem doce, terna, que o abrace, faça carinho, sussurre promessas no seu ouvido e faça você se sentir humano novamente."

"Isso é absurdo", zombou Bram. "Você está simplesmente implorando para receber uma lição nua e crua sobre o que significa dar prazer a um homem."

"O que você quer mesmo é deitar a cabeça no meu colo e sentir meus dedos em seu cabelo."

Ele a encostou na rocha.

"Você precisa ser violada."

"Você", ela ofegou, "precisa de um abraço."

Eles ficaram se encarando durante um longo e tenso momento. Primeiro, nos olhos. Depois cada um olhou para os lábios do outro.

"Sabe o que eu acho?", perguntou ele, aproximando-se. Chegando tão perto, que Susanna podia sentir o hálito dele aquecendo sua face. "Acho que estamos tendo, de novo, uma daquelas discussões exasperantes."

"Do tipo em que os dois lados têm razão?"

"Ah, sim."

Dessa vez, quando se beijaram, os dois produziram aquele som. Aquele profundo gemido e ansioso som.

Aquele som que dizia *sim*.

E *finalmente...*

Você é exatamente o que eu preciso...

Ela conseguia sentir a tensão e a urgência represadas nos músculos de Bram. Mas seu beijo era a expressão da paciência. Sua boca tocou a dela, abrindo-lhe os lábios. O pulso de Suzanna martelou quando Bram fez a primeira investida com a língua.

Oh, céus. Oh, céus. Oh, céus.

Havia paixão estocada dentro dela. Ele tinha dito que Susanna era um barril de pólvora, mas aquilo era um eufemismo. Ela entendia, agora, e podia enxergar dentro de si. Grandes armazéns, paióis inteiros. Havia caixas de beijos nunca dados. Tonéis de doces carícias, mantidos selados para não tomarem chuva. Fileiras e fileiras de gemidos e suspiros, todos cuidadosamente engarrafados e arrolhados.

Ele destampava uma daquelas garrafas agora, com um toque habilidoso de sua língua. Ele pressionou o polegar na articulação do queixo de Susanna, liberando ainda mais desejo. Ele a beijava profunda e lentamente, dando-se tempo para explorá-la.

"Bram", ela se ouviu sussurrar. Susanna passou as mãos pelo cabelo curto e macio dele. "Oh, Bram."

Quanto mais ele avançava, mais perto chegava dos outros aposentos. Aqueles quartos sem uso e empoeirados do coração de Susanna. Ele ousaria se aventurar por ali? Ela duvidava... Pular de um penhasco era um tipo de coragem vistosa, mas um homem precisava de força e bravura verdadeiras para pôr abaixo aquelas portas trancadas. Havia lugares escuros e desconhecidos dentro dela, que foram construídos para abrigar amor, mas até Susanna tinha receio de explorá-los. Ela ficou aterrorizada ao perceber como aqueles lugares eram imensos e dolorosamente vazios.

E seu coração não era o único lugar vazio e dolorido. Entre suas pernas ela sentia o mesmo. Enquanto se beijavam, Bram levou as mãos até suas costas e a ergueu, trazendo sua pelve de encontro à dele. A excitação de Bram, quente e saliente, foi apertada contra seu sexo. Ela gemeu dentro do beijo, um pedido sem palavras por algo mais. Claro que ele saberia como responder.

E ele o fez.

Bram mordeu seu lábio. Forte.

"Ah!" Bram retraiu-se, rompendo completamente o abraço.

Susanna abriu os olhos e viu Bram com a mão na cabeça e uma careta de dor.

"Que diabos...?", exclamou ele.

"Tome isso, seu bruto." Minerva Highwood colocou-se entre os dois, absolutamente encharcada e segurando um saco pesado.

"Minerva?" Recuperando-se da interrupção abrupta, Susanna levou o dedo ao seu lábio, para ver se estava sangrando.

"Não se preocupe, Srta. Finch. Estou aqui, agora."

Ela devia ter saído da caverna e... *visto* os dois! Oh, Deus!

"Estou bem... de verdade." Susanna olhou para o saco que Minerva empunhava. Parecia feito de lona. "O que tem aí?"

"Pedras. O que mais?"

Pedras! Bom Deus. Susanna olhou preocupada para Bram. O homem acabava de levar uma cacetada na cabeça. Era de espantar que não tivesse caído inconsciente. Ela se aproximou dele, mas Minerva deu um gritinho e jogou seu corpo na frente do de Susanna.

"Segurem-se. Lá vem ele novamente, o... o Zeus vingador."

Bram continuava nitidamente atordoado, esfregando a cabeça com a mão. Com um grunhido de dor e um movimento repentino, ele se pôs em pé – tirando da água a cabeça, os ombros e o tronco magnificamente esculpido. Gotículas de água foram borrifadas para todo lado, capturando os raios de sol e brilhando como pequenas fagulhas.

Zeus vingador, de fato. Ele parecia um deus grego envolto em sua túnica, transbordando potência masculina e um ar divino de domínio. Aquela visão tirou o ar de Susanna, que, por um instante, pensou que *ela* havia sido a pessoa atingida na cabeça por um saco de pedras. Ele era lindo! Deslumbrante em sua perfeição masculina.

"Não se preocupe." Minerva subiu em uma rocha próxima, preparando seu saco de pedras. "Vou salvá-la, Srta. Finch."

Susanna tentou segurá-la.

"Minerva, não! Não precisa. Ele não estava..."

Tchibum.

~~ *Capítulo Treze* ~~

Bram foi recobrando os sentidos lentamente, recuperando a consciência em uma onda suave, calmante. O mundo estava escuro, mas ele sentia-se todo aquecido. Uma sensação deliciosa envolvia sua perna ferida, afastando toda sua dor com um toque rítmico e leve.

Conforme ele abriu os olhos, perguntas pipocaram no limiar de sua consciência. Onde ele estava? Quem o tocava? E como ele faria para que nunca, jamais parasse?

"Oh, Bram." A voz de Susanna. "Meu Deus. Olhe só para isto."

Ele lutou para se erguer em um cotovelo e estremeceu com a pontada aguda de dor. Ele viu um redemoinho de lençóis brancos. Viu suas próprias pernas morenas e peludas. Ele viu mãos na sua pele.

Mãos nuas, sem luvas.

Bram deixou-se cair no colchão, querendo dormir de novo. Obviamente, ele estava alucinando. Ou morto. O toque dela era celestial.

"Isto explica tanta coisa", disse ela, estalando a língua de forma maternal. "Você está querendo compensar este apêndice atrofiado."

Apêndice atrofiado? De que diabos ela estava falando? Bram balançou a cabeça, tentando recuperar a clareza. As previsões sombrias de Colin, sobre galhos murchos e uvas-passas agitaram seu cérebro.

Totalmente desperto, ele lutou com os lençóis para se sentar.

"Escute aqui. Não sei que tipo de liberdade você tomou enquanto eu estava inconsciente, ou o que sua imaginação de solteira a preparou para ver, mas precisa saber que a água estava muito fria."

Ela piscou, confusa.

"Estou falando da sua perna."

"Oh." A perna. *Aquele* apêndice atrofiado.

Quanto tempo ele esteve inconsciente? Uma hora? Mais? Ela estava usando um vestido listrado de musselina, mas seu cabelo continuava molhado, penteado para trás, formando ondas de âmbar escuro.

As mãos dela continuavam a tocá-lo. Ele viu que os dedos de Susanna brilhavam, revestidos por algum tipo de óleo. O aroma de ervas da substância ocupava sua cabeça. O desejo fazia seu sangue correr por todo o corpo. Devia ser um sintoma de seu prolongado celibato, que as mãos de Susanna, sem luvas, o excitassem mais do que uma mulher inteiramente nua no passado.

Ou talvez aquilo fosse um sinal de que ele queria aquela mulher com mais intensidade do que jamais quis qualquer outra.

"Onde estamos?", perguntou ele, examinando o aposento. Um quarto iluminado, arejado, decorado com tecidos coloridos e madeira. O colchão embaixo dele parecia vergado e esticado como uma rede, devido ao seu peso.

"Summerfield."

"Como chegamos até aqui?"

"Foi muito difícil. Você pesa tanto quanto um touro, mas você vai gostar de saber que seus homens encararam o desafio."

Droga. Maldição. Que o diabo o pegasse e o jogasse de um penhasco. Seu segundo dia no comando de novos recrutas e ele o coroava ao cair inconsciente, derrubado por uma intelectual e sua bolsa. Eles haviam carregado seu peso morto até ali, provavelmente passando pela vila no caminho e atraindo uma multidão de curiosos. Até as ovelhas deviam ter visto a procissão, balindo de satisfação. Ele era seu lorde e comandante, e agora todos o tinham visto em seu momento mais frágil.

"Deve ter sido divertido para você, ver uma garotinha me bater e deixar inconsciente."

"Não mesmo", disse ela. "Fiquei apavorada."

Ela não estava aterrorizada no momento. Bastava olhar para ela, debruçando-se sobre ele, oferecendo-lhe rápidas visões de seu busto pálido e sardento. Massageando sua perna nua com dedos talentosos, destemidos. Antes ela o havia chamado de animal. Agora tratava-o como um passarinho de asa quebrada.

Ele rosnou para a perna ferida. Apêndice atrofiado, de fato.

"Aqui." Ela colocou um copo em sua mão. "Beba isto."

"O que é?", ele observou o líquido com ceticismo.

"Alívio para a dor, em líquido. Minha própria fórmula."

"Você é uma curadora?" Ele franziu o rosto, e doeu. "Devia ter imaginado que você era uma dessas mulheres que andam com sua cestinha de ervas."

"Ervas são boas. Têm seus usos. Para um ferimento como esse, você precisa de remédios."

Ele experimentou.

"Argh. Isto é repulsivo."

"É muito forte para você? Se quiser, posso acrescentar um pouco de mel. É o que faço para as crianças da vila."

Ele engoliu o resto da poção sem falar nada. Na verdade, ele *não podia* falar, com aquele gosto amargo queimando sua garganta.

Após colocar o copo vazio de lado, Susanna voltou sua atenção para a perna dele.

"O que aconteceu com você?"

"Uma bala aconteceu comigo."

"É um milagre que não tenha perdido a perna."

"Não foi milagre, mas pura força de vontade. Acredite em mim, aqueles cirurgiões de campo sanguinários queriam amputá-la."

"Ah, eu acredito. Já conheci minha cota de cirurgiões sanguinários. Minha adolescência foi repleta deles."

"Você foi uma criança doente?"

"Não." Ela balançou a cabeça.

Susanna mergulhou os dedos no pote de óleo e concentrou-se na perna de Bram, nos músculos doloridos de sua coxa. É claro que ao aliviar a dor nesses músculos ela criava novas aflições no púbis dele. Ela não sabia como podia ser perigoso provocar um homem daquela forma?

Ele tinha que falar para ela parar. Não conseguia.

O toque dela era... Deus, era tudo que ele estava precisando. Ela realmente era talentosa.

"E como você fez para se defender deles?", perguntou ela. "Dos cirurgiões de campo."

"Thorne", disse ele. "Ficou sentado ao meu lado com a pistola engatilhada, pronto para atirar assim que visse o brilho de uma serra de ossos."

"Imagino que Thorne conseguisse espantá-los apenas com o olhar." Ela passou o dedo por uma cicatriz ao lado do joelho, uma linha fina que se destacava em meio às deformações. "Mas alguém operou seu joelho. Alguém habilidoso."

Ele aquiesceu.

"Demorou três dias, mas encontramos um cirurgião que prometesse não amputar."

Ela passou a mão por uma linha horizontal na coxa de Bram, acima do ferimento de bala. Não havia cicatriz ali, mas uma tira de couro deixara sem pelos uma faixa de pele, que estava lisa como pele de bebê. Outra faixa igual, sem pelos, circulava sua panturrilha. Susanna também a tocou. Bram estremeceu, não por dor, mas pelo contato. Ele esperava que ela não compreendesse o significado daquelas faixas.

"Você estava usando suportes", disse ela.

Bram não respondeu.

"Por que você tirou? Bram, não pode simplesmente ignorar um ferimento desta magnitude."

Ele tinha que ignorar. Seu propósito não era somente treinar homens, mas liderá-los, inspirá-los. Como ele conseguiria realizar tudo aquilo portando uma fraqueza tão óbvia?

"Estou curado", disse ele. "Quase não dói mais."

Ela bufou de incredulidade.

"Mentiroso. Você tem sentido muita dor. E mais hoje do que normalmente, aposto, com todos aqueles exercícios de marcha no campo. A água deve ter produzido uma sensação boa."

"Produziu, mas não tanto quanto você." Ele estendeu a mão para Susanna, ansioso por tomar a iniciativa. Ele estava deitado passivamente havia tempo demais.

Ela deu um tapinha em sua mão.

"Você deveria continuar com o suporte. Olhe só este inchaço." Ela passou o dedo pelo joelho vermelho e deformado. "Você não está pronto para marchar sem apoio."

Aquele tom de pena, as palavras de repreensão... Algo estourou dentro dele.

Bram agarrou o pulso dela com tanta força, que Susanna gemeu.

"Não venha me dizer o que eu posso fazer." Ele a apertou ainda mais forte. "Está me ouvindo? Nunca me diga o que eu não posso fazer. Aqueles cirurgiões disseram que eu nunca mais poderia andar. Provei que estavam errados. Meus superiores acham que não posso comandar tropas. Vou mostrar que eles também estão errados. Se você quer me tratar como um inválido, um homem que você pode cuidar, tocar e acariciar sem correr qualquer perigo..." Ele a puxou pelo braço, trazendo-a para cima de si, e cingiu a cintura de Susanna com o outro braço. "Vou ter que provar que você também está errada."

Os olhos dela chisparam.

"Solte-me."

"Sem chance."

Ela lutou para se soltar, mas sua respiração curta e ofegante ofereceu a Bram uma visão deliciosa de seus seios.

"Não vai conseguir, querida. Minha perna pode estar machucada, mas sou forte como um touro em todas as minhas outras partes."

"Até touros têm suas fraquezas." Ele sentiu que ela se contorcia e insinuava uma de suas pernas delgadas entre as dele. O atrito quente de seus corpos, separados pela fina camada de tecidos do vestido dela e do lençol, deixaram-no ardendo. Ela atacou rapidamente, tentando acertar o joelho na virilha de Bram. Ah, ela sabia bem como machucar um homem. Mas ele estava um passo à frente dela. Bram passou sua perna boa sobre as dela, prendendo-as. Então ele fez um giro rápido e se colocou sobre Susanna.

"Pronto. Você é minha", disse ele, colocando uma das mãos sobre a cabeça dela. "O que você vai fazer agora?"

"Vou gritar. Há dois criados do lado de fora deste quarto. E meu pai está dormindo no fim do corredor."

"Vá em frente, grite. Chame os criados e seu pai. Vamos ser encontrados em uma posição muito comprometedora. Minha carreira estará acabada; sua reputação, arruinada, e ficaremos presos um ao outro pelo resto da vida. Não podemos deixar isso acontecer, podemos?"

"Deus, não."

Bram a encarou. Estranho. Ele havia passado toda sua vida adulta evitando envolvimentos românticos, mas lá estava ele, completamente envolvido com aquela mulher, e a ideia de ser obrigado a se casar com ela não o horrorizava do modo que deveria. Na verdade, se Bram se permitisse, ele imaginaria uma vida de noites passadas em um quarto graciosamente decorado, sobre um colchão limpo e macio, com o doce aroma de ervas de Susanna no ar e o corpo pálido dela se contorcendo debaixo do seu...

Aquele era o cenário mais estranho e improvável para ele; mas, curiosamente, aquela imagem não o repelia.

Ela tentou se mexer.

"Bruto. Animal."

Rindo, ele a beijou na testa.

"Assim é melhor." Ele preferia o escárnio à piedade dela. Piedade fazia Bram se sentir impotente. Provocar a raiva dela fazia com que se sentisse vivo. E ela era maravilhosamente fácil de provocar.

"Deus, ter você debaixo de mim, em uma cama..." Ele a beijou, somente no canto da boca. "Você me deixa louco de desejo, Susanna. Nós somos muito bons juntos."

Bram aliviou a pressão no pulso dela, mas o manteve preso apenas com o peso de seu braço. Ele deslizou o polegar pela mandíbula dela, parando sobre a artéria acelerada. Então baixou o dedo, acariciando o declive suave de sua garganta. A pele dela era tão macia... Será que ela havia tomado banho, perguntou-se Bram? Ou continuava com o sabor do mar?

"Muito bem", disse ela. "Você provou o que queria. É um homem grande e forte, e eu sou uma mulher indefesa. Agora me solte."

"Vou soltar você, se é o que realmente deseja, mas não acho que seja."

Virando a mão, ele deslizou as costas de seus dedos pelo peito dela, até alcançar os seios. Ele tocou os limites do decote de Susanna. O tecido translúcido, rendado, subia e descia no ritmo da respiração dela, como a espuma no cume de uma onda.

Se ela quisesse que ele parasse, seria fácil. Os braços de Susanna estavam praticamente soltos. Bram apoiou seu peso em um cotovelo. Um movimento rápido para a direita e ela se soltaria.

Susanna olhou para aquela direção, obviamente pensando o mesmo. Mas ela não se moveu. Ela também queria aquilo.

De forma lenta mas decidida, Bram envolveu o seio dela com a palma de sua mão. Ela engoliu uma exclamação.

Bram também se esforçou para conter seu próprio gemido de prazer. Aquela elevação macia, redonda, encaixava-se perfeitamente em sua mão, aquecendo-se ao seu toque. Enquanto a segurava, o mamilo dela endureceu até virar uma ponta que pressionava o centro de sua palma. Apenas uma ponta pequena, dura, mas indescritivelmente excitante. O corpo dela respondia ao seu, *chamando-o*. O membro dele respondeu, endurecendo até ficar dolorido.

Ele baixou a cabeça e pressionou seus lábios no pescoço nu de Susanna, acariciando a elevação do seio dela enquanto desenhava uma trilha descendente com seus beijos. Susanna não tinha gosto de mar, mas de doce feminilidade. Ele a lambeu, deslizando a língua por um caminho tortuoso e preguiçoso ao longo de sua clavícula. Então, descendo, acompanhou a linha do decote. Ali, o corpete justo o frustrou. Ele inseriu um dedo apenas entre o tecido e a pele, fazendo o decote descer, só um pouco. Bram precisava tocá-la ali, sentir a ponta firme do mamilo de Susanna na ponta de seu dedo.

Trabalhando em pequenos arcos, ele foi descendo o dedo, explorando o cetim quente que era a pele dela, descobrindo a geografia incomparável daquele globo carnudo e delicioso. Bram finalmente alcançou com seu polegar a borda da aréola de Susanna e sentiu um surto triunfante. Ele se sentia um conquistador descobrindo um novo território. Uma ilha redonda de promessas, rodeada por dunas ondulantes e encimada por um pico que se elevava. Ele o escalou aos poucos, com respiração difícil. Deus, só mais um pouco...

Ali.

Ela soltou uma exclamação assustada, ofegante, e seu corpo todo arqueou para encontrar o dele. A reação apaixonada quase acabou com ele. Os pensamentos de Bram ficaram caóticos, deixando-o com uma ideia fixa.

Mais...

Isso era tudo que ele conseguia pensar, tudo que ele podia compreender. *Mais.* Precisava mais de Susanna. Como poderia tocar mais, acariciar mais, beijar mais? Ele continuava com um dos braços dela preso acima da cabeça. Se ele o baixasse para o lado do corpo, Bram raciocinou, o decote dela ficaria mais folgado. Ele o abriria à sua vontade, para que pudesse tomar em sua boca aquele pico elevado. Mas quando ele se ergueu um pouco, com a intenção de trazer o braço dela para baixo...

"Jesus."

Ele congelou, olhando fixamente. Lutando para entender o que estava vendo. Do punho ao cotovelo, a pele delicada de Susanna era um emaranhado de cicatrizes.

Com grande esforço mental, ele dominou a excitação que agitava seu corpo. Então ali estava o motivo de ela sempre usar aquelas luvas sedutoras. Susanna também tinha algo a esconder.

Algo muito mais sério do que um espinho em sua pata.

"Linda Susanna", disse ele, passando o dedo pela pele marcada. "O que aconteceu aqui?"

Susanna retraiu-se com o toque dele. Por dentro, ela estava em pedaços. Ela devia saber que não poderia escondê-las para sempre. Que nunca poderia ficar tão íntima de um homem, daquela forma, sem que as malditas cicatrizes arruinassem tudo, de um jeito ou de outro.

"Há quanto tempo você as tem?", perguntou ele, traçando em seu braço uma linha fina com a ponta do dedo.

"Bastante tempo", disse ela, fingindo pouco caso. "Não são nada de mais. Consequência da jardinagem."

"Jardinagem? Você duelou até a morte com uma roseira?"

"Não." Ela arqueou as costas, roçando os seios contra o peito dele. O toque de Bram era tão gostoso. Parecia ser a coisa certa. "Não podemos simplesmente voltar ao ponto em que paramos?"

Aparentemente, não.

Como Susanna se contorcia debaixo dele, Bram usou seu peso e sua força para mantê-la no lugar. Não por desejo, mas preocupação.

"O que aconteceu? Conte-me a verdade."

"Eu..." Ela hesitou. Então inspirou profundamente e decidiu ser sincera. Ele que decidisse o que fazer com a verdade. "As cicatrizes são resultado de sangrias."

"Tantas?" Ele praguejou em voz baixa, passando a ponta dos dedos pelo xadrez de cicatrizes. "Pensei que você não tivesse sido uma criança doente."

"Eu não era doente. Isso não impediu os médicos de tentarem me curar."

"Conte o que aconteceu", disse Bram.

Susanna desviou o olhar para o canto. Uma batida violenta pulsava em suas orelhas, como um aviso.

"Você viu as *minhas* cicatrizes", lembrou ele, movendo-se para o lado e assim lhe dar espaço. "Eu lhe contei tudo."

"Foi no ano após a morte da minha mãe." A voz de Susanna soou sem emoção, distante, para ela própria. "Papai achou que eu precisava de um exemplo feminino, alguém que supervisionasse minha formação, para eu me tornar uma dama. Então ele me enviou para Norfolk, para eu ficar com parentes."

"E você ficou doente lá?"

"Só tive saudade de casa, mas minhas primas não sabiam o que fazer comigo. Elas encararam como seu dever me deixar pronta para a sociedade, mas diziam que eu nunca me encaixaria. Eu era alta e sardenta, e meu cabelo causava-lhes arrepios. Para não falar do meu comportamento, que deixava muito a desejar. Eu era... difícil."

"Claro que era."

Ela sentiu uma pontada de mágoa com o comentário, que devia ter ficado muito evidente, pois ele rapidamente procurou se explicar.

"Eu só quis dizer", falou Bram, "que isso era perfeitamente natural. Você foi morar com pessoas que eram praticamente estranhas, e sua mãe havia acabado de morrer."

Ela anuiu.

"Elas pensavam assim, no começo; mas, conforme as semanas passavam e meu comportamento não melhorava... elas pensaram que algo devia estar errado. Foi quando elas chamaram os médicos."

"Que fizeram sangrias em você."

"Para começar... Eles prescreveram uma variedade de tratamentos ao longo do tempo. Eu não reagi como eles esperavam. Eu sou um pouco obstinada."

"Acho que percebi isso." Ele sorriu timidamente. O calor nos olhos dele deu a Susanna força para continuar.

"Os médicos fizeram mais sangrias, encheram-me de eméticos e purgantes. Depois disso eu comecei a rejeitar comida e a me esconder em armários. Elas chamaram os médicos de novo e de novo. Quando os enfrentei, concluíram que eu sofria de histeria e intensificaram os tratamentos. Dois criados me seguravam enquanto o médico tirava mais sangue e me dava mais veneno. Eles me enrolavam em cobertores até eu ficar encharcada de suor, e depois me obrigavam a mergulhar em água gelada."

As lembranças dolorosas jorravam dela, mas não estava sendo tão difícil falar a respeito como imaginou que seria. Depois de tanto tempo, as palavras simplesmente saíam dela, como se...

Oh, e agora vinha um pensamento irônico.

Como se ela tivesse aberto uma veia.

"Eles..." Susanna engoliu em seco. "Eles rasparam meu cabelo e aplicaram sanguessugas no meu escalpo."

"Oh, Deus." O sentimento de culpa retorceu o rosto dele. "No outro dia, na praça, quando eu ameacei cortar seu cabelo..."

"Não. Bram, por favor, não se sinta assim. Você não sabia. Como poderia saber?"

Ele suspirou.

"Conte-me tudo agora."

"Na verdade, já contei a pior parte. Foram tratamentos repulsivos, inúteis, um após o outro. No fim, fiquei tão enfraquecida por tudo isso que adoeci de verdade."

Com o rosto franzido, Bram alisou o cabelo dela. Seus olhos assumiram o tom de verde colérico dos mares tempestuosos.

"Você parece estar revoltado."

"E estou."

Ela sentiu uma pontada no coração. Sério? Por que ele ligaria para as atribulações médicas de uma solteirona, que aconteceram tantos anos antes? Certamente ele tinha visto coisas muito piores na guerra, que haviam causado efeitos piores nele. Ainda assim, algo naquela expressão séria e belicosa dizia que ele se importava. Que se houvesse um meio humanamente possível, ele voltaria no tempo e empalaria aqueles médicos com seus próprios bisturis.

Ela poderia amá-lo. Que Deus a ajudasse, pois ela poderia amá-lo só por isso.

"Está tudo bem agora. Eu sobrevivi." Ela lhe deu um sorriso bem humorado, para evitar que a história ficasse sentimental demais. Ou talvez para evitar que se derramasse em lágrimas de gratidão.

"Graças à sua obstinação, imagino. Sem dúvida você simplesmente se recusou a morrer."

"Algo assim. Por sorte, não lembro muito da doença. Fiquei tão fraca que enviaram uma carta expressa para o meu pai, pois acharam que meu tempo estava acabando. Ele chegou, olhou para mim, embrulhou-me em seu casaco e tirou-me daquela casa em menos de uma hora. Ele ficou furioso."

"Dá para entender. *Eu* estou furioso agora."

Piscando para tirar a umidade dos olhos, ela passou o olhar pelo quarto.

"Foi quando viemos morar aqui em Summerfield. Ele comprou esta propriedade para que eu pudesse convalescer perto do mar. Aos poucos, fui me recuperando. Eu não precisava de médicos e cirurgiões, mas apenas de comida nutritiva e de ar fresco. E, depois que estava bem, de exercício."

"Então", disse ele, pensativo, passando o polegar pelas cicatrizes, "elas são o motivo pelo qual…"

"São. Elas são o motivo."

Bram não pediu mais explicações, mas ela as deu mesmo assim.

"Sabe, meu pai acabou me levando para Londres para me apresentar à Corte. E, como minhas primas previram, eu não me ajustei. Mas enquanto eu ficava às margens daqueles salões de baile elegantes, percebi que havia outras como eu. Garotas que, por um motivo ou outro, não atendiam às expectativas. Que corriam perigo de serem enviadas para algum balneário tenebroso, para receberem uma "cura" de que não precisavam. Comecei convidando-as para que passassem o verão aqui. A princípio, apenas algumas amigas, mas o número tem crescido a cada ano. A Sra. Nichols ficou contente com o fluxo constante de visitantes na pousada."

"E você direcionou seus talentos para a cura."

"Acho que puxei meu pai. Ele é um inventor. As experiências fracassadas de todos aqueles médicos deixaram-me curiosa e com vontade de encontrar métodos melhores."

Mais uma vez, ele passou a ponta dos dedos pelo xadrez formado pelas cicatrizes. Havia tantas, desde finas como o fio de uma navalha, até grossas, evidência atroz de um terrível flame - um instrumento de madeira tão grosso quanto o pulso dela. Susanna ainda estremecia ao lembrar dele.

"Malditos açougueiros", murmurou Bram. "Já vi veterinários sangrarem artérias de cavalos provocando menos danos."

"As marcas seriam mais tênues se eu tivesse lutado menos. Elas…" Susanna resistiu ao impulso de desviar o olhar. "Elas causam-lhe repugnância?"

Como resposta ele beijou o pulso marcado de Susanna. Uma vez. E então outra. Emoções inundaram seu peito.

"Você me acha mais fraca por causa delas?" perguntou Susanna.

Ele negou com veemência.

"Elas não têm nada a ver com fraqueza, Susanna. Elas são prova de sua força."

"Bem, também não considero você fraco por causa de suas cicatrizes." Ela olhou fundo nos olhos de Bram, querendo que ele absorvesse o sentido de suas palavras. "Ninguém consideraria."

"Não é a mesma coisa", argumentou ele, balançando a cabeça. "Não é a mesma coisa. Suas feridas podem ser escondidas. Elas não fazem com que você manque, caia ou fique atrás daqueles que deveria liderar."

Talvez não, mas ela estava apenas começando a compreender como suas cicatrizes a fizeram recuar de diferentes formas. Ela teve tanto medo, por tanto tempo, de ficar assim íntima de um homem. De tirar as luvas e aceitar a possibilidade de ser magoada novamente.

"Há diferenças, claro", sussurrou ela, puxando-o para si. "Mas eu sei como é uma recuperação longa e lenta. Sentir-se confinada em seu próprio corpo, frustrada com suas limitações. E eu sei como é ansiar por intimidade, Bram. Você não precisa me atacar sempre que quiser ser tocado. Ou abraçado."

Ela passou os braços ao redor dele. Bram ficou em silêncio sobre ela, e Susanna soube reconhecer o momento de medo. Ela queria dar o mesmo consolo que ele havia lhe dado, mas Susanna receava fazer tudo errado. Com os dedos trêmulos, ela passou a mão levemente pela coluna dele.

"Isso." Ele expirou no pescoço dela. "Isso, toque-me. Assim mesmo."

Ela o acariciou, então, com as duas mãos, passando-as pelas costas dele com movimentos suaves e tranquilos.

"Susanna?", disse ele, depois de alguns minutos.

"Sim?"

"Estou me sentindo estranho. Não consigo erguer a cabeça."

"São os remédios. Estão começando a fazer efeito."

"Su-san-na", Bram meio que sussurrou, meio que cantou, com uma voz arrastada de bêbado. "Linda Susanna com o cabelo atrevido." Quando ela riu, ele pressionou a testa contra a artéria que pulsava. "Essa é a palavra perfeita para você, atrevida. Sabe por quê? Porque seu cabelo é provocante, com essas cascatas de bronze derretido. Todo vermelho, dourado e brilhante. E você também é destemida, provocante e atrevida."

"Eu tenho tantos medos." O coração dela pulava como uma lebre.

"Você não tem medo de mim. No primeiro dia, quando nos conhecemos. Naqueles poucos segundos após a explosão... você estava debaixo de mim, deste mesmo jeito. Macia. Quente. O lugar perfeito para eu aterrissar. E você confiou em mim. Pude ver nos seus olhos. Você confiou que eu protegeria você."

"Você me *beijou*."

"Não pude evitar. Tão linda..."

"Silêncio." Ela virou a cabeça para calá-lo com um beijo. O coração dela não aguentava mais. O sabor leve e narcotizante do láudano continuava nos lábios de Bram. "Descanse."

"Eu teria garroteado aqueles médicos", murmurou ele. "E a seus parentes também. Nunca teria deixado que machucassem você."

Ela não conseguiu evitar de rir diante daquelas doces promessas de violência, oferecidas como um ramalhete de flores carnívoras.

"Acho que eles queriam mesmo ajudar", disse ela. "Meus parentes, eu quero dizer. Eles só não sabiam o que fazer. Olhando para trás, sei que representei um desafio. Eu era muito estranha e obstinada. Eu não tinha nada de uma dama. Eles costumavam me fazer copiar páginas de um livro horrível, insípido, *A Sabedoria da Sra. Worthington para Moças*. Oh, Bram, você riria tanto disso."

Ele ficou quieto por um longo momento. Então seu peito tremeu – não com uma risada, mas com um ronco alto e ressonante.

Ela riu de si mesma e, ao mesmo tempo, derramou lágrimas quentes de seus olhos. Em seu sono, Bram passou um braço protetor ao redor dela. O abraço dele parecia ser a coisa mais segura do mundo.

Talvez ela pudesse confiar que ele tomaria conta dela. Ele era forte, tinha princípios, e ela não duvidava de que ele arriscaria a própria vida para mantê-la a salvo, pelo menos seu corpo. Mas ele não poderia fazer promessas de proteger seu coração.

E, em seu coração, Susanna temia e sentia que já estava caindo... Mergulhando de cabeça em um mundo de dores.

Capítulo Catorze

"Ai."

Susanna soltou o botão de rosa e fitou a gotícula de sangue que cresceu em seu dedo. Ato reflexo, ela enfiou o dedo na boca para amenizar a ferida.

"Kate", ela chamou, do outro lado do jardim, "você termina com as rosas para mim? Esqueci as luvas esta manhã."

Incrível. Ela *nunca* esquecia as luvas.

Ela deixou as rosas e foi para o canteiro de ervas, onde apanhou grandes punhados de lavanda sem espinhos, que cortou com a tesoura de jardinagem. Rapidamente, sua cesta estava transbordando de plantas aromáticas. Ainda assim, ela continuou a colher mais.

Suas mãos começavam a tremer sempre que Susanna tentava firmá-las. Talvez porque ainda estivessem pesadas com a sensação da pele e do cabelo dele.

Naquele exato momento, Bram continuava dormindo no andar de cima de Summerfield. Enquanto isso, no jardim, Susanna era forçada a manter a programação das quartas-feiras e receber as moças de Spindle Cove. Jardinagem primeiro, chá depois. Normalmente ela gostava da companhia e da ajuda delas; mas, naquele dia, ela preferiria estar sozinha com seus pensamentos.

Porque ela só estava pensando nele... Isso a fez corar. Seus pensamentos a faziam se sentir exposta, sem espartilho. E a faziam suspirar – *alto*, pelo amor de Deus. As moças trabalhavam à sua volta, tirando ervas daninhas, cortando flores, desenhando abelhas e botões. Mas quando Susanna ajoelhou ao lado da camomila e permitiu que seu olhar perdesse o foco, seus pensamentos subiram a escada.

Ela o viu. Moreno, braços vigorosos cobertos de pelos escuros, todo enrolado nos lençóis brancos. Seu corpo pesado sobre o dela era uma bênção, nunca um fardo ou uma ameaça.

Linda Susanna, disse ele. *Você foi o lugar perfeito para eu aterrissar.*

"Srta. Finch. Srta. Finch!"

Ela se sacudiu, voltando ao presente.

"Sim, Sra. Lange?" Quanto tempo a mulher estaria tentando chamar sua atenção?

"Quer que eu separe estes lírios hoje? Ou devemos deixá-los para outra semana?"

"Oh! O que você achar melhor."

Por baixo de seu chapéu de palha, a outra mulher olhou com impaciência para Susanna.

"É o seu jardim, Srta. Finch. E você sempre tem uma opinião."

"Está tudo bem, querida?", perguntou a Sra. Highwood. "Não é do seu feitio estar tão distraída."

"Eu sei. Não é mesmo. Desculpem-me."

"Está um lindo dia", disse Kate. "Não consigo imaginar o que a está afetando."

"Não é um 'o quê'", disse Minerva, tirando os olhos de seu caderno de desenhos. "É um 'quem'."

Susanna olhou preocupada para ela.

"Minerva, tenho certeza de que você não precisa…"

"Ah, mas eu tenho certeza de que preciso. E você não precisa ter vergonha de falar sobre isso, Srta. Finch. Não precisa sofrer em silêncio, e as outras precisam saber. Elas podem precisar se proteger." Minerva fechou o caderno e se voltou para as mulheres reunidas. "É Lorde Rycliff, aquele vilão. Ele não bateu a cabeça ao mergulhar, ontem. Ele sobreviveu à queda sem se machucar, e então atacou a Srta. Finch na enseada."

"Minerva." Susanna levou a mão à testa. "Ele não me atacou."

"Atacou sim!" Ela se virou para as outras. "Quando me aproximei deles, estavam encharcados, os dois. A pobre Srta. Finch tremia como uma folha, e ele estava com as mãos… Bem, vamos apenas dizer que ele estava com as mãos em lugares onde não deveriam estar. Ela tentou afastá-lo, mas ele não permitiu."

Eu gosto quando você me ataca. Uma palpitação percorreu-a com a lembrança.

"Felizmente eu apareci na hora certa", disse Minerva. "Felizmente, também, eu havia encontrado amostras boas e pesadas naquela manhã."

Felizmente? Talvez sim. Somente Deus sabia que liberdades Susanna teria permitido que Bram tomasse sem a interrupção de Minerva. E se aqueles remédios não o tivessem feito dormir na noite anterior...

Ela ficou uma hora em seus braços, incapaz de ir embora. Acariciando suas costas e seus ombros fortes, ouvindo seu ronco suave e constante. Quando ela sentiu que também iria adormecer, saiu da cama e voltou para seu próprio quarto. Cuidar de um homem ferido enquanto este dormia... era o dever de uma curadora. Dormir *com* ele... isso era privilégio de uma esposa.

E Susanna não era esposa dele, ela procurou se lembrar. Não tinha que dividir uma cama – ou enseada, ou sala de armas – com aquele homem. Não importava o quanto ele havia se mostrado apaixonado, nem como tinham sido excitantes para ela os carinhos dele, ou como havia beijado docemente seus punhos machucados. Caso ela se entregasse a um prazer passageiro com ele, perderia tudo pelo que trabalhava tão duro para construir.

Ela poderia perder tudo *naquele momento*, se o "prestativo" relatório de Minerva não fosse contido.

"Minerva, você está enganada", disse ela, firmemente. "Você não estava com seus óculos e não sabe o que viu." Para as outras ela declarou: "Eu nadei até lá para verificar se Lorde Rycliff estava bem. Estávamos conversando a respeito, quando Minerva apareceu".

"Aquilo não era conversa, mas agarração", disse Minerva. "E eu não sou cega. Eu sei muito bem o que vi. Ele beijou você!"

A Sra. Lange soltou um guincho indignado.

"Eu sabia. Homens são uns abusados nojentos. Eu vou escrever um poema."

"Ele beijou você?" Kate arregalou os olhos. "Lorde Rycliff beijou você? Ontem?"

"Sim, ele beijou", Minerva respondeu por ela. "E não foi a primeira vez, pelo jeito da coisa. Ficou claro que ele a está molestando desde que chegou à região."

Susanna sentou-se no banco mais próximo. Ela sentiu que sua vida estava se desfazendo.

"Oh, isso é maravilhoso", disse a Sra. Highwood, aproximando-se para sentar ao lado de Susanna. "Eu percebi que você chamou a atenção dele, querida. E Lorde Payne mostrou grande preferência pela minha Diana. Pense só, vocês duas podem virar primas através do casamento!"

"Eu não vou me casar com Lorde Rycliff", afirmou Susanna. "Não sei o que poderia fazer a senhora dizer tal coisa." E ela gostaria que a mulher parasse de falar aquilo em voz alta. Bram continuava em Summerfield, e não havia como saber quando ele acordaria. Ele podia estar acordado naquele momento.

Talvez Bram estivesse se alongando, ou flexionando aqueles membros poderosos além dos limites do colchão e bocejando como um leão entediado.

"Lorde Payne não demonstrou nenhum interesse especial em mim", disse Diana. "Sinceramente, gostaria mesmo que não o fizesse."

"Bobagem. O homem pediu para você cortar o cabelo dele! Ele tem título, é lindo como o diabo e rico, além de tudo. Bonita como você é, sem dúvida ele logo irá pedir sua mão. Veja se você também não consegue ficar presa em algum canto com ele. Um beijo fecharia o negócio, posso garantir."

"Mamãe!", falaram Diana e Minerva em uníssono.

"O que há de errado com todas vocês?", perguntou a Sra. Highwood, olhando de uma para outra. "Esses homens são lordes. São poderosos, ricos. Vocês devem encorajá-los."

"Creia em mim, encorajamento é a coisa menos necessária." Ao falar as palavras, Susanna ficou instantaneamente preocupada. Será que Bram tomaria o encontro deles, na noite anterior, como encorajamento? Ela queria que ele pensasse assim? Eles se entendiam agora, em um nível muito mais profundo. Desde que ele conseguisse se lembrar de, pelo menos, parte da conversa, quando acordasse.

"Lorde Rycliff não está procurando uma esposa", disse ela, com firmeza. "Tampouco seu primo. Se fôssemos tolas o bastante para 'encorajá-los', estaríamos arriscando não apenas nossa reputação, mas também a de Spindle Cove." Ela encarou cada mulher do grupo. "Vocês estão todas me entendendo? Nada está acontecendo aqui. *Nada*."

"Mas, Srta. Finch…" Minerva quis contrapor.

"*Minerva*." Susanna virou-se para ela, esperando que sua nova amiga, algum dia, compreendesse e desculpasse a dureza de suas palavras seguintes. "Sinto dizer, mas você está enganada quanto ao que viu, e sua insistência está se tornando aborrecida. Lorde Rycliff não me atacou ontem, nem em qualquer outro dia. Nada impróprio transpirou entre nós. Na verdade, ele só saltou do penhasco ontem porque pensou que você tivesse se *afogado* e quis salvar sua vida. Atacar o caráter dele após tal atitude corajosa, embora equivocada, parece-me por demais indelicado. Minha parte nesta conversa está concluída."

Minerva piscou os olhos, visivelmente magoada. Susanna sentiu-se horrível, mas o futuro de sua comunidade estava em jogo. Onde Minerva iria para caçar seus fósseis se chegassem a Londres notícias de solteironas enlouquecidas, e a Queen's Ruby fosse forçada a fechar suas portas?

"Logo seremos chamadas para o chá." Ela pegou sua cesta e se dirigiu para casa. "Até lá estarei na despensa espremendo as ervas. Meu unguento está acabando."

Kate a seguiu.

"Vou ajudar você." Conforme se aproximavam da casa, ela sussurrou: "Como foi? O beijo".

Susanna reprimiu uma exclamação de frustração.

"Você pode me contar", disse Kate, abrindo a porta da despensa. Depois que as duas entraram, ela rapidamente a fechou e trancou. "Srta. Finch, você sabe que não vou contar para ninguém. Não tenho outro lugar para morar que não aqui. O destino de Spindle Cove também é meu destino."

Susanna encostou-se na porta e fechou os olhos.

"Foi maravilhoso?"

Maravilhoso não era a palavra. Não havia palavras para descrever a torrente de sensações loucas, de tirar o fôlego, que sentiu.

E também não havia como ela pudesse manter aquilo em segredo por mais tempo. Susanna anuiu com a cabeça.

"Foi", sussurrou.

"Eu sabia." Kate agarrou seu braço. "Você tem que me contar tudo."

"Oh, Kate, não posso. Eu nem devia ter admitido." Ela começou a descer garrafas das prateleiras e cortou a fita que prendia um maço de erva-de-são-joão. "E nunca mais vai acontecer de novo."

"Você não acha que ele quer casar com você?"

"De jeito nenhum. E eu não tenho intenção de casar com ele."

"Não quero me intrometer", disse Kate. "Sério, não quero mesmo. Essa é minha única oportunidade de saber. Quero dizer... nunca vai acontecer comigo, ser beijada por um lorde em um canto escondido."

Susanna deixou o pilão cair no almofariz.

"Por que nunca vai acontecer com você? Você é linda e muito talentosa."

"Sou uma órfã de família desconhecida. Uma ninguém. E mais, uma ninguém com isto." Ela tocou a marca de nascença em sua têmpora.

Susanna pôs seu trabalho totalmente de lado e colocou as duas mãos nos ombros da amiga, olhando-a no fundo dos olhos.

"Kate, se essa marquinha é sua maior imperfeição, então você com certeza é a mulher mais linda e encantadora que eu conheço."

"Parece que os homens não concordam."

"Talvez você tenha conhecido os homens errados."

A lembrança das palavras de Bram fez Susanna reprimir um sorriso pesaroso. Não importava o que acontecesse, a vida seria sempre diferente a partir de então. Porque, afinal, Susanna sabia como era se sentir *desejada*, com seus defeitos e tudo. Ela sentiu o calor inesperado que isso produzia dentro dela e queria que Kate também tivesse essa experiência.

"Seu admirador vai aparecer um dia. Tenho certeza. Mas enquanto isso..." Ela pegou um dos cachos castanhos da amiga. "Aqui é Spindle Cove, Kate. Baseamos nossa autoestima em nossas qualidades e realizações, não na opinião dos cavalheiros."

"É, eu sei, eu sei." Uma expressão constrangida tomou os olhos de Kate. "Mas de qualquer modo, é impossível parar de pensar neles."

Sim, concordou Susanna em silêncio. Era mesmo. E com o líder deles indisposto no andar de cima, ela repentinamente se preocupou com os problemas que o resto dos homens estava tendo naquele dia.

À sombra do castelo Rycliff, Colin Sandhurst observou suas tropas.

Eram as tropas *dele* naquele dia, ele imaginou, já que seu primo tonto continuava inconsciente. Colin o advertiu para não dar aquele mergulho ridículo do penhasco, mas alguma vez Bram o escutava? Ah, não. Claro que não.

Ele, de certa forma, esperava que toda aquela história de milícia acabasse depois daquela exibição absurda. Mas, aparentemente, o brilho de oito xelins e a promessa de muita diversão trouxeram os recrutas de volta para outro dia.

Ele bateu as palmas das mãos.

"Muito bem, pessoal. Reúnam-se, rapazes. Aqui."

Nada aconteceu.

Thorne olhou para ele com sarcasmo.

"Companhia, em formação!", gritou ele.

Os homens entraram em formação.

"Obrigado, cabo Thorne." Colin pigarreou e se dirigiu aos homens: "Como vocês todos sabem, nosso bravo comandante está momentaneamente de cama, cuidando de um ferimento na cabeça. Um ferimento, devo acrescentar, infligido por uma garotinha insignificante. Então hoje, como seu primeiro tenente, eu estou no comando. E vamos fazer um treinamento um pouco diferente".

Keane, o vigário, ergueu a mão.

"Nós vamos aprender uma nova formação?"

"Não", respondeu Colin. "Vamos encenar uma invasão. Aquelas mocinhas lá em Spindle Cove ocuparam o que deveria ser nossa vila. *Nossa* vila. Nós vamos olhar para o outro lado e aceitar isso?"

Os homens se entreolharam.

"Não!", respondeu Colin, exasperado. "Não, nós não vamos mais aceitar isso, nem mais um dia."

Bram teve a ideia certa, afinal. Aqueles homens realmente precisavam de ajuda para recuperar suas bolas e reafirmar seu domínio naquela vila. Mas seu primo havia empregado a tática errada ao apelar para uma noção vaga de honra e dever. Havia uma fonte muito melhor de motivação – aquele impulso primitivo, inegável, que empurrava todos os homens.

Sexo.

"Esta noite", anunciou ele, "é a noite em que iremos retomar aquela vila. E não vamos fazer isso marchando em fila ou cometendo atos de idiotice valente. Nós vamos fazer isso sendo homens. Homens másculos. O tipo de homem que uma mulher quer que assuma o controle."

Testas foram franzidas, confusas.

"Mas…" O ferreiro olhou para os outros. "Nós *somos* homens. Pelo menos, da última vez que eu verifiquei."

"Não é apenas questão de se ter o equipamento correto, mas sim de usar o equipamento corretamente." Subindo em uma caixa, Colin abriu os braços. "Olhem para mim. Agora olhem para si mesmos. Agora olhem novamente para mim. Eu sou o homem que vocês querem ser."

Dawes cruzou os braços.

"E por que, exatamente?"

"Vocês sabem quantas mulheres eu já levei para a cama?" Quando Rufus e Finn mostraram interesse, ele acenou para os dois. "Adivinhem, garotos."

"Dezessete", arriscou Finn.

"Mais."

"Dezoito."

"Mais que isso."

"Ahn… dezenove."

"Ah, pelo amor de Deus", murmurou ele. "Vamos ficar aqui o dia inteiro. Vamos dizer apenas que o número é 'maior do que vocês podem imaginar'. Porque, evidentemente, esse é o caso." Bufando, ele acrescentou: "Talvez maior do que vocês saibam contar". Ele ergueu um braço acima da cabeça. "Esta noite nós marcharemos até aquela vila e vamos nos divertir na taverna."

"Você está falando da casa de chá?", perguntou Fosbury. "Mas esta é a noite de carteado das moças."

"'Mas esta é a noite de carteado das moças'", Colin imitou o outro com uma voz esganiçada. "Aí está o problema. Vocês todos se deixaram subjugar. Castrados por essas intelectualoides. Esta noite as moças não vão jogar cartas. Elas vão dançar."

Fosbury coçou a nuca.

"Bem, isso é o que elas às vezes fazem às sextas-feiras. Dançar. Mas apenas umas com as outras. Elas nunca nos pedem para participar."

Suspirando alto, Colin massageou o nariz.

"Nós não vamos esperar que elas nos peçam, Fosbury." Ele baixou a mão e gesticulou para Dawes. "Você aí. Sabe como tirar uma mulher para dançar?"

"Eu não." O ferreiro deu de ombros. "Eu não sei dançar."

Finn levantou a mão.

"Eu sei! Ouvi Sally dizendo para o espelho: 'Pode me dar o prazer desta dança?'." Ele fez um floreio afetado e uma reverência.

"Errado", disse Colin. "Tudo errado", ele ergueu a voz. "Todos vocês, repitam depois de mim: 'Eu acredito que esta dança é minha'."

Os homens murmuraram as palavras depois dele.

Patético.

Colin sacou sua pistola de cano duplo, engatilhou-a com cuidado, levantou-a à altura de seu ombro e a disparou para o ar. O estalo estrondoso chamou a atenção do grupo.

"Digam com convicção: 'Acredito que esta dança é minha'."

Os homens pigarrearam, remexeram-se e repetiram:

"Acredito que esta dança é minha."

"Melhor assim. Tentem isto: 'Seu cabelo é um rio de seda'." Quando tudo que ele conseguiu foram olhares confusos, Colin explicou: "A primeira frase a coloca em seus braços. Para convencer uma mulher a ir para sua cama, você precisa de mais algumas palavras bonitas. Agora repitam comigo, droga: 'Seu cabelo é um rio de seda'."

"Seu cabelo é um rio de seda", eles ecoaram.

"Agora estamos chegando a algum lugar." Ele fez uma pausa, refletindo. "Agora esta: 'Seus olhos brilham como diamantes'."

Eles repetiram, dessa vez com mais entusiasmo.

"Seus seios são esferas de alabastro."

"O quê?", contestou Rufus. "Isso é bobagem. Não vou dizer isso."

"Você quer sugerir algo melhor?"

"Por que eu não posso simplesmente dizer que ela tem belas tetas?"

Colin olhou para Keane.

"Vigário, cubra as orelhas."

E o homem cobriu mesmo.

Colin gemeu. Pulando da caixa, ele se aproximou de Rufus.

"Escute aqui, garoto. Você não pode ficar falando em tetas. É rude. As damas não gostam. A não ser que vocês já estejam no calor das coisas. Então, dependendo da mulher, ela pode gostar. Mas quando seu objetivo é a sedução, esferas de alabastro não têm erro."

"Está tudo errado, isso sim." Thorne cruzou os braços. "Alabastro é frio e duro. Não sei que tipo de tetas você tem chupado, mas eu gosto de mulheres de carne e osso. Você não tem nada melhor do que isso?"

"É claro que tenho, mas não vou gastar minhas cantadas com vocês." Ele ergueu a pistola e disparou o segundo tiro no ar. "Cabeça para cima, peito para frente, e digam em alto e bom som: 'Seus seios são esferas de alabastro'."

Foram necessárias mais meia dúzia de tentativas, mas Colin finalmente conseguiu ouvir a frase com o entusiasmo que ele queria.

"Muito bem", disse, andando de um lado para o outro diante deles. "Agora, a recompensa. Cerveja!" Ele bateu com a mão em um barril. Com o pé, empurrou uma caixa. "Vinho!" Fazendo uma pausa para efeito dramático, ele ergueu um tonel que havia pegado no estoque pessoal de Bram. "Uísque!"

"O que nós vamos fazer com tudo isso?", perguntou Rufus.

"Vamos engraxar os sapatos", respondeu Colin, com sarcasmo. "Nós vamos *beber*, é claro. Esta noite vamos comer, beber, festejar e fazer amor com nossas mulheres, com entusiasmo. Mas esperem. Tem mais."

Ele havia deixado a placa por último. Tinha passado a noite toda trabalhando naquilo, à luz de tochas. Não porque se divertisse com carpintaria, mas porque a alternativa era outra noite insone naquele estrado frio e desconfortável. Após quase uma semana fora de Londres, ele estava faminto por um corpo quente e uma boa noite de sono.

Mais do que princípios estavam em jogo naquela noite. Ele precisava encontrar uma mulher, e logo.

"E com isto, homens", ele desvelou a placa puxando rapidamente o tecido que a cobria, "eu lhes devolvo sua taverna."

Capítulo Quinze

Bram acordou com uma luz lancinante que o machucava através das pálpebras. Alguém colocou um copo frio em sua mão. Ele não suportava nem mesmo a ideia de abrir os olhos para verificar quem era e qual era o conteúdo do copo. Após cheirar o líquido, cauteloso, ele o engoliu. Água. Límpida e refrescante. A coisa mais deliciosa que ele já provou. Ele teria murmurado um agradecimento, mas sua língua estava pesada demais. Ele não conseguiu fazê-la se mexer.

Uma mão bondosa fechou a cortina. A escuridão o envolveu, arrastando-o de volta ao travesseiro, fazendo com que dormisse novamente.

Quando acordou de novo, a luz forte tinha sumido. Afastando a roupa de cama, ele se ergueu sobre um cotovelo. Bram estava sozinho no quarto. Uma única vela em um castiçal fornecia toda a luz do ambiente.

Esfregando os olhos para afastar o sono, ele se sentou e colocou os pés no chão. Quanto tempo teria perdido? Ele consultou o relógio sobre a mesa de cabeceira. Sete e meia. Mas nesse caso o sol já deveria ter nascido. A menos que...

A menos que fosse noite novamente. Noite de quarta-feira. Ele massageou as têmporas doloridas. Droga. Havia perdido um dia inteiro.

Seu casaco de oficial estava pendurado em um gancho perto da porta. Dobrados sobre uma cadeira próxima estavam camisa, calça e colete. Bram os reconheceu como seus, mas não eram aquelas peças que estava usando na terça-feira. Thorne devia ter aparecido com roupas limpas, para substituir as que estavam encharcadas de água do mar.

Empoleirado na borda do colchão, ele testou seu joelho, dobrando e esticando a articulação. Incrivelmente, a perna não estava pior após o longo dia de marcha. Na verdade, estava sensivelmente melhor. Bram não sabia dizer se aquilo se devia ao linimento de Susanna, à sua poção nojenta, ao seu toque sedativo, ou simplesmente a um dia inteiro de sono. De qualquer modo, ele tinha que agradecer a ela.

Com força repentina e visceral, uma lembrança fez com que voltasse cerca de vinte horas no tempo. Ele estava naquela mesma cama, com Susanna debaixo de seu corpo. Ele tinha segurado um seio firme e carnudo em sua mão, enquanto os dedos dela acariciavam suas costas, levando-o a dormir.

Ele havia sido afogado pela emoção, arrastado para debaixo da água por correntes perigosas. Excitado pelo toque de Susanna, confortado por suas palavras sussurradas, tocado pelos segredos que ela confessou. Ele simplesmente se sentiu *próximo* dela, em todos os sentidos possíveis.

Por força do hábito, ele passou as duas mãos pelo cabelo, como se fosse prendê-lo em um rabo de cavalo; mas, claro, seus dedos somente roçaram o curativo que envolvia sua cabeça e alguns fios de cabelo que escaparam à tesoura de Susanna no outro dia.

Aquela mulher o estava mudando.

Após esvaziar um copo de água, ele fez bom uso do lavatório e do sabão. Secou-se com uma toalha e então vestiu as roupas limpas. Após dois dias de cama, ele precisava se barbear, mas isso teria que esperar. Bram conferiu rapidamente o nó de sua gravata no espelhinho do quarto e em seguida saiu.

Summerfield estava bem decorada, mas não era uma casa grande. Localizou facilmente a escada de trás, que ele desceu com agilidade, confiante de que encontraria a cozinha por perto. Etiqueta e educação exigiam que ele procurasse Susanna e lhe agradecesse pelos cuidados e pela hospitalidade, mas ele teria mais força para demonstrar sua gratidão após encontrar algo para comer. Seu estômago roncou de fome, e sua cabeça parecia leve. Seria péssimo ir até o castelo para desmaiar na frente de seus homens de novo.

"Olá. É o Rycliff?"

A pergunta fez com que parasse no corredor.

"Sir Lewis?"

O homem baixo e corpulento surgiu através de um batente de porta, vestindo um avental de couro e limpando as mãos em um trapo. Os últimos e obstinados fios de cabelo grisalho que ainda se seguravam em sua cabeça lançavam-se em todas as direções.

"Perdoe-me", disse ele, apontando para seu estado desgrenhado. "Estava trabalhando em meu laboratório."

Bram anuiu. Aquele pequeno movimento doeu.

Sir Lewis enfiou o trapo com manchas de graxa no bolso do avental.

"Susanna mencionou ter deixado você repousando aqui em casa." Os olhos azuis do homem mais velho buscaram a cabeça enfaixada de Bram. "Está melhor?"

"Estou." Ele inclinou a cabeça e olhou além de Sir Lewis, para um espaço grande e bem iluminado. "Sua oficina?"

"Sim, sim." Os olhos de Sir Lewis brilharam quando ele indicou com a cabeça seu lugar de trabalho. "Venha dar uma olhada, se quiser."

"Não quero incomodá-lo."

"De modo algum, de modo algum."

Bram seguiu-o pela porta, abaixando-se para evitar bater a cabeça na verga. Aquele quarto devia ter sido, em algum momento, uma copa ou lavanderia. O chão era de ardósia gasta, e não de tacos de madeira como o corredor. As paredes eram de tijolo aparente. Uma grande janela alta ocupava grande parte do lado sul, e deixava passar um brilho púrpura da noite que caía.

Nas paredes, armas de todos os tipos penduradas em ganchos. Não apenas rifles e pistolas de duelo, mas bacamartes, bestas... Acima da porta havia uma clava antiga com espetos.

"Se você quiser", disse Sir Lewis, "mais tarde posso lhe mostrar o salão medieval. Escudos, cotas de malha, coisas assim. Não costumamos receber homens jovens em Summerfield, mas aqueles que vêm sempre mostram interesse por essas coisas."

"Sem dúvida." Bram começava a entender porque Susanna Finch continuava solteira. Aquela casa assustaria todos os pretendentes menos intrépidos.

Pensar em Susanna fez Bram estremecer. Ele olhou para uma placa de mogno sobre a lareira. Nela estava montado um par de pistolas polidas e brilhantes. Pistolas exatamente iguais à que Bram, assim como todo oficial comissionado do Exército Britânico, carregava como arma pessoal.

Pistolas Finch. O padrão do Exército havia décadas.

O diminuto e excêntrico Sir Lewis Finch era, à sua maneira, um dos maiores heróis de guerra da Inglaterra. Bram não estaria exagerando se dissesse que devia sua vida àquele homem. Ele também devia a Sir Lewis seu título recém-adquirido, a oportunidade de organizar a milícia e a tênue chance de recuperar seu comando. E ele havia passado o dia anterior agarrando a única filha do homem. Assediando-a na enseada. Prendendo-a na cama com seus membros nus e apalpando-a.

Maldição. Susanna merecia mais consideração. Sir Lewis merecia mais consideração. E Bram provavelmente merecia estar olhando para o cano de uma pistola Finch naquele momento. De algum modo, ele teria que dominar seu desejo e concentrar-se em sua missão. Se os adornos ameaçadores daquela oficina não o ajudassem nesse embate, nada mais ajudaria.

Esfregando o rosto com uma das mãos, ele voltou seu olhar das armas que enfeitavam as paredes para os móveis do aposento. Sob a janela havia uma comprida bancada de trabalho, coberta com ferramentas de solda, aparelhos de medição, limas e muito mais. Em uma escrivaninha menor, ele encontrou um mecanismo de disparo desmontado. Era muito parecido com o padrão usado na maioria dos rifles, mas o percussor da arma tinha um formato incomum.

"Posso?", perguntou, estendendo a mão para pegá-lo.

"Mas é claro."

Bram segurou o mecanismo e o virou nas mãos, inspecionando o maquinário intrincado.

"É para ser um mecanismo de disparo aprimorado", disse Sir Lewis. "Está quase perfeito, acredito. Mas deixei-o de lado por um instante, para trabalhar novamente no maldito canhão. Estou agonizando nisso há anos."

"Um canhão?" Ele notou o modelo de madeira, em escala, sobre a bancada. "Conte-me sobre isso."

Sir Lewis passou a mão pelo cabelo e soltou uma exclamação de frustração.

"Estou brigando com essa ideia há décadas. É um canhão estriado."

Bram assobiou, impressionado. Todos os canhões possuíam canos lisos. Eram o equivalente, na artilharia, aos mosquetes; alcance e força decentes, mas precisão apenas razoável. Porém, se um canhão pudesse ser estriado, como o cano de um rifle, seus projéteis não apenas iriam mais longe e com mais velocidade, como sua precisão também seria muito maior. Um canhão estriado daria ao Exército Britânico uma boa vantagem em qualquer situação de ataque. Poderia ser o que Wellington precisava para chutar Napoleão para fora da Espanha.

"Devo ter tentado umas doze variações no projeto", disse Sir Lewis, gesticulando na direção da miniatura de canhão sobre a mesa. "E centenas de conceitos nunca saíram do desenho, mas estou com um bom pressentimento quanto a este." Ele deu batidinhas no modelo. "Este é o bom. Posso sentir nos meus ossos velhos e cansados."

O velho sorriu para Bram.

"Eu entendo você, Rycliff. Melhor do que pode imaginar. À nossa própria maneira, nós dois somos homens com objetivos, homens de ação. Nenhum de nós está pronto para abandonar o campo. Eu sei que é difícil ficar preso nesta vila minúscula e exótica, enquanto guerras são travadas. Deve ser uma tortura para você."

"Tortura descreve bem a situação." Tortura doce, sardenta, do tipo mais puro.

"Minha Susanna está lhe causando problemas?"

Bram engasgou com a própria língua. Ele sentiu o rosto esquentar enquanto tossia com a boca coberta pelo braço.

"Não se preocupe, você pode ser sincero comigo." Sir Lewis deu-lhe tapinhas nas costas. "A garota tem boa intenção, mas eu sei que ela tem uma tendência a exagerar. Inteligente como é, a vila toda depende de seus conselhos. Ela gosta de ajudar."

Exatamente, pensou Bram. Ele estava começando a compreender que Susanna Finch tinha o impulso de cuidar daqueles à sua volta. Fosse oferecendo comida, encorajamento, pomada curativa... ou o mais doce e generoso abraço que um homem pudesse esperar receber.

Você não precisa me atacar sempre que quiser ser tocado. Ou abraçado.

Ele engoliu em seco, tentando apagar o gosto dela de sua boca.

Sir Lewis continuou:

"Mas minha filha nem sempre compreende a necessidade que um homem tem de se sentir útil. De continuar lutando, trabalhando por seus objetivos." Ele abriu os braços, indicando a oficina. "Susanna preferiria que eu parasse totalmente com isto, mas não posso, não antes do dia em que irei parar de respirar. Eu sei que você me entende."

"Entendo", anuiu Bram.

Bram compreendia Sir Lewis perfeitamente. E era um grande alívio para ele finalmente se sentir *compreendido*. Nos meses que se seguiram ao seu ferimento, nenhum de seus pares – nem seus superiores, a propósito – compreenderam sua determinação resoluta de voltar ao comando. Todos pareciam acreditar que Bram deveria ficar contente, se não ao menos agradecido, por se aposentar e continuar com sua vida. Eles não conseguiam compreender que aquela *era* a vida dele.

"Para homens como nós, não é suficiente simplesmente viver. Nós temos que deixar um legado." Sir Lewis encostou a ponta de um dedo no canhão em escala. "Este canhão será o meu. Posso estar velho e careca, mas minha maior invenção ainda está por ser revelada."

Seus olhos azuis encontraram os de Bram.

"E você pode estar ferido, mas eu sei que suas melhores batalhas ainda estão por serem combatidas. Eu quero lhe dar todas as oportunidades que puder. Escrevi aos Generais Hardwick e Cummings convidando-os a assistir à demonstração da milícia. Tenho certeza de que eles enxergarão o mesmo que eu. Que você saiu ao seu pai. Um homem que não vai continuar mancando. Sem dúvida eles concordarão que a Inglaterra precisa que você volte à ação."

A emoção apertou a garganta de Bram.

"Sir Lewis... eu não sei o que dizer. Não sei como agradecer-lhe."

Isso era mentira. Bram sabia exatamente como agradecer ao homem – mantendo a cabeça no lugar, cumprindo seu dever, treinando a milícia até a perfeição e ficando longe de Susanna Finch.

Um relógio na parede tocou oito horas.

"Posso convidá-lo para jantar, Rycliff?"

O estômago de Bram respondeu por ele, e alto.

"Agradeço o convite, mas... não estou vestido adequadamente."

"Nem eu." Sir Lewis riu e mostrou suas roupas desgrenhadas. "Não fazemos cerimônia nesta casa, Rycliff."

"Se esse é o caso, preferia que me chamasse apenas de Bram."

"Então Bram será." O velho desamarrou o avental e o colocou de lado. Então bateu no ombro de Bram. "Vamos encontrar algo para comer, filho."

Sir Lewis o conduziu para fora da oficina, pelo corredor e meio lance de escada acima.

Enquanto andavam pela casa, belos painéis de madeira escura recebiam Bram de aposento em aposento, e o calor coletivo de dezenas de velas pareceram adentrar seus ossos. Desde a infância Bram não morava em uma casa como aquela. Durante anos ele tinha acomodado seus ossos cansados das lutas em tendas, quartéis e alojamentos de oficiais. Depois, leitos de hospital até que, finalmente, em Londres, em quartos simples de solteiros. Ele sempre evitava residências familiares como Summerfield, propositalmente. Porque elas eram mais que casas. Eram *lares*, e isso não era para ele. Lares faziam-no sentir-se deslocado, estranhamente irritadiço por dentro.

"Susanna vai gostar de nos ver, não importa o que estejamos vestindo", disse Sir Lewis. "A maioria das noites eu não apareço na sala de jantar. Ela está sempre atrás de mim para me fazer comer, cuidar de mim."

Bram inspirou profundamente e exalou devagar, tentando purgar todos os pensamentos impróprios a respeito de Susanna de sua mente, seu coração e sua alma. O jantar seria perfeito. Uma oportunidade civilizada, supervisionada, para vê-la, conversar com ela e aprender a agir como um ser humano normal em sua presença, em vez de um animal descontrolado. Seu comportamento nos últimos dias vinha sendo repreensível. Por baixo de seu casaco de soldado havia um homem nascido cavalheiro. De algum modo ele havia perdido aquilo de vista em meio a todas aquelas sardas, mas a menos que quisesse jogar fora aquela chance de redenção e a boa vontade de Sir Lewis, era hora de começar a agir como cavalheiro.

"Aqui estamos." Sir Lewis conduziu Bram por uma curva do corredor e através de portas de madeira duplas, anunciando em voz alta: "Temos um convidado esta noite, Susanna. Por favor, peça para colocarem mais um lugar à mesa".

Então seria assim, pensou Bram. Ele jantaria. Usaria os talheres certos. Conversaria com Susanna a respeito de tópicos que não envolvessem as palavras "pele", "lamber" ou "barril de pólvora". Ele lhe agradeceria pela hospitalidade e pelos bons cuidados. Então beijaria sua mão e iria embora...

E nunca mais encostaria nem sequer um dedo em Susanna Finch. Quanto a isso ele estava absoluta e irrevogavelmente decidido.

Até entrar na sala de jantar...

Bram parou de andar. Perdeu a visão periférica. Ele teve certeza de que desmaiaria, mas sua tontura não tinha nada que ver com o recente ferimento na cabeça ou com seu estado faminto. Tinha tudo a ver com ela.

Tirando o horrível traje de banho e a calça masculina, ele ainda não a tinha visto usando nada que não fosse um de seus vestidos simples de musselina. Mas essa noite ela estava vestida para o jantar; um traje de seda violeta com brocado e pérolas. As taças de cristal sobre a mesa, para o vinho, absorviam a luz das velas e a transformavam em setas luminosas, disparando brilho em todas as direções, refletindo em cada pérola costurada no vestido, cada fita que segurava seu cabelo reluzente. Quando ela se curvou para alisar uma dobra na toalha de mesa, cachos cuidadosamente arrumados emolduraram seu rosto e acariciaram o declive pálido de seu pescoço.

"Lorde Rycliff." Endireitando-se, ela sorriu timidamente.

Ele não conseguia falar. Ela estava...

Linda, ele achou que deveria dizer, mas "linda" não era uma palavra forte o bastante. Tampouco serviam deslumbrante, impressionante ou irresistível – embora esta última chegasse mais próximo da realidade do que as outras.

A aparência exterior de Susanna era apenas parte do encanto. O que mais atraia a Bram era o convite implícito em sua postura, em sua voz, em seus lindos olhos azuis. Parecia que ela esperava por ele. Não naquela noite, apenas, mas em todas as noites.

Ela parecia ser seu lar.

"Fico feliz em vê-lo acordado."

"Fica?"

"Você trouxe meu pai para a mesa de jantar, passados apenas cinco minutos das oito. Nesta casa esse é um pequeno milagre."

Sir Lewis riu.

"E agora que estou aqui, preciso pedir-lhes licença por um instante." Ele ergueu as mãos marcadas pelo trabalho. "Vou me lavar para o jantar." O pai de Susanna saiu da sala, e os dois ficaram ali, entreolhando-se. Ela pigarreou.

"Está se sentindo bem?"

"Não sei", respondeu Bram. Era verdade. Ele não tinha certeza de nada naquele momento, a não ser pelo fato de que eram seus sapatos que o levavam adiante. Apesar de todas as suas resoluções castas e do respeito por Sir Lewis, Bram simplesmente não conseguia fazer outra coisa. O que quer que havia entre os dois, exigia sua lealdade de forma enérgica, visceral. Negar isso seria uma desonra.

Ele a viu corar profundamente conforme se aproximou. Era um pouco reconfortante perceber que ele também a afetava. Bram levou sua mão até a dela, que descansava sobre a toalha adamascada.

"Sem luvas esta noite?", perguntou ele, deslizando seu polegar sobre a pele macia, tocando cada um dos dedos e o dorso delicado.

Ela balançou a cabeça.

"Fiquei o dia todo sem elas. Eu queria usar, mas acabava me esquecendo."

Ele tropeçou em seu olhar e passou um longo tempo perdido ali.

"Eu...", começou Bram.

"Você...", começou Susanna.

Ao inferno com as palavras, pensou ele e passou a mão pela cintura dela. Se os dois tinham apenas alguns momentos juntos, ele não os desperdiçaria. A seda fria provocou sua palma quando ele a puxou para perto. A respiração de Bram estava entrecortada e seus sentidos explodiram com o perfume incomparável, essencial, dela.

"Bram", sussurrou ela. "Nós não podemos."

"Eu sei." E então ele baixou a cabeça, buscando seu beijo. A boca de Susanna ficou mais macia sob a dele, exuberante e acolhedora. Seu beijo era suave, doce e, naquele momento fugaz, silencioso, valia qualquer risco.

Passos leves tamborilaram o chão do corredor, afastando-os com um susto.

Uma jovem irrompeu na sala, seguida por um criado que se desculpava.

"Srta. Finch! Srta. Finch, precisa vir imediatamente." Quando a moça parou para respirar, Bram a reconheceu como uma das jovens da Queen's Ruby. Uma das mais sossegadas, cujo nome ele ainda não sabia.

"Há uma confusão na vila", disse ela.
Susanna cruzou a sala com um ágil farfalhar de seda.
"O que foi, Violet?"
"Oh, Srta. Finch, você não vai acreditar. Nós fomos *invadidas*."

Elas foram invadidas.

Minerva tocou seus óculos com a ponta do dedo. Ela sabia que eles deviam estar ali, pois nunca ia a lugar nenhum sem seus óculos. Mas naquele momento, nada do que enxergava estava claro. As linhas da realidade estavam borradas, e o mundo simplesmente não fazia sentido.

Cerca de quinze minutos antes, apenas, as mulheres estavam sentadas jogando cartas no O Amor-Perfeito. Sentada à mesa da janela com suas irmãs e mãe, Minerva embaralhava o maço de cartas.

E então – antes que a primeira rodada pudesse ser jogada – os homens irromperam sem aviso, trazendo com eles o que pareciam ser numerosas garrafas de bebida e o prelúdio do caos absoluto.

Foram arrancadas as cortinas de renda e a placa de letras douradas do O Amor-Perfeito. E foram colocados uma galhada de cervo e um sabre antigo acima da lareira. E do lado de fora, sobre a porta, uma nova placa foi pendurada.

"O que está escrito?", perguntou a mãe, espiando pela janela.

Minerva olhou por cima dos óculos.

"O Touro Ereto."

"Oh, céus", murmurou Diana.

As mulheres congelaram em suas cadeiras, sem saber como reagir. Qual era a etiqueta adequada, quando a civilização desmoronava ao redor de uma garota? Nem mesmo A *Sabedoria da Sra. Worthington* abrangia algo assim.

Subindo no pequeno púlpito, Lorde Payne assumiu o centro das atenções. O que não era uma surpresa. Onde quer que houvesse mulheres reunidas, aquele homem *sempre* era o centro das atenções. Minerva detestava-o. Se Diana quisesse casar, ela merecia algo muito melhor do que um depravado cínico e afetado. Infelizmente, a mãe delas parecia já tê-lo aceitado como futuro genro.

"Belas mulheres de Spindle Cove", anunciou Payne. "Sinto informá-las que a casa de chá O Amor-Perfeito está fechada esta noite."

Um murmúrio de confusão e desânimo veio de todas elas.

"Contudo", continuou Payne, "é com grande prazer que anuncio que O Touro Ereto está em pleno funcionamento."

Um alto viva foi dado pelos homens.

"Haverá bebida. Haverá dança. Jogos de dados e diversão de todo tipo. Senhoras, vocês foram avisadas. Vão embora ou serão obrigadas a se divertir."

Um homem que ela não reconheceu – um dos agricultores ou pescadores, imaginou – pegou um violino velho. Ele encostou o arco nas cordas e começou a movimentá-lo, produzindo uma agitada música do campo.

Os outros homens não perderam tempo em levar mesas e cadeiras para os cantos do salão. Em alguns casos, com as mulheres apavoradas ainda sentadas nelas. O ferreiro aproximou-se de uma mesa. Com um breve movimento de cabeça e um olhar intenso, o homenzarrão colocou a mão por baixo dela e a ergueu pelo pedestal, carregando-a para o canto.

"Minha nossa", disse Diana, quando alguém colocou uma jarra transbordando em sua mão. Ela cheirou o líquido e então passou a bebida para Minerva. "Isso é cerveja, Min?"

A irmã experimentou-a.

"Sim."

A Srta. Kate Taylor foi colocada no piano. Algumas das meninas mais novas deram-se as mãos e fugiram, prometendo buscar a Srta. Finch.

"É melhor nós irmos embora", disse Diana.

"Não entendo", disse Charlotte, elevando a voz acima da música. "O que está acontecendo?"

"Oportunidade, minhas queridas." O rosto da mãe iluminou-se como uma fogueira. "*Isso* é o que está acontecendo. Nem pensem em ir embora. Vamos ficar bem aqui. Sorria, Diana. Lá vem ele."

Lorde Payne abriu caminho em meio à confusão, indo diretamente na direção delas.

"Sra. Highwood." Ele fez uma grande reverência, oferecendo às irmãs de cabelos claros um sorriso resplandecente. "Srta. Highwood. Srta. Charlotte. Como estão lindas esta noite." Por fim, ele se voltou para Minerva e deu-lhe um sorriso frio. "Ora, se não é nossa matadora de gigantes, Srta. Miranda."

Ela franziu a testa para ele.

"Meu nome é Minerva."

"Certo. Você veio armada esta noite? Com algo além desses olhares mortíferos, eu quero dizer."

"Infelizmente não."

"Nesse caso", ele estendeu a mão para Diana, "Srta. Highwood, acredito que esta dança é minha."

Como Diana demorou para aceitar, sua mãe interveio.

"O que você está esperando, Diana? Permissão? É claro que você pode dançar com Lorde Payne."

Quando o par foi para o centro da pista de dança, Minerva cutucou a mãe.

"A senhora não pode deixá-la dançar. Não desse jeito. E a asma dela?"

"Bá. Faz muito tempo que ela não tem um ataque. E a Srta. Finch está sempre dizendo que exercícios fazem bem a ela. Dançar faz bem a ela."

"Não sei quanto a dançar, mas Lorde Payne não fará bem a ela. De modo algum. Não confio nesse homem."

Um dos gêmeos Bright entrou em sua linha de visão, chamando sua atenção. Ele fez uma reverência nervosa para Charlotte.

"Srta. Charlotte, seu cabelo é um rio de diamantes, e seus olhos são esferas de alabastro."

Minerva não conseguiu segurar o riso.

"Charlotte, você tem catarata?"

O pobre rapaz ficou roxo de vergonha e estendeu a mão.

"Gostaria de dançar?"

Dando uma olhada rápida para a mãe, em busca de consentimento, Charlotte se levantou.

"Ficarei honrada, Sr... ahn, qual dos dois é você?"

"Sou o Finn, moça. A menos que eu pise acidentalmente nos seus pés, porque nesse caso eu serei o Rufus." Ele sorriu e ofereceu-lhe a mão. Os dois se juntaram aos outros que dançavam.

Minerva olhou para a mãe.

"E agora a senhora vai deixar Charlotte dançar? Ela mal tem 14 anos!"

"É só por diversão. E é só uma dança no campo, não um baile em Londres." Sua mãe estalou a língua. "Cuidado, Minerva, sua inveja está transparecendo."

Minerva bufou. Ela *não* sentia inveja. Embora, conforme mais e mais casais se formavam ao seu redor, ela começasse a se sentir evidentemente sozinha. Não era uma sensação desconhecida.

"Eu sempre lhe digo, Minerva. Se apenas você desse um beliscão nas bochechas e tirasse os óculos, você ficaria..."

"Cega como um morcego, mãe."

"Mas um morcego *atraente*. São apenas óculos, você sabe. Você pode escolher se vai usá-los ou não."

Minerva suspirou. Talvez algum dia ela gostasse de atrair a atenção de um cavalheiro, mas não um cuja opinião sobre ela pudesse ser modificada por uma pequena alteração em sua aparência. Para casar, ela queria um homem com cérebro na cabeça e um pouco de substância no caráter. Nada de aristocratas vazios para ela, não importava o quanto hábeis fossem suas palavras, ou lindos, seus sorrisos.

Só era irritante sempre se sentir rejeitada por homens como Lorde Payne, sem nunca ter a chance de rejeitá-los primeiro.

Ela ergueu a jarra de cerveja e tomou um grande gole. Então se levantou, decidida a não ficar sentada fingindo que era invisível.

"Aonde vai, Minerva?"

"Como a senhora disse, mãe, decidi aceitar esta interrupção não planejada como uma oportunidade."

Abrindo caminho em meio à multidão estridente de dançarinos e beberrões, Minerva chegou à saída. Naquela tarde ela tinha ido para ir à casa de chá, deixando pela metade uma carta importante que estava redigindo, e achou melhor aproveitar aquele tempo para terminá-la. Os membros da Sociedade Geológica Real precisavam ajustar seu modo de pensar.

Eles eram, afinal, homens.

∽ *Capítulo Dezesseis* ∽

Susanna saiu correndo de casa, levantando a saia do vestido e disparando pela rua.

"Podemos pegar uma carruagem", disse Bram, alcançando-a na primeira curva. "Ou um cavalo."

"Não há tempo", disse ela, inspirando o ar refrescante da noite. "Assim é mais rápido."

Verdade fosse dita, ela ficava contente com a oportunidade de fugir. Havia questões demais entre eles, emoções demais para as quais ela se sentia despreparada. Ela olhou para Bram, imaginando se o joelho o incomodava. Ela sabia que não adiantava perguntar. Ele nunca admitiria, mesmo se incomodasse.

Mas ela diminuiu o ritmo, só um pouco.

Quando se aproximaram do centro da vila, um estrondo abafado chegou aos seus ouvidos. Não havia dúvida quanto à origem do barulho. Juntos eles correram a distância final, passando pela igreja e cruzando a praça.

"Não acredito." Ele parou ao lado dela, ofegante.

Ela levou a mão ao baço e olhou para a placa sobre a porta da casa de chá. "O Touro Ereto? O que significa isso?"

"Eu sei o que significa. Os homens recuperaram sua taverna."

"*Nossa* casa de chá, você quer dizer."

"Não esta noite." Ele sorriu, balançando a cabeça. "Isso aqui só pode ser coisa do Colin. Mas é bom ver que eles tomaram alguma iniciativa."

"Não é engraçado." Ela pôs as mãos na cintura. "Você sabia que eles planejavam fazer isso?"

Sentindo o tom acusador de Susanna, Bram assumiu uma postura defensiva.

"Não, eu não sabia que eles planejavam fazer isso. Eu passei as últimas trinta horas inconsciente. *Alguém* me deu láudano suficiente para derrubar um cavalo."

"Não, Bram. *Alguém* lhe deu a dose indicada, e seu corpo moído aproveitou a oportunidade para descansar. Eu estava cuidando do seu bem-estar. E agora estou preocupada com o bem-estar das minhas amigas." Ela apontou para a casa de chá. "Temos que pôr um fim a essa cena. As garotas não estão acostumadas a esse tipo de jogo. Elas vão fazer mais do que deveriam."

"Você é que está aumentando as coisas. É só um pouco de dança e bebida."

"Exatamente. Para um homem como você, trata-se apenas de uma festa inofensiva, mas elas são moças delicadas, protegidas. Com o coração e as esperanças vulneráveis *demais*. Para não falar da reputação delas. Precisamos intervir."

Juntos, eles olharam para a casa de chá transformada em taverna. Música alta e risadas vinham de lá, transportadas pela brisa, acompanhadas do som de copos brindando.

"Não." Ele balançou a cabeça. "Não vou interromper a festa, e você também não. O que está acontecendo aí dentro é importante."

"Bebedeira pública é importante?"

"Sim, às vezes. Mais do que isso, comunhão. União de um grupo de soldados, e o dever que esses homens têm. É muito importante. Chama-se orgulho, Susanna, e esses homens estão experimentando isso pela primeira vez depois de muito tempo."

"O que você quer dizer com experimentando pela primeira vez? São todos homens decentes, honrados. Ou, pelo menos, *eram*."

"Vamos lá. Antes de eu chegar a esta vila, você e suas seguidoras vestidas de musselina haviam reduzido esses homens a consertar medalhões e a fazer cobertura de bolos. Você não entende. Os homens precisam de um objetivo, Susanna. Um objetivo respeitável. Um que sintamos em nosso coração e em nossas vísceras, não que possamos só compreender com a cabeça."

"*Homens* precisam de um objetivo?" Ela suspirou, exasperada. "Você não consegue entender que as mulheres também? Nós necessitamos de nossos próprios objetivos, de nossas realizações e de nossa própria irmandade, também. E há poucos lugares onde podemos encontrar isso, em um mundo dominado pelo sexo oposto. Em toda parte, somos governadas pelas regras dos homens, vivemos à mercê dos caprichos masculinos. Mas aqui, em nosso cantinho do mundo, somos livres para mostrar o que temos de melhor e mais verdadeiro. Spindle Cove é *nossa*, Bram. Vou lutar até meu último suspiro para evitar que você a destrua. As necessidades das mulheres também são importantes."

Bram pegou-a com as duas mãos e a afastou dos prédios, puxando-a para a praça. Logo, ele a tinha debaixo da copa de um antigo salgueiro-chorão. Susanna sempre amou aquela árvore e a forma como seus galhos protetores e baixos pareciam constituir um a espécie de mundo à parte. Um abrigo verde, refrescante, que roçava gentilmente na pele e permitia a entrada da quantia exata de luz do sol, mas ainda assim protegia da chuva, a não ser das mais intensas. Ela sempre se sentiu à vontade e segura sob seus galhos.

Até aquele momento... O brilho faminto nos olhos dele era a representação do perigo. Quando ele falou, sua voz ficou sombria. A noite toda ficou sombria.

"Vou lhe dizer o que é mais importante que tudo. É isto." Bram flexionou aqueles bíceps poderosos, puxando assim o corpo dela contra uma parede sólida de músculos e calor. "Não mulheres, nem homens, mas o que há entre duas pessoas que precisam uma da outra mais do que precisam respirar. Você pode discutir comigo tudo o que quiser, mas não pode negar isso. Eu sei que você sente."

Ah, sim. E como ela sentia. Uma sensação quente, elétrica, zunia por seu corpo todo, da planta dos pés às raízes do cabelo. Entre as coxas, ela se sentia derretendo.

"*Isto* é importante", disse ele. "É a força mais vital, incontestável da Criação. Você não pode negá-la a toda vila só porque tem medo de perder o controle."

A risada irrompeu da garganta dela.

"*Eu* tenho medo de perder o controle? Oh, Bram, por favor."

Aquilo, vindo do homem que estava desesperado para dar ordens – para qualquer um –, que estava pagando soldos exorbitantes a pastores e pescadores só para que marchassem sob seu comando. E, não poderíamos esquecer, ele havia bombardeado um rebanho de ovelhas.

Era *ele* que tinha medo de perder o controle. Aterrorizado até o último fio de cabelo. E Susanna iria alegremente lembrá-lo de tudo aquilo, talvez até admitir que ela achava estranhamente cativante, se ele lhe permitisse usar os lábios e a língua.

Mas não. Aquele homem impossível queria conquistar até isso dela.

Ele a tomou com um beijo tão apaixonado e impiedoso que Susanna não teve escolha a não ser se entregar.

Sua boca amoleceu, e a língua de Bram passeou entre seus lábios e foi mais fundo. Ela aceitou o desafio, defendendo-se das arremetidas dele com sua própria língua, apreciando o modo como os dois lutavam em igualdade. Ele gemeu de satisfação, e ela sorriu com os lábios presos aos dele. Ela parecia ser boa nisso. Susanna adorou que ele fizesse surgir novas habilidades nela; talentos que ela não sabia possuir.

Bram cobriu seu pescoço com beijos, roçando seus quadris contra os dela de maneira bruta, deliciosa.

"Deus, chega a doer o tanto que eu quero você. Faz ideia do tipo de sonho que o láudano provoca em um homem?"

"Você sonha comigo?"

"Frequentemente." *Beijo*. "Vividamente." *Beijo*. "Acrobaticamente."

Rindo baixinho, ela se afastou para olhá-lo.

"Oh, Bram. Eu também tive sonhos com você. Todos eles envolviam penhascos muito altos e pedras muito pontudas." Susanna tocou o rosto dele com a mão. "E monstros marinhos."

"Pequenina mentirosa." Ele sorriu.

Talvez ela devesse se ofender, mas Susanna estava ocupada demais ficando incrivelmente emocionada. Nunca alguém a havia chamado de "pequenina".

"Olhe só para você", disse ele, dando um passo atrás e passando suas mãos possessivas pela cintura e pelos quadris dela. "Nem tenho palavras para expressar como você está linda. Colocou esse vestido para mim, não foi?"

"Arrogância previsível. Sempre me arrumo para jantar."

"Ah, mas você pensou em mim enquanto se vestia. Eu sei que pensou."

Ela havia pensado. Claro que havia pensado. E embora ela sempre se arrumasse para o jantar, raramente vestia algo tão fino. Naquela noite, Susanna havia escolhido seu melhor vestido. Não porque ela planejava que Bram a visse, mas por uma razão muito mais simples e egoísta. O traje a fazia se sentir linda por dentro, e parecia necessário que sua aparência exterior combinasse com a interior.

"E esses seus cachos, ondulando… também são para mim." Bram pegou um cacho desgarrado e o enrolou nos dedos. "Você não sabe como eu estava morrendo de vontade de tocar seu cabelo. É mais macio do que sonhei." O toque dele alcançou o decote de Susanna, onde ele afastou a seda violeta para revelar uma dobra pálida de sua roupa de baixo branca. "Veja isto", disse Bram, passando o dedo pela borda bem-feita. "Branca, engomada e nova. É o que você tem de melhor, não é? Você vestiu o que tem de melhor para mim."

Ela anuiu, tão enfeitiçada pelo sussurro sensual de Bram, que não tinha qualquer capacidade de negar.

"Eu quero ver", disse ele. "Mostre para mim."

"O *quê*?" Ele não poderia estar sugerindo que ela tirasse o vestido ali, no meio da praça.

As mãos de Bram deslizaram até suas costas, procurando os fechos do vestido.

"Você vestiu para mim, então deixe-me ver. Só a roupa de baixo, amor. Só a de baixo. Você sabe quanto tempo faz que eu não vejo uma garota em roupa de baixo branca?"

Susanna não gostaria de pensar na resposta para aquela pergunta. Ela só sabia que odiava todas as garotas que vieram antes dela.

Os lábios de Bram roçaram sua face, seu pescoço. A barba por fazer, arranhando sua pele, incendiou seus sentidos.

"Deixe-me ver você. Eu só quero olhar."

"Só olhar?"

"Talvez tocar, só um pouco. Mas somente por cima da sua roupa íntima. Eu juro, nada além disso. Eu vou continuar vestido. Se você me disser para parar, eu paro." Ele tocou seu queixo. "Pode confiar em mim."

Ela podia? Susanna sentiu que concordava.

As mãos dele deslizaram até as costas de Susanna e alcançaram os fechos do vestido.

"Esses botões são falsos?"

Sem esperar resposta, ele soltou o primeiro de cima. Depois outro. E mais outro. O corpete começou a ficar folgado na frente. O ar frio noturno lambeu a pele dela, fazendo seus mamilos crescer e endurecer.

"Bram. Não podemos fazer isso. Não aqui."

"Vamos para outro lugar, então?" Ele soltou outro fecho nas costas do vestido. A manga esquerda de Susanna escorregou de seu ombro em uma onda violeta, revelando mais de sua túnica íntima. Suas costelas pressionavam o espartilho enquanto ela lutava para respirar.

O olhar dela buscou O Amor-Perfeito.

"Ninguém vai nos ver", murmurou ele, puxando-a para si. Seus lábios roçaram o lado do pescoço dela. "Estão ocupados na taverna. Não pense em ninguém mais. Somos só nós dois agora."

Outro fecho rendeu-se, e ela sentiu o vestido ceder. Ele puxou a manga direita de seu ombro, dando vários beijinhos em seu pescoço. Como se por instinto, ela inclinou a cabeça para lhe facilitar o acesso. A língua de Bram deslizou preguiçosamente pela jugular dela, incendiando seus sentidos.

"Bram..."

"Está tudo certo", disse ele. "É certo querer isto."

As palavras dele acalmaram seus nervos. Ainda assim, os dedos de Susanna tremiam quando ela tirou os braços das mangas. Assim que os soltou, o corpete de seda violeta caiu ao redor de seus quadris. Da cintura para cima ela estava apenas de espartilho e túnica.

As mãos de Bram procuraram novamente as costas dela, o lugar onde o cordão do espartilho estava preso em um nó apertado. Ele atrapalhou-se um pouco enquanto soltava as pontas, como se suas mãos também tremessem. Aquela sutil sugestão de insegurança era reconfortante.

O cordão deslizou livre pelos buracos, e o espartilho também caiu. Ar invadiu os pulmões de Susanna, estonteante e frio. Bram deixou a peça cair suavemente na grama, e com ela, toda confiança de Susanna se foi. Poderia estar totalmente nua, considerando como se sentia vulnerável e exposta.

"O que eu devo fazer?" A voz dela tremia.

A respiração de Bram acariciou sua orelha.

"Só respire." Ele beijou seu queixo. "Só esteja comigo. Seja só você."

Calor brotou no coração dela, e inundou o corpo todo.

Seja só você, ele disse. Bram não queria que ela fosse diferente. Ele não queria que ela fosse outra pessoa. Ele só queria que Susanna fosse ela mesma.

Ela pegou o rosto dele em suas mãos e o beijou nos lábios. Porque aquelas palavras preciosas mereciam um beijo, mas, principalmente, porque Susanna estava sendo ela mesma, e beijá-lo era o que mais queria fazer.

Eles mergulharam um no outro, aprofundando o beijo, lenta e sensualmente. A língua dele provocava e persuadia, e ela respondia de acordo. Os dois se beijavam sem pressa, quase que brincando. Por um minuto. E então as coisas ficaram muito sérias.

"Eu preciso ver você." As mãos de Bram puxaram seu vestido, fazendo-o passar pelos quadris. "Você toda. Agora."

Ela o ajudou, remexendo-se até o tecido ceder e escorregar para o chão, onde formou um pedestal cintilante. Ele pegou as duas mãos de Susanna e a ajudou a se livrar, finalmente, do vestido. Então Bram recuou um passo, e a colocou sob a melhor luz. Seu olhar percorreu o corpo de Susanna. Cada centímetro dele. Sob a musselina fina, os mamilos dela exigiam seu toque. Quanto mais o silêncio se prolongava, mais impaciente ela ficava. E mais insegura... Sua roupa de baixo era fina, mas estava tão escuro. O que ele conseguia enxergar? Ele estava gostando do que via? Como era ela em comparação às outras garotas que tinha visto de túnica, tanto tempo antes?

"Linda." Um suspiro irregular pulou do peito dele. "Tão linda. Obrigado."

Ele passou apenas um dedo pelo lado de dentro do braço dela. Quando o toque de Bram passou por suas cicatrizes, ela prendeu a respiração, mas suas feridas não o detiveram nem por um instante.

"Eu não sei o que é", disse ele, tocando seus ombros e mergulhando os dedos no decote de sua roupa de baixo. O toque incendiou uma trilha ardente no topo de seus seios livres, "mas não existia nada no mundo mais sedutor do que uma túnica assim. Doce e pura, e ainda reveladora. Renda, faixas, seda, pele... nada se compara."

A mão dele desceu, envolvendo seu seio. Ela engoliu em seco, ansiosa, mas Bram permaneceu calmo, apalpando o monte macio com uma pressão convidativa, volteando o mamilo ereto com seu polegar.

Inclinando a cabeça, pensativo, ele voltou sua atenção para o outro seio. Agora ele segurava os dois em suas mãos, apalpando o esquerdo, depois o direito... como se os estivesse testando e comparando um com o outro. Os homens são tão estranhos. Ele beliscou os dois mamilos ao mesmo tempo, e ela arfou de espanto e prazer.

Ela disfarçou o ruído com uma risada nervosa.

"Você não podia ao menos me beijar enquanto faz isso?"

"Com prazer."

Bram pressionou seus lábios contra o côncavo da garganta de Susanna. Uma vez, depois outra. Beijos leves, suaves, que despedaçaram sua resistência, retalharam qualquer determinação sua. As mãos dele passeavam por suas curvas.

"Bram..."

"São só beijos", murmurou ele, os lábios cobrindo sua jugular pulsante. "Apenas beijos. Eu juro, não vou tentar mais que isso. Vou parar no momento em que você pedir. Só deixe que eu a beije, Susanna." Ele passou a língua pelo pescoço dela.

E ela soltou um suspiro de aprovação, inclinando a cabeça para ajudá-lo. Só beijos... Que mal havia em alguns beijos? Não era mais do que eles já tinham feito. Na cabeça de Susanna, entorpecida pelo desejo, Bram tinha toda razão.

Ele baixou a cabeça, e sua língua passou, certeira e deliberadamente, pelo mamilo de Susanna. Então Bram tomou o bico coberto pelo tecido em sua boca.

Ela gritou, chocada pela súbita explosão de prazer.

"Calma...", murmurou ele contra seu seio. "Só beijos... Isso é tudo. Só beijos."

Só beijos... Ah. Oh, com certeza eram só beijos. E as Grandes Pirâmides do Egito eram simplesmente umas pilhas de pedra.

A sensação correu seu corpo todo. Ela nunca havia conhecido algo tão insuportável e incomparavelmente doce. Ele lambeu, provocou e puxou seu mamilo, rodopiando-o com a língua em círculos cada vez maiores, até que o tecido ficou molhado e aderiu ao seio dela, revelando o rubor róseo de sua pele.

Ele deu ao outro seio a mesma atenção, abocanhando cada curva. Colando o tecido à carne excitada.

"Isso...", suspirou ele, afastando-se para olhar para Susanna. Com as mãos, Bram enquadrou o busto, puxando o tecido justo e molhado até que os botões escuros dos mamilos fossem lançados à liberdade. "Minha nossa. Como botões de rosa surgindo em meio à neve. E isto...", ele foi beijando a barriga dela, descendo cada vez mais, "isto, Susanna, é o que coloca um homem de joelhos." Ele apertou a testa no umbigo dela. Sua boca ficou na união das coxas, quente e perigosa.

"Bram...", sussurrou ela, agitada. "Bram, por favor levante. Isso não pode ser bom para sua perna machucada."

Ele fez um som de pouco caso.

Bem, agora ela iria estragar tudo. O tolo obstinado preferia saltar de um penhasco a admitir um pouco de dor. Com certeza não seria agora que ele iria se pôr em pé.

Ele gemeu um pouco ao passar o rosto pela coxa dela. Sua mão agarrou o traseiro dela.

"Você queria isso, lembra? Você disse que iria me deixar de joelhos."

Claro que ela o queria de joelhos. Implorando, suplicando. Reconhecendo o poder que ela detinha sobre ele. E Susanna havia conseguido exatamente isso, mas alguma coisa tinha dado muito errado. Era ela que estava sendo conquistada.

"Só beijos...", disse Bram, segurando a cintura dela em suas mãos e puxando o tecido de sua roupa de baixo. "Só beijos, eu prometo. Deixe-me mostrar para você como pode ser gostoso. Eu sei exatamente o que você precisa."

Ele pressionou a boca aberta sobre o algodão que cobria o encontro das coxas dela. Bram esticou a língua, tocando-a por sobre o tecido, circulando aquele lugar pequeno, secreto, que podia dar tanto prazer a ela. O êxtase ameaçou-a, e seus joelhos dobraram.

A respiração de Susanna ficou pesada, e ela agarrou com força os ombros dele.

"Bram, eu não posso..."

Ele apertou as mãos em sua cintura. Fazendo uma breve pausa, Bram murmurou:

"Estou segurando você. Está segura comigo. Não vou deixar você cair."

"Mas..."

"Quer que eu pare?"

Ela não conseguiu articular uma resposta.

A risada rouca dele a provocou de modos insuportáveis.

"Eu achei que não."

Ele se lançou com um objetivo, então, golpeando-a mais firmemente com sua língua. Ondas de prazer passavam por Susanna, que se entregou a elas e se abandonou à força dele. Com o ombro, Bram gentilmente empurrou o joelho dela para o lado, abrindo-a para seu beijo. Sensações incomparáveis cresciam mais e mais. A umidade quente da boca de Bram misturou-se ao orvalho de sua excitação. A umidade cresceu entre as pernas de Susanna.

Ele centrou suas atenções naquele botão inchado e sensível no cume do sexo dela. Ele lambeu, massageou e mordiscou até Susanna ficar perdida de prazer. Os músculos de suas coxas começaram a tremer. Um ganido escapou de sua garganta.

E o mundo começou a diminuir. Os sons distantes de música e risadas foram sumindo. O vento parou de soprar. Tudo foi esquecido... Nada existia além dos dois: sua boca talentosa e cruel, e a alegria intensa e crescente dela. Ele a empurrou cada vez mais alto, até que ela tropeçou na beira do precipício e caiu em um clímax capaz de fazer tremer a alma.

Susanna gritou, embalada por ondas de prazer.

Enquanto voltava a si, ele a segurou firme, apertando a cabeça em seu umbigo e sussurrando palavras reconfortantes. Seus polegares desenhavam círculos tranquilizantes nas costas de Susanna.

Ela caiu de joelhos, e Bram a deixou no chão. Assim eles ficaram, sob o salgueiro-chorão, seus membros enrolados como raízes de árvore. A respiração dos dois produzia uma pequena nuvem de vapor, como se eles tivessem seu próprio céu, pairando sobre eles, naquele mundo à parte.

Ele flexionou os braços poderosos, puxando-a para si, até tê-la moldada contra seu peito, rodeada por seu calor. Susanna percebeu que tremia.

"Não tenha medo", murmurou ele, dando beijos em sua fronte.

Ela não estava com medo, só estava... devastada. O que isso significava para ele? O que significava para ela? Só beijos, ela se lembrou. Para ele, eram só beijos. Bram não queria envolvimentos românticos.

Não fique tendo ideias, disse ela, severamente, a seu coração.

"Não fique assustada", disse-lhe ele. "Você é tão passional. Tão linda. Há tanto mais que eu poderia lhe mostrar. Tanto prazer que poderíamos compartilhar."

"Conte-me", ela se ouviu dizer.

Susanna não sabia o que a fez bancar a inocente. Ela com certeza conhecia o conceito de relação sexual, ainda que não por experiência pessoal. Ela sabia o que os livros diziam a respeito de coito e reprodução humana, e ela já havia trabalhado com parteiras e ouvido como as empregadas de casa riam e fofocavam entre elas. Mas Susanna queria saber o que aquilo significava para ele. O que ele pensava que aquilo significaria para *eles*.

Bram pegou a mão dela e trouxe para seu corpo, colocando a palma sobre o volume que esticava sua calça.

"Sente isto?"

Ela anuiu. Como poderia não sentir? O tamanho não era exatamente desprezível.

Ele manteve a mão de Susanna pressionando-o, e fez com que ela deslizasse a palma por toda sua extensão. Seu órgão latejou sob o toque dela.

"É para você, Susanna. Para seu prazer."

"Céus. Todo ele?"

Ele riu baixo e beijou o pescoço dela.

"Sim, ele todo. Ele foi feito para se encaixar dentro de você."

Deixando sua virilidade na mão de Susanna, Bram colocou sua mão por baixo da túnica dela, subindo com os dedos pelo vão sensível entre os joelhos. Então sua mão mergulhou entre as pernas dela, afastando suas coxas. Os dedos dele encontraram sua intimidade, quente e úmida. Enquanto ele traçava o contorno do sexo dela, delicadamente explorando-a e provocando-a, um gemido baixo escapou do peito de Susanna.

"O lugar disto", ele forçou sua ereção contra a mão dela, "é aqui." Seu dedo escorregou para dentro dela, dando-lhe uma sensação única de plenitude e alegria. "É simples assim."

Simples assim.

Assim era a cópula, no entendimento dele. Um ato natural e descomplicado. Uma satisfação mútua de necessidades e desejos. Eles haviam sido feitos para aquilo. O lugar do corpo dele era *dentro* do dela.

Ele movimentou o dedo em um vai e vem lento, penetrando um pouco mais fundo a cada vez. Embora tivesse acabado de experimentar um clímax dilacerante havia poucos minutos, a excitação de Susanna crescia num ritmo espantoso. Logo ela estava arqueando os quadris de encontro a seus dedos hábeis, massageando sua ereção contra a mão dela em sincronia com seu dedo. Bram a beijou intensamente, forçando a abertura da boca de Susanna e mergulhando fundo com sua língua. Ela lutou para retribuir, saboreando-o e provocando-o com voracidade. Ele gemeu contra os lábios dela, aprovando sua iniciativa.

Bram tirou o dedo da fenda de Susanna e esta choramingou pela perda repentina. Contudo, sua reclamação foi prontamente atendida, quando ele se colocou sobre ela, ajeitando-se entre suas coxas. Ela teve que abrir as pernas para acomodar o quadril de Bram, um ato que colocou seu monte feminino em contato com a excitação dele. Ele se esfregou nela bem no lugar certo, e prazer puro, ardente, cintilou pelas veias dela.

Ele segurou o rosto de Susanna com suas mãos grandes. Seu olhar era sombrio e faminto como o de um lobo.

"Você me quer, Susanna?"

Ela não conseguiu disfarçar. Seu corpo respondeu por conta própria, erguendo e arqueando os quadris, esfregando-se sinuosamente contra a excitação dele.

"Sim."

Ele não se mexeu.

"Sim?"

Outro homem a teria tomado com sua primeira resposta, se tivesse se dado o trabalho de perguntar, mas ele queria estar absolutamente certo de que ela também queria aquilo. Porém, se ela ainda tinha alguma dúvida, foi dissolvida pela preocupação que ele demonstrou.

Sim, ela queria fazer aquilo. Não só *aquilo*. Ela queria Bram. Talvez ela nunca se casasse. Talvez nunca conhecesse amor verdadeiro e duradouro com um homem, mas ela queria explorar paixão e prazer, e queria que fosse com Bram. Em todos os seus 25 anos, nenhum homem a tinha feito se sentir daquela forma. Talvez fossem necessários outros vinte e cinco anos para sentir aquele desejo ardente outra vez.

"Sim", disse ela novamente.

Ainda assim, ele hesitou.

"Não devemos. Não esta noite. Sua primeira vez deveria ser em uma cama. E mais, essa cama deveria ser um leito matrimonial, para uma garota como você."

"Eu nunca planejei me casar. Quanto à cama..." Ela olhou para os galhos do salgueiro, que os abrigavam, e para as estrelas espalhadas que brilhavam entre eles. Não poderia existir cenário mais romântico. "Todo mundo tem camas. Eu fico com esta. Desde que..." Ela limpou a garganta. "Você vai ter cuidado, não vai? No final. Não quero ter um bebê."

"Eu vou tomar cuidado, mas você sabe, sempre há um risco."

"Eu sei. Estou disposta a correr esse risco, se você estiver."

"Para ficar com você?" Ele beijou seus lábios. "Eu enfrentaria um pelotão de fuzilamento."

O coração de Susanna revirou em seu peito.

"Então, sim. Para tudo isso."

Dessa vez, ele atendeu ao que Susanna dizia. Com a mão impaciente, ele ergueu a roupa de baixo dela, expondo seu abdome e o seio esquerdo. Ele parou por um instante, apenas a admirando.

"Tão linda."

Aquelas palavras correram por sua pele em um hálito quente, áspero, fazendo seu mamilo ficar ainda mais duro e pontudo. Bram baixou a cabeça e o chupou, puxando o bico excitado para o fundo de sua boca, enquanto circulava a ponta sensível com a língua. Enquanto Bram chupava e lambia, sua barba por fazer arranhava a pele delicada de Susanna. Cada nervo dela foi estimulado, ficando tenso e tênue com o prazer crescente.

"Toque-me", pediu ele, entre passadas de língua. "Quero sentir suas mãos em mim."

Susanna nunca se sentiu mais feliz por obedecer a uma ordem. Ela desceu as mãos, puxou a camisa dele para fora da faixa da cintura e deslizou as duas palmas por baixo do tecido, explorando os músculos fortes e lisos de suas costas. Então ela enfiou uma das mãos entre os corpos dos dois, à procura dos fechos da calça dele. Ele a ajudou elevando, ansioso, os quadris. Susanna abriu os botões de um lado da abertura e colocou os dedos para trabalhar lá dentro.

Minha. Nossa.

Os sentidos dela estavam sobrecarregados. O calor e o peso dele encheram sua mão. O gemido de Bram zuniu ao redor de seu mamilo.

Ela o acariciava delicadamente, tanto quanto as circunstâncias permitiam, deslizando a mão por toda a extensão e deliciando-se com a textura. Como veludo cotelê sobre ferro quente. Tão macio e tão poderoso.

O lugar *disto* é *dentro de mim*. Os músculos íntimos dela se contraíram com o pensamento.

"Não posso esperar", disse ele, abandonando o seio dela. "Não posso mais esperar."

Ela o largou quando Bram puxou sua túnica mais para cima, amontoando-a sob seus braços. A ereção dele era uma alavanca quente e ávida entre seus corpos. Ele investiu contra o sexo nu de Susanna, estimulando sua abertura com movimentos para cima e para baixo. O prazer intenso a deixou sem ar, inconsciente.

"Última chance", disse ele, entre os dentes cerrados, mudando seu ângulo e levantando os quadris dela. "Se você não quer isto, Susanna…"

O rosnado selvagem que ele soltou entre os lábios fez o coração dela pular uma batida. Ele estava certo, aquela era a força mais vital, incontestável da natureza. Todo o corpo dela ansiava por posse e alívio. A força daquele momento era quase demasiada.

"Eu quero isso", ela conseguiu dizer. "Eu quero você."

~~ *Capítulo Dezessete* ~~

"Então, sou seu", sussurrou Bram, empurrando a intimidade dela, só um pouquinho. O êxtase era prometido pela superfície de sua pele. "Receba-me. Receba-me dentro de você."

Ele a penetrou devagar, em estocadas firmes, cada vez mais fundas, apoiando a maior parte de seu peso no joelho bom e obrigando-se a ser paciente enquanto o corpo de Susanna aprendia a acomodar o seu. Ela olhava para ele com olhos arregalados e transparentes; ele podia ler cada emoção dela. Ele viu ansiedade, receio. O que era compreensível, sendo aquela a primeira vez dela, mas também havia confiança, que dominava seu medo.

Que dominava *Bram*.

Com cada avanço intenso, ele oferecia palavras de encorajamento e elogio.

"Isso, amor... você é tão boa... tão boa... assim mesmo... só um pouquinho mais..."

Quando ele a penetrou totalmente com uma última e decisiva estocada, ela arfou de dor. Bram sentiu um aperto no coração. Ele não queria machucá-la.

"A dor é muito forte?"

Corajosa, ela mordeu o lábio e balançou negativamente a cabeça.

"Você..." O corpo dela se agarrou ao seu, e Bram soltou um gemido involuntário de prazer. "Você aguenta se eu me mexer?"

"Isso é necessário?"

Ele se esforçou muito para não rir.

"Acho que sim, amor. Eu... Eu tenho que me mexer, ou vou ficar louco."

Ele deslizou para fora só um pouco, para depois mergulhar novamente, ainda mais fundo que antes. Ela era tão quente e macia, e tão deliciosamente apertada. O prazer tinha um toque agudo e doce. Equilibrando seu peso nos cotovelos para não esmagá-la, Bram movimentava os quadris para trás e para frente, delicadamente. Durante o que lhe pareceram séculos, ele se restringiu aos movimentos mais fáceis, menos exigentes, mas o tempo todo, a necessidade por um vai e vem mais rápido, furioso, clamava em suas veias. Ele a dominou com pura força de vontade. Susanna merecia mais do que sexo animal. Aquele era um presente valioso que ela entregava a Bram, e ele não queria que Susanna se arrependesse. Não naquela noite. Nem dali a quarenta anos.

"Está melhor?", perguntou ele.

"Um pouco."

Um pouco. Um pouco não era o bastante. Praguejando em silêncio, ele baixou seu corpo para cobrir o dela.

"Eu quero que isto seja gostoso para você."

"Está gostoso", sussurrou ela. Suas mãos deslizaram pelas costas de Bram, e seus seios, macios e quentes, acomodaram-se sob o peito dele. "Eu gosto... Gosto de ter você tão perto de mim."

"Eu também."

Quando ele deslizou para dentro dela em seguida, os quadris de Susanna foram de encontro aos dele. Ela soltou um gemido encorajador. Então ele fez de novo. E outra vez...

"Está..." Ela arqueou as costas, cavalgando suas estocadas com ritmo. "Oh, Bram. Está tão gostoso agora."

Bom Deus, estava *mesmo*. Estava tão gostoso. O ângulo, o ritmo, o modo como o corpo dela se encaixava e movia com o dele. Eles haviam conquistado verdadeira sincronia de corpos e efeito, algo que ele nunca sentiu antes. Ele nunca pôde se abandonar tão completamente em uma mulher e, ao mesmo tempo, sentir que estava em casa.

Havia um mundo lá fora, em algum lugar além daqueles galhos de salgueiro. Oceanos, montanhas, geleiras, dunas. Em algum lugar, guerras eram travadas. Bram não poderia se importar menos com aquilo tudo. Ele não queria estar em lugar nenhum que não fosse dentro daquela mulher, o mais fundo que conseguisse chegar. Ele não tinha outro objetivo, outro propósito em sua vida que não preenchê-la, dar-lhe prazer e fazê-la arfar, gemer e gritar.

Ela era o lugar dele.

Ele ergueu a perna dela para fazê-la envolver seu quadril, e o corpo todo de Susanna o puxou mais para dentro. Eles se beijavam apaixonadamente. Bram se demorou explorando a boca generosa e suculenta, maravilhado ao constatar como era bom possuí-la de duas formas de uma vez. Como ele era alto, com outras mulheres não conseguia beijar e penetrar ao mesmo tempo, mas Susanna combinava perfeitamente com ele.

O que os beijos do casal perdiam em delicadeza, ganhavam em urgência sensual. As unhas dela beliscavam os ombros de Bram, e o efeito era o de uma abelha picando um touro. Aquilo o fez surtar. Os quadris de Bram davam pinotes enquanto ele entrava nela repetidas vezes, abandonando toda a gentileza, em busca do clímax de Susanna.

Ela *tinha* que gozar. Ela tinha que gozar *primeiro*.

O que queria dizer que ela tinha que gozar *logo*.

Por favor, Susanna. Por favor.

Ela bateu as pálpebras e fechou os olhos, rolando a cabeça para trás. Seu pescoço pálido de cisne esticou-se, formando uma curva elegante, erótica, que brilhou como mercúrio no escuro. Tão linda que fez o coração dele doer.

"Deus, você é tão linda. Tão linda."

O corpo dela apertou-se ao redor dele, e ela gritou. Ele cavalgou as contrações extraordinárias do clímax dela pelo máximo de tempo que ousou. E quando Bram percebeu que não aguentaria segurar seu prazer por mais uma estocada, retirou-se do abraço apertado e envolvente de Susanna e tomou a si mesmo em sua mão. Ele derramou sua semente por todo o ventre macio e doce dela; não em uma dobra de sua camisa ou da túnica dela, como teria sido o modo mais cavalheiresco. De certa forma primitiva, ele sentiu-se satisfeito por marcá-la.

Agora você é minha.

Bram deitou-se ao lado dela, curvando seu corpo ao redor do de Susanna e abrigando-a com seus braços e pernas. Os impulsos protetores que se multiplicavam dentro de Bram eram quase maiores do que ele conseguia suportar, e sufocaram sua fala por um instante.

"Você está bem?", perguntou ele, quando conseguiu encontrar as palavras.

"Estou." Susanna aninhou-se no peito dele. Bram passou um braço ao seu redor, puxando-a para si. "Oh, Bram. Nunca nem sequer sonhei que pudesse ser assim."

Nem eu, ele sentiu vontade de dizer. *Nem eu.*

Ele havia ficado com outras mulheres e apreciado grandemente cada encontro, mas nenhum produziu as mesmas sensações do que aquele com Susanna. Parecia impossível que os dois fossem ficar tão íntimos tão depressa. Mas lá estavam eles, e Bram não desejava estar em nenhum outro lugar. Ele beijou o cabelo dela e inalou seu aroma doce e estimulante.

"Não devíamos ter feito isso", disse ele, sem no entanto conseguir demonstrar qualquer arrependimento.

"Eu sei." Ela suspirou, também soando impenitente. "Mas estou feliz que tenhamos feito. Foi uma delícia."

"Foi mais do que uma delícia. Foi...", Ele tentou encontrar outra palavra, mas não conseguiu.

"Indescritível." Ele ouviu o sorriso na voz dela. "Foi mesmo".

Um ruído repentino fez Bram gelar. Gritos furiosos, vindos de algum lugar distante... mas ainda assim, próximo demais.

"Você ouviu isso?", perguntou ela, apertando-o.

Então o ruído de vidro quebrando fez com que se soltassem.

Bram colocou-se rapidamente em pé, então estendeu a mão para ajudá-la a fazer o mesmo. Eles começaram a recompor seus trajes sem mais uma palavra. Ignorar a confusão não era opção. Qualquer confusão que estivesse ocorrendo requereria, sem dúvida, um deles, ou os dois, para ser resolvida. O momento de amor havia terminado. O dever chamava.

Bram abotoou a calça em questão de segundos. Ele virou-se, então, para ajudar Susanna com seu vestido.

"Eu consigo", disse ela, virando a cabeça na direção da origem desconhecida do tumulto: "Pode ir."

Ele aceitou o que Susanna disse e partiu correndo de sob a copa do salgueiro para atravessar a praça da cidade.

Adiante, na rua entre a loja Tem de Tudo e O Touro Perfeito, ou O Amor Ereto, ou qualquer que fosse o nome do estabelecimento naquela noite, uma pequena multidão havia se formado. Pela maneira como os homens formavam um círculo, Bram suspeitou que uma briga havia irrompido.

Ele abriu caminho até o centro, ávido por interromper a luta antes que mais danos fossem provocados às propriedades, corpos ou ao moral da tropa. Por mais que ele tivesse esperanças de imbuir seus homens de um pouco de espírito combativo másculo, este não deveria ser direcionado aos companheiros.

Contudo, ele não encontrou nenhum de seus homens no centro do círculo.

Ele encontrou os garotos, Rufus e Finn, rolando no chão. A briga era boa, com troca de socos, e envolvia também dentes e joelhos. Pela aparência do cenário, eles haviam passado diretamente pela janela da frente da casa de chá. Cacos de vidro quebrado e pedaços da esquadria da janela estavam espalhados pelo chão.

"Bastardo espertalhão", xingou um dos gêmeos. Um fio de sangue escorria por sua têmpora e dificultava distinguir um do outro.

"Você tem cocô na cabeça", respondeu o outro, invertendo as posições e desferindo um soco no estômago do irmão. "Nós somos gêmeos. Se eu sou bastardo, você também é."

"Você é o único verme mentiroso."

Conforme eles rolavam, seus corpos esmagavam vidro. Era hora de pôr um fim naquilo, decidiu Bram. Ele esticou o braço e agarrou o irmão Bright que estava por cima – ele ainda não sabia quem era quem –, afastando-o do outro.

"Agora chega, vocês dois. O que está acontecendo aqui?"

"Foi o Rufus que começou", disse um deles, apontando para o irmão.

"Certo, mas é culpa do Finn", o outro respondeu, enquanto limpava o sangue da têmpora.

Bem, pelo menos Bram descobriu suas identidades. Ele se voltou para Rufus.

"O que aconteceu?"

Rufus encarou o irmão.

"Ele mentiu para a Srta. Charlotte, foi o que ele fez. Dançou com ela duas vezes. Primeiro, como ele mesmo. Depois, dizendo que era eu."

Finn coçou a orelha e sorriu.

"Você só está bravo porque não pensou nisso antes de mim."

"Vou acabar com você, seu…" Rufus projetou-se para frente, mas Bram o conteve.

"Parem com isso", disse Bram. "Os dois." Depois que segurou os garotos pelo colarinho, ele olhou para Charlotte Highwood, que parecia tão animada quanto qualquer garota de 14 anos por cuja atenção dois garotos decidiram brigar. Certamente ela não ajudaria a acalmá-los. A multidão de espectadores parecia se divertir mais que qualquer outra coisa.

Bram sabia que precisava deixar claro para os garotos que, irmãos ou não, brigas assim não seriam toleradas.

"Agora escutem", disse ele, com firmeza, chacoalhando-os. "Esse comportamento não é adequado a dois…"

"Socorro! Oh, socorro!"

Todos se voltaram para aquela voz feminina desesperada.

As mulheres amontoaram-se junto à entrada da casa de chá transformada em taverna. A Srta. Diana Highwood estava sentada na soleira da porta, esforçando-se para respirar. Seu rosto estava pálido e úmido, e seus dedos estavam retorcidos em punhos deformados.

"É a asma dela de novo", disse a Sra. Highwood agitando as mãos. "Oh, céus. Oh, céus. Isso não deveria acontecer aqui. A Srta. Finch prometeu que Spindle Cove seria a cura de Diana."

Susanna já havia chegado e procurava acalmar a jovem asmática com a mão em seu ombro.

"A tintura dela", disse Susanna calmamente. "Onde está a tintura? Ela a guarda na bolsa."

"Eu... eu não sei. Pode estar lá dentro, ou na pensão, ou..." Charlotte empalideceu. "Eu não sei."

"Procure lá dentro", Susanna disse a Fosbury. "Nas mesas, no chão, no piano." Para outras moças ela disse: "Vão procurar nos quartos das Highwood na pensão".

Depois que as moças saíram correndo, Susanna olhou para Rufus.

"Eu tenho mais na minha despensa. Uma garrafa azul, na prateleira de cima, à direita. Você e Finn corram o mais rápido que puderem até Summerfield e tragam-na para mim."

Os gêmeos anuíram e saíram em disparada pela rua.

"Deixe que eu vou", disse Bram.

Ela negou com a cabeça.

"Eles precisam se distrair." Ela baixou os olhos para o joelho de Bram. "E eles são mais rápidos."

Certo. E Bram era apenas um aleijado inútil e manco.

"Devo chamar um médico?"

"Não", respondeu ela com firmeza. "Diana já foi maltratada demais por médicos. De qualquer modo, não há médicos de verdade em um raio de quilômetros."

Ele aquiesceu e recuou. Maldição. Ele nunca recuaria de uma batalha. Aceitaria qualquer risco à sua vida, se isso significasse salvar outra pessoa. Mas não havia nada que ele pudesse fazer para ajudar Susanna naquele momento, e o sentimento o devorou por dentro. Se tinha aprendido alguma coisa em seus oito meses de convalescença, era que não sabia lidar com o sentimento de impotência.

Mas Susanna tinha toda a situação sob controle. Voltando-se para Diana, ela falou calmamente, passando a mão nas costas da moça, em círculos lentos e tranquilizantes.

"Apenas relaxe, querida. Permaneça calma e você ficará bem."

"Está aqui. A tintura. Está aqui." O ferreiro saiu da casa de chá, seu rosto sério e pálido. Ele colocou um frasco na mão de Susanna e recuou imediatamente.

"Obrigada." Com dedos habilidosos, Susanna destampou o frasco e mediu uma tampa do líquido escuro. Ela olhou para Bram. "Você pode segurá-la? Se ela tremer, o remédio pode derramar."

"Claro." Finalmente, algo que ele podia fazer. Bram ajoelhou-se ao lado da moça ofegante e envolveu o corpo esguio em seus braços. Os tremores dela balançavam-no.

"Não tenha receio de segurá-la com firmeza", disse Susanna. "Mantenha-a imóvel." Ela inclinou a cabeça de Diana para trás, encostando-a no ombro de Bram, e então despejou a medida da tintura entre seus lábios trêmulos e azulados. "Engula, querida. Eu sei que é difícil, mas você consegue."

A Srta. Highwood anuiu levemente e conseguiu engolir, quase engasgando. Então voltou a ofegar.

"E agora?", perguntou Bram, olhando para Susanna.

"Agora nós esperamos."

Eles esperaram, num silêncio tenso, doloroso, ouvindo os sons que Diana Highwood produzia ao lutar para respirar. Depois de alguns minutos, a respiração dela começou a ficar mais suave, e um leve tom de rosa voltou às suas faces. Ele poderia mudar de ideia mais tarde, mas naquele momento Bram decidiu que rosa era sua nova cor favorita.

Conforme a dificuldade de Diana respirar diminuía, todos os que a observavam soltaram um suspiro de alívio e de agradecimento.

"Isso", murmurou Susanna para sua amiga. "Assim mesmo. Inspire lenta e profundamente. O pior já passou."

Bram soltou a jovem e a deixou aos cuidados de Susanna.

"Está tudo bem, querida", murmurou ela, tocando a fronte úmida de Diana. "Já acabou. Está tudo bem." Então Susanna olhou para cima e seu rosto empalideceu de desânimo. "Céus. Olhem este lugar."

Bram observou enquanto ela avaliava a cena. Seu olhar foi do campo de batalha em que havia se transformado a casa de chá, para o vidro quebrado na rua, depois para a moça que tremia em seus braços. A Srta. Highwood podia ter sobrevivido àquele episódio, mas a atmosfera tranquila de Spindle Cove, não.

Minerva Highwood veio correndo da Queen's Ruby. Ela foi direto para a irmã e pegou sua mão.

"Diana. Meu Deus, o que aconteceu?"

"Ela teve uma crise de respiração", respondeu Susanna. "Mas está melhor agora."

Minerva beijou a testa pálida da irmã.

"Oh, Diana. Sinto muito. Eu não podia ter deixado você nesse lugar. Eu sabia que essa dança era má ideia."

"Isso não foi culpa sua, Minerva."

Minerva ergueu a cabeça.

"Ah, eu sei muito bem de quem é a culpa." Ela fixou o olhar em um alvo distante. "Isso é tudo responsabilidade sua."

Todas as cabeças naquela multidão viraram para encarar Colin, mas Bram sentiu a culpa cair sobre ele. Claro que seu primo era o responsável por aquela bagunça. Mas Bram era responsável pelo primo.

Susanna sabia disso. Enquanto todo mundo olhava acusadoramente para Colin, os olhos dela encontraram os de Bram. E seu olhar dizia claramente: *Eu avisei que isso iria acontecer.*

"Nós nunca deveríamos ter ficado neste lugar miserável", lamentou-se a Sra. Highwood, levando um lenço à boca. "Lordes ou não lordes. Eu *sabia* que aquele balneário em Kent teria sido uma escolha melhor."

"Mamãe, por favor. Vamos discutir isso lá dentro." Minerva pegou a mãe pelo braço.

Lentamente, Susanna ajudou Diana Highwood a ficar em pé.

"Vamos, moças. Vamos levá-la para a pensão, onde ela vai poder descansar."

"Podemos ajudar você a levá-la?", perguntou Bram, enquanto colocava uma das mãos sob o cotovelo de Diana para ajudar.

"Não, obrigada, milorde." Susanna deu-lhe um meio sorriso triste. "Você e seus amigos já fizeram o bastante esta noite."

"Vou esperar por você", murmurou ele. "Vou acompanhá-la até Summerfield."

Ela balançou a cabeça.

"Por favor, não espere."

"Eu quero ajudar. Dê-me algo para fazer."

"Apenas me deixe", sussurrou ela. Seus olhos fugiram para o lado, e Bram percebeu que ela estava incomodada com a forma como todos olhavam para os dois. "*Por favor.*"

Deixá-la, quando ela estava tão evidentemente preocupada e vulnerável, ia contra todos os impulsos protetores de seu corpo. Mas ele havia perguntado o que poderia fazer, e ela respondeu. A honra o obrigava a obedecer. Por enquanto.

Anuindo com relutância, ele deu um passo para trás. As moças amontoaram-se ao redor dela, e todas foram para a Queen's Ruby.

Ele a havia decepcionado. Ela pediu-lhe que pusesse fim àquela loucura, e Bram recusou-se. Agora Diana Highwood estava doente, a casa de chá, em ruínas, e Bram tinha colocado em risco tanto a reputação de Susanna quanto a de sua querida comunidade. Após todas as confissões que os dois fizeram na noite anterior, ele compreendia o que aquele lugar significava para ela, quanto esforço e cuidado ela dedicava a seu sucesso.

Susanna havia lhe entregado sua virgindade sob o salgueiro-chorão. E ele a decepcionou. Maldição.

Amanhã ele teria que fazer algo por ela.

Mas naquela noite seu primo iria lhe pagar.

"Vão para casa, todos vocês", disse ele para os homens que continuavam na rua. "Vão dormir para curar essa bebedeira e voltem aqui ao nascer do sol. Não haverá treinamento amanhã até arrumarmos este lugar."

Um por um, os homens foram embora, deixando ele e Colin a sós.

Colin balançou a cabeça enquanto observava a cena.

"Bem, com certeza eu deixei minha marca neste lugar. Não há uma taverna, um salão de baile ou uma mulher na Inglaterra que eu não deixe em ruínas e querendo mais."

Bram encarou-o, furioso.

"Você acha que isso é engraçado? O estabelecimento de Fosbury está em ruínas, e uma jovem quase morreu aqui, esta noite. Nos meus braços."

"Eu sei, eu sei." Parecendo preocupado, Colin passou as mãos pelo cabelo. "Não tem graça nenhuma, mas como eu ia saber que ela iria sofrer aquele ataque? Eu nunca quis causar mal algum, você deve saber. Nós só queríamos um pouco de diversão."

"*Diversão.*" Bram devolveu-lhe a palavra, indignado. "Você parou para pensar que talvez as mulheres tivessem uma razão para manter esta vila um lugar sossegado? Ou que, talvez, a missão que estamos aqui para realizar seja mais importante do que uma noite de devassidão?" Quando Colin demorou para responder, ele disse: "Não. É claro que você não pensou nisso. Você nunca pensa em ninguém, a não ser naqueles que estão atrapalhando sua *diversão.*"

"Por favor. Você também nunca pensa nos sentimentos dos outros. Nós todos somos apenas obstáculos à sua glória militar." Colin jogou as mãos para cima. "Eu nem mesmo quero estar neste lugar miserável, repulsivamente encantador."

"Então vá embora. Vá encontrar um de seus muitos amigos devassos e aproveite-se dele pelos próximos meses."

"Você realmente acha que essa ideia não me ocorreu, praticamente o tempo todo desde que chegamos? Bom Deus, como se eu não pudesse arrumar acomodação melhor do que aquele castelo pavoroso."

"Então por que você ainda está aqui?"

"Porque você é meu primo, Bram!"

Ainda que isso fosse óbvio e do conhecimento dos dois, a revelação de Colin surpreendeu a ambos. Colin fechou a mão.

"Você é meu parente mais próximo desde que meus pais... Desde que eu era um menino. E desde que seu pai morreu, eu também sou tudo que você tem. Nós mal nos falamos durante mais de uma década. Eu pensei que seria bom tentar essa coisa de "família" de que o mundo tanto gosta. Um pensamento idiota, é óbvio."

"Óbvio."

Bram andava lentamente em círculos, balançando os braços de frustração. Que maravilha! Era exatamente o que ele precisava ouvir naquele momento, que além de trair a confiança de Sir Lewis, deflorar Susanna e contribuir para a destruição da vila naquela noite, ele também, de algum modo, estava decepcionando Colin. Era por *isso* que ele precisava voltar para seu regimento. No exército ele tinha uma disciplina, um manual, tinha ordens. Lá ele sempre sabia o que fazer. Se nunca reassumisse seu comando, pelo que parecia, a vida dele seria aquilo, uma série de decepções e fracassos.

A futilidade daquilo tudo provocou em Bram uma fúria irracional.

Colin coçou a orelha.

"E eu que pensei, durante todos aqueles anos crescendo sozinho, que estava perdendo alguma coisa."

"Parece que você não aprendeu nada."

"O que é que nós dois sabemos sobre família, afinal?"

"Eu sei uma coisa", respondeu Bram. "Eu sei que estamos fazendo alguma coisa errada. Eu não respeito você. Você não me respeita. Nós estamos o tempo todo querendo matar um ao outro."

"Você é um tolo arrogante e cheio de princípios. Se você me respeitasse, eu chamaria um médico para testar sua sanidade. E no que diz respeito a afeto familiar..." Colin gesticulou raivosamente na direção do lugar em que os gêmeos Bright lutaram. "Parece que um querer matar o outro é o procedimento padrão."

"Bem, nesse caso..." Com a mão esquerda, Bram agarrou a camisa de Colin. E lançou o punho direito contra o queixo do primo. Bram procurou conter a força do golpe, mas este ainda acertou Colin com força suficiente para fazer sua cabeça girar para o lado. "Isso é pela Srta. Highwood." Ele soltou mais um soco contido, sem entusiasmo, na barriga do primo. "E este é por... *diversão*."

Bram esperou, ofegante, segurando o primo pelo colarinho e preparando-se para o revide. Desejando-o, na verdade. Bram sabia que merecia levar uns socos – por Susanna, por Sir Lewis, por tudo. O impacto seria um alívio.

Mas seu primo não lhe faria nem esse favor. Colin simplesmente tocou o lábio machucado com a língua e disse:

"Vou partir pela manhã, Bram. Eu o deixaria livre de mim antes, mas não gosto de viajar à noite."

"Ah, não vai não." Bram sacudiu-o.

Maldição, o que ele iria fazer com aquele homem? Se fosse embora, nada de bom resultaria disso. Dele. Um jovem nobre, descompromissado, que logo ficaria rico, Colin não tinha limites em seu comportamento.

Desde uma idade tragicamente jovem, faltava-lhe tanto o exemplo de um pai como a compreensão de uma mãe.

Susanna, Bram pensou sentindo uma pontada agridoce, provavelmente diria que Colin precisava de um abraço.

Bem, Bram não sabia como oferecer exemplo nem compreensão ao primo – ele não tinha jeito para isso, mas sabia como ser um oficial, e a experiência ensinava-lhe que dever e disciplina podiam remendar muitos buracos na vida de um homem.

Talvez ele fosse a única pessoa no mundo que pudesse oferecer isto a Colin: a chance de superar expectativas, em vez de atender a elas e se afundar.

"Você não vai embora", disse ele. "Nem agora, nem amanhã." Ele soltou o primo, então gesticulou para a cena de destruição e caos. "Você quebrou e agora vai consertar tudo."

Spindle Cove estava desmoronando.

Após deixar Diana em segurança, descansando em sua cama, Susanna desceu as escadas até a sala de estar da Queen's Ruby. Ali ela encontrou seu mundo se desfazendo. Reclamações e confissões pipocavam em todos os cantos da sala.

"Oh, Deus. Oh, Deus." Uma voz esganiçada elevava-se acima do ruído do leque. As asas de uma gaivota não fariam mais vento do que aquele leque. "Eu sinto um ataque de nervos chegando."

"Não consigo acreditar que bebi *uísque*", lamentou-se outra. "E dancei com um *pescador*. Se meu tio souber disso, vai mandar me buscar e voltarei para casa em desgraça."

"Talvez eu deva ir lá para cima e começar a fazer as malas agora mesmo."

Então veio o comentário que gelou o sangue de Susanna.

"Srta. Finch, o que aconteceu com seu vestido? Os botões estão todos tortos. E veja seu cabelo."

"Eu…" Susanna procurou manter a calma. "Acho que me vesti rápido demais."

"Mas você não estava assim em Summerfield", disse Violet Winterbottom. "E eu achava que você chegaria à vila muito antes de mim, pois eu tive que descansar muito tempo antes de voltar, mas você não. Aconteceu algum acidente no caminho?"

"Algo assim." Enquanto se desmanchava em uma cadeira próxima, a consciência de Susanna a perturbava. Então ela percebeu o olhar curioso e penetrante de Kate Taylor. Depois o de Minerva.

Todas voltaram-se para ela, todas as mulheres da sala. Encarando-a. Reparando nela. Para *fazer conjecturas* em seguida.

Ela havia sido tão tola. O que fez com Bram foi... indescritível, e Susanna não conseguiria se arrepender daquilo. Mas fazer na praça da vila, onde havia uma boa chance de ser descoberta? Enquanto um verdadeiro pandemônio irrompia ali perto, colocando a vida de uma mulher em perigo.

E Diana Highwood não foi a única a correr perigo. Mulheres como Kate e Minerva... Se Spindle Cove deixasse de ser um lugar respeitável, que chance elas teriam de ir atrás de seus talentos e de desfrutar da liberdade do pensamento independente?

"Srta. Finch?", chamou Kate em voz baixa, sentando-se a seu lado e pegando sua mão. "Você gostaria de nos contar alguma coisa? Qualquer coisa?"

Susanna apertou a mão da amiga e passou os olhos pela sala. Ela não era uma pessoa rancorosa, claro que não. Mas naquele breve momento ela odiou o mundo. Odiou que todas aquelas mulheres inteligentes e não convencionais estivessem ali porque haviam sido levadas a pensar que havia algo de errado com elas. Que elas tiveram que fugir da sociedade para poderem ser elas mesmas. Susanna odiou que a menor revelação a respeito de seu comportamento naquela noite pudesse colocar em risco aquele porto seguro de todas elas. Supondo-se, claro, que aquele fiasco na taverna já não tivesse arruinado tudo.

E, mais do que tudo, ela odiava não poder, estando ali sentada com suas amigas, confessar para elas que acabava de entregar sua virgindade ao homem mais forte, sensual e maravilhosamente carinhoso que existia. E que, por baixo de sua roupa amassada, ela continuava corada, molhada e... deliciosamente melecada devido aos carinhos de Bram. Que ela havia mudado por dentro e ainda estava se recuperando do prazer e da profundidade de tudo aquilo. Pequenos ecos de seu êxtase ainda beliscavam seu abdome, e seu coração transbordava de emoção. Será que elas *sabiam* as coisas malucas que um homem podia fazer com a língua?

Era muito errado que o mundo a forçasse a ficar quieta, mas Susanna, havia tempos, resignou-se, pois sabia que não poderia mudar o mundo sozinha. No máximo, ela poderia proteger seu cantinho de mundo.

Mas, naquela noite, ela falhou até nisso.

"Eu tropecei e caí quando vinha correndo para a vila", disse Susanna, "e meu vestido levou a pior. Foi só isso." Susanna levantou-se, preparando-se para ir embora. "Eu vou para casa, descansar. Sugiro que todas façam o mesmo. Eu sei que esta foi uma noite incomum, mas espero ver todas vocês pela manhã. É quinta-feira, e temos nossa programação."

Capítulo Dezoito

Segunda-feira, caminhar no campo. Terça-feira, banho de mar. Quarta-feira, fazemos jardinagem.

"E quinta-feira...", disse Bram em voz alta, "elas atiram."

Era claro que sim.

Ele estava com Colin no limite de uma campina verde, plana, perto de Summerfield. Os dois observavam a reunião das frágeis moças de Spindle Cove que, usando luvas de pele de corça, alinhavam-se de frente para uma fileira de alvos distantes. Atrás das mulheres, havia uma comprida mesa de madeira, sobre a qual jaziam arcos, flechas, pistolas, rifles. Um verdadeiro bufê de armamentos.

À frente de todas, Susanna anunciou o primeiro prato:

"Peguem os arcos, meninas." Ela própria colocou uma flecha em seu arco e a puxou para trás. "No três. Um... Dois..."

Tuac.

Em sincronia, as moças soltaram as flechas, que voaram para seus alvos.

Bram esticou o pescoço para ver como a flecha de Susanna tinha aterrissado. Na mosca, claro. Ele não ficou surpreso. Àquela altura, poucas coisas poderiam surpreendê-lo, no que dizia respeito à Susanna Finch. Se ela lhe contasse que comandava uma agência de espionagem da copa de sua casa, Bram acreditaria.

As mulheres andaram agilmente pela campina para pegar as flechas. Os olhos de Bram ficaram fixos em Susanna, enquanto ela cruzava a distância em passadas decididas e elegantes. Ela se movia pela grama alta como uma gazela africana, com suas pernas compridas e força graciosa.

"Pistolas, por favor", disse ela, depois que todas voltaram. Ela trocou arco e flecha por uma arma de um cano.

Cada mulher pegou um armamento similar e apontou-o, braço esticado, para o alvo diante de si. Quando Susanna engatilhou sua pistola, as outras fizeram o mesmo. O coro de cliques formigou na coluna de Bram.

"Acho essa cena terrivelmente excitante", murmurou Colin, ecoando os pensamentos de Bram. "Isso é errado?"

"Se for, garanto que você terá companhia no inferno."

Seu primo soltou uma exclamação divertida.

"E você pensou que não tínhamos nada em comum."

Susanna ajeitou a pistola e fez mira.

"Um… Dois…"

Crac.

Pequenos buracos fumegantes apareceram em cada um dos alvos. Em sincronia, as moças baixaram as pistolas e as colocaram sobre a mesa. Bram assobiou baixinho, admirando a precisão de tiro daquelas mulheres.

"Agora, rifles", anunciou Susanna, levando sua arma ao ombro. "Um… Dois…"

Bangue.

Mais uma vez, todas acertaram no alvo. Um dos alvos explodiu, fazendo voar um pouco de papel, em vez do mais usual enchimento de palha. A brisa carregou um pedaço do papel até os pés de Bram.

"O que é isto?", perguntou Colin, abaixando-se para pegá-lo. "Uma página de algum livro. De uma Sra. Worthington?"

O nome era vagamente familiar para Bram, mas ele não se lembrava de onde.

Colin balançou a cabeça.

"Não entendo por que chamam este lugar de Enseada das Solteironas. Deveria ser Barra das Amazonas. Ou Baía das Valquírias."

"Sem dúvida." Lá estava Bram, lutando e suando para reunir os homens da região e treiná-los de modo a formar uma tropa de combate. Enquanto isso, Susanna já havia organizado seu próprio exército. Um exército de mulheres.

Ela era, simplesmente, a mulher mais extraordinária que ele jamais havia conhecido. Pena que naquela manhã, enquanto mirava com suas armas, ela provavelmente estava imaginando o rosto de Bram no alvo – ou até mesmo seus países baixos.

Preparando os nervos, ele começou a caminhar na direção delas. Enquanto passava pela fila de mulheres atiradoras, Bram teve a sensação de ser um alvo móvel. Quando o viu, Susanna interrompeu o exercício.

Ao se aproximar dela, Bram ergueu as mãos em um gesto de paz.

"Eu lhe disse que enfrentaria um pelotão de fuzilamento."

Ela não achou graça.

"O que você está fazendo aqui?"

"Observando. Admirando." Ele olhou rapidamente para as mulheres. "Você treinou muito bem suas moças. Estou impressionado. Impressionado, mas não surpreso."

Indignação subiu pela garganta dela.

"Sempre acreditei que uma mulher deveria saber como se proteger." Ela pegou o polvorinho e uma pistola polida, cintilante, com a qual compartilhava o nome.

"Os homens estão trabalhando desde a alvorada para consertar os estragos na casa de chá", disse ele. Bram gesticulou na direção do primo. "E eu trouxe Payne para pedir desculpas. Se ele não caprichar no pedido, vocês podem usá-lo como alvo para praticar seus tiros."

Ela não sorriu.

"Infelizmente, a casa de chá foi o menor dano que vocês causaram. E não sou eu que merece as desculpas dele."

Preocupado, Bram passou os olhos pela fileira de atiradoras.

"A Srta. Highwood ainda está se sentindo mal?"

Susanna despejou uma medida de pólvora na pistola, seguida pela bala e bucha.

"Eu passei lá esta manhã. Ela está descansando por precaução, mas acredito que o incidente não terá efeitos duradouros."

"Fico feliz em saber."

"Contudo", ela engatilhou a arma, "a mãe dela está decidida a tirar as filhas de Spindle Cove. Há um novo balneário em Kent, sabe. Ela ouviu falar que lá fazem maravilhas com sanguessugas e mercúrio."

Susanna se virou, apontou a pistola para o alvo distante e disparou. Um fio de fumaça emanou do cano da arma. Bram podia jurar que também viu fumaça saindo das orelhas dela. Murmurou um juramento.

"Vou mandar meu primo visitá-las também. Pelo que sei, ele pode ser bastante encantador e persuasivo com as mulheres."

"Com toda honestidade, milorde, não sei o que tem maior potencial tóxico, o charme do seu primo ou o mercúrio." Ela baixou a arma e a voz. "A Sra. Highwood está decidida a fazer as malas. A Srta. Winterbottom e a Sra. Lange também falam sobre ir embora. Se *elas* forem, outras as acompanharão, sem dúvida. Se essa preocupação chegar à Sociedade como um todo, nossa reputação de porto seguro será destruída. Todas as famílias chamarão suas filhas e *protegidas* de volta para casa. Tudo por aqui vai acabar. E por quê? Essa milícia absurda está condenada a fracassar. Os homens são inúteis."

Não importavam as armas ou a dúzia de mulheres que os observavam. Bram queria mesmo era pegá-la nos braços, segurá-la tão próximo e apertado, como fez debaixo do salgueiro.

"Susanna, olhe para mim."

Ele esperou até que aqueles olhos azuis e claros encontrassem os seus.

"Eu vou consertar isso", disse ele. "Eu sei que a desapontei na noite passada, mas não vai acontecer de novo. Meu primo e eu *vamos* convencer as mulheres de que é seguro ficar aqui. Até o Festival de Verão, eu *vou* manter os homens sob rédeas curtas, longe de vocês. E de algum modo, de alguma forma, ao longo dos próximos quinze dias, eu *irei* transformá-los em uma milícia de elite para impressionar os convidados do seu pai."

Ela soltou uma exclamação de descrença.

"Eu vou fazer tudo isso", repetiu ele. "Porque esse é o dever de um oficial. Transformar homens improváveis em soldados e garantir que estejam treinados e preparados para quando e onde forem necessários. Isso é o que eu faço, e sou bom nisso."

Ela suspirou.

"Eu sei. Tenho certeza de que você é um comandante absolutamente capaz, quando não tem de enfrentar bolos, chá, poesia e intelectuais armadas de porretes."

"Eu me distraí. Mas isso é culpa sua, Srta. Finch."

Os lábios dela curvaram-se um pouquinho. A sombra de um sorriso que imediatamente fisgou o coração de Bram.

Mas então a promessa de sorriso desapareceu e ela se afastou dele, olhando para longe, na direção da vila. Sua coluna estava ereta, os ombros alinhados, mas o medo continuava lá, no tremor quase imperceptível de seu lábio inferior e no arrepio que percorreu a curva graciosa de suas costas. Ela se sentia responsável pelo local, e estava com medo.

Bram não podia deixá-la se sentir daquele jeito. Não quando ele tinha a oportunidade perfeita e todos os motivos honrados para tornar seus os problemas que eram dela. Para tornar *Susanna* sua. Ali mesmo, naquela manhã. Ele havia pensado naquela possibilidade a noite toda, mas a decisão acabava de se formar dentro dele. Nítida e clara como o som de uma pistola sendo engatilhada.

"Não se preocupe. Com nada." Ele recuou um passo, dirigindo-se à casa. "Vou deixar meu primo aqui para se humilhar diante de suas moças. Deixe-o de joelhos, se quiser. Eu vou conversar com seu pai."

"Espere", disse ela, virando-se para ele. "Você prometeu não envolver meu pai. Você me deu sua palavra."

"Ah, não se preocupe." Bram se afastou. "Não vou falar com ele da milícia. Isso diz respeito apenas a nós dois."

Susanna observou Bram caminhar na direção da casa, perguntando-se o tinha compreendido corretamente. Ele acabava de dizer que iria falar com seu pai? A respeito dos dois?

Se ele pretendia fazer o que ela entendeu...

"Oh, droga." Ela segurou a saia e correu atrás dele.

Susanna o alcançou quando ele chegava à entrada lateral da casa.

"O que você quer dizer", perguntou ela, ofegante, "com falar com meu pai? Sobre *nós*? Com certeza não está querendo dizer o que parece estar dizendo?"

"Certamente que estou."

Um criado abriu a porta para ele, e Bram entrou, deixando Susanna junto à soleira sem mais explicações. Homem provocante, enigmático.

"Espere só um minuto", chamou ela, perseguindo-o pelo corredor. "Você está falando de...", ela baixou a voz para um sussurro escandalizado, "*casamento*? E se for esse o caso, não deveria conversar comigo primeiro?"

"O que nós fizemos noite passada torna tal conversa irrelevante, concorda?"

"Não. Não concordo." Pânico inundou seu peito. Ela colocou a mão no braço dele, segurando-o. "Você vai contar para o meu *pai*... Da noite passada?"

"Não com todos os detalhes, mas quando eu pedir sua mão, de modo tão abrupto, aposto que ele vai imaginar o motivo."

"Exatamente. E se meu pai imaginar o motivo, *todo mundo* fará o mesmo. Todas as moças. Toda a vila. Bram, você não pode fazer isso."

"Susanna, eu tenho que fazer." Seu olhar verde-jade capturou o dela. "É a única coisa decente a fazer."

Ela jogou as mãos para cima.

"Desde quando você se importa com comportamento decente?"

Ele não respondeu, apenas se virou e continuou andando. Dessa vez, nada o deteve até ele alcançar o corredor dos fundos e parar diante da porta da oficina do pai de Susanna.

"Sir Lewis?" Ele tamborilou no batente da porta.

"Agora não, por favor", o pai dela respondeu, a voz distante.

"Ele está trabalhando", sussurrou Susanna. "Ninguém o perturba quando ele está trabalhando."

Bram ergueu a voz.

"Sir Lewis, é Bramwell. Preciso falar-lhe a respeito de um assunto, com certa urgência."

Bom Deus. Susanna precisava *urgentemente* enfiar um pouco de bom senso naquele homem.

"Está bem, então." Sir Lewis suspirou. "Vá para a biblioteca. Irei encontrá-lo lá em um instante."

"Obrigado, senhor."

Bram virou-se, sem mais comentários, e colocou-se a caminho da biblioteca. Susanna ficou um momento parada, estupefata, imaginando se seria melhor argumentar com Bram ou distrair seu pai. Talvez ela devesse simplesmente correr escada acima, arrumar uma mala e fugir para algum território desconhecido. Ela ouviu dizer que as Ilhas Sandwich eram lindas naquela época do ano.

A ideia era tentadora, mas ela resolveu arriscar na biblioteca. Bram estava em pé, sombrio e inabalável, no centro da sala de tema egípcio, parecendo alguém que esperava seu próprio funeral.

"Por que você está fazendo isso?", perguntou ela, fechando a porta. Obviamente, não porque ele queria.

"Porque é a coisa honrada a fazer. A única coisa que posso fazer." Ele soltou um suspiro breve. "Eu não deveria ter feito o que fiz noite passada, se não estivesse preparado para fazer isto hoje."

"Mas eu não entro nessa equação? Você não tem a menor consideração pelo que eu sinto a respeito disso?"

"Tenho toda consideração por você e por seus sentimentos. É esse o ponto. Você é uma dama, e noite passada eu tirei a sua virtude."

"Você não a *tirou*. Eu a *dei*. Espontaneamente, sem expectativas."

"Escute, eu sei que você tem esse monte de ideias modernas", disse Bram, após balançar a cabeça. "Mas *minha* visão do casamento é mais tradicional. Ou medieval, como você gosta tanto de dizer. Se um homem deflora uma virgem bem nascida, em praça pública, deve se casar com ela. Fim da história."

Fim da história. Esse era o problema, não? Talvez ela não entrasse em pânico com a ideia de casar com Bram – na verdade, a possibilidade poderia deixá-la estonteantemente feliz –, se ele enxergasse o casamento como o *começo* de uma história. Uma história que incluísse amor, um lar e uma família, e que terminasse com as palavras "e viveram felizes para sempre".

Mas não era o caso, como as palavras seguintes de Bram deixaram claro.

"Vai ser vantajoso para você, pode acreditar. Se nos casarmos antes de eu voltar para a guerra, você ficará livre para fazer o que quiser. Você será Lady Rycliff e poderá continuar seu trabalho como condessa. Isso só ajudará a reputação da vila." Como vantagem adicional, ele disse, olhando para o mata-borrão sobre a escrivaninha: "Eu tenho dinheiro. Bastante. Você será bem cuidada".

"Que prático", murmurou ela. Fazia muitos anos desde que Susanna sonhava acordada com pedidos de casamento, mas ela lembrava bem que nenhuma das propostas que tinha imaginado soava como *aquela*.

Susanna andou até ficar diante dele, em frente à escrivaninha do pai. Ela colocou as duas mãos na borda de madeira trabalhada e se ergueu, de modo a ficar sentada na escrivaninha, com as pernas balançando.

"Não tenho falta de dinheiro. E também não me falta influência social. Contudo, se continuar com seu plano tonto esta manhã, *você* pode acabar sem pulsação." Ela ergueu suas mãos à altura dos ombros. "Em cada aposento desta casa há armamentos mortais. Você deve saber que há uma grande chance de meu pai matar você."

Se ele não tiver um surto de apoplexia primeiro.

Bram deu de ombros.

"Se eu fosse ele, também iria querer me matar."

"E mesmo que não o faça", continuou ela, "ele poderia arruinar você. Privá-lo de todas as suas honras e insígnias. Fazer com que seja rebaixado a soldado raso."

Ele não respondeu de imediato. Rá. Então aquele argumento causava alguma preocupação.

"Pense no seu comando, Bram. E, *por favor*, pare de ser tão malditamente cavalheiresco, ou eu…" Ela gesticulou furiosamente na direção do sarcófago de alabastro. "Ou eu vou enfiar você naquele caixão e fechar a tampa."

"Quando você fala desse jeito", ele enrugou a testa, "sabia que só consegue me fazer querer você ainda mais?"

Ele deu um passo adiante, aproximando-se. Perto demais…

"Não se trata apenas de uma atitude cavalheiresca." A voz dele era um sussurro, excitante. A mão dele roçou a perna dela, e o desejo percorreu-a como um relâmpago. "Você deve saber disso. O que fizemos ontem à noite? Quero fazer de novo. E de novo. E de novo. Selvagemente. Docemente. E de todas as formas entre esses extremos."

Um suspiro comprido e lânguido escapou dos lábios de Susanna. Aquelas palavras, apenas, bastaram para deixá-la toda quente e rosada. Como tinha sido idiota de pensar que um gostinho de paixão a satisfaria por toda a vida. Ela teria fome daquele homem enquanto vivesse.

Bram se inclinou para beijá-la, mas ela colocou a mão em seu peito, preservando a distância entre os dois, mas também mantendo contato. Apreciando a sensação forte, máscula, da pele dele sob seu toque.

"Bram", disse ela, engolindo em seco, "desejo não é um bom motivo para se casar."

Ele parou para refletir.

"Acho que essa é a razão pela qual a maioria das pessoas casa."

"Não somos a maioria das pessoas." Ela franziu a testa enquanto pensava em uma forma de fazê-lo entender. "Isso pode parecer bobo de dizer, depois de tudo o que aconteceu entre nós, mas eu... eu gosto de você."

O queixo dele caiu de surpresa.

"Você... gosta de mim."

"Gosto. Mesmo. Aprendi a gostar de você. E bastante, sabe. Eu respeito sua profunda dedicação ao trabalho, porque também sou assim. Eu não gostaria de destruir sua carreira e sua reputação. E espero que você não queira ver a minha destruída, mas isso é o que pode acontecer, com nós dois, se você insistir em falar com meu pai hoje."

Ele se empertigou e coçou a nuca.

"Eu tenho que pedir sua mão. Eu tenho que pedi-la em casamento, ou não conseguirei viver dentro de mim mesmo."

"Você *pediu*." Inclinando a cabeça, ela gesticulou de um lado para o outro. "De uma forma que não envolve declaração de sentimentos nem questionamentos, você pediu para se casar com afobação, pediu para se deitar comigo com entusiasmo, e depois para me deixar sozinha para lidar com especulações e escândalo. Tudo isso para que pudesse ir se atirar na frente de outra bala com a consciência tranquila. Por favor, aceite minha educada recusa. Milorde."

"É o engano, Susanna", disse ele, após balançar a cabeça. "Não aguento mentiras. Seu pai fez muito por mim. O mínimo que ele merece é minha honestidade."

"Olá. O que está acontecendo aqui?"

Sir Lewis estava parado à porta, ainda vestindo seu avental de trabalho.

Susanna sorriu, sentada sobre a mesa, e falou com pouco caso:

"Ah, nada. Lorde Rycliff e eu estamos tendo um caso clandestino e escandaloso."

O pai dela gelou.

Susanna manteve aquele sorriso colado no rosto.

E, finalmente, com o mesmo alívio palpável que acompanhava o fim de uma tempestade, Sir Lewis irrompeu em uma gargalhada seca.

"*Pronto*", sussurrou ela ao passar por um Bram perplexo, após desmontar da escrivaninha. "Não há mais engano nenhum."

Susanna tocou o próprio queixo. Entendendo a mensagem, Bram fechou a boca, que estava muito aberta. Ele disparou um olhar verde feroz para ela, que continha partes iguais de admiração e de contrariedade.

Limpando as mãos no avental, o pai de Susanna disse, ainda rindo:

"Eu realmente me perguntei por que jantei sozinho ontem à noite. Rycliff tem sorte por eu ter sabido da confusão na vila, noite passada. Caso contrário, esta manhã eu estaria testando nele o rifle com novo mecanismo de disparo." Sir Lewis caminhou até o bar e destampou uma garrafa de uísque. "Então, Bram? Diga logo. Vamos logo com isso."

"Certamente", disse Bram. "Sir Lewis, eu vim discutir um assunto importante com o senhor. Envolve a Srta. Finch. E uma proposta."

O coração dela foi parar na boca. Sério? Ele ainda pretendia continuar com aquilo? Oh, ele era tão desgraçadamente honrado e bom.

"Que tipo de proposta?", perguntou o pai.

Bram pigarreou.

"O tipo comum. Veja, Sir Lewis... Noite passada, a Srta. Finch e eu..."

"Estávamos conversando", interrompeu Susanna. "A respeito da demonstração da milícia."

"Oh, mesmo?" Seu pai se virou e entregou um copo de uísque a Bram.

Bram ergueu o copo, deu um gole, pareceu pensar melhor sobre a situação e resolveu verter o restante com um gole só.

"Como sabe, ontem fomos chamados na hora do jantar para que lidássemos com uma confusão na vila; mas, quando chegamos lá, uma coisa levou à outra e..." Ele pigarreou novamente. "Sir Lewis, nós começamos..."

"A debater intensamente", concluiu Susanna. "Nós discutimos. Até que bem...", ela olhou rapidamente para Bram, "apaixonadamente."

"Sobre o quê?" Sir Lewis franziu a testa ao levantar seu copo.

"Sexo."

Bram, maldito seja, simplesmente *enfiou* aquela palavra na conversa. Uma palavra ousada, crua e, infelizmente para ela, impossível de ser emendada. No silêncio tenso que se seguiu, Bram olhou para ela como quem dizia *O que você vai dizer agora?*

Susanna ergueu o queixo.

"Isso mesmo. Os sexos. Masculino e feminino. Na nossa vila. Sabe, papai, o desenvolvimento dessa milícia está perturbando a atmosfera fortificante da nossa vila. Parece que as necessidades de homens e mulheres nesta vila estão em conflito, e Lorde Rycliff e eu discutimos acaloradamente."

"Ah, é mesmo", disse Bram secamente. "Receio ter exagerado com minha língua."

Susanna teve um violento acesso de tosse.

"Contudo", continuou Bram, "quando terminamos essa discussão, chegamos à praça da vila. E foi lá que *nós* juntamos..."

"Forças", continuou Susanna, quase gritando a palavra. O eco voltou para ela do sarcófago antigo.

O pai piscou para ela.

"Forças."

"Isso." Ela passou as palmas úmidas na saia. "Nós decidimos deixar de lado nossas diferenças e trabalhar juntos pelo bem comum."

Ela olhou para Bram. Ele apoiou a mão na coluna em formato de papiro e fez um gesto magnânimo com o copo vazio.

"Ah, continue. Você pode contar tudo. Eu espero para dar minha opinião no final."

Eles trocaram um olhar desafiador e divertido. Aquilo não estava certo, pensou ela, nada certo, pois a conversa era iminentemente perigosa, mas eles estavam se divertindo muito.

"Eu entendo", disse ela, tentando um tom mais sério, "que essa exibição da milícia é importante. Para o senhor, papai." Ela se virou para o pai. "E importante para Lorde Rycliff também. Mas se eu posso falar francamente... eu sei que é difícil para Lorde Rycliff admitir... as experiências iniciais não foram nada animadoras. Falando francamente, esses recrutas são uns inúteis. A demonstração pode vir a ser um desastre, que constrangerá a todos nós."

"Espere um pouco", disse Bram, afastando-se da coluna. "Isso é prematuro. Só tivemos alguns dias. Vou treinar esses homens e transformá..."

Susanna ergueu a mão aberta.

"Você disse que eu poderia contar tudo." Virando-se para o pai, ela continuou: "Ao mesmo tempo, papai, as mulheres da Queen's Ruby estão ficando preocupadas. Os exercícios da milícia atrapalharam nossa programação, e elas perderam o ponto alto do verão, o planejamento da feira.

Algumas estão falando de simplesmente ir embora de Spindle Cove, o que seria desastroso por si só, embora de uma forma diferente".

Ela inspirou profundamente.

"Então Lorde Rycliff e eu decidimos juntar forças e trabalhar juntos, para proteger o que é mais valioso para cada um de nós. Os exercícios e preparativos da milícia serão um projeto conjunto de todos os residentes da vila. Homens e mulheres, juntos. Há muito para ser feito, e Lorde Rycliff admitiu que não conseguirá fazer sem minha ajuda." Ela lançou um olhar cauteloso para Bram. "Mas juntos poderemos preparar uma exibição que deixará o senhor orgulhoso. O que acha, papai?"

"Parece algo absolutamente lógico. E totalmente indigno da urgência que levou à interrupção do meu trabalho."

"Há algo mais", disse Bram. "Uma questão que requer sua resposta."

Susanna engoliu em seco.

"Podemos fazer um baile?", perguntou ela.

"Um baile?", Bram e seu pai falaram em uníssono.

"Isso, um baile." Ela soltou a ideia apressadamente, sem refletir, mas pensando bem, Susanna viu que era perfeita. "Essa é a proposta. Gostaríamos de fazer um baile aqui, em Summerfield. Um baile de oficiais, logo após a demonstração da milícia. Eu sei que o senhor terá convidados de honra para a ocasião, papai. Um baile é a maneira perfeita de homenageá-los e entretê-los. Também servirá como recompensa para os voluntários da milícia, após todo o trabalho duro que terão enfrentado. E isso dará às jovens um objetivo de médio prazo. Uma razão para ficarem. A ideia é perfeita."

"Muito bem, Susanna. Você pode dar um baile." O pai jogou os óculos na mesa.

E então sua atitude mudou, de certa forma. Seu olhar ficou ausente, como se ele não lembrasse do que estava falando. E Susanna sentiu-se cair, sem aviso, em um daqueles momentos horríveis, assustadores. Aqueles momentos em que o filtro do afeto filial desaparecia e que, de repente, ela não estava mais olhando para seu querido pai, o herói carismático e excêntrico de sua infância, mas simplesmente para um estranho chamado Lewis Finch. E aquele estranho parecia muito velho e muito cansado.

Ele esfregou os olhos.

"Eu sei que esse negócio de milícia parece uma tolice, frente às outras coisas. Mas há muita coisa em jogo aqui, para todos nós, de uma forma ou de outra. Fico satisfeito por ver vocês dois trabalhando juntos para garantir que seja um sucesso. Obrigado. Agora, se me permitem."

E ele se foi, saindo pela porta lateral.

Bram virou-se para ela. Sua expressão era de contrariedade.

"Não consigo acreditar que você fez isso."

"Você não consegue acreditar que eu fiz o quê? Salvei sua vida e sua carreira? Não que você pareça diferenciar uma coisa da outra."

"Susanna", disse ele, olhando pela janela, "você acabou de dar a seu pai motivo para duvidar de mim. Ele me deu uma missão, e você lhe disse que eu não consigo cumpri-la."

Ela franziu a testa. Como é que os homens podiam ter um corpo tão grande e forte, e ainda assim terem uma autoestima tão frágil?

"Eu disse para ele que você não conseguirá *sozinho*. Não há vergonha nisso." Ela se colocou ao lado dele. Susanna estendeu a mão para tocá-lo, mas pensou melhor e cruzou os braços. "Como meu pai acabou de falar, muita coisa está em jogo. Eu sei o que isto significa para você, de verdade. Você tem que mostrar que continua capaz após ser ferido, e esta é sua chance."

Um brilho de negação cruzou o rosto de Bram, como se fosse um reflexo. Mas então ele anuiu.

"É verdade."

Ela queria tanto abraçá-lo. Quem sabe, quando a milícia fosse um sucesso e ele *tivesse* provado do que era capaz, Bram pudesse dedicar sua atenção para todas aquelas carências que tinha dificuldade de admitir. Como sua necessidade palpável de intimidade e afeto. Ou seu desejo óbvio, indizível, por um lar de verdade. Talvez ele mudasse de ideia e decidisse ficar. Mas ela sabia que ele não consideraria nada daquilo até se sentir forte e inteiro novamente, no comando de si mesmo e dos outros.

"Então deixe-me ajudar", disse ela, com sinceridade. "Eu quero que você tenha sucesso, pelo seu bem e pelo do meu pai. Mas vamos encarar os fatos. Você tem pouco mais de quinze dias para uniformizar, exercitar e treinar à perfeição aqueles homens. Para não falar dos preparativos para o grande dia. Há muito trabalho a ser feito. Eu conheço essa vila por dentro e por fora. Você não vai conseguir sem mim."

Ele passou a mão pelo cabelo.

"Agora que adicionamos um baile de oficiais à lista, acho que não consigo mesmo."

"Foi uma ideia que me ocorreu na hora", admitiu ela. "Mas é boa. Se existe algo que pode convencer a Sra. Highwood e as outras a ficar, é a possibilidade de planejar uma festa. Vamos precisar de todo mundo trabalhando junto, homens e mulheres. Se queremos evitar que nossos sonhos desintegrem, temos que fazer desse dia um grande sucesso."

"Algo me diz que a Srta. Finch tem um plano."

"Não um plano", disse ela, sorrindo um pouco. "Uma programação. Como você sabe, segundas-feiras são para caminhadas no campo. Terças, banho de mar. Quartas, jardinagem. E às quintas atiramos. Às sextas-feiras nós subimos até o castelo. Para fazermos piquenique, desenhar, encenar trechos de peças teatrais. Ou, às vezes, vamos até lá só para planejar e conspirar."

"Bem", disse ele, "não podemos atrapalhar a programação das mulheres, podemos? Leve-as até lá, então. Será uma boa maneira de os homens consertarem as coisas, depois da confusão da noite de ontem."

"Vamos planejar e conspirar juntos, Bram. Você vai ver, tudo vai dar certo."

Ela olhou para ele, tão lindo e forte. Junto com todas as primeiras coisas que ele havia lhe dado, também tinha feito sua primeira proposta de casamento. Uma proposta forçada e nada romântica, mas ainda assim a primeira. Ela dava valor àquele sentimento, e sentia vontade de retribuir, de algum modo.

Seguindo um impulso, ela se inclinou e o beijou na face.

"Obrigada. Por tudo."

Ele a segurou pelo cotovelo, impedindo-a de se afastar.

"E quanto a nós?" As palavras dele esquentaram suas orelhas. "Como ficam as coisas entre nós?"

"Ora, eu... eu ainda gosto de você." Os nervos formigaram no peito de Susanna, mas ela manteve o tom leve. "E você, gosta de mim?"

Alguns instantes se passaram em silêncio. Ela os teria contado em batidas do coração, mas seu coração boboca havia se tornado um relógio nada confiável. Ele bateu três vezes com pressa, depois parou.

Quando ela começava a ficar desesperada, ele virou a cabeça, pegando-a em um beijo apaixonado, de boca aberta. Bram colocou os dois braços ao redor dela, enterrando os dedos no tecido do vestido, erguendo-a de encontro a seu peito. O corpo de Susanna lembrou de cada centímetro do dele, de cada segundo do amor abençoado que fizeram. Aquela dor, agora familiar, voltou; aquela pontada doce e profunda de desejo que ficava mais forte enquanto a língua dele passeava em volta da dela. Em questão de segundos, ele a deixou sem ar. Carente. Molhada.

Então ele a devolveu a seus próprios pés, encostou sua testa na dela e soltou um suspirou profundo e ressonante. E um momento antes de sair, falou uma única palavra:

"Não", disse ele.

184

Capítulo Dezenove

Ele não "gostava" de Susanna Finch. Disso Bram tinha certeza.

"Gostar" era... ele gostava de manjar-branco. Agradável, meio doce, sempre disponível. Não era algo que um homem recusasse, mas também não era coisa para se repetir. A palavra "gostar" não comunicava uma conexão silenciosa de mentes iguais, ou uma obsessão por sardas. Com certeza não englobava o tipo de desejo selvagem, inconsequente, que o levou a deflorar uma virgem na praça da vila.

Não, ele não "gostava" dela. Além disso, Bram não era capaz de descrever seu estado emocional. Colocar rótulos em sentimentos era o hobby de Susanna, não o dele.

E naquele momento ela estava ocupada.

"A Sra. Lange possui uma caligrafia excelente", murmurou ela, enquanto rabiscava um papel com o lápis. "Vou colocá-la a cargo dos convites."

Susanna chegou cedo ao castelo naquela manhã, bem antes das garotas que iriam para o piquenique. Ela e Bram estavam reunidos no alto da torre sudoeste do castelo Rycliff. Eles estavam sentados em banquinhos havia horas, com um cenário de fundo composto por gaivotas que mergulhavam sobre o mar cor de água-marinha, distribuindo as tarefas que seriam realizadas nos próximos quinze dias.

Bem, *ela* estava distribuindo as tarefas. Bram ficou a maior parte do tempo olhando para ela e, de vez em quando, tomava pequenos goles de uísque, enquanto tentava compreender a confusão de sentimentos e impulsos que borbulhavam em seu peito.

"Os curativos ficarão a cargo de Charlotte. Bem como... enrolar... cartuchos." Ela escrevia enquanto falava, e assim elaborou uma lista bem comprida. Ela mantinha o olhar obstinadamente fixo no papel."

Bram mantinha o olhar fixo nela. Ele estava fascinado. Quando ele começava a achar que conhecia Susanna Finch, a luz da manhã trazia uma nova Susanna. Cada hora, cada minuto, talvez, anunciava uma nova faceta de sua beleza. Cada movimento de sua cabeça inventava novas ligas de cobre e ouro. E naquele instante, naquele segundo, o véu de luz solar alcançava o alto de seu ombro, o que permitia a Bram ver como a pele de seu busto era tão delicada e clara... quase translúcida.

E, raios. Aquilo ia muito além de "gostar", passava ao largo de "afeto" e chegava muito perto dos limites do absurdo.

Ele sabia que todas as objeções dela ao casamento eram lógicas. Ela havia edificado sua vida e sua vila em redor de uma solteirice feliz, e as exigências da carreira militar de Bram não deixavam espaço para uma esposa. Um casamento apressado significaria mágoa para Sir Lewis, escândalo para Susanna, e Deus sabia o quê, para Bram. Mas ele *iria* se casar com ela, apesar de tudo. Porque quando ele olhava para Susanna, só conseguia pensar em uma palavra. Não era uma palavra especialmente elegante ou poética, não mais do que "gostar", mas ela possuía uma eloquência direta toda própria.

Minha.

Não importava o quanto isso lhe custasse, ele simplesmente tinha que tornar Susanna sua.

"Pronto", disse ela. "Acredito que isso é tudo." Ela deixou a lista sobre suas pernas. "É bastante trabalho, mas acho que conseguiremos."

"Eu sei que sim." Ele pegou a lista com ela e a leu. Era tão detalhada e bem-pensada como Bram sabia que seria. Ele fez força para se concentrar, deixando de lado seus desejos carnais e planos de casamento. Durante os próximos quinze dias, aquelas tarefas exigiriam sua atenção integral. Ele não queria decepcionar Susanna e seu pai. Nem o resto da vila, algo que ele, repentina e inesperadamente, começava a se importar.

"Acho que todo mundo já chegou", ela olhou por entre as bordas da torre. Lá embaixo, os homens e as mulheres de Spindle Cove faziam um piquenique no pátio gramado e plano do castelo.

"Acho que isso significa que meu primo implorou o suficiente."

Ela sorriu.

"Acho que sim. E que espetáculo o resto dos seus homens fez. Vocês se superaram."

"Nem tanto." Mas Bram tinha abraçado com dedicação a ideia de piquenique. Antes da chegada das convidadas, seus voluntários da milícia ergueram toldos, abriram mantas sobre a grama e prepararam uma mesa com comes e bebes, cortesia do O Amor-Perfeito. Pelo menos ele supunha que o estabelecimento tinha voltado a ser O Amor-Perfeito. Os estragos haviam sido consertados, mas da última vez em que esteve na vila, Bram não viu nenhuma placa pendurada sobre a porta vermelha.

"Rufus e Finn parecem ter acertado suas diferenças", observou ela.

"Eles aprenderam a lição. Agora vão buscar a atenção feminina unidos na malandragem, em vez de divididos pelo rancor."

Os gêmeos haviam amarrado um lenço naquele maldito cordeiro e ofereceram um prêmio para a primeira garota que conseguisse desamarrá-lo. Charlotte saiu em perseguição a Jantar por toda a extensão da muralha, mas bateu o dedão do pé em uma pedra e se esborrachou no chão.

Ao lado dele, Susanna soltou uma exclamação. Ela agarrou a mão de Bram. Mesmo de luvas, suas unhas entraram na carne dele.

"Está tudo bem", disse ele. "Nessa idade eles são feitos de borracha. Charlotte vai quicar no chão e ficar em pé."

Bram compreendeu, naquele momento, como a afetava, profundamente, quando uma de suas jovens sofria a menor humilhação ou dor. Quando a situação exigia, como foi o caso durante o ataque de Diana, ela conseguia ser forte, calma e corajosa. Mas ali, com ele, Susanna não precisou esconder sua preocupação. Ela permitiria que ele a confortasse. E talvez, algum dia, ela ouviria pacientemente se numa noite escura e melancólica encontrasse Bram com seus copos, e ele, embriagado, confessasse o que sentia sobre dezenas de ferimentos que não eram seus, mas dos homens sob seu comando.

Enquanto eles observavam, viram o Sr. Keane ajudar Charlotte a se levantar. A garota limpou a saia com bom humor. Fosbury ofereceu-lhe um bolo como consolação, e todos que assistiam à cena deram uma boa risada.

"Ela está bem." Ele apertou os dedos dela, feliz por ter uma desculpa para tocá-la. "Está vendo?"

"Pobrezinha." Ela não recolheu a mão. Em vez disso, encostou-se nele, mas só um pouco. "Mas depois do desastre na casa de chá, é bom vê-los assim. Homens e mulheres juntos, desfrutando da companhia uns dos outros."

"É melhor que aproveitem agora", disse ele. "Depois desta manhã não haverá tempo para diversão. Cada alma de Spindle Cove terá muito trabalho a fazer."

"Certo", concordou ela. "Bem, nós devemos descer e fazer o anúncio. Se vamos pedir que eles trabalhem juntos, acho que é importante apresentarmos um comando unido."

"Concordo plenamente", disse ele, e os dois desceram a escada de pedra em espiral. Ele parou, pouco antes de pisarem na grama. "Tive uma ideia. Por que eu não apresento você como a futura Lady Rycliff?"

"Por que *não* sou.", respondeu ela, arregalando os olhos de pânico.

"Ainda não." *Mas vai ser.* Ela precisava saber que ele não pretendia desistir de sua intenção, mas apenas a estava adiando. Ele sugeriu: "A *futura* futura Lady Rycliff, então? Ou devo dizer que você é apenas minha amante?".

"Bram!" Ela o cutucou nas costelas.

"Minha amante ilícita, então?" Ao ver a expressão de tristeza dela, Bram disse: "O que foi? Enquanto recusar a se casar comigo, é exatamente isso que você é..."

"Você é horrível."

"E você adora isso."

"Deus me ajude", choramingou ela, e Bram a puxou para fora da torre, em direção ao pátio.

"Aproximem-se", pediu Bram, quando eles chegaram ao centro do gramado. "A Srta. Finch e eu temos alguns anúncios para fazer."

Quando ele a apresentou corretamente, Susanna suspirou de alívio. Ela esperava que Bram não fosse tão inconsequente a ponto de anunciar o caso deles ao público... mas depois de evitar por pouco o anúncio ao seu pai, no dia anterior, ela já não tinha certeza de que conseguiria contê-lo sempre.

Por todo o gramado, as mulheres e os homens trocaram olhares intrigados, enquanto punham seus bolos e limonada de lado para escutar.

"Como vocês sabem", começou Bram, "dei minha palavra a Sir Lewis Finch e, dessa maneira também ao Duque de Tunbridge, que Spindle Cove apresentará um exercício militar. Será uma demonstração precisa, coreografada, de nossa prontidão e de nosso poderio militar, que ocorrerá na data do Festival de Verão, daqui pouco mais de uma quinzena."

Os homens entreolharam-se.

Aaron Dawes balançou a cabeça.

"Tarefa assustadora, milorde."

"Tarefa assustadora?", repetiu Fosbury. "Que tal 'sem esperança'? Nem conseguimos marchar em linha reta."

"Nós nem temos uniformes", disse Keane.

Um murmúrio de concordância geral tomou a multidão.

"Não somos sem esperança", disse Bram, em uma voz autoritária que fez todos os presentes voltarem-se para ele, incluindo Susanna. "Nem mesmo assustados. Temos homens. Temos suprimentos. E também temos um plano." Ele indicou Susanna. "A Srta. Finch irá explicar."

Susanna ergueu a lista com sua mão enluvada.

"Nós todos iremos trabalhar juntos. As mulheres e os homens."

"As mulheres!?", exclamou a Sra. Highwood. "O que as mulheres podem fazer no planejamento de uma demonstração militar?"

"Em Spindle Cove, as mulheres podem fazer de tudo", respondeu calmamente Susanna. "Eu sei que está fora do alcance de nossas atividades usuais, mas com tão pouco tempo, todos devem contribuir de acordo com seus talentos. Os homens precisam de nossa ajuda, e nós precisamos que os homens tenham sucesso. Se a milícia for considerada ineficiente, vocês acham que o duque vai deixar o castelo desprotegido? Não, ele certamente enviará outras tropas para acampar aqui. E não preciso dizer que, se uma companhia de soldados estranhos acampar nestas colinas, Spindle Cove, da forma que conhecemos", continuou, olhando para as mulheres, uma por uma, "amamos e *precisamos*, deixará de existir."

Murmúrios de desalento irromperam pelo grupo.

"Ela tem razão, a vila seria destruída."

"Todas teríamos que ir para casa."

"E acabamos de consertar a casa de chá."

Charlotte se pôs em pé.

"Não podemos deixar isso acontecer, Srta. Finch!"

"Não *vai* acontecer, Charlotte. Só precisamos mostrar ao duque e a alguns generais que nos visitarão, que a milícia de Lorde Rycliff está pronta e é capaz de defender Spindle Cove."

"Todos os voluntários irão acampar aqui, no castelo", interveio Bram. "Todos os seus esforços e tempo serão exigidos, do nascer ao pôr do sol. Nós elaboramos uma programação. O cabo Thorne assumirá o dever de treiná-los nas formações. Preparem-se para marchar até seus pés virarem tocos. As fileiras devem ser impecáveis; as formações, exatas. Lorde Payne", disse ele, olhando para o primo surpreso, "com seu talento natural para explosões, ficará a cargo da artilharia. Quanto às armas de fogo..." Ele apontou para Susanna. "A Srta. Finch conduzirá exercícios diários de tiro."

Um murmúrio de surpresa varreu homens e mulheres reunidos.

"O quê!?", exclamou a Sra. Highwood. "Uma dama ensinando homens a atirar?"

"A senhora não sabia?", perguntou Bram, dando-lhe um olhar de cumplicidade. "Ela é uma beleza com uma arma."

Lutando para não ficar vermelha, Susanna voltou sua atenção para a lista de tarefas.

"A Srta. Taylor suspenderá suas aulas regulares de música para dar orientação particular e dirigida a Finn e Rufus. As Sras. Montgomery e Fosbury liderarão, em conjunto, o comitê de uniformes. Todas as mulheres ajudarão com a costura à noite." Ela baixou o papel. "É vital que os homens estejam bem vestidos e arrumados, para causar uma boa impressão."

"Também é importante que os visitantes se divirtam", acrescentou Bram. "Eles serão convidados para..."

"Summerfield", concluiu Susanna, ficando um pouco mais animada do que de costume. "Vamos oferecer um baile de oficiais, em seguida à demonstração da milícia."

"Um baile?", disse a Sra. Highwood. "Oh, *isso* é uma boa notícia. Afinal, minha Diana terá a chance de brilhar. Ela terá recuperado a saúde até lá, não acha?"

"Tenho certeza de que sim."

"E Lorde Payne, seu diabinho..." O rosto da matrona abriu-se em um sorriso, enquanto ela acenava com seu lenço para Colin. "Você tem que prometer uma bela e lenta quadrilha desta vez. Nada daquela dança caipira maluca."

"Como quiser, madame." Colin fez uma reverência.

Querendo redirecionar a conversa, Susanna pigarreou.

"Agora, quanto aos preparativos. Vou pedir à Srta. Winterbottom e à Sra. Montgomery que ajudem com o cardápio. Sally Bright e o Sr. Keane possuem o melhor talento para cores, então a decoração estará a cargo de vocês. A Srta. Taylor é a escolha natural para a música, e Sr. Fosbury, espero que possa assar alguns bolos para nós. O chef de Summerfield não consegue fazer iguarias como as suas." Ela sorriu para ele por sobre o papel. "Agora, Sra. Lange..."

A mulher em questão se empertigou.

"Nem precisa pedir. Ficarei feliz em escrever um poema para a ocasião."

"Isso seria muito..." Susanna fez uma pausa. "Especial", concluiu. "Obrigada, Sra. Lange."

"E quanto a mim?" Charlotte abanou a mão. "Todo mundo tem o que fazer. Eu também quero ajudar."

Susanna sorriu.

"Tenho uma tarefa muito importante para você, Charlotte. E vou explicá-la mais tarde, quando voltarmos à pensão." Ela baixou o papel. "Não preciso dizer que nossas atividades programadas ficam suspensas."

"Temos muito trabalho nos esperando", disse Bram. "E começa esta tarde. Terminem seu piquenique. Guardem os toldos e as mantas. Tirem o lenço da ovelha. Todos os homens devem se reunir para treinamento em quinze minutos."

"Senhoras", Susanna falou alto, antes que o grupo dispersasse, "vamos nos reunir na pensão para começarmos a cortar tecido para os uniformes."

Enquanto homens e mulheres começaram a se levantar e a desfazer todas as evidências de divertimento, Susanna se voltou para Bram.

"Acho que foi melhor que o esperado."

"De fato, foi muito bem", ele aquiesceu.

Para ser sincera, Susanna tinha apreciado imensamente os últimos momentos. Ficar *ao lado* de Bram como uma igual, em vez de enfrentá-lo o tempo todo. Falar junto com ele, em vez de um cortando as palavras do outro. Enquanto se dirigiam aos amigos e vizinhos, eles desfrutaram de um agradável ambiente de harmonia, e ela sentiu quase como se...

Ela deu um passo para trás, inclinou a cabeça e olhou para ele.

"O que foi?", perguntou Bram, parecendo preocupado.

"É só que... você, de repente, ficou todo lorde, em pé na frente do castelo, falando com os moradores. É como se tivesse nascido com o título Rycliff, em vez de tê-lo recebido há uma semana."

"Bem, eu não nasci nobre." Ele juntou as sobrancelhas. "Meu pai foi general, não conde. Não pretendo me esquecer disso, nunca."

"Claro que não. Não foi o que eu quis dizer. Seu pai foi um grande homem, e é natural que você tenha orgulho de ser filho dele, mas isso não quer dizer que ele não pudesse ter orgulho de *você* hoje, não é?"

Ele não tinha resposta para isso.

"É melhor eu me preparar para o treinamento", disse ele, depois de uma longa pausa.

"É verdade. Acho que eu também preciso ir."

Quando Bram foi passar por ela, caminhando na direção do castelo, Susanna notou de novo que ele mancava de leve. Ela foi levada por um impulso.

"Espere." Ela poderia ter tentado segurar seu braço ou ombro. Mas não. Susanna colocou sua mão contra o peito forte e sólido. Percebendo o erro, ela a retirou imediatamente, mas o eco do seu coração batendo continuou reverberando em sua palma.

Um olhar furtivo em volta indicou que ninguém havia percebido o gesto ousado. Pelo menos não daquela vez... Mas, ao notar o rubor quente que escaldou sua face, Susanna percebeu que teria que se esforçar muito para disfarçar sua atração por Bram.

O que tornou suas palavras seguintes mais imprudentes ainda.

"Há mais uma tarefa de que precisamos cuidar. Uma que não está na lista." Ela ainda estava com o papel na mão e falou baixo. "Algo que exige que nós dois trabalhemos juntos. E a sós."

"É mesmo?" Surpresa e desejo flamejaram nos olhos verde-jade. "Não posso negar que fiquei intrigado. Diga lugar e hora. Estarei lá."

"A enseada", murmurou ela, rezando para que não estivesse cometendo um erro enorme. "Após escurecer... Esta noite."

⌒⌒ *Capítulo Vinte* ⌒⌒

Estrelas cobriam a noite clara, e a lua estava grande e amarela no céu. Isso era muito bom, porque, do contrário, Bram não teria luz que mostrasse o caminho até a enseada. Ele manteve os olhos fixos no trajeto, com cuidado para não pisar em falso. Assim, ele chegou aos seixos da praia sem a menor ideia de onde encontrar Susanna, ou até mesmo *se* a encontraria. Ele não a enxergou em nenhum ponto da praia.

Talvez ela não tivesse conseguido escapar. Talvez ela tivesse mudado de ideia quanto a encontrá-lo. Talvez ela nunca tivesse realmente cogitado encontrar-se com ele, e apenas quisesse aplicar-lhe um trote.

Uma pancada fraca na água chamou sua atenção.

"Aqui", Bram a ouviu dizer.

Ele chegou na beirada da água.

"Susanna?"

"Estou aqui. Na água."

"Na água?" Bram procurou ajustar os olhos à escuridão. Lá estava ela, sua sereia encantadora, submersa no mar até o pescoço. "O que você está vestindo?"

"Junte-se a mim, se quiser descobrir."

Bram nunca foi tão rápido para tirar a roupa. Ele ficou quase nu. Aquela não era uma das tardes ensolaradas e quentes de Spindle Cove. Ele faria uma longa caminhada para voltar ao castelo, e não queria fazê-lo em roupas encharcadas.

"Droga, a água está fria", disse ele, testando-a com os dedos do pé.

"Não está tão ruim, esta noite. Você logo se acostuma."

Ele correu para o mar, sabendo que seria melhor mergulhar de uma vez do que estender a tortura pouco a pouco. Bram encontrou Susanna a alguma distância da praia, em um lugar onde a água batia no meio de sua barriga. Sem conseguir enxergar direito, ele pôs a mão no ombro dela para verificar o que Susanna vestia.

Quando tocou o tecido grosseiro, ele gemeu.

"Não aquele maldito traje de banho."

Ela soltou uma risada rouca, excitante.

Maldição, ele sabia que não devia forçar a situação, mas ela estava tão perto, e os dois estavam finalmente juntos outra vez. Ele não conseguiria resistir ao que esteve com vontade de fazer o dia todo. Em um movimento rápido, Bram puxou-a para perto, envolvendo seu corpo esguio com braços e pernas. Apertando-a.

Nos braços dele, Susanna ficou imóvel. Ela sentiu cada músculo seu ficar rígido como aço.

"Bram. O que está fazendo?"

"Abraçando você. Está frio."

"Você está…" Ela baixou a voz para sussurrar: *"Você está nu".*

"Desculpe, eu esqueci meu traje de banho", ele riu. "Você já viu de mim tudo que tinha para ver. E não tem ninguém aqui a não ser nós dois."

"Exatamente."

"Então por que é que estamos sussurrando?"

Exasperada, ela disse em voz alta:

"Eu não sei."

Ele provocou sua orelha com a respiração.

"Nós podemos esquentar um ao outro."

Ela soltou uma exclamação de frustração e o empurrou.

"Sério, por favor. Nós temos um motivo para estar aqui."

"Acredite, eu sei o motivo pelo qual estou aqui. É você."

"Não. O motivo é seu joelho."

"Meu joelho?"

"Isso. Eu sei que está atormentando você. E para aguentar essas próximas semanas, você precisa cuidar dele direito. E se você está decidido a retomar um comando de campo depois disso… Bem, também estou decidida a mandá-lo embora com o máximo de força e energia possível."

"Eu *sou* forte." Seu orgulho havia sido ferido. "E você deveria saber que tenho energia abundante."

Com um gesto de pouco caso, ela se afastou. Susanna deu várias braçadas até uma rocha próxima e pegou alguma coisa. Pela maneira como o objeto misterioso sacudiu, ele imaginou que fosse algum tipo de corrente. Quando ela voltou, carregando-o pela superfície da água, Bram viu o brilho metálico ao luar.

"O que é isso?", perguntou ele, espiando. "Algum tipo de instrumento medieval de tortura?"

"Sim. É exatamente isso."

"Deus. Eu estava brincando, mas você não está, certo?"

"Não, eu peguei emprestado da coleção do meu pai. É uma tornozeleira com uma bola presa. Bem pesada. Pegue." Ela colocou a bola nas mãos dele.

"Você tem razão", disse Bram, a voz repentinamente tensa. "É bem pesada."

Susanna pegou uma chave no cordão que trazia pendurado no pescoço. Através de tentativa e erro, ela conseguiu encaixar a chave na fechadura da tornozeleira de ferro. As duas metades abriram como uma concha.

"Isto aqui é preso no seu tornozelo, está vendo?", disse ela. "Apoie-se na perna boa e erga a machucada para eu prender esta coisa."

"Agora espere um pouco. Deixe-me ver se entendi bem. Você me faz vir para este mar gelado, nu..."

"Não pedi para você ficar nu."

"E agora propõe me acorrentar."

"Só no sentido literal."

"Sim. É o sentido literal que me preocupa. Ser literalmente acorrentado pela perna é ruim o bastante; não são necessárias metáforas. Depois que você me tiver acorrentado e preso, como vou saber que não vai me deixar aqui para congelar durante a noite toda e ser destroçado de manhã pelas gaivotas?"

Ela tirou o cordão com a chave do pescoço e o transferiu para o de Bram.

"Tome. Você pode ficar com a chave. Isso faz você se sentir melhor?"

"Na verdade, não. Eu ainda não entendo o propósito disso."

"Vai entender logo. Apenas erga a perna."

Ele obedeceu e inclinou a cabeça para olhar o céu noturno. Não havia nada como um céu cheio de estrelas para fazer um homem aceitar sua humildade. Como foi mesmo que ele chegou àquele ponto? Ele estava aceitando ordens de uma solteirona, disposto a se submeter aos instrumentos medievais de tortura dela. E ela nem estava nua.

"Você nunca poderá contar sobre isto a ninguém", disse ele. "Estou falando sério, Susanna. Vou negar até o túmulo. Isso acabaria com a minha reputação. Para sempre."

"*Sua* reputação? Você acha que estou querendo divulgar esta cena?" Ela apertou a tornozeleira em volta da perna dele. "Agora baixe o pé lentamente e jogue a bola na água.

Mais uma vez, ele fez o que ela mandou. A bola afundou rapidamente até o chão de pedras, arrastando seu pé com ela.

"Pronto. Agora você tem resistência.

"Eu não fazia ideia de que estava sem resistência. Eu achava que você estava me resistindo o suficiente."

"Resistência física." Ela se retirou em silêncio, nadando pelo mar calmo para colocar certa distância entre eles. "Agora ande até mim, lentamente. Você vai ver."

Ele deu um passo para frente com a perna boa, mas quando tentou mover a perna machucada, a bola presa à tornozeleira o puxou para trás. Ela era pesada, mas com a ajuda da água, não foi impossível movê-la.

"Ótimo", disse Susanna, recuando mais um passo. "Continue andando. Não arraste a perna, levante-a. Como se estivesse marchando."

Ele deu diversos passos, perseguindo-a pela água que batia no seu peito.

"Pode me dizer por que estou fazendo isto?" Ele a encurralou contra uma rocha, mas ela nadou para o lado, afastando-se.

"Venha até aqui, agora", orientou Susanna, balançando o cabelo para livrá-lo da água salgada. "Vou lhe explicar."

Ele andou até ela.

"Explique."

"É o seguinte, Bram. Você é um homem grande."

"Fico feliz que tenha percebido."

"Quero dizer que você é pesado. E tem toda razão em querer usar sua perna para recuperar integralmente a força dela. Depois que seu ferimento sarou, ficar de cama não lhe trouxe nenhum benefício. Mas quando você anda, corre ou marcha sobre terreno sólido, está acrescentando todo o peso de seu corpo a cada passo. E, como você é muito grande, o desgaste é demais. Aqui no mar, o empuxo da água alivia a pressão no joelho. E a bola é um peso contra o qual você tem que fazer força."

Ele quase a alcançou, mas novamente ela nadou para longe de suas mãos. Tudo que ele recebeu por seus esforços foram borrifos de água do mar.

"Se você fizer isto com regularidade", Susanna disse a alguma distância, "vai conseguir recuperar sua força sem causar mais danos ao joelho."

Ele tinha que admitir que a teoria dela fazia sentido.

"Quem ensinou tudo isso para você?"

"Ninguém. Há dois verões recebemos uma garota que estava se recuperando de uma queda feia do cavalo. Ela tinha quebrado a perna e o quadril. Meses depois, ela ainda mal conseguia andar mancando. O médico da cidade dela disse que ela ficaria inválida. A pobrezinha ficou arrasada. Ela tinha apenas 16 anos. Ela pensou que nunca viajaria, nem casaria. Felizmente, o pai dela decidiu enviá-la para cá."

"Para ser curada?" Bram esforçou-se na sua direção. Ele estava pegando o ritmo do exercício, e dessa vez Susanna escapou por pouco.

"Duvido que ele tivesse esperanças de que ela fosse curada. Ele provavelmente esperava que ela se acostumasse à vida de solteirona inválida, mas os banhos de mar ajudaram-na muito. Fizemos exercícios como este diversas vezes por semana. Quando foi embora, no fim do verão, ela caminhava sem auxílio. Até dançava." Ele pôde notar o orgulho em sua voz. "Recebi uma carta dela há cerca de um mês. Está noiva. Seu pretendente é filho de um barão. E muito bonito, pelo que me disseram."

"Que ótimo para ela. Mas e você?"

"Eu o quê?"

"Por que nunca se casou?"

Um borrifo leve.

"É muito simples. Toda manhã eu acordo, vou cuidar da minha vida e volto para a cama, à noite, sem ter feito os votos de casamento. Depois de tantos anos, a coisa fica automática."

O tom de seu comentário foi leve, despreocupado, mas Bram percebeu que havia um sentimento mais profundo por trás de suas palavras.

"Você não pode me dizer que ninguém nunca a pediu."

Não foi o que ela disse.

"Nunca tive motivo para casar", disse ela. "Sou a única filha do meu pai. A fortuna dele e Summerfield não têm vínculos e ficarão comigo, um dia, mas espero que esse dia não chegue."

"Mas segurança não é o único motivo para alguém se casar. Você não quer marido e filhos? Ou é moderna demais para isso?"

Ela ficou em silêncio por um instante. Quando finalmente falou, disse: "Vire-se. Caminhe até o rochedo, depois volte depressa para cá."

Ele não se mexeu, apenas cruzou os braços diante do peito.

"Ah, não. Esse truque não funciona comigo."

"Que truque?"

"Evitar uma pergunta incômoda dando uma ordem. Não vai funcionar, não comigo."

"Não sei o que você quer dizer." Ela tentou parecer entediada, mas ele não se deixou enganar.

"É claro que sabe. Porque você já me acusou de fazer a mesma coisa." Bram balançou a cabeça. "Nunca conheci uma mulher como você. Susanna, você é tão igual a *mim*. É como se nós dois fôssemos espécimes da mesma raça exótica. Só que eu sou o macho, e você, a fêmea. Inteligente como é, você deve saber o que isso significa."

"Esclareça-me."

"Significa que devemos acasalar. Temos uma responsabilidade com a natureza."

Rindo, ela jogou água na direção dele.

"Você deve ter aprendido essa cantada com seu primo. Funciona com outras mulheres?"

"Que outras mulheres?" Ele mal se lembrava que existiam outras mulheres. Naquela noite, os dois eram uma versão aquática de Adão e Eva, e a enseada era seu Éden. Para Bram, Susanna era a única mulher no mundo.

Deus, ele a queria tanto. Ela não fazia ideia. Cada ondulação que o corpo gracioso de Susanna provocava na água tornava o pensamento de Bram selvagem. Ele imaginava os dois enroscados em todos os tipos de posições estranhas e salgadas. Seu membro ficou duro até doer, destacando-se à sua frente apesar do frio, abrindo caminho pela água como a proa de um navio. Uma ereção persistente.

"O rochedo", ela lembrou-lhe. "Marche até o rochedo e volte."

"Eis o que eu vou fazer. Vou me virar e caminhar até *aquele* rochedo" – ele apontou para um que estava muito mais distante, perto da ponta – "e vou voltar em menos de um minuto. Mas você tem que ficar nesse mesmo lugar. E quando eu chegar até você, quero uma recompensa pelo meu esforço."

"É mesmo? E que tipo de recompensa vai ser?"

"Um beijo."

"Não. Absolutamente não."

"Vamos lá." Ele estava bem ereto, ombros e torso fora da água. O mar formava ondas frias em volta de seu peito e de suas costas. "Você está me fazendo correr em círculos feito um tonto, como se estivéssemos brincando de algum jogo bobo de salão. Eu mereço um prêmio. Um beijo."

Ela balançou a cabeça.

"Depois da outra noite? Eu sei que não existe essa coisa de 'só um beijo' com você. Estamos aqui para cuidar do seu joelho."

"Bem, não vou me mexer até que me prometa um beijo."

Ela ficou em silêncio por um instante.

"Muito bem. Um beijo. Mas você não vai me beijar. Eu é que beijarei você. Entendeu?"

Ah, ele entendia. Ele entendia que aquele exercício proposto por Susanna estava para se tornar muito interessante.

Energizado pela nova motivação que lhe era oferecida, ele fez o que havia prometido. Bram virou-se, cobriu a distância até o rochedo mais longínquo, com passadas firmes, e então voltou até ela. Após completar o circuito, sua respiração era um chiado alto e doloroso.

"Agora", disse ele, pegando-a pela cintura e puxando-a para perto. "Beije-me."

A lua tinha saído de trás de uma nuvem, cobrindo Susanna com uma luz prateada. Tão linda. Ela poderia ser uma ninfa das águas, ou um anjo vingador, feroz. Susanna enquadrou o rosto dele com as duas mãos. Aquelas mãos elegantes e hábeis. Ele a acompanhou quando Susanna empurrou sua cabeça para baixo, e molhou os lábios com a língua, preparando-se.

E então ela o beijou – na testa. Os lábios dela encontraram sua fronte e ali ficaram, abençoando-o com calor e doçura.

"Pronto", sussurrou ela, afastando-se.

Bram ficou olhando para Susanna, sua garganta coçando. Ele não sabia se tinha um acesso de raiva, riso ou choro. Não, aquele beijo não foi o enrosco de línguas apaixonado e intenso pelo qual seu corpo ansiava, mas foi exatamente o que sua alma precisava. Ele não teria sabido pedir um beijo daqueles. O calor que ele gerou desceu por seu corpo e foi descansar em seu coração.

Ela continuava com o rosto dele nas mãos. O polegar dela limpou uma gota salgada da face dele.

"Eu sei do que você precisa, Bram."

Deus do céu! Ela parecia saber, mesmo. E do que mais ele precisava e não sabia pôr em palavras? Bram ficou desesperado para descobrir. Em silêncio, ele se afastou dela. Ele cobriu a distância até o rochedo, em passadas vigorosas e decididas. Bram voltou até ela espirrando água e espuma, até parar sem fôlego, carente e ansioso.

"De novo."

Dessa vez, ela pegou a mão dele. Susanna a ergueu até seu próprio rosto, moldando os dedos molhados de Bram à curvatura de sua bochecha. Então ela moveu a cabeça, aninhando-se no carinho dele. A respiração dela correu pela carne fria de Bram, despertando cada nervo. E então ela deu um beijo bem no centro de sua palma.

Um raio de êxtase disparou daquele ponto e correu para seu âmago. Diacho. Um beijinho na sua mão... E ele o sentia no corpo todo! Seus joelhos fraquejaram. Ele quis cair aos pés dela, ficar com a cabeça em seu colo por horas. *Sou seu escravo.*

Bram retirou a mão, flexionando-a para desfazer a sensação e conseguir se controlar. Quem imaginaria que um homem feito poderia ser completamente derrubado por um ataque tão pequeno e preciso? O exército conhecia aquela arma? Talvez eles devessem fornecer equipamento de proteção para as palmas vulneráveis dos soldados.

"Susanna." Ele estendeu suas mãos para ela.

Rápida como um peixe, ela se esgueirou para longe.

"Se você quer mais, tem que fazer por merecer."

Ele se retirou novamente, indo mais devagar até o rochedo dessa vez. Em parte devido ao cansaço, mas principalmente porque precisava de tempo para se acalmar. O coração batia forte em seu peito, sacudindo as costelas. Ele não podia deixá-la ver, não ousava deixá-la saber que, com aqueles dois beijinhos, conseguia abalar sua alma.

Enquanto voltava até ela, Bram tentou afastar aquela sensação e procurou pensar em um modo de recuperar o controle. Ele era um soldado, foi o que disse para si mesmo. Não um pedinte. Enquanto abria o caminho através da água, seu sangue, quente e vigoroso, corria por seus membros.

Mas ao se aproximar dela, Bram errou o passo. A corrente pegou em uma pedra e o tornozelo virou. Ele caiu para frente, deixando escapar um rugido involuntário de dor.

Susanna correu até ele, abrindo caminho na água.

"Você está bem? Machucou-se?"

"Estou ótimo", disse Bram, negando a nova pontada de dor. Não era o joelho que doía tanto, mas o orgulho. "Estou mais do que ótimo."

"Você fez o bastante por hoje." Ela tirou o cordão com a chave do pescoço dele e desapareceu debaixo da água. Depois de alguns puxões, Bram sentiu a tornozeleira soltar.

"Ponha de volta", disse ele, quando ela emergiu. "Eu posso continuar. Nem estou cansado."

"Tenha paciência consigo mesmo." Ela tirou a água do rosto. "Você fez um progresso notável e ainda vai ficar mais forte. Mas você levou um tiro, Bram. Tem que aceitar que sua perna nunca mais será a mesma."

"Ela vai ser a mesma. Tem que ser. Não posso aceitar nada menos do que uma recuperação total."

"Por quê?"

"Porque eu preciso liderar."

Ela sufocou uma risada.

"Você não precisa de um joelho perfeito para isso. Você tem mais liderança no dedão do pé do que a maioria dos homens têm no corpo inteiro."

Ele fez uma careta de pesar com a intenção de demonstrar modéstia.

Susanna entendeu como *Continue, por favor.*

"É verdade! As pessoas têm uma vontade natural de agradar você. Rufus e Finn, por exemplo. Você ainda não os conhece bem para perceber, mas eu os conheço e sei que aqueles garotos veneram o chão em que você pisa."

"Aqueles garotos precisam apenas de um exemplo masculino."

"Bem, eles não poderiam ter escolhido um exemplo melhor." Susanna passou os braços em volta do pescoço dele.

A água fria os envolvia, acentuando o calor onde seus corpos se encontravam. Naquele momento, Bram se sentia mais perto dela do que nunca, e ainda assim queria mais. Cada célula de seu organismo desejava a união perfeita de corpos que os dois haviam conseguido debaixo do salgueiro-chorão. Mas se ele conseguisse ignorar o clamor frenético de seu baixo-ventre e se permitisse ouvir a mensagem contínua e insistente de seu coração... simplesmente abraçá-la era delicioso. Sereno. A coisa certa.

"Se eu sou um líder tão magnífico", disse ele, "por que é que eu não consigo enquadrar você?"

"Porque você não quer. Você gosta de mim assim." Ela abriu aquele sorriso convencido que uma mulher abre quando está plenamente segura de que estava certa.

Mas ela estava errada... Ele não gostava dela daquele jeito.

Ele pensou que poderia *amá-la* daquele jeito.

Droga. *Amor.* Não era algo com que Bram tivesse muita experiência. A própria noção de amor parecia perigosa, insegura. Então ele lidava com aquilo da mesma forma como fazia com outras coisas perigosas e explosivas. Bram escondia seus sentimentos em um lugar frio e escuro dentro dele – para examinar e medir algum tempo depois, quando suas mãos tivessem parado de tremer e seu baixo-ventre não estivesse doendo de desejo não consumado. E seu coração não estivesse batendo tão alto.

"Eu vou me casar com você", disse ele.

"Oh, Bram." O rosto dela se retorceu em uma expressão de desânimo.

"Não, não, não faça essa cara. Toda vez que eu a peço em casamento você faz essa cara triste, retorcida. Isso acaba com a autoconfiança de um homem."

"Eu poderia fazer uma cara diferente, mais agradável, se você tivesse planos de ficar. Não só de casar comigo antes de partir e continuar com o resto da sua vida." Ela olhou para o mar aberto. "Há uma maldição estranha para quem reside em um local de férias. As amizades são muitas, mas breves. As mulheres ficam um ou dois meses, depois voltam para casa. Quando você está começando a gostar da pessoa, ela vai embora. Isso é suportável para uma amizade." Ela o encarou. "Talvez até para um caso clandestino e escandaloso. Mas para um casamento?"

"Não posso levar você comigo", disse Bram. "A forma como você descreve sua vida aqui faz com que se pareça muito com a vida em campanha. Quando você está começando a gostar das pessoas, elas morrem." Sua própria mãe tinha sido a primeira a partir, mas estava longe de ser a última. Ele nunca aceitaria colocar Susanna em risco.

"Pode ser", disse ela lentamente, passando os dedos provocativamente no cabelo da nuca de Bram. "Você e eu poderíamos ficar gostando muito um do outro. Você poderia prometer não ir embora. E eu prometeria não morrer. Não seria uma mudança boa para nós dois?"

Ele suspirou.

"Eu posso prometer voltar. Um dia."

"Da guerra? Bram, ninguém pode prometer isso. Eu gostaria de poder entender por que voltar a um comando de campo é tão importante para você. É só uma questão de provar que você pode?"

"Em parte."

"Mas isso não é tudo."

Susanna olhou para ele, aqueles pacientes olhos azuis brilhando na noite. Se ele não conseguisse falar com ela, não conseguiria falar com ninguém.

"É só que eu não tenho mais nada. Eu sou um oficial de infantaria, Susanna. É tudo que eu sempre fui, tudo que sempre quis ser desde garoto. Eu queria tanto, que parti de Cambridge no mês em que completei 21 anos. Foi quando eu finalmente tive acesso à pequena herança que meu avô me deixou, que usei para comprar meu primeiro comando. Meu pai fingiu ficar bravo, mas eu sei que em segredo ele estava feliz por eu ter conseguido tudo por minha conta. Eu nunca usei da influência dele. Cumpri com meu dever e fui subindo de patente. Eu o deixei orgulhoso. Quando a notícia da morte dele me alcançou..." Ele parou, sem saber como continuar.

Sob a superfície da água, a mão dela encontrou a dele.

"Sinto muito, Bram. Não consigo imaginar como deve ter sido horrível."

Susanna não conseguia imaginar, e ele não sabia como explicar. Bram pensou na última carta de seu pai. Ele a havia recebido através do correio normal, uma semana inteira depois de um comunicado expresso informá-lo da morte do general. O conteúdo da carta não era nada de extraordinário, mas Bram não conseguia esquecer do último parágrafo: *Não tenha pressa de responder*, seu pai escreveu. *Eu sei que, ultimamente, você tem escrito muitas cartas.*

Era óbvio que seu pai sabia de Badajoz, onde as forças aliadas haviam tomado as tropas a um custo humano tão grande, que o próprio Wellington chorou diante da carnificina. Portanto, ele sabia que Bram estava escrevendo dezenas de cartas de condolências às famílias dos homens que caíram em batalha; tantas que tinha câimbras na mão e seu vocabulário secou ao mesmo tempo que o tinteiro. Não havia tantos sinônimos para "lamento".

Seu pai não lhe enviou palavras ocas de conforto, nem tentou encontrar motivo para aquelas mortes sem sentido. Ele simplesmente fez Bram saber que o compreendia.

Bram não conseguia expressar o que significava saber que ele e o pai haviam alcançado um ponto em que se entendiam como homens, como oficiais. Como iguais. Caso ele se aposentasse de seu comando e se tornasse apenas outro nobre privilegiado flanando pela Inglaterra... Bram não tinha certeza de que seu pai compreenderia o homem em que se transformaria, mas Bram também não tinha certeza de que compreenderia a si mesmo.

"Foi duro perder meu pai", disse ele. "Duro demais. O que tornou a perda um pouquinho mais fácil foi eu ficar repetindo, para mim mesmo, que continuava a deixá-lo orgulhoso. Que eu carregaria a bandeira da família adiante. Manteria vivo o legado dele." Bram soltou um suspiro. "Isso durou alguns meses, e então fui alvejado. Não tive a sorte de uma morte nobre e gloriosa no campo de batalha. Agora sou apenas um soldado aleijado, sem perspectiva de retomar meu comando."

"Oh, Bram." Ela passou a mão livre pelo rosto dele, limpando gotas de água salgada nas duas faces. Ele temeu que não fossem apenas água do mar.

"Sir Lewis é minha última chance. Já escrevi a cada general reformado em que pudesse pensar pedindo uma recomendação. Entrei em contato com cada coronel que pudesse precisar de um ajudante, na esperança de que um deles me requisitasse. Nada. Ninguém me quer deste jeito."

O silêncio noturno era profundo.

"Bem, eu quero."

Aquelas palavras de Susanna capturaram o coração de Bram. Ele a apertou firmemente, com os dois braços, como se aquela pequena enseada fosse um oceano sem fundo, e ela, um salva-vidas.

"Eu quero você desse jeito", repetiu ela. Baixando a cabeça, ela beijou o queixo dele. Seus lábios permaneceram ali por um momento quente e sensual. Então Susanna passou a língua pelo pescoço dele e seu corpo esquentou junto ao de Bram. "Do jeito que você é. Aqui, agora."

Capítulo Vinte e Um

"*Aqui?*", repetiu Bram, a voz demonstrando sua surpresa. "*Agora?*"

Susanna não conseguiu evitar uma risada. Era gostoso pegá-lo com a guarda baixa e afastar a tristeza de seu rosto.

"Dá para fazer na água, não dá?"

Ele aquiesceu, estarrecido.

"Dá."

"A menos que você tenha alguma objeção."

"Não tenho." Bram balançou a cabeça, ainda surpreso.

"Ótimo!"

Ela desceu as mãos até os botões da frente de seu traje de banho. Bram engoliu em seco enquanto ela os abria um por um. Susanna soltou os braços e empurrou a roupa para o fundo da água, para que pudesse sair dela. Depois, jogou o monte de tecido molhado sobre uma rocha próxima.

"Espere, Susanna…" Ele pôs as mãos na cintura dela. "Você não precisa fazer isto só porque…"

"Não é isso." Ela cobriu os lábios dele com seus dedos. "Não é."

Quando ela desceu a mão, colocando-a sobre o peito dele, o coração de Bram tamborilou sob seu toque. A resposta palpável dele fez o coração dela também acelerar.

Ele precisava dela naquele instante. Precisava saber que alguém podia ver todas as suas fraquezas, todos os seus defeitos, e ainda assim considerá-lo não só desejável, mas forte e digno. Ainda que se sentisse vulnerável, ela não tinha como negar-lhe isso. Não quando era a mais pura verdade.

E mais; ela também precisava dele.

"Não fique tão surpreso", provocou ela. "Eu quero você, Bram. Demais. O tempo todo. Quando se trata de você, esta solteirona recatada ferve de paixão, selvagem e insaciável." Ela o beijou, provocando seus lábios com a língua. "Isso não deveria ser surpresa, pois você vem repetindo isso desde o começo."

"Eu sei", disse ele, pensativo. "Eu sei... A surpresa é você ter ouvido." Ele pegou o pescoço de Susanna com a mão e tomou sua boca com um beijo profundo, dominador.

Ela se deleitou na entrega sensual por alguns instantes. Então, delicadamente, se afastou.

"Espere", disse, ofegante. "É minha vez, esta noite. Eu quero tocar você. Todo você."

Ele abriu os braços, convidando-a.

"Não sou eu quem irá impedi-la."

Susanna começou passando as mãos por aqueles braços fortes, maciços, delineando cada músculo e tendão. Então ela subiu até os ombros e desceu pelo peito – duro como pedra e levemente coberto por pelos escuros e molhados. Ela desceu os dedos por seu abdome firme, marcado, e passou por um matagal de pelos mais cerrado antes de encontrar seu prêmio.

Com a ponta de um único dedo ela delineou a cabeça larga da ereção de Bram. Quando ela deslizou a palma pela parte de baixo, acariciando aquela coluna grossa e rugosa, ele estremeceu e se afastou do toque de Susanna.

Volte aqui... Ela o envolveu com as duas mãos, usando ambas na tentativa de cobrir toda sua extensão. Ela não conseguiu, então usou as duas para um carinho comprido, luxuriante, arrastando seu toque da base até a ponta.

"Deus." Ele soltou um gemido estrangulado. "Você não podia ao menos me beijar enquanto faz isso?"

Susanna ficou com água na boca só de pensar. Ela foi para frente, inclinando-se para beijar seu queixo, sua garganta. Com a língua, ela traçou a saliência da clavícula antes de descer a cabeça logo abaixo da superfície da água para beijar o mamilo dele. O sabor salgado da água do mar misturou-se ao almiscarado da pele dele.

A excitação cresceu dentro dela, que sentiu a ereção de Bram inchando ainda mais em suas mãos, mas eles tomaram a decisão silenciosa de não se apressarem. De continuar a explorar o corpo um do outro enquanto conseguissem resistir à tentação de querer mais.

Enquanto ela o acariciava embaixo da água, Bram afagava seus seios, primeiro apalpando-os separadamente, depois juntando-os de modo que pudesse baixar a cabeça e lamber os dois bicos. Ele abocanhou intensamente cada mamilo, provocando-a com sensações alternadas de quente e frio.

Então ele se afastou, estudando-a no escuro.

"Você já reparou", disse ele, casualmente, "que seu seio direito é um pouco maior que o esquerdo?"

Susanna teve certeza que suas faces brilharam no escuro, pois o rubor veio rápido e forte.

"São os *meus* seios. É claro que já reparei." *E isso sempre me deixou insegura, durante toda minha vida adulta, muito obrigada.*

"É como se eles tivessem personalidades diferentes. Um é generoso e carinhoso." Ele o ergueu. "E o outro... é atrevido, não é? Ele quer um beliscão." E Bram apertou o mamilo.

"*Bram!*" Que conversa. Na esperança de distraí-lo, ela deslizou a mão por baixo de seu mastro e alcançou com os dedos o saco macio e vulnerável, envolvendo-o com a mão.

Ele gemeu e tremeu, encorajando-a a continuar explorando, enquanto fazia o mesmo, com os dois pêndulos em sua palma.

Interessante. Ele também não era simétrico ali.

"Não fique constrangida", disse ele, ainda acariciando seus seios. "Eu falei como um elogio. Adoro os dois."

Até que aquilo servia de consolo, pensou ela.

"Eu não sabia que havia homens com preferência por seios assimétricos."

"Eu os adoro porque são seus, Susanna. Eu adoro cada pedaço de você." As mãos dele desceram. "Esses quadris me deixam maluco. Essa bunda redonda, sob medida, foi feita para minhas mãos. E suas pernas longas, torneadas..." Ele a beijou profundamente, passando a mão pela perna dela e a erguendo para encaixar em seu quadril, levando os corpos a um contato íntimo. "Deus, como eu amo sua altura."

"Sério?" Ela costumava pensar que a altura era seu maior demérito no que dizia respeito a seus pretendentes. Bem, depois das sardas... E do cabelo... E de seu hábito de emitir opiniões contrárias, quando deveria apenas anuir educadamente. "Por que está dizendo isso?"

"Porque *eu* sou alto", disse ele, passando o nariz na garganta dela. "Com uma mulher baixa é sempre difícil. As partes não se alinham como deveriam."

Deus. Aquilo deveria ensiná-la a não perguntar. Como ela detestava a ideia de Bram "alinhando suas partes" com belezas pequenas e delicadas. Só de pensar, ela sentia enjoo.

"E eu adoro isto." Os dedos de Bram encontraram a abertura de Susanna, que ele separou e penetrou profundamente. "Adoro sentir como você é apertada. Saber que não existiram outros antes de mim."

Ela riu um pouco, ainda sentindo uma pontada de ciúme.

"É claro que não existiram outros. Você poderia me dizer o mesmo?"

Afastando-se um pouco, ele a encarou no fundo dos olhos, com uma sinceridade erótica, de derreter os ossos.

"Posso lhe dizer isto: nunca houve alguém como você."

"Oh", ela suspirou, enquanto o dedo dele penetrava mais fundo.

"Diga." O tom provocador dele assumiu uma nota mais agressiva. "Diga as palavras. Diga que você é minha."

Alarmes soaram no coração de Susanna. Ela sabia que ele precisava se sentir forte e poderoso naquele momento, mas não daquela forma... Havia o possessivo e havia o... medieval.

"Isso é tão depreciativo, Bram. Queria que você não falasse assim."

"Você só queria não gostar tanto disso." Ele juntou mais um dedo ao primeiro. "Minha... Minha... Minha..." Ele enfiava os dedos mais fundo com cada repetição. Os músculos íntimos de Susanna apertaram-se ao redor deles, e ela arfou com um choque agradável.

"Está vendo?", regozijou-se ele.

Droga. Ele tinha razão com frequência demais, para um homem. Realmente, era muito gostoso, mas desde que havia passado por aquela doença e por aqueles tratamentos horríveis, Susanna reconfortava-se com a ideia de que seu corpo era *seu*, e de ninguém mais.

"Diga...", sussurrou ele, com o rosto acariciando a orelha dela. Com o polegar ele circulava sua pérola. "Linda Susanna, quero ouvir você dizer que é minha."

Ela segurou o rosto dele nas mãos e olhou-o nos olhos.

"Vou dizer isto: declaro posse total sobre meu corpo, meu coração e minha alma; mas, esta noite, escolho compartilhar todos eles com você."

Os dedos dele saíram de seu corpo, fazendo-a se sentir oca.

"Deus. Assim é...", exclamou Bram.

"Decepcionante? Intimidante? Cedo demais?"

Ele negou com a cabeça, aproximando-se para um beijo.

"Eu ia dizer que é ainda melhor." A língua dele passeou pelo lábio inferior dela. "Muito melhor."

O coração de Susanna cresceu dentro do peito. Ela jamais sonhou que aquele órgão pudesse conter tanta alegria.

Enquanto se beijavam, Bram agarrou os quadris dela, erguendo-a na água.

"Está na hora, amor." A respiração dele estava ofegante. "Envolva minha cintura com as pernas."

Ela fez como ele pediu, trançando os pés junto à parte inferior de suas costas. Enquanto Bram a segurava, ela desceu a mão para orientar a ereção dele. Eles se uniram em um ritmo lento e sensual.

Susanna arquejou quando ele a preencheu, abrindo-a totalmente. Não doeu dessa vez, mas, como da primeira, ela duvidou que pudesse acomodá-lo todo. Bram teve paciência, contudo, movendo-se deliciosamente devagar até os dois se tornarem um.

Isolados e solitários como estavam naquela enseada, poderiam ter feito barulho, soltado gritos enlouquecidos e gemidos urgentes na escuridão da noite. Mas, ao contrário, moveram-se em um silêncio ágil e rítmico. Os únicos sons eram as batidas da água e a respiração cada vez mais ofegante.

Susanna se agarrou ao pescoço de Bram. O resto de seu corpo ficou à deriva na água. Por um instante, ela ficou feliz por entregar a ele o controle completo. Com movimentos fortes e decididos, Bram ergueu seus quadris uma vez após outra, fazendo-a subir e descer em toda sua rígida extensão. Com cada golpe ele a empurrava para mais perto do êxtase. Os tendões de seus ombros e pescoço saltavam como cordas, e sua mandíbula mostrava a tensão do esforço.

Ela nunca havia se sentido tão poderosa, tão desejável. Tão segura para liberar todas as suas inibições e preocupações. Para se entregar à força vigorosa das estocadas dele, enquanto Bram a levava cada vez mais alto. E ainda mais alto. Tão perto daquele cume provocante e fugaz.

"Aqui", ofegou ele, pegando uma das mãos dela e colocando-a entre eles, bem onde seus corpos se uniam. "Toque em você mesma aí."

Bram pegou novamente seus quadris com as duas mãos, penetrando ainda mais fundo. Enquanto ele se movia dentro dela, os dedos de Susanna, presos entre os dois corpos, massageavam o botão intumescido na crista de seu sexo, dando-lhe a fricção de que ela precisava. Seu clímax foi crescendo à distância, ganhando força, e o viu chegando como se avistasse uma onda crescendo na direção da praia. Um iminente, devastador vagalhão de prazer surpreendeu-a, até assustou-a, quando se aproximou, intenso, inescapável. Então a onda quebrou, despedaçando seu corpo enquanto Bram mantinha seu ritmo contínuo, vigoroso.

Ela gritou seu nome. E poderia até ter chorado algumas lágrimas de alegria.

Ele praguejou.

Com um sobressalto urgente, Bram saiu de seu corpo. Ela quis tocá-lo, misturando seu toque ao dele, enquanto ele se acariciava rumo ao alívio. Bram ejaculou seu prazer na barriga dela, um jato quente e bem-vindo na enseada fria.

Ele a trouxe para perto e deitou a testa contra a dela. Sua respiração ofegante queimou a orelha dela.

"Abrace-me", pediu ele.

Oh, Bram.

Ela passou as pernas e os braços nus em volta do corpo dele, trazendo-o o mais perto que podia, e beijando seus ombros, sua garganta, sua mandíbula, sua orelha. Passando os dedos pelo cabelo molhado e cortado. Embalando-o, só um pouco. Para trás e para frente, no ritmo das ondas.

Uma torrente de carinho nasceu no coração dela e se espalhou por todo o corpo, inundando com calor até os dedos de suas mãos e seus pés. Ela o trouxe ainda mais para perto, querendo que ele sentisse o calor. Como se ela pudesse envolvê-lo em um cobertor de afeto e mantê-lo ali para sempre. Ele tinha muito orgulho e muita honra familiar que o faziam querer voltar para a guerra. Como poderia ela seduzi-lo para ficar? Ela faria tudo o que estivesse a seu alcance, mas em breve poderia chegar o dia em que teria que deixá-lo partir.

Mas naquela noite, Bram pedia-lhe que o abraçasse, e Susanna simplesmente faria isso. Ela se agarraria à ligação apaixonada que compartilhavam, àquela alegria transcendente, ainda que fugaz.

Agarre-se nele. Pelo tempo que puder.

Capítulo Vinte e Dois

Sério, aquele homem era impossível! Quando Susanna pusesse as mãos nele, iria ela mesma jogá-lo do penhasco.

Era fim de tarde, quase noite. Após um longo dia supervisionando os trabalhos na vila, ela deveria estar a caminho de casa, para se certificar de que seu pai havia comido algo. Em vez disso, ela bufava indo em direção das ruínas do castelo. No trajeto, ela passou pelo cabo Thorne treinando a maioria dos milicianos na campina. Fileiras retas, postura ereta, uma unidade respeitável, no mesmo ritmo. Não estavam perfeitos, ainda, mas eles haviam feito progressos formidáveis na semana anterior. Na prática de tiro, Susanna conseguia que quase todos os homens, a não ser uns poucos, carregassem e disparassem em menos de vinte segundos.

Mais alguns minutos de caminhada e ela chegou ao castelo.

"Onde está seu lorde?", perguntou ela a um soldado solitário que montava guarda diante do portal antigo e desmoronado. Ela o reconhecia como um dos agricultores recrutados.

"Perdão, moça. Eu... eu acho que ele não pode atender."

"Como assim, não pode atender? Ele teve tempo de me infernizar com ordens ridículas o dia todo." Em sua mão, ela trazia o último bilhete manuscrito. "Este é o terceiro que ele me enviou só esta tarde. Eu sei que ele está aqui."

"Ele está aqui", o homem tentou desconversar, "mas..."

"Lorde Rycliff!", chamou Susanna, passando pelo soldado.

Jantar veio cumprimentá-la enquanto Susanna atravessava o pátio. A ovelha soltou um balido amistoso e encostou a cabeça no seu bolso.

"Alguém anda mimando você." Parando brevemente para acariciar o animal, ela continuou até chegar ao gramado no centro descoberto do castelo, onde parou e ergueu a voz. "Lorde Rycliff, preciso lhe falar."

"Aqui em cima, Srta. Finch."

Ela inclinou a cabeça para trás para ver o alto da torre.

"No parapeito", gritou ele.

Protegendo os olhos com a mão, ela olhou ainda mais para cima. Sobre a torre sudoeste, entre os encaixes do parapeito, ele ergueu a mão, saudando-a. O sol poente, cor de âmbar, iluminava Bram por trás, criando um halo brilhante ao seu redor. Como um halo de fogo, perfeitamente adequado ao belo e provocante demônio.

"Eu gostaria que o senhor descesse, milorde", disse ela. "Precisamos conversar."

"É meu turno de vigia."

"Você é o comandante. Não pode fazer com que seja o turno de outra pessoa?"

"Não me livro dos meus deveres assim, Srta. Finch."

Susanna marchou através da porta aberta da casa da guarda, cruzou o antigo salão, que estava sem teto, e foi direto até a escada em espiral da torre sudoeste. Se ele se recusava a descer para falar com ela, Susanna simplesmente subiria para confrontá-lo.

"Qual o significado de todas essas cartas!?", exclamou ela, enquanto escalava os degraus de pedra. "As costureiras estão dando nós nos dedos enquanto tentam atender suas exigências absurdas para os uniformes. Primeiro, você envia um bilhete exigindo que o forro dos casacos deve ser de seda cor de bronze. Depois que já cortamos onze peças, você envia outro bilhete: nada de bronze, agora deve ser azul. Não qualquer azul, veja. Azul-íris. Nem bem terminamos de cortar o azul e chega a próxima carta. 'Eu quero rosa', diz ela. Rosa, dentre todas as cores! Está falando sério?"

Deus, quantos degraus tinha aquela escada. O cérebro dela começou a rodopiar naquela espiral interminável. Ela parou por um instante, apoiando a mão na parede de pedra para recuperar o fôlego e continuar subindo e também para continuar reclamando.

"É minha milícia, Srta. Finch", disse ele, lá de cima. "Eu quero o que eu quero."

"Não é como se não tivéssemos outras coisas para fazer, sabe?", continuou ela. "Não são só os uniformes. Estamos a poucos dias da demonstração. As moças estão enrolando cartuchos. A Srta. Taylor está lutando bravamente para consertar a noção de ritmo de Finn e Rufus. Com a prática de tiro agendada para ocupar toda manhã, simplesmente não temos tempo para seus caprichos no que diz respeito ao forro dos casacos e…"

Susanna nem bem chegou ao alto da escada e ele a envolveu em seus braços. Bram a ergueu, tirando seus pés do chão.

Com um movimento rápido ele a carregou até o outro lado da torre e a encostou no parapeito de pedra dura e fria. Às costas de Susanna, o topo da parede ficava exatamente abaixo das escápulas. À sua frente, o calor sólido de Bram e sua força bruta a aprisionavam. E excitavam... Ela havia chegado ali quase sem fôlego, mas aquilo...? Aquilo era estonteante.

"Eu falei para você", disse ele, com um resmungo baixo e possessivo. "Eu quero o que eu quero. E o que eu quero agora, com tanta vontade que mal consigo enxergar, é você." O beijo dele esmagou sua boca. "Não acredito que foram necessários três bilhetes ridículos para fazer você vir até aqui. Garota teimosa."

"*Esse* era o objetivo? Bram, era só você ter falado."

"Eu falei..." Os lábios dele delinearam as curvas do pescoço de Susanna. "Aqueles bilhetes eram todos sobre você. O cabelo de bronze brilhante. Seu olhos azul-íris." Ele lambeu o queixo dela. "Todas as suas muitas e deliciosas partes cor-de-rosa."

Um suspiro de prazer escapou dos lábios dela.

"*Bram.*"

Ela deveria estar brava, mas o abraço dele era gostoso. E necessário. Na semana que se seguiu ao encontro na enseada, eles conseguiram arrumar algumas horas para ficar juntos quase todas as noites, faziam amor sob o céu noturno e depois conversavam, debaixo das estrelas, sobre todos os assuntos possíveis. Ainda assim, ela não conseguia ficar longe dele por um minuto sem sentir saudade. Daquelas mãos grandes e ávidas e daqueles beijos quentes e famintos.

"E quanto aos uniformes?", perguntou ela.

"Para o diabo com os uniformes. Faça os forros da cor que quiser. Não ligo a mínima para isso."

Bram deslizou as mãos para o traseiro dela e puxou seus quadris para si, colocando a barriga dela em contato com sua excitação proeminente. O apetite evidente, intenso em seus olhos fizeram o desejo correr pelas veias de Susanna.

"Eu quero você", disse ele, o que era uma redundância.

"Talvez esta noite eu consiga escapar de Summerfield", disse ela, após umedecer os lábios.

"Não. Não esta noite." Ele massageou a bunda dela com as duas mãos, erguendo seu corpo e moldando-o ao dele. "Aqui. Agora."

A ideia fez o coração de Susanna disparar, e suas partes íntimas ficarem ávidas. Ela olhou para o outro lado.

"Nós não poderíamos."

"Ninguém consegue nos ver aqui", disse ele, respondendo à dúvida dela. "Não deste lado da torre. Há somente pedras e mar abaixo de nós."

Os outros três parapeitos estavam desocupados. Todos os homens treinavam mais abaixo. Ele tinha razão, ninguém poderia vê-los. Uma brisa leve os envolvia. O céu purpúreo parecia tão próximo de suas cabeças, que Susanna sentiu poder tocá-lo com a ponta dos dedos. Eles estavam sozinhos no topo do mundo.

Os dentes dele provocaram o lóbulo de sua orelha.

"Eu nadei sozinho noite passada, sabe. Fui de um lado para outro naquela enseada, até meus músculos virarem gelatina. Você me deve mais beijos do que eu posso contar."

Ela imaginou os dois enrolados em uma cama quente, cheia de travesseiros. Bram esticado sobre o colchão, totalmente nu, e Susanna de cabelo solto, arrastando-o sobre ele enquanto pagava os beijos que devia, passando lábios e língua por cada centímetro sensual e carente dele.

"Eu…" Ela engasgou quando Bram deslizou sua palma até cobrir o seio dela. "Eu pensei que você estava de guarda."

"Eu estou." Ele trabalhou o globo firme atentamente, massageando o mamilo duro com o dedão. "Muito bem, fique de guarda comigo."

Recuando um passo, ele a agarrou pelo quadril e a girou, de modo que Susanna ficou de frente para o parapeito de pedra. Bram a moveu de lado, posicionando-a em uma fresta – a abertura no parapeito projetada para que um arqueiro disparasse suas setas através dela.

"Consegue enxergar?", perguntou ele abruptamente, empurrando-a para frente de modo que ela ficasse curvada, com os cotovelos apoiados na abertura. Em seguida, Bram levantou sua saia. "Está vendo bem a enseada e o Canal mais além?"

"Estou." Abaixo deles, ela podia ver claramente a baía com pedras e as águas do Canal. À distância, algumas velas brancas deslizavam. A oeste, o sol amarelo-alaranjado afundava no horizonte.

"Ótimo. Mantenha os olhos abertos. Você está de guarda."

Com movimentos firmes e insistentes ele juntou a saia e as anáguas dela, levantando tudo até a cintura de Susanna. Ele encontrou a abertura nas calçolas dela, que abriu rasgando o tecido e expondo sua pele delicada à brisa fresca e a seu toque quente e bruto.

Bram acariciou-a, abriu-a, esparramou-a diante de si. Seus dedos traçaram cada contorno de seus pontos mais íntimos. Ela nunca havia se sentido tão exposta. Se tivesse parado para pensar no que ele estava vendo e fazendo, Susanna teria perdido a coragem totalmente. Então ela fez o que seu lorde mandou. Susanna ficou de guarda, mantendo os olhos na cintilante água azul e no horizonte prateado.

Um som abafado sugeriu-lhe que Bram estava abrindo o fecho de sua calça. Ela ficou agitada pela carência, molhada pela expectativa. Ela deixou escapar um gritinho de alívio quando a ereção quente dele encaixou em sua abertura úmida.

As mãos de Bram acariciaram seu traseiro exposto e suas coxas.

"Deus, acho que estou enlouquecendo. Você não imagina o quanto eu penso nisto. O tempo todo, em todos os lugares. Ontem eu parei na loja para comprar tinta, e só conseguia pensar em você, em cima do balcão, abrindo suas pernas para mim. Ou debruçada sobre o mostruário. Esmagada contra as prateleiras do estoque, a saia levantada até o quadril e uma perna apoiada em um caixote. Em cada momento acordado, eu penso nisto. Em cada noite, eu sofro por isto." Ele trabalhava seu mastro duro e grosso nela, deslizando para frente e para trás sobre suas carnes sensíveis. "Diga que você também quer."

Ela não estava demonstrando? Susanna contorceu os quadris, cada vez mais desesperada por ele.

"Diga-me, amor. Eu preciso ouvir. Eu preciso saber que essa loucura não é só minha."

"Eu…" Ela engoliu em seco. "Eu quero você." A excitação correu por sua pele. Só por dizer aquelas sílabas, sua excitação cresceu a um nível mais alto e caótico. A loucura era mesmo dos dois.

"Você quer *isto*." Ele empurrou a abertura dela com a ponta lisa e grossa de sua ereção. "Dentro de você, duro e fundo. Não quer?"

Aquelas palavras… tão indecentes. Tão rudes. Tão absurdamente excitantes.

"Q-quero."

Bram lambeu a orelha dela.

"Você disse alguma coisa?"

Que se danasse a decência. Ela precisava tê-lo, e logo, ou morreria de carência.

"Quero", disse ela. "Eu o quero. Todo ele. Dentro de mim. Agora. Por favor."

Isso.

Isso. Ele entrou com uma estocada lenta e firme. Dilacerando-a. Preenchendo-a. Então retirou-se durante uma pausa breve e angustiante, antes de enfiar ainda mais fundo.

Ele estabeleceu um ritmo, embalando-a contra o antigo parapeito e, enquanto moviam-se juntos, ele distribuiu beijos por seus ombros e pescoço nus. Os mamilos duros de Susanna eram friccionados contra as costuras do corpete. O êxtase nascia em seu centro e se espalhava por cada centímetro de seu corpo.

Ele deslizou a mão pelos quadris dela, abrindo caminho pelas dobras das anáguas. Seus dedos talentosos sabiam como dar prazer, acariciando gentilmente aquele botão carente, enquanto mantinha suas estocadas fortes e contínuas.

"Bram", arfou ela. "Segure-me. Firme."

"Estou segurando." Os braços dele apertaram a cintura de Susanna, mas seu ritmo não esmoreceu. "Você é minha."

Ela fitava, os olhos arregalados e fora de foco, aquela linha índigo no horizonte. E então, ele a levou além. Jogando-a para fora do mapa das sensações conhecidas, em um êxtase inexplorado, inimaginável. Aquilo continuou e continuou. Ela cavalgou a crista do prazer por momentos intermináveis. Sons surpreendentes de prazer nasceram em sua garganta e se misturaram aos gritos das gaivotas. Ela não teve força para contê-los.

"Santo Deus." Com um grunhido profano, ele puxou os quadris dela contra os seus, enterrando toda sua extensão dentro dela. Os músculos íntimos de Susanna envolveram a grossura de Bram. Eles gemeram em uníssono. Após parar por uma batida de coração ou duas, ele recomeçou a se mover.

Bram estava perto de seu clímax. Ela conseguia perceber a aceleração de seu ritmo e o novo ângulo de suas estocadas, mais profundas. Seus ruídos guturais de satisfação. Se ele não tomasse cuidado...

"Bram. Cuidado."

"Não quero ter cuidado." Ele se dobrou, respirando em sua orelha. "Eu quero possuir *você*. Marcar você. Gozar dentro de você e sentir você me segurando apertado, enquanto eu a preencho com minha semente. Eu quero que o mundo saiba que você é minha."

Oh, Deus. Aquelas palavras... tanto assustavam quanto excitavam. Ela abriu a boca para reclamar, para pedir. *Cuidado. Cuidado. Cuidado com meu coração quando disser essas coisas.* Mas então ele mudou de posição, e enfiou ainda mais fundo, enquanto seu polegar tocava a carne dela onde ela precisava. O prazer sacudiu o corpo de Susanna uma segunda vez, e os únicos sons que saíram de sua boca foram gemidos primitivos, desesperados.

Ela nunca soube, nunca sonhou que poderia se sentir tão exposta. Em cada um daqueles encontros imprudentes, furtivos, Bram desnudava mais camadas daquela mulher que Susanna sempre acreditou ser. Ele a desnudava de seus gracejos espirituosos, da educação virtuosa, de todas as amarras de uma solteirona bem-nascida e instruída demais. Reduzindo-a a nada se não sensações cruas, loucas e um coração vulnerável que batia violentamente.

Enquanto os últimos pulsos de seu clímax ainda a estremeciam, ele saiu de seu corpo. Susanna sentiu o jato quente do prazer de Bram em sua coxa. Em seguida, ele a abraçou, distribuindo beijos carinhosos em suas faces e testa.

A respiração dele vinha em sons irregulares. Bram pousou a testa no ombro dela e a trouxe mais para perto.

"Isso está ficando cada vez mais difícil."

"Eu sei." Baixando as anáguas, ela se soltou. Depois de arrumar as roupas, Susanna virou lentamente para encarar Bram. As palavras ficaram presas em sua garganta, mas ela as forçou para fora. "Talvez esta deva ser nossa última vez."

"Susanna. Você sabe que não foi isso que eu quis dizer." Ele subiu a calça de onde estavam paradas, enroscadas nos joelhos. Com movimentos impacientes, ele começou a se recompor e a fechar os botões.

"Preciso ir." Ela alisou o cabelo.

"Espere." Bram agarrou seu pulso, proibindo-a de partir. "O que você está fazendo? Não pode estar querendo fugir de mim. Disto."

"Não estou fugindo. É você que vai partir. E nós não podemos continuar fazendo isto. Vamos ser pegos."

"E daí se formos pegos?", disse ele. "Você sabe que eu quero me casar com você. Eu casaria amanhã."

"Certo. E então me deixaria alguns dias depois."

Com um sorriso levemente irônico, ele apontou as ruínas do castelo.

"Se eu não sou o bastante, saiba que esta pilha de pedras em ruínas pode ser toda sua."

Ela fungou e olhou ao redor, para a confusão de paredes e torres que um dia abrigaram todos os seus sonhos.

"Você não faz ideia do carinho que eu tenho por esta grande e arruinada pilha de pedras. Eu só gostaria que ela viesse com um Lorde Rycliff dentro."

O *lugar dele* era em Spindle Cove. Desde o dia em que ele havia falado para os moradores, no piquenique, Susanna tinha certeza disso. Bram era forte e capaz. Um líder natural, com senso nato de lealdade e honra. Aquele lugar poderia se beneficiar de um homem como ele. Se ele estivesse disposto a trocar sua vida militar por uma existência mais calma e pacífica, Susanna podia imaginá-lo vivendo ali, alegremente, como Lorde Rycliff.

E ela poderia ser muito feliz – plenamente, absolutamente feliz – como sua esposa.

"Você não quer um lar de verdade, Bram? Você sabe, um lugar com teto e… e paredes, e aquele luxo raro que chamamos de janelas? Móveis, até. Tapetes, cortinas. Refeições decentes e uma bela cama quente."

"Eu nunca fui de confortos domésticos. Refeições de cinco pratos servidos em porcelana fina, salas com papel de parede… Essa vida não é para mim, mas eu poderia aprender a dar valor a uma cama, se você estivesse nela." Ele a puxou pelo punho, tentando trazê-la para perto.

Susanna resistiu. Ela nunca teria força para dizer o que estava para falar, sem o benefício de uma certa distância entre eles.

"Um lar não é definido apenas por aquilo que *você* precisa, Bram. Mas também pelas pessoas que precisam de você. O que eu vou fazer quando você for embora? E seu primo? E quanto aos homens e às mulheres de Spindle Cove, que estão trabalhando duro por você neste momento, enquanto conversamos? Você é o lorde deles. Isso não significa nada para você?"

"Claro que significa." Seu olhar ficou firme, assim como sua mão no pulso dela. "Significa muito. E a melhor forma que conheço para lhes retribuir é terminando esta guerra. Protegendo as liberdades de que desfrutam e a soberania da terra que chamam de pátria. Susanna, isso não se trata de a Inglaterra querendo manter alguma ilha que provavelmente nunca deveria ter conquistado. Você sabe que Bonaparte precisa ser detido."

"E ele não pode ser derrotado sem sua presença pessoal na Espanha? Isso é um pouco arrogante, não acha? Meu pai fez mais para combater as forças de Napoleão do que você jamais fará, e ele não sai de Sussex há uma década."

"Bem, não sou como seu pai."

"Não, você não é." Ela ergueu um ombro. "Depois que Napoleão for derrotado, o que virá? Sempre teremos novos conflitos, novas batalhas. Um posto avançado, em algum lugar, que precisa ser defendido. Quando isso acaba?"

"Dever é assim", soltou ele. "Não acaba."

Ela o encarou enquanto balançava lentamente a cabeça.

"Você tem medo."

Ele emitiu um som de pouco caso.

"Tem sim. Você é um homem grande e forte, com uma perna machucada, que se sente inútil e que está aterrorizado. Você diz que não precisa de um lar, de uma família, de uma comunidade ou de amor?" Susanna soltou uma risada descrente. "Por favor. Você quer tanto essas coisas, que a carência emana de você como vapor. Mas tem medo de tentar conquistar essas coisas. Medo de fracassar. Você prefere morrer perseguindo sua vida antiga a reunir coragem para criar uma nova."

Ele apertou as mãos até ficarem brancas.

"Quem falou em morrer ou fracassar? Cristo, você está sempre limitando as pessoas, segurando-as. Seu pai é velho demais para trabalhar. Suas amigas são delicadas demais para dançar."

"Limitando as pessoas? Depois de tudo o que aprendeu sobre mim e este lugar, você me acusa de limitar a vida dessas jovens?" Um nó se formou em sua garganta. "Como pode dizer uma coisa dessas?"

"E você, depois de tudo o que aprendeu sobre mim, ainda não consegue confiar em mim? Case comigo e confie que vou terminar essa guerra e voltar para você. Pelo amor de Deus, Susanna..." A voz dele ficou embargada, e Bram olhou brevemente para longe, antes de continuar. "Neste ano, vi muitas pessoas duvidarem do que eu posso fazer, mas eu pensava que você acreditaria em mim."

"Eu acredito." Uma lágrima correu pelo rosto dela, e Susanna a enxugou com a palma da mão livre. "Eu acredito em você, Bram. Mais do que você mesmo. Se eu acredito que você é um comandante capaz? É claro que sim. Mas também acredito que você poderia ser muito mais do que isso. Um líder longe do campo de batalha. Um lorde respeitado, essencial à sua comunidade... talvez até mesmo pudesse ser a voz de seus soldados no Parlamento." Ela pressionou o punho contra sua própria barriga. "Acredito que você daria um marido e pai maravilhoso."

Bram suavizou o aperto no punho dela.

"Então por quê..."

"Eu não posso me casar com você, não assim." Ela puxou o punho da mão dele. Com a outra mão, ela o massageou, tentando apagar as marcas vermelhas deixadas por Bram enquanto amaldiçoava as cicatrizes que nunca, jamais seriam apagadas. Ela tropeçou enquanto se retirava. "Você não entende? Não posso ser abandonada novamente."

O mundo ficou repentinamente quieto. Nada de ondas quebrando, nem do sopro da brisa. Nada de gaivotas grasnando.

Quando ela finalmente conseguiu reunir forças para olhar para Bram, os olhos dele estavam intensos, inquisidores. E sua pergunta penetrou o coração de Susanna.

"Quem é que está com medo, agora?"

Susanna respondeu com ação. Virou-se e foi embora.

∽∾ *Capítulo Vinte e Três* ∽∾

Algumas noites mais tarde, Bram estava de guarda na mesma torre. Era uma noite nebulosa, escura, e não havia nada para se ver que não a névoa em movimento. Com tão pouco para ocupar seus pensamentos, ele mais uma vez se viu relembrando o último encontro com Susanna. Uma vez após a outra, a noite lhe trazia as palavras dela.

Não posso ser abandonada novamente.

Deus era testemunha de que ele não pretendia abandoná-la. Tudo o que ele queria era se casar com aquela mulher, para que, não importava a distância que a vida impusesse entre eles, sempre houvesse uma ligação conectando sua vida à dela.

Ela *precisava* de um homem como ele. Um homem seguro de si o bastante para apreciar a inteligência dela, em vez de se sentir intimidado. Um homem corajoso o suficiente para desafiá-la, levá-la além dos limites que Susanna estabelecia para si mesma. Um homem forte o bastante para protegê-la, caso ela se aventurasse um pouco longe demais. Essas eram as coisas de que ela precisava, mesmo tendo se tornado uma mulher admirável.

Mas, em algum lugar dentro daquela mulher, escondia-se uma garota ferida, desajeitada, assustada, que necessitava desesperadamente de algo mais: um homem que se acomodasse tranquilamente à sua vida segura e organizada, prometendo nunca, jamais deixá-la sozinha. Bram não conseguia acreditar que ele poderia – ou sequer *deveria* – ser esse homem para ela.

Quando Thorne veio rendê-lo às duas da madrugada, hora de uma escuridão absoluta, Bram aceitou a tocha que seu cabo silenciosamente lhe oferecia e desceu pela escada em espiral. Mariposas tremularam ao seu redor, atraídas pela luz e pelo calor.

Ele chegou ao pátio e examinou as fileiras organizadas de tendas. Os roncos e as eventuais tossidas evitavam que a noite ficasse quieta demais. O fantasma fofo de uma criatura se aproximou dele, emergindo das sombras.

Bram olhou para o cordeiro.

O cordeiro olhou para ele.

Bram não resistiu, tirou um punhado de milho do bolso e jogou no chão. "Por que não posso comer você?", perguntou, irritado, embora soubesse muito bem a resposta. "Porque ela lhe deu um nome, sua coisinha miserável. E agora arrumei um bicho de estimação."

Desde que ele havia chegado a Spindle Cove, Susanna esteve ocupada como uma aranha, tecendo pequenas teias de sentimento, ligando-o àquele lugar de maneira que ele não desejava ser ligado. Se não fosse embora logo, Bram começaria a se sentir aprisionado.

Ele se aproximou da tenda que sabia ser a de Colin e pigarreou de leve. Algo se moveu lá dentro. Houve o ruído abafado de uma pancada e uma das hastes que fixava o tecido tremeu. Ótimo, ele estava acordado.

"É Bram", sussurrou ele. "Preciso falar com você a respeito da demonstração de artilharia."

Sem resposta. Nenhum outro movimento.

Bram agachou-se e segurou a tocha perto da lona, sabendo que o brilho da luz alcançaria o interior.

"Colin." Ele cutucou a lona com o cotovelo. "*Colin*. Nós precisamos discutir a demonstração de artilharia. Sir Lewis tem um novo..."

Alguém atrás dele bateu no seu ombro.

"O que você quer?"

Bram deu um pulo, assustado, e quase derrubou a tocha.

"Jesus." Ele se colocou em pé, virou e ergueu a tocha para iluminar... Colin.

Seu primo estava parado perto dele, o retrato do desinteresse, vestindo uma camisa desabotoada, com os punhos soltos, e calça larga. Em uma das mãos, ele trazia uma garrafa de vinho, que segurava pelo gargalo.

"Pois não, Bram? O que posso fazer por você?"

Bram olhou para Colin. Depois olhou para a tenda.

"Se você está aqui fora comigo", disse ele, abanando a tocha na direção do primo, "então... quem está na sua tenda?"

"Uma amiga. E eu gostaria de voltar para dar atenção a ela, se você não se importar." Colin desarrolhou a garrafa de vinho com os dentes e cuspiu a rolha de lado. "O que está acontecendo, que não pode esperar amanhecer?"

"Que diabos você está fazendo com uma mulher em sua tenda?"

Colin inclinou a cabeça para o lado.

"Hum. Com quantos detalhes você quer minha resposta?"

"Seja quem for a moça, você vai se casar com ela."

"Eu acho que não." Colin afastou-se alguns passos da tenda, sinalizando para Bram acompanhá-lo. Depois que estavam a certa distância, ele baixou a voz e disse: "Essa é a única maneira que consigo dormir, Bram. Ou durmo nos braços de uma mulher ou passo uma noite interminável acordado. Quando eu lhe disse que não durmo sozinho, não era a expressão de uma preferência, mas de um fato".

"Depois de todos esses anos?" Bram levantou a tocha para observar a expressão no rosto do primo. "Ainda?"

"Ainda." Colin deu de ombros. Em seguida, ele levou a garrafa de vinho aos lábios e deu um grande gole.

Uma pontada de compaixão surpreendeu Bram. Ele sabia que Colin tinha sofrido com pesadelos e insônia na juventude, depois do acidente trágico que tirou a vida de seus pais. Durante o primeiro ano de Colin na escola, alguns garotos de seu dormitório começaram a provocá-lo devido às lágrimas e aos gritos noturnos. Bram, então o maior garoto no quarto ano, havia enfiado um pouco de bom senso naqueles valentões, e assim acabou aquela história. Nenhum deles ousou provocar Colin novamente, e Bram concluiu que os pesadelos do primo haviam finalmente cessado.

Evidentemente, eles não haviam terminado. Continuavam. Havia décadas. Droga.

"Então, quem está na tenda?", perguntou Bram. Um morcego passou zumbindo perto da orelha dele e os dois abaixaram. "Espero que não seja a Srta. Highwood."

"Deus, não." Colin riu um pouco. "A Srta. Highwood é uma garota linda, sem dúvida, mas é refinada, inocente. E delicada demais para o que eu preciso. Fiona e eu... bem, nós nos entendemos em um nível mais básico."

"Fiona?" Bram franziu a testa. Ele não se lembrava de uma mulher chamada Fiona.

"Sra. Lange", esclareceu Colin, ao passar pelo primo. "Vocês todos vão me agradecer quando a poesia dela melhorar."

Bram o pegou pelo braço.

"Mas ela é casada."

"Só no nome." Colin deu um olhar maroto para a mão que o segurava. "Espero que você não esteja querendo me dar algum sermão moralista. Quantas vezes você fugiu para ir se encontrar com a Srta. Finch?"

Bram ficou olhando mudo para o primo. Ele e Susanna estavam se achando tão cuidadosos, que não chamavam a atenção de ninguém. Mas era evidente que Colin andou acordado. E prestando atenção.

"Então, não me julgue", disse o primo. "Fiona e eu temos nos entendido de maneira adulta, madura. Posso ser mulherengo, mas não sou um depravado. Nunca arruinei uma garota inocente. E nunca cheguei perto de partir o coração de uma mulher."

"Eu não pretendo arruinar Susanna", defendeu-se Bram. *E o coração dela não é o único envolvido.*

"Ah, então vai se casar com ela?"

"Ainda não sei", Bram suspirou.

"Por que não? Está esperando coisa melhor?"

"Quê? Deus, não." *Melhor?* Bram não conhecia alma viva que pudesse ser melhor do que Susanna em inteligência, coragem, beleza, paixão ou generosidade de espírito. Não existia mulher melhor.

"Ah, então você está com medo."

"Não estou com medo."

"É claro que está. Você é humano. Todos temos medo, cada um de nós. Medo de viver, de amar e de morrer. Talvez marchar o dia todo em colunas organizadas distraia você da verdade. Mas e quando o sol se põe? Ficamos todos tropeçando na escuridão, tentando sobreviver a mais uma noite." Colin entornou mais um gole de vinho, então olhou para a garrafa. "Excelente safra. Quase me faz parecer inteligente."

"Você é inteligente. E poderia fazer algo produtivo com sua vida, sabe. Se não estivesse tão determinado a desperdiçar seus talentos, junto com sua fortuna."

"Não me fale de desperdício, Bram. Se aquela mulher ama você, e você a deixar escapar… nunca mais vou querer ouvir outra 'lição de vida' da sua boca."

"Acredite em mim, não quero deixá-la escapar, mas não tenho certeza de que ela me ame."

"Por favor." Colin gesticulou com a garrafa de vinho. "Você é rico e agora também tem um título. Tudo bem, ainda tem esse joelho emperrado para atrapalhar, mas você tem todos os dentes." Colin ergueu maliciosamente a sobrancelha. "E acreditando que equipamento masculino de bom tamanho seja de família…"

Bram balançou a cabeça.

"Oh!", exclamou Colin, com ar pesaroso. "Não é?"

"*Isso…*" Bram fechou o punho. "Não importa."

Que coisa absurda. Desde quando seu primo dava conselhos e disparava ditados espirituosos? Droga, Bram devia ser a voz da sabedoria na relação com o primo.

"Não importa quantos centímetros estão guardados na calça de um homem, nem quantas libras ele tem em sua conta bancária... o resultado da soma desses números não é amor."

"Acho que você tem razão. E isso é uma pena para mim." Colin aquiesceu, pensativo. "Bem, Senhor-Lorde-Elevado-a-Nobre-por-Bravura, que tal esta ideia maluca: se você quer saber se a Srta. Finch ama você, já pensou em parar de bobagem e... sei lá... perguntar para ela?"

Bram ficou olhando para ele.

"Ótimo. Fique aí pensando nisso." Afastando-se na direção da tenda, Colin fez um aceno de despedida. "Se você me dá licença, tem uma cama quente me esperando.

"Tem um jeito mais rápido, Charlotte", disse Susanna, tirando as luvas e afastando delicadamente a garota. "Nesse ritmo você vai ficar nisso o dia todo."

Charlotte e algumas das moças estavam passando toda tarde enrolando cartuchos de pólvora. Contudo, os homens usavam tantos durante os exercícios diários de tiro, que as mulheres mal conseguiam acompanhar o ritmo. Com a demonstração agendada para a manhã seguinte, a sala do café da manhã de Summerfield havia se tornado temporariamente um paiol, em meio aos preparativos para o baile dos oficiais. Não havia mais tempo para se desperdiçar.

"Vocês estão perdendo tempo demais cortando folhas grandes de papel no tamanho adequado. Faz tempo que eu descobri que as páginas desta obra" – ela jogou na mesa um livro de capa azul – "são do tamanho adequado."

Charlotte arregalou os olhos.

"Mas, Srta. Finch, esse é o *Sabedoria da Sra. Worthington*."

"Ah, sim, é mesmo."

"Mas você disse que era um livro útil."

"Ele é um livro útil. É do tamanho perfeito para manter janelas abertas. Suas páginas fazem ótimos cartuchos e seu conteúdo rende umas boas risadas. Mas além disso...? Não perca tempo seguindo suas orientações, Charlotte."

Abrindo o volume, Susanna arrancou sem piedade uma página qualquer e a colocou sobre a mesa.

"Primeiro, certifiquem-se de que têm tudo de que necessitam à mão." Ela passou os dedos sobre cada item. "Papel, bucha, bala, pólvora, fio. Enrole o papel em redor da bucha, formando um tubo", disse ela enquanto demonstrava, "e então use a bala para empurrar a bucha. Quando a bala quase chegar à extremidade, aperte o papel com o dedo e torça. Então despeje a pólvora."

Segurando entre os dedos a bola envolta em papel, ela encheu o resto do tubo com pólvora preta, deixando uma margem de um centímetro.

"Não precisa medir, está vendo? Pare de medir quando a pólvora cobrir a mancha de texto. É só torcer o papel de novo, e amarrar com um pedaço de fio... Pronto." Com um sorriso satisfeito, ela entregou o cartucho para Charlotte. "Com um pouco de prática, você pega o jeito."

Charlotte pegou o cartucho e piscou, espantada.

"Posso fazer uma pergunta, Srta. Finch?"

"É claro." Susanna arrancou mais duas páginas do livro e as entregou para a garota. "Desde que continuemos trabalhando enquanto conversamos."

Inclinando a cabeça como um papagaio, Charlotte olhou para os punhos nus de Susanna.

"O que aconteceu com você?"

Susanna gelou. Lentamente, ela virou o antebraço e observou as cicatrizes expostas. Havia passado muitos anos cuidadosamente as escondendo sob mangas, punhos e luvas, ou mudando de assunto com alguma desculpa esfarrapada quando alguém olhava para elas ou fazia uma pergunta.

Por quê?

Lá estava ela, mais de uma década depois. Já não era uma garota, mas uma mulher crescida, sensata e instruída. Naquele momento, ela estava literalmente rasgando os ensinamentos restritivos que a sociedade impunha às mulheres, e ensinava para uma jovem bem-nascida não a arte de decorar bandejas de chá, mas de fazer cartuchos de pólvora. Talvez o mundo tivesse deixado algumas marcas nela, mas Susanna certamente também imprimia sua marca no mundo. Ali, em Spindle Cove, onde as mulheres ficavam à vontade para exibir seu lado melhor e mais verdadeiro.

Susanna passou os dedos por seu velho e conhecido mapa da dor. Aquelas cicatrizes faziam parte do seu eu verdadeiro. Não eram *toda* a verdade sobre Susanna, mas faziam parte dela. E, de repente, parecia não haver mais motivo para escondê-las.

"São ferimentos cicatrizados", disse ela para Charlotte. "De sangrias. Faz anos, já."

A garota estremeceu.

"Isso dói?"

"Não." Seu próprio sorriso a surpreendeu. "De modo algum. Eu sei que as cicatrizes impressionam, mas, para falar a verdade, às vezes esqueço delas durante dias."

Enquanto falava aquelas palavras, Susanna ficou espantada por perceber como eram verdadeiras, e como se sentia mais leve por dizê-las. Parecia que seu caso com Bram tinha terminado. Fazia dias que ele não falava com ela. Nem enviava bilhetes. Ainda assim, ela estaria para sempre mudada pelo que eles tiveram. Mudada por ele. Bram havia lhe dado aquele presente precioso, a coragem de se aceitar como ela era. Cicatrizes, sardas, paixões e tudo o mais.

Por falar nisso, será que um coração partido cicatrizava? Depois que uma década se passasse, conseguiria ela esquecer de Bram durante dias seguidos?

De algum modo, ela duvidava.

"Srta. Finch!" Violet Winterbottom apareceu à porta. "A Srta. Bright precisa de você no salão. Ela quer sua opinião a respeito da decoração."

"Estou indo."

Susanna passou para Charlotte os suprimentos para confecção de cartuchos, antes de lavar as mãos na bacia e sair da sala do café da manhã, deixando as luvas para trás.

Ela passou pela sala de estar, onde os voluntários da milícia estavam em pé, parecendo um grupo de espantalhos, com braços esticados, enquanto mulheres com alfinetes na boca pregavam e costuravam, fazendo as últimas alterações em seus uniformes.

Quando Susanna chegou ao salão, ela encontrou o local fervilhando. Na extremidade daquele aposento comprido, Kate Taylor praticava no piano. Ao longo da parede de janelas, o Sr. Fosbury e dois criados ocupavam-se de arrumar mesas para o serviço de bufê. Mulheres e empregados carregavam flores e móveis de um lado para outro, seus passos tamborilando no piso de madeira corrida. Na noite do dia seguinte, aquela cena seria uma demonstração de elegância – era o que ela esperava. Mas naquele momento era o retrato do caos.

"Aqui", chamou Sally Bright, para em seguida colocar um bebê que esperneava nos braços de Susanna. "Pegue a Daisy enquanto eu subo na escada. Temos algumas opções de festões."

Susanna esperou pacientemente no meio da sala, olhando para a balaustrada e balançando a irmã Bright mais nova no ritmo das escalas de Kate no piano. Daisy tinha crescido bastante nos últimos meses. Com o passar dos minutos, Susanna começou a achar que seus braços cairiam.

"Ela adorou você, Srta. Finch!", exclamou Sally, enquanto passava o tecido sobre o corrimão. "Veja, este é vermelho. Chama a atenção, mas não será demais, com todos os uniformes na sala? Depois temos este azul, mas é um pouco escuro para um evento noturno. Qual você acha que é melhor?"

Susanna inclinou a cabeça, pensativa.

"Concordo totalmente, Srta. Finch", disse o Sr. Keane, aparecendo junto à Sally no balcão. "Nenhum dos dois vai servir. Precisamos de algo com mais brilho. Eu sugiro dourado.

"Eu lhe disse, vigário", falou Sally. "Não temos dourado suficiente."

"Tem razão. A menos que…" O vigário estalou os dedos. "Já sei. Vamos combiná-lo com o tule."

"O tule!", exclamou Sally. "Isso foi inspiração divina. Espere um instante, Srta. Finch. Vou lhe mostrar o que ele está propondo."

Os dois desapareceram, abaixando-se para remexer nas caixas de materiais.

Susanna suspirou, trocando Daisy de braço.

"Aí está você. Eu a procurei por toda parte." Bram apareceu repentinamente a seu lado.

Pega de surpresa, ela passou o bebê de um braço para outro.

"Procurou?"

A não ser por alguns olhares trocados na praça, ela não o via fazia quase três dias. E, claro, ele *tinha* que aparecer perigosamente atraente, vestindo apenas uma camisa simples de colarinho aberto, debaixo de seu novíssimo casaco de oficial. Ela tentou não olhar para ele, mas evitar contato visual direto foi o melhor que Susanna conseguiu fazer. Ela manteve o olhar baixo, no ângulo másculo do maxilar dele, em seus lábios sensuais. Então admirou a parte exposta de seu peito nu e os pelos escuros que apareciam ali.

Ele estava *querendo* torturá-la?

"Por favor, explique-me o que é isto?" Ele mostrou os punhos do casaco, destacando os botões de bronze pregados neles.

"Ah, isso." Ela reprimiu um sorriso. "Aaron Dawes fez o molde e a fundição. Toda milícia que se preze precisa de um símbolo."

"Sim, mas milícias que se prezem não escolhem um *carneiro*."

"Pelo que me lembro, o carneiro escolheu você."

Bram passou o dedo pelo lema – uma frase em latim:

"*Aries eos incitabit*. Um carneiro os fará avançar?"

"Cuidado, milorde. Seus três semestres em Cambridge estão aparecendo."

A boca de Bram suavizou-se, aquela sugestão sutil de um sorriso que Susanna aprendeu a adorar.

"Botões à parte", disse ele, "você fez um trabalho admirável. Você e todas as mulheres. Os uniformes, o treinamento…" Ele passou os olhos pela sala. "Todos esses preparativos."

O elogio dele a aqueceu por dentro.

"Todos temos trabalhado bastante. Por acaso, eu vi parte do treinamento, outro dia. Impressionante, milorde. Amanhã, sem dúvida, será um dia triunfante." Um silêncio constrangedor nasceu entre eles, até Daisy interrompê-lo com um balbucio molhado.

"Quem é esta?" Ele indicou com a cabeça a bebê em seus braços. "Acredito que não fomos apresentados."

"Esta…" – ela a virou para que Bram pudesse vê-la melhor – "é Daisy Bright."

"Eu deveria ter adivinhado pelo cabelo."

A bebê de cabelos claros esticou a mão gorducha para Bram, tentando alcançar os botões brilhantes de seu casaco. Susanna também teve vontade de tocar nele. Por impulso, levada por partes iguais de estresse emocional e cansaço dos braços, ela entregou a criança para ele.

"Tome. Por que você não a segura?"

"Eu? Espere. Eu não…"

Mas ela não lhe deu chance de recusar, arrumando Daisy na dobra de seu braço. A bebê, encantada, agarrou um botão e deu um puxão.

"Está vendo? Alguém gostou dos botões." Susanna olhou para Bram. O pobre homem estava duro como pedra, totalmente tomado pelo terror. "Tente manter a calma", provocou ela. "É uma bebê, não uma granada."

"Tenho mais experiência com granadas."

"Você está se saindo muito bem." Largando o botão, Daisy agarrou o polegar de Bram e o apertou com força. "Olhe, ela já está adorando você."

Um caroço cresceu na garganta de Susanna enquanto ela observava Bram segurando o bebê com tanto carinho, e aqueles dedinhos envolvendo firmemente seu polegar.

E ele continuava a torturá-la. Susanna nunca havia pensado muito a respeito, mas agora… ah, como ela queria um filho. Ela adorava a ideia de seus seios e sua barriga inchados por uma gravidez. Adorava a ideia de ficar acordada à noite, sentindo o bebê chutá-la por dentro. Adorava sonhar como seria a criança, imaginando qual dos pais iria preferir. Ela adorava tudo na ideia de carregar não só um bebê, mas o bebê de Bram.

Porque ela o *amava*.

Ela amava *Bram*. E talvez ele fosse teimoso demais para admitir, mas Bram precisava de seu amor. Ela não podia deixá-lo ir embora.

Ela tinha uma última esperança, imaginava. O vestido. Uma nuvem cor de marfim, ornado com pérolas e brilhantes, que no momento estava pendurado em seu quarto de vestir, no andar de cima. Ela só o tinha vestido uma vez, havia alguns anos, na cidade. Mas quando o experimentou, na semana anterior, o corpete moldou-se às suas formas como uma segunda pele. O decote fazia os seios ficarem altos e cheios, e o espartilho costurado no vestido afinava sua cintura.

Ela andava sonhando com aquela visão tola de si mesma, em que deslizava escadaria abaixo naquele vestido lindo, etéreo, na noite da festa. Em sua imaginação, Bram estava ao pé da escada, olhando para ela com uma mistura de orgulho e assombro, marcada por puro desejo. Apesar de todos os indícios de que ele não era grande coisa como dançarino, o Bram dos seus sonhos tomava sua mão e a conduzia em uma valsa lenta e romântica. E lá no meio do salão, diante de uma multidão de espectadores admirados, ele a girava e parava, confessando então sua adoração eterna por ela.

Era um sonho lindo e bobo.

Mas aquilo tinha sido antes de os dois brigarem na torre. Antes de ele a acusar de ser desconfiada e temerosa. Era difícil imaginar que simplesmente trajar um vestido bonito faria com que ele mudasse de opinião. E se um vestido bonito era tudo de que ela precisava, Susanna não tinha muita certeza se conseguiria manter o respeito por ele.

"Preciso falar com você", disse ele, em voz baixa. Ele passou os olhos pelo salão cheio de gente. "Em outro lugar. Em particular."

"Particular?"

As notas de piano de Kate pararam repentinamente, e o coração de Susanna começou a bater em um ritmo mais rápido do que nunca. As paredes começaram a se fechar sobre ela, que sentiu o olhar de cada pessoa naquele salão abarrotado. Susanna olhou em volta, observando suas amigas reunidas, os vizinhos, os criados... Como ela suspeitava, todo mundo os estava observando. Reparando. *Imaginando...*

Bem... que ótimo.

Não só ótimo. *Excelente!* O peso da ansiedade em seu estômago dissolveu-se em bolhas de alegria, que borbulhavam por ela como champanha. De repente, ela soube exatamente o que fazer.

"Dance comigo."

Bram piscou espantado.

"Quê?"

"Dance comigo", repetiu ela.

"Dançar com você. Amanhã à noite, no baile dos oficiais?"

"Não". Ela balançou a cabeça. "Quero dizer aqui. Agora."

Que tipo de mulher moderna ela seria se não fosse atrás de seu próprio sonho? Talvez fosse hora de ela arrebatá-lo, só para variar. Susanna desamarrou seu avental de trabalho nas costas e o retirou pela cabeça, jogando-o sobre o corrimão e alisando os vincos de seu vestido cor-de-rosa. Não era uma nuvem de seda volumosa, deslumbrante, mas teria que servir.

"Srta. Taylor", chamou ela, arrumando um cacho solto de cabelo. "Por favor, toque uma valsa para nós."

Bram jogou o peso de uma perna para outra, olhando para ela com o que parecia ser genuína preocupação.

"Não sou um grande dançarino."

"Ah, tudo bem. Eu também não sou." Ela ergueu a pequena Daisy de seus braços e a passou para uma camareira que estava por perto. "Por favor, Srta. Taylor, toque uma valsa lenta."

"Nunca pratiquei de verdade, mesmo antes disto." Ele mostrou o joelho machucado.

"Não importa." Ela pegou suas mãos e o puxou para o centro do salão. "Nós daremos um jeito."

Espaço foi se abrindo ao redor deles, enquanto os curiosos espectadores iam para as margens da sala. Os dedos talentosos de Kate fizeram surgir no piano os primeiros acordes de uma valsa melódica.

Susanna ficou de frente para ele no meio do salão, ergueu a mão direita de Bram e colocou a outra mão dele em sua cintura.

"Agora, vamos ver. Como isso começa?"

"Assim." A mão direita dele deslizou, segura e confiante, para o espaço entre as escápulas dela, e uma rápida flexão de seu braço trouxe-a para perto.

Encantada, Susanna prendeu a respiração por um instante.

Bram parecia ter compreendido que possuía duas opções, e fugir àquela dança não era uma delas. Ele poderia parecer coagido e constrangido na frente de todas aquelas pessoas, ou poderia assumir o controle.

Não foi surpresa que ele escolheu a segunda opção.

"Pronto?", perguntou Bram.

Ela acenou positivamente com a cabeça.

Com elegância e mancando levemente, ele valsou pelo salão com ela.

E *foi* um sonho que se tornou realidade.

Eles se movimentavam em perfeita harmonia com a música. Susanna suspeitava de que era porque Kate havia colocado uma pausa cadenciada na terceira batida de cada acorde, para encaixar seus passos hesitantes. Ou, talvez fosse a música que os acompanhava, mas foi um momento mágico mesmo assim.

Ele a fez dar uma volta, depois outra. Os babados de sua saia rodopiavam em volta de seus tornozelos, em turbilhões de espuma rosa. E o sol, deslizando lentamente na direção do horizonte, alcançou naquele instante um ponto baixo no céu. Seus raios âmbar raiaram através das janelas que se alinhavam naquela parede. O vidro antigo e curvo absorvia aquela luz gasta pelo dia e a tornava preciosa, pintando a sala e seus ocupantes com um halo cintilante.

Mas ninguém ficou mais iluminado do que Bram. Dedos róseos de luz brilharam através dos pelos finos de sua sobrancelha. A tarde que se derretia deitava como uma placa de ouro em seus ombros. Uma armadura brilhante, reluzente. E ele sustentou lindamente o peso dela, enquanto rodopiava com Susanna pelos tacos de madeira recém-encerados. Ela ouviu mais de uma jovem suspirar, sonhadora.

Aquilo era algo tirado de um conto de fadas.

Bram fitou-a no fundo dos olhos. Faíscas dançavam em suas grandes pupilas escuras.

"Você vai me contar porque estamos fazendo isto?"

Ela anuiu.

"Você tinha razão quando me acusou, outro dia, de ter medo."

"Eu não deveria ter..."

"Tudo bem. Você tinha razão. Eu *tive* medo. Sabe, eu sempre falei para as mulheres que Spindle Cove era um lugar seguro para elas. Um lugar em que uma mulher podia ser verdadeira e completa, independentemente do que os outros pensem. Mas, nas últimas semanas, esse não foi o caso para mim. Estive escondendo uma parte verdadeira de mim mesma. Essa parte vital, cada vez maior, que guarda todos os meus sentimentos por você. Tenho mantido isso em segredo de todo mundo, sem coragem de contar para ninguém."

A música continuou, mas o casal parou de dançar.

"E isso é ridículo, não é? E injusto com nós dois. Quando olhei para você, agora mesmo, eu soube. Eu soube, no meu coração, que não poderia esconder isso por nem mais um minuto. Eu queria dançar com você. Eu queria que todos nos vissem." Ela engoliu em seco. "Que todos *me* vissem apaixonada por você."

E apesar de aquele ser seu momento de coragem e sinceridade, ela repentinamente não conseguiu mais sustentar o olhar de Bram. Susanna baixou os olhos para o galão dourado do novo casaco vermelho dele, e ficou passando o dedo pelo ornamento. Mostrando afeto com seu toque.

"Não estou bem certa do que dizer. Não tenho experiência com essas coisas. Eu lhe diria que você é o homem mais corajoso, o melhor que conheço. Mas considerando o pequeno número de homens que conheço, o elogio não parece grande coisa." Ela finalmente buscou forças em suas reservas e ergueu o rosto para encará-lo. "Então vou lhe dizer apenas que amo você. Eu o amo, Bram. Quero que todos vejam, e quero que você saiba... que agora faz parte deste lugar. Não importa aonde o dever o leve, Spindle Cove sempre vai estar aqui para você. Assim como eu."

Ele pôs os dois braços ao redor dela, puxando-a contra seu peito.

"Sua mulher linda e ousada."

Então ele ficou quieto, apenas olhando para ela pelo que pareceram séculos. Nós se multiplicavam no estômago de Susanna a cada segundo que passava.

Ela engoliu em seco.

"Você não tem mais nada para dizer?", perguntou Susanna.

"'Aleluia' é o que me ocorre. Além disso..." Ele fez um carinho no rosto dela. "Será que isso significa que, se eu a pedir em casamento agora, talvez você não faça aquela cara de enterro?"

"Experimente."

E então um sorriso – grande, infantil, sem pudor – abriu-se no rosto dele. Era um sorriso diferente de todos os outros que ela tinha visto Bram exibir, e que definia o formato da alegria plena. Ela sentiu que refletia aquele sorriso em seu próprio rosto.

Ele colocou um dedo sob o queixo dela.

"Susanna Jane Finch, vo..."

"Susanna Jane Finch. O que está acontecendo aqui?" A voz familiar assustou os dois.

Papai.

Ela dominou o impulso de se esconder, ou de fugir do abraço de Bram. Tarde demais para tudo isso, e não havia necessidade, de qualquer modo. Ela não esconderia de seu próprio pai o que estava tão ansiosa para compartilhar com o mundo.

Ainda sorrindo, ela pegou a mão de Bram na sua e virou-se para encarar o pai.

"Papai, estou tão feliz que o senhor esteja aqui."

Mas a expressão de seu pai não parecia de felicidade. Enquanto se aproximava deles, atravessando o salão em movimentos lentos, compassados, ele parecia, na melhor das hipóteses, desconfiado. Sir Lewis observou as decorações ainda pela metade do aposento, enquanto caminhava. Os empregados de Summerfield colocaram-se em movimento. Em um instante, foi retomada a agitação de móveis mudando de lugar e de enfeites sendo pendurados. Kate voltou a tocar seus acordes.

Susanna mordeu o lábio.

"É o salão, papai? Eu sei que a coisa toda parece um caos no momento, mas espere até amanhã. Tudo vai estar perfeito."

"Não estou preocupado com amanhã." Seus olhos azuis fixaram-se em Bram.

Susanna sentiu, de repente, que devia proteger o homem a seu lado. Ela pegou o braço de Bram.

"Papai, estávamos apenas dançando."

"Apenas dançando?" Sir Lewis arqueou uma sobrancelha.

"Tem razão. Não se trata apenas de dança, é mais do que isso. Sabe, eu e Bram tornamo-nos muito próximos nas últimas semanas, e..." Ela lançou um olhar para Bram. "Eu o amo." Ela ficava muito feliz só de falar aquilo. Ela não queria mais parar. "Eu o amo, papai. De verdade."

Seu pai olhou para o chão e soltou um suspiro longo e calculado. Ela olhou para ele, estranhando a atitude. Como alguém poderia suspirar num momento daqueles?

Então ele ergueu a cabeça, e Susanna sentiu o coração se despedaçar.

Ela acabava de dizer ao pai que estava amando. Pela primeira vez em sua vida, *amando*. E ele se recusava até mesmo a olhar para ela. Pela expressão distante em seu rosto, Susanna percebeu que seu pai iria receber aquela notícia com o mesmo estado de espírito com que recebia todos os outros segredos e confissões de Susanna.

Ele iria ignorá-la. Como se nem mesmo tivesse escutado.

Oh, Deus.

Tinha sido assim, todas as outras vezes? Quando ela acreditava fazer suas confidências para um gênio distraído, na verdade Susanna estava apenas abrindo o coração para alguém que não se importava com ela? A ideia era revoltante. Impensável. Claro que seu pai se importava com ela. Ele tinha salvado sua vida. Tinha aberto mão de muitas coisas para viver em Summerfield.

Bram pigarreou.

"Sir Lewis, é óbvio que precisamos conversar."

"Ah, sim. É claro que precisamos." Seu pai calmamente enfiou a mão no bolso interno do casaco, de onde retirou um envelope. "Eu iria esperar até depois da demonstração militar amanhã, mas acho que agora é o momento ideal."

Bram soltou a mão de Susanna e aceitou o papel dobrado. Ele abriu o envelope e passou os olhos pela carta.

"Maldição. Isto é o que estou pensando?"

"Ordens oficiais", Sir Lewis disse. "Sim. Eu sondei meus amigos no Ministério da Guerra. Fiz sugestões persuasivas. Um navio da Marinha sai de Portsmouth na próxima terça-feira."

"*Terça-feira?*" Susanna ficou sem ar.

A atitude de seu pai era de frieza.

"Você estará nessa embarcação, Rycliff. E voltará a seu regimento em questão de semanas."

"Isso é…" Bram engoliu em seco enquanto olhava para o papel. "Sir Lewis, eu nem sei o que dizer."

Diga não, Susanna quis gritar. *Diga que você não pode partir tão cedo. Diga que vai se casar comigo.*

"Não precisa agradecer." Sir Lewis passou a mão pelo ralo cabelo grisalho. "Vejo isso como uma troca. Se não fosse pela exibição da sua milícia, eu não teria esta chance para demonstrar meu novo canhão."

"Seu novo *canhão?*" Susanna virou-se para Bram, mortificada. Ele deu sua palavra de que não envolveria o pai dela na milícia. Bram não poderia ter mentido para ela.

"Isso mesmo, Susanna", disse seu pai. "O novo canhão. Ele será apresentado amanhã, como parte da demonstração da milícia." Ele olhou para Bram. "Espero que você tenha conseguido colocar esses agricultores na linha. Estou contando com uma exibição impressionante, em troca dos favores que eu tive que pedir." Ele bateu com o dedo na carta que Bram segurava.

"Mas…" Ela balançou a cabeça. Do outro lado do salão, os arpejos de Kate acabaram de derrubar o que restava da compostura de Susanna. "Bram, por favor, diga-me que não estou entendendo bem isso tudo. Diga-me que você não voltou atrás na sua palavra, que não empregou algum estratagema obscuro para recuperar seu comando."

"Não é nada disso", disse ele, com a voz baixa. "Eu posso explicar."

"Diga-me que posso confiar em você", exigiu ela, com a emoção tomando conta de sua voz. "Diga-me que você não esteve mentindo para mim o tempo todo. Diga-me que eu não cometi o erro mais infeliz e estúpido da minha vida, ou… ou eu não sei como…" Ela ficou sem voz.

"Susanna", disse rispidamente seu pai. "Pare de constranger a si mesma. Você sabe que é dada a emoções descabidas. Seja qual for a fantasia sem cabimento que você criou, vai passar. Amanhã não será um dia para seus devaneios de garota. Será um dia de legados; meu e de Bram. Talvez tenhamos exagerado ao atender suas vontades, querida, mas chega um momento em que os homens precisam ser homens. Você não pode ficar nos prendendo."

~~ *Capítulo Vinte e Quatro* ~~

Maldito canhão!

Colin lutava com as cordas enquanto içava o canhão para dentro da carroça. Para um protótipo em escala, aquela coisa era inacreditavelmente pesada. O cano era da grossura de sua coxa, feito de bronze sólido.

Ele se endireitou.

"Vocês. Não toquem nisso." De seu posto na boleia da carroça, Colin acenou para os gêmeos Bright afastarem-se de uma pirâmide de caixas cheias de palha. "Deixem isso aí."

"O que tem nessas caixas?", perguntou um dos garotos.

"Fogos de artifício para amanhã à noite. Não toquem neles. Nem mesmo respirem neles. Demorou mais de uma semana para que chegassem da cidade."

"Podemos ajudar você com eles?"

"Não", disse Colin, cerrando os dentes. Aqueles fogos de artifício eram para ser a surpresa que *ele* proporcionaria a todos, sua marca nas festividades do dia. Colin iria produzir a exibição ele mesmo, e o faria muito bem, provando para Bram que podia ser bom em alguma coisa. Colin parecia não conseguir fazer muita coisa certa em sua vida, mas ele tinha um dom para a destruição artística. Existiria tela melhor do que um céu noturno?

Mas primeiro, ele tinha que cuidar da obra-prima de Sir Lewis Finch. O maldito canhão.

Ele agarrou a corda com as duas mãos e se apoiou em seus calcanhares, puxando com toda sua força. Ser responsável pela artilharia pareceu-lhe uma tarefa adequada, até Colin perceber quanto peso teria que carregar. Durante todo o dia, ele havia corrido de um lado para outro, levando pólvora para as mulheres e depois os cartuchos prontos até o paiol, contrabandeando fogos de artifício até Summerfield e agora tinha que transportar o protótipo de Sir Lewis até o castelo. Carregar aquela coisa na carroça estava demorando mais do que ele havia planejado. Colin corria contra a noite.

"O que tem aqui?", perguntou um dos gêmeos.

Com o canto do olho, Colin viu Finn afastar a palha de cima de um rojão. Antes que pudesse dizer qualquer coisa, o garoto puxou o cordão. O dispositivo explodiu com um estalo alto e uma coluna de fumaça.

"Legal", disse Rufus, sorridente. "Tente outro."

"Eu falei para vocês caírem fora", ralhou Colin. Ele se levantou a tempo de ver Jantar sair correndo com um balido assustado. O cordeiro apavorado passou por baixo da cerca que delimitava os jardins de Summerfield.

"Vejam só o que vocês fizeram. Assustaram a maldita ovelha. Vocês sabem como Rycliff gosta dessa coisa."

"Devemos ir pegá-lo?"

"Não, eu tenho que fazer isso. Agora ele está com medo de vocês." Colin saltou da carroça. Ele bateu as mãos para se livrar dos fiapos de corda e enxugou a transpiração da testa com a manga.

Passando por cima da cerca, ele entrou na horta da casa, onde eram cultivados os vegetais e temperos usados na cozinha. Colin viu o cordeiro correr por entre duas fileiras de nabos e passar por baixo de outra cerca, entrando em um terreno preparado para cultivo, nos limites do pasto.

"Jantar", ele gritou, entrando na campina, atrás do cordeiro. "Jantar, volte aqui."

Quando chegou no meio do pasto, Colin parou para tomar fôlego e examinar a área, em busca de tufos de algodão que pudessem indicar o caminho do animal. Quando não conseguiu encontrar o cordeiro, ele fez um cone com as mãos ao redor da boca e tentou novamente:

"Jantar!"

Dessa vez, seu chamado mereceu uma resposta. Diversas respostas. Na verdade, o solo começou a tremer com uma resposta animal coletiva. Ele viu diversas formas grandes e escuras correndo na direção dele no lusco-fusco. Ele piscou, tentando entender o que via. Não eram ovelhas. Não, eram...

Vacas! Vacas grandes. Incrivelmente rápidas e ameaçadoras. Um pequeno rebanho delas, todas trotando diretamente em sua direção, no centro do pasto.

Colin deu alguns passos para trás.

"Esperem", disse ele, erguendo as mãos. "Não estava falando com vocês."

Os animais, aparentemente, não deram ouvidos a seus argumentos. O que era estranho, porque tinham orelhas tão grandes? Ou eram... chifres!?

Ele se virou e disparou na direção da cerca.

Maldito idiota, Colin xingou a si mesmo enquanto sacudia braços e pernas, correndo o mais rápido que podia pelo campo sulcado. *Tolo sem cabeça.* Que tipo de imbecil entra em um pasto e grita "Jantar" com toda a força?

Um que saía de Londres pela primeira vez em uma década.

"Eu odeio o campo", murmurou ele, enquanto corria. "Odeio. Eu odeio essa droga com todas as minhas forças."

Em sua pressa, ele escolheu uma rota de fuga diferente daquela pela qual havia entrado no terreno. Em vez de chegar à cerca de madeira, Colin correu na direção de uma cerca-viva. Com espinhos.

"Odeio", disse ele, enquanto abria caminho em meio aos galhos e espinhos. "Terra repugnante, miserável, fedida. Bah."

Colin emergiu do outro lado da cerca-viva, nos jardins de Summerfield, a parte bonita, dessa vez. Ele estava arranhado, mas por sorte não havia sido pisoteado. Ele ficou olhando para a cerca-viva por um instante, enquanto tirava espinhos da roupa e amaldiçoava a vida no campo.

Então algo chamou sua atenção. Uma leve pancada na cabeça.

Ele se virou, agitando às cegas uma das mãos.

O próximo golpe o atingiu em cheio no rosto. Uma pontada de dor esquentou sua face já machucada.

Bom Deus, o que era *aquilo*? As Sete Pragas de Colin Sandhurst, comprimidas no espaço de uma hora?

Ele ergueu as mãos para se defender e evitou os golpes incessantes.

"Seu vilão", acusou uma voz feminina. *Blam.* "Seu vira-lata traiçoeiro."

Colin baixou as mãos para ver se conseguia identificar seu agressor. Era a irmã do meio das garotas Highwood. A de cabelo escuro. O nome era Miriam? Melissa?

Fosse quem fosse, ela estava batendo nele. Repetidamente. Com uma luva.

"O que diabos você está fazendo?", ele evitou outro golpe, entrando nos jardins. Tropeçou em um canteiro de margaridas e evitou, por pouco, uma colisão com a roseira.

A garota foi atrás dele, ainda agitando a luva.

"Eu quero um duelo."

"Um duelo?"

"Eu sei tudo sobre você e a Sra. Lange, seu... seu animal..." Aparentemente, faltando-lhe coragem ou imaginação para completar o insulto, ela continuou. "Nunca gostei de você, quero que saiba disso. Sempre soube que você era um salafrário inútil, mas agora minhas irmãs e minha mãe vão sofrer a dor da descoberta. Você irá decepcioná-las."

Ah. Então era disso de que se tratava. Ele estava sendo obrigado a responder por... por o quê, mesmo? Flertar?

"Diana não tem pai nem irmãos para defender sua honra. Esse dever cabe a mim." Ela bateu mais uma vez no rosto dele. "Indique seus padrinhos."

"Bom Deus. Quer parar com a luva?" Ele a arrancou da mão da garota e a jogou nas roseiras espinhosas. "Não vou aceitar seu desafio. Não haverá duelo."

"Por que não? Porque sou mulher?"

"Não, porque eu vi como vocês, solteiras, sabem manejar uma arma de fogo. Você me mataria sem que eu tivesse chance." Colin apertou a ponta do nariz. "Escute, acalme-se. Eu não toquei em sua irmã. Pelo menos não de alguma forma imprópria."

"Talvez você não a tenha tocado impropriamente, mas a enganou impropriamente."

"Enganei? Talvez eu tenha dançado e flertado com ela um pouco, mas flertei com todas as jovens da vila."

"Não *todas* as jovens."

Ele parou, atordoado. Enquanto a encarava, Colin sentiu um sorriso querendo surgir em seu rosto.

"Então você está com inveja."

"Não seja ridículo", respondeu ela, rápido demais para ser sincera.

"Você está." Ele abanou um dedo na direção dela, já não mais na defensiva. "Você está com inveja. Eu flertei com todas as jovens da vila menos você, que ficou com inveja."

"Não estou com inveja, é só que..." Ela fez um gesto de frustração. "Eu quero machucá-lo. Da mesma forma que você machucou minha irmã."

Da forma como Colin *a* havia machucado? Se Diana Highwood tivesse sofrido um segundo de dor por conta dele, Colin engoliria um tamanco chinês, mas aquela garota... *ela* estava magoada.

Bem, *como* exatamente aquela jovem esperava que Colin flertasse com ela? Cantadas como "rio de seda" e "diamantes brilhantes" nunca funcionaria com uma mulher daquelas. Ela era inteligente demais para isso. Além do que, tais comparações seriam terrivelmente imprecisas. O cabelo dela em nada se parecia com seda, e seus olhos escuros nem de longe lembravam diamantes.

Vidro vulcânico resfriado, talvez.

"Escute", disse ele em tom conciliador. "Não é nada disso, Melinda. Até que você é uma garota bonitinha."

"Bonitinha?!" Ela revirou os olhos e soltou uma exclamação de pouco caso. "*Até que eu sou bonitinha*! Que tipo de elogio é esse? E meu nome não é Melinda."

"Não, não 'até que bonitinha'", disse ele, inclinando a cabeça para observá-la melhor. "Bonita de verdade. Se você…"

"Não diga isso. Todo mundo diz."

"O que todo mundo diz?"

Ela falou em voz estridente, como se imitasse alguém:

"Se você tirasse os óculos ficaria linda."

"Eu não ia falar isso", mentiu ele. "Por que eu diria isso? Que coisa totalmente idiota de se dizer."

"Eu sei que você está mentindo. Você mente com a mesma facilidade que respira. Mas meus sentimentos não são o problema aqui. O problema é você usar Diana de forma cruel."

"Garanto a você que não estou nem perto de usar sua irmã, seja com crueldade ou não. Peço desculpas por toda aquela confusão na casa de chá."

"Ah, sim. Você se desculpou direitinho. Você fez com que todos acreditassem que é decente. Que liga para os outros. E então ficou com uma *mulher casada*."

Colin massageou a nuca. Ele realmente não tinha tempo para aquilo. Ele precisava preparar os fogos de artifício, montar o canhão e pegar a ovelha.

"Eu não sei o que você espera conseguir com esta conversa, mas vou lhe adiantar: não irei propor casamento. Não para a sua irmã, nem para ninguém."

"Rá. Eu nunca permitiria que você se casasse com ela."

"Então o que você quer de mim?"

"Eu quero justiça! Eu quero que você seja responsável por suas ações, em vez de sempre se safar com algumas palavras bonitas."

Está vendo? Colin queria dizer. É por isso que eu evito você. Era como se aqueles óculos lhe dessem o poder de vê-lo por dentro.

"Você está começando a se parecer com meu primo", disse Colin. "Espero que você não esteja planejando fazer comigo o que fez com ele."

Ela ficou encarando Colin por alguns instantes.

"Que ideia excelente." Com um movimento rápido e amplo do braço, ela puxou sua bolsinha e a fez voar.

Colin esquivou-se a tempo de aparar o golpe com o ombro, em vez de com a cabeça. Ainda assim, a bolsa de veludo o atingiu com força surpreendente. A dor explodiu em seu ombro.

"Que porcaria você tem nessa coisa? Pedras?"

"E o que mais?"

Verdade, tinha algo mais ali dentro. Como ele poderia ter esquecido da ridícula obsessão que aquela garota tinha por geologia? Serpente traiçoeira.

"Escute, Marissa..."

"Meu nome é *Minerva.*" Ela ergueu a mão para golpeá-lo novamente com a bolsa cheia de pedras.

Dessa vez Colin estava pronto. Em um movimento rápido como um raio, ele a pegou pelo punho, a virou de costas e a puxou para si. A coluna de Minerva foi pressionada contra seu peito, e Colin envolveu a cintura dela com seu braço.

Os óculos dela caíram de seu rosto na grama.

Minerva se debateu.

"Solte-me."

"Ainda não. Você vai pisar nos óculos, se não parar de se debater."

Colin não tinha certeza de que queria que ela parasse de se debater. De onde ele estava, um ponto de vista superior com visão para dentro do corpete dela, parecia que todo aquele esforço fazia maravilhas pelos seios dela. Nada de alabastro frio e perfeito ali. Apenas pele feminina e quente. E embora ela fosse visualmente atraente, a sensação de *tocá-la* era ainda melhor. Tão brava e viva.

"Quieta." Ele pressionou seus lábios perto da orelha dela. O cabelo cheirava a jasmim. O aroma entrou rodopiando em sua cabeça, embotando seus pensamentos. "Fique calma", disse Colin.

Fique calmo, ele disse para si mesmo.

"Não quero ficar calma. Eu quero um duelo." Ela se contorceu nos braços dele e o desejo começou a pulsar em Colin, tão violento quanto assustador. "Eu exijo satisfações."

Sim, ele pensou. Aquela era uma mulher que *exigiria* satisfação. Na vida, no amor... Na cama... Ela exigiria honestidade, comprometimento e fidelidade, e todos os tipos de coisa que ele não estava disposto a dar.

E essa foi a desculpa de que ele precisava para soltá-la.

"Não se mexa, ou você irá esmagá-los." Colin se inclinou para pegar os óculos com aro de metal em um monte de hera, onde tinham caído. Depois de limpá-los, tirando terra e musgo, ele os segurou contra o luar para procurar arranhões.

"Eles não quebraram, não é?"

"Não."

Ela investiu contra Colin para pegar os óculos, mas ele os puxou para trás. Ela perdeu o equilíbrio e caiu para frente, colidindo contra o peito dele. Quando olhou para cima, piscando forte em uma tentativa de clarear a vista, seus cílios bateram como leques emplumados. Ela esticou a língua para umedecer os lábios.

Bom Deus... Para uma intelectual reprimida, até que Minerva tinha lábios bem ardentes. Suculentos, carnudos, de um vermelho profundo nas bordas. Como duas fatias de uma ameixa doce e madura. Colin ficou com água na boca.

Ela se encostou nele, as faces coradas. Como se Minerva *quisesse* ser beijada. Mais do que isso, como se ela *o* quisesse. Cada parte incorrigível, defeituosa, dissoluta.

Aquilo não estava certo.

"Você sabe, eles têm razão", disse Colin. "Você fica diferente sem seus óculos."

"Sério?"

"Sério. Você fica vesga. E confusa..." Ele recolocou os óculos na ponta do nariz dela, prendendo o aro atrás de suas orelhas. Então ele pôs o dedo sob seu queixo, inclinando o rosto dela para avaliá-lo.

"Pronto, assim está melhor."

Ela piscou para ele através dos discos de vidro, seu olhar assumindo aquele conhecido ar de desconfiança.

"Você é um homem horrível. Eu desprezo você."

"Isso mesmo, menina." E só porque ele sabia que isso a constrangeria, ele pôs a ponta de seu dedo no nariz dela. "Agora você está enxergando bem."

~ *Capítulo Vinte e Cinco* ~

Bram olhou para a carta em sua mão. Aquele pedaço de papel lhe restituía seu comando. Fazia meses que isso era tudo o que ele queria. Ele trabalhou incansavelmente para recuperar sua força, buscou esse objetivo com uma determinação ímpar. Ele não sonhava que qualquer outra coisa pudesse torná-lo mais feliz do que o pedaço de papel que então segurava.

E que ele queria jogar no fogo.

E logo depois atirar Sir Lewis Finch na mesma fogueira.

"Não consigo acreditar nisso. Oh, meu Deus." Susanna cobriu a boca com a mão e soluçou, depois saiu correndo do salão antes que Bram pudesse detê-la.

"Susanna, espere." Bram saiu em seu encalço.

Mas Sir Lewis colocou um braço à frente de seu peito, impedindo-o.

"Deixe-a ir. Ela sempre fica assim. Todas as mulheres ficam. Descobri que ela sempre resolve essas coisas por conta própria, com o devido tempo. Apenas dê-lhe um pouco de espaço."

Soltando fogo pelas ventas, Bram encarou o homem.

"Ah, é mesmo. Da mesma maneira que o senhor lhe deu espaço, quando ela estava abalada pela morte da mãe? Enviando-a para aquela tortura abominável em Norfolk?" Com o dedo curvado, ele bateu no envelope que continha suas ordens. "Há quanto tempo está com isto, Sir Lewis? Dias? Semanas? Talvez desde antes de eu chegar a Spindle Cove? Obviamente não havia nenhuma necessidade de uma exibição militar aqui. O Duque de Tunbridge realmente lhe pediu para organizar uma milícia aqui, ou isso também é mentira? Eu sempre soube que o senhor era um inventor brilhante, mas talvez devesse se arriscar na espionagem."

O velho ficou ofendido.

"Eu sou um patriota, seu cachorro ingrato. Amanhã, diante de uma plateia de duques e generais, vou apresentar a arma que poderá salvar a vida de muitos dos seus soldados. E qual o problema se cometi algum exagero inofensivo? Você conseguiu o que queria, não foi?"

"Está se referindo a isto?" Bram chacoalhou o envelope diante dele. Depois engrossou a voz, produzindo um rugido: "Este pedaço de papel tem exatamente um valor agora, uma qualidade que me faz amassá-lo com o pé".

"Oh? E qual é?"

"Ele me deixa à vontade para dizer isto: vá para o inferno."

Bram deixou o velho vociferando e correu pelo mesmo caminho escolhido por Susanna quando ela saiu do salão. Quando chegou ao fim do corredor, uma porta aberta para o jardim chamou sua atenção. Bram a atravessou correndo.

E quase colidiu com uma estupefata Minerva Highwood.

"Segure o porrete", disse ele, levantando as mãos. "Susanna passou por aqui?"

A garota de óculos olhou por cima do ombro.

"Eu não..."

"Obrigado." Bram não esperou pelo resto da resposta. Ele simplesmente seguiu a direção que ela indicou com o olhar, um caminho de pedra que desaparecia depois de uma cerca viva alta e bem-cuidada. Quando ele a contornou, vislumbrou o cabelo inconfundível de Susanna, quando a moça passou em disparada através de um arco distante.

"Susanna!"

Ela hesitou, mas não parou. Susanna entrou em um jardim quadrado delimitado por sebes por todos os lados, com treliças em todos os cantos. Bram a seguiu e fechou o portão atrás de si.

Susanna ouviu o clique do fecho e se virou, sabendo que estava encurralada. Os olhos dela estavam arregalados de medo e de incredulidade. É claro que ela estava aterrorizada. Seu amado pai – seu genitor e único protetor por tantos anos – acabava de se revelar um maldito ambicioso, egoísta e insensível.

"Escute", disse Bram, erguendo as mãos para sinalizar paz. "Susanna, amor. Eu sei como você deve estar chateada, agora."

"Você não faz ideia." Ela balançou a cabeça. "Não faz ideia." Ela fechou as mãos em punhos, que depois apertou contra a barriga, como se tivesse medo de que se lançassem contra Bram.

"Ajudaria se você batesse em algo? Pode bater em mim." Aproximando-se dela, ele baixou os braços ao lado das pernas. "Tudo bem, amor. Dê o seu melhor."

Nem bem as palavras passaram por seus lábios e o soco dela atingiu sua barriga como uma marreta. Uma marreta com articulações pontudas. O golpe o atingiu antes que ele pudesse se preparar, tensionando os músculos do abdome para se defender.

"Aff!" Ele levou a mão à barriga, dobrando-se. "Pelo amor de Deus, Susanna."

"Foi você que pediu!", ela exclamou, defensiva, aninhando a mão que o havia socado junto ao peito e massageando as juntas. "Você me disse para eu dar meu melhor."

"Eu sei, eu sei." Ele se endireitou, afastando a dor com um suspiro profundo. "É só que... seu melhor foi pior do que eu esperava."

"A esta altura você já deveria saber que sou cheia de surpresas." Ela terminou de falar com um soluço profundo e afastou o braço, preparando mais um golpe.

Dessa vez Bram o interceptou, agarrando facilmente o punho dela.

"Espere um pouco."

"Não vou esperar nada." Ela chutou a canela de Bram. A canela boa, por sorte. "Você estragou *tudo*. Estou furiosa com você."

"*Comigo?*" Ele se afastou, surpreso. Depois do modo insensível e nojento com que Sir Lewis acabava de tratá-la em casa, Susanna estava furiosa com *ele*?

"Como você pode fazer isso comigo? Você me deu sua palavra. Você prometeu que não envolveria meu pai em nada disso."

"Eu não achei que o estava envolvendo, não do jeito que você está falando. Eu só concordei em demonstrar a nova invenção dele. Não é como se eu o tivesse colocado de uniforme."

"Mas você não vê que isso é muito pior?"

"Não. Não consigo ver." Ele pôs as mãos nos ombros dela e tentou acalmá-la com um carinho rápido. "Susanna, eu nunca quis enganar você, juro. E apesar do que penso de seu pai agora... até eu tenho que admitir, esse canhão é uma ideia brilhante. Ele tem que ser apresentado."

"O canhão é uma *ideia* brilhante, mas na prática não funciona. Você sabe quantos protótipos ele já fez? Quantos quase-desastres evitamos? O último explodiu, Bram. Praticamente no rosto dele. Papai sofreu um leve ataque do coração, ficou de cama por semanas. Ele me prometeu que interromperia as experiências, que enviaria seus projetos para que colegas os testassem." Ela levou as costas da mão à boca. "Ele me prometeu."

"Bem, ele quebrou a promessa. Para nós dois." Ele olhou enviesado para o bolso de seu colete, onde tinha enfiado o envelope. "Ele poderia ter me dado esse envelope semanas atrás, não percebe? Mas decidiu me usar enquanto podia. Esse evento para o qual estamos trabalhando tanto não tem nada a ver com o Duque de Tunbridge nem com a defesa da enseada. Tudo está relacionado ao gosto de seu pai pela glória. Todo o resto é apenas uma abertura para o espetáculo principal, o canhão novo. Ele manipulou nós dois. Não apenas nós, mas toda a maldita vila. Pelo bem de seu orgulho, ele pôs todo seu trabalho, todas as suas amigas em risco."

Ela fechou os olhos bem apertados e cobriu as orelhas com as mãos.

"Pare! Pare de falar. Não quero ouvir mais nada. Pare."

Bram sabia que a raiva de Susanna não era direcionada a ele. A traição e a devastação que ela sentia eram totalmente relacionadas a seu pai. Aquele sentimento conhecido de impotência desceu sobre Bram, quando ele percebeu que não podia fazer nada para alterar o passado. Ele não poderia consertar isso para ela.

Mas Bram poderia ficar ali, com ela. Ele poderia ouvi-la e abraçá-la.

E foi o que ele fez. Bram envolveu-a com seus braços e a apertou junto ao peito. Susanna deitou a cabeça no ombro dele e chorou. Ele a manteve assim por vários minutos, murmurando palavras de conforto em sua orelha. Compartilhando com ela o calor e a força de seu corpo, até que os tremores cessaram.

Quando afinal ela ergueu a cabeça e inspirou profunda e tremulamente, Bram conduziu-a até uma das pérgulas no canto.

"Venha, vamos sentar."

"Sinto muito. Seu joelho."

"Não, não. Não é isso." Bram a puxou para sentar com ele. O banco da pérgula era pequeno e só podia acomodar os dois com ela quase sentando no colo dele. Bram passou um braço pela cintura dela. As pernas esguias de Susanna enroscaram nas botas altas de Bram, e uma de suas sapatilhas caiu na grama.

"Pegue." Com sua mão livre, Bram tirou o frasco do bolso. Ele desenroscou a tampa com os dentes e então a cuspiu de lado. "Tome um gole disto. Vai ajudar."

Ele levou o frasco até os lábios trêmulos dela, e Susanna tomou um bom gole. Imediatamente, ela teve um violento acesso de tosse.

"Desculpe", disse ele, batendo em suas costas. "Você é tão proficiente em tiro ao alvo, latim e tudo o mais, que pensei já dominasse todos os hábitos masculinos."

Ela pigarreou e abriu um sorriso torto.

"Este é um que ainda não tentei. Quanto aos outros... eu só queria algo em comum com meu pai."

"Eu sei, querida. Eu sei muito bem." Ele afastou uma mecha de cabelo que tinha caído no rosto dela. "Foi a mesma coisa comigo."

Susanna passou as mãos pelo rosto.

"Ele me *prometeu*, Bram. Ele me prometeu tantas coisas, e fui uma tola de acreditar. Ele me disse que cuidaria de si mesmo, que não me causaria mais tantas preocupações. E agora essa história do canhão." Uma risada amarga veio em meio às lágrimas. "Ele me disse certa vez, há muito tempo, que o castelo Rycliff era meu. Você sabia disso? Meu prêmio pela recuperação. Ele me encorajou a guardar ali todos os meus sonhos e esperanças, e então..." Ela pegou a garrafinha e tomou outro gole de uísque, sorvendo a bebida com uma careta. "E então, certa tarde, ele simplesmente o deu" – seus olhos lacrimosos encontraram os dele – "para você."

"Eu não sabia. Sinto muito."

"Não é nada. Bobagens de uma garota, mas parece que eu sou uma garota boba." Ela fungou e descansou a cabeça no peito de Bram. "Ele prometeu que eu ficaria em segurança, naquele verão em Norfolk. Que a temporada que eu passaria ali seria..." A voz dela falhou. "Seria *boa* para mim. Agora eu sei, ele só me queria fora do caminho. Você o ouviu dizer que estou sempre exagerando, segurando-o. Naquele verão eu devo ter sido difícil demais para ser ignorada."

"Calma, amor. Calma." Ele colou um beijo em sua cabeça. "Não fique tão agitada."

Susanna segurou a lapela de Bram.

"E tudo isso poderia ser de algum modo suportável se eu tivesse você. Mas agora você vai embora. *Terça-feira*. Não sei como vou sobreviver. Eu amo tanto você."

Só por isso o coração de Bram dançou uma valsa alegre em seu peito.

Ela o amava.

Ela havia dito o mesmo dentro de casa. Quatro vezes, se Bram lembrava corretamente, mas com cada repetição ela punha mais alegria em cima de alegria. Naquele momento, ele chafurdava em alegria.

"Por favor, não vá", sussurrou ela, agarrando seu casaco. "Não me deixe."

Os olhos dela estavam carregados de uma incerteza dilacerante. Como se ele fosse o segundo homem a destruir sua confiança no mesmo dia. Ele não sabia que palavras poderia usar que a convencessem do contrário, então respondeu com um beijo. Ele baixou os lábios até os dela, com a intenção de lhe dar um beijo curto e casto.

Mas ela pensou diferente.

Susanna abriu os lábios, convidativos e suculentos, ao encontrar os dele. Atraindo-o para si. Recebendo-o em seu lar.

Deus. Sim. Aquele primeiro sabor de Susanna, após longos dias de separação, enviou relâmpagos através de seu corpo. Um gemido baixo rugiu em sua garganta.

Eles se beijaram, famintos, trocando toques curtos e passadas profundas de língua. Susanna ficou viva nos braços de Bram, tomada por uma espécie de frenesi sensual. Ela agarrou os ombros dele. Afastou o casaco de Bram para esfregar seus seios contra o peito, através da fina camada de algodão de sua camisa. Susanna enfiou seus dedos no cabelo espesso e retorceu-se no colo dele, aprofundando ainda mais o beijo.

Talvez fosse aquele pequeno gole de uísque, mas, em nenhum dos encontros anteriores, Bram viu tanta agressividade nela. Suas mãos estavam corajosas. Seus lábios e sua língua faziam exigências.

Bram descobriu que gostava daquilo. Ele gostava muito.

"Não me deixe", ela pediu, beijando o pescoço dele. "Mantenha-me perto e apertada. Prometa que nunca vai me soltar."

"Nunca." Ele deslizou a mão por baixo do traseiro dela e puxou, trazendo-a mais para o alto em seu colo. Mas não era o bastante. Com a outra mão, ele pegou e levantou as dobras da saia de Susanna. Estas farfalharam sensualmente quando ela se pôs de joelho para em seguida ficar a cavalo sobre Bram no banco.

Ele deslizou a mão por sua coxa. Ela estava nua por baixo das anáguas. Nua e molhada para ele. Seus gemidos se misturaram enquanto ele explorava a fenda úmida de Susanna com os dedos, encontrando e acariciando sua pérola intumescida. O perfume de sua feminilidade se misturou ao aroma das rosas, enchendo o ar com uma fragrância excitante e inebriante.

A mão dela correu para os fechos da calça de Bram. Ela ajeitou o corpo, dando-se espaço para abrir os botões. A mudança de posição enfiou seu busto no rosto dele. Inclinando a cabeça, ele aninhou o nariz entre as almofadas macias dos seios dela, avidamente enfiando a língua no vale cheiroso entre eles.

Enquanto ele beijava e lambia aquelas curvas deliciosas, um lamento carente escapou da garganta dela.

"Eu preciso de você", disse ela, passando a mão pela abertura desabotoada para tocar a carne excitada de Bram. "Eu preciso de você agora."

Ela não precisou pedir duas vezes. Ele fez o membro passar pelas camadas de tecido, posicionando a cabeça ávida e inchada na entrada da felicidade.

Ela baixou o corpo uma fração de centímetro, então se afastou – seu calor úmido dançando sobre a coroa da ereção de Bram. Ele pensou que enlouqueceria, mas se forçou a ser paciente mais um pouco, afastando sua cabeça para poder admirar Susanna. As mechas e os cachos dos cabelos de bronze derretido caíam soltos em volta dos ombros pálidos dela. Aqueles lábios carnudos, cor de morango, inchados por seus beijos. O rubor de paixão em seu rosto. Tão linda, que fez o coração dele apertar.

Bram guiou os quadris de Susanna até ela ficar no lugar certo. Depois ele a ajudou a sentar lentamente. Centímetro delicioso por centímetro delicioso. Até que uma felicidade fluida o envolveu, totalmente até a raiz.

Eles ficaram assim muito tempo, ofegantes, resistindo ao desejo de se moverem.

Quando esse desejo se tornou imperativo, ela mexeu os quadris. Lentamente a princípio, mas rapidamente acelerando até um ritmo ágil, urgente. Ele a ajudava com as mãos, agarrando firmemente seus quadris e a levantando, depois baixando... deslizando Susanna por sua extensão rígida várias vezes seguidas. Mais rápido, com mais força. Até que seus corpos começassem a se encontrar com baques eróticos de pele contra pele.

Ela repousou a testa no ombro dele. Bram podia dizer, pelos gemidos perdidos que saíam da garganta dela, que Susanna estava chegando ao limite. Ele próprio pendurava-se no precipício, segurando-se com seus dentes cerrados. O prazer subia e descia por sua coluna, desesperado por um alívio.

Segure-se, Bram disse a si mesmo. *Só mais um minuto.*

Ele precisava sentir o corpo dela convulsionar à volta dele, ouvir os gritos que ela produziria quando o prazer chegasse. Seu prazer não faria sentido sem o dela.

Sabendo muito bem que isso acabaria com o que restava de seu autocontrole, Bram arqueou os quadris para penetrá-la mais profundamente e apressou suas investidas. A respiração dela ficou quente e rápida contra sua orelha. As unhas dela entraram na carne macia da nuca de Bram, e seus seios galoparam contra o peito dele. Ele estava perdendo a batalha contra o controle, afundando em velocidade máxima no que, ele tinha certeza, seria o prazer mais devastador de sua vida.

"Amor, não consigo segurar mais."

"Fique", disse ela. "Fique comigo."

"Goze", disse ele entre os dentes cerrados. "Goze comigo."

Eles ficaram juntos e gozaram juntos. Arqueando, arfando, agarrando um ao outro com força. Com a primeira contração deliciosa e apertada de seu clímax, Susanna o jogou no precipício do êxtase. De algum modo, ela encontrou a boca de Bram com a sua, e juntos engoliram os gritos de paixão um do outro. Bram pensou que iria sair de sua própria pele, tal era sua euforia. O prazer cego de seu clímax só foi ofuscado pela alegria de enchê-la com sua semente.

Agora ela era sua, para sempre. E ele era dela, de corpo e alma.

Eles eram um só.

"Fique", murmurou ela, inclinando-se para frente e descansando sua testa suada no queixo dele. "Fique comigo."

Bram sentiu o coração apertar. Ele não a deixaria, nunca, mas agora ele tinha ordens, e ela precisava ir embora daquele lugar.

"Venha", disse ele. "Venha comigo."

Ela emitiu um som de incredulidade.

"Estou falando muito sério. Não vai ser uma viagem de férias, mas tenho passagem garantida para o continente na semana que vem. Venha comigo. Como minha esposa."

Ela franziu a testa.

"Mas... eu pensei que você acreditava que não havia lugar para mulheres em campanhas militares."

Ele se esforçou para dominar o surto instintivo de preocupação.

"Para a maioria, não há mesmo, mas você é mais forte do que a maioria. Você sabe como cuidar de si mesma. Vamos partir de Portsmouth, e o capitão pode nos casar a bordo. Passaremos nossa lua de mel em Portugal." Ele subiu os dedos pela coluna dela e os enroscou em seu cabelo. "É um lugar lindo, Susanna. Vinhedos e oliveiras. Um oceano quente e azul. Bosques de cítricos, carregados de frutas. Imagine só, andar com limões e laranjas pelas canelas. O aroma fica em você por dias." Ele passou o nariz no pescoço dela. "Podemos alugar uma vila junto ao mar. Vamos fazer amor na areia da praia."

"Eu estava pensando que seria bom fazer amor na cama, só para variar."

"Vou comprar a melhor cama que você possa imaginar. Com um colchão de um metro de altura. Lençóis de seda e os travesseiros mais macios."

"Parece fantástico, mas..."

"Mas nada. Apenas diga sim."

Ela se levantou de sua ereção descendente e se ajeitou no colo de Bram. Susanna apertou os lábios entre os dentes e seus olhos ficaram tristes. Talvez ele a estivesse forçando demais, rápido demais. Ele se ocupou de fechar sua calça, enquanto lhe dava tempo para refletir.

"Eu sei que este dia foi devastador para você, que está se sentindo confusa, oprimida, traída. Mas eu estou aqui para lhe dizer que, neste exato momento, você só precisa tomar uma decisão. E esta é confiar em mim. Confiar que eu vou cuidar da sua felicidade, Susanna. Eu juro, não irei decepcioná-la."

"Eu confio em você. Eu confiaria minha vida a você, mas pense na vila, Bram. Em todas as jovens."

Ele pegou o rosto dela nas mãos, forçando-a a sustentar seu olhar.

"Pense em *você*. Inteligente, linda, admirável. Você faz grandes coisas aqui em Spindle Cove, mas eu sei que é capaz de muito mais. Deixe-me mostrar o mundo para você, Susanna. Mais do que isso, deixe-me mostrar *você* para o mundo. Não deixe o medo segurá-la."

"Não consigo evitar sentir um pouco de medo. Você está me pedindo para deixar para trás tudo e todos que eu conheço, e nem disse..." Ela ficou em silêncio.

Ah. Então esse era o problema. Ela queria ouvir o que ele sentia. Bram devia ter imaginado. Dar nome às emoções não tinha sido sempre a questão central com ela?

Naquele momento, o ar tremeu com a força de uma explosão distante. Com um grito de surpresa, ela se aninhou na proteção do casaco de Bram. Acima deles, o céu explodiu em riscos dourados e brilhantes.

"Eu estou alucinando ou são fogos de artifício?" Ela olhou para cima, admirada."

Bram praguejou, divertindo-se.

"Isso só pode ser coisa do Colin."

Outro foguete subiu assobiando ao céu e explodiu em fagulhas prateadas. O coração de Bram ficou aceso como uma vela. Aquilo estava igual ao dia em que se conheceram. Susanna em seus braços, quente e macia. O lugar perfeito para aterrissar. E ela confiava nele para cuidar dela e protegê-la, enquanto o mundo explodia ao redor deles.

Ele virou o rosto dela para encará-lo. As pupilas de Susanna brilharam ao refletir os fogos no céu, mas mesmo aqueles reflexos cintilantes não conseguiam ofuscar a emoção nos olhos dela.

Era ridículo como ele se sentia nervoso. Bram era um homem grande e forte. Tudo que ela estava lhe pedindo eram três palavrinhas. Mas, de algum modo, parecia mais fácil mudar toda sua vida em torno daquele sentimento do que dizê-lo em voz alta. E se ele dissesse as palavras, mas elas não fossem suficientes?

Ele molhou os lábios e buscou suas reservas de coragem.

"Linda Susanna. Eu... Deus, como eu..."

Bum.

Suas palavras foram roubadas por uma nova explosão – mais alta, chacoalhando a terra, de estremecer os ossos.

Depois disso, tudo que eles ouviram foram gritos.

~~ Capítulo Vinte e Seis ~~

"Oh, Deus." O coração de Susanna falhou. "O que aconteceu?"

Havia muito barulho e ela não conseguia entender nada. Um zunido alto ocupava suas orelhas. O sangue tamborilava em seu peito. Vozes frenéticas elevavam-se em gritos indecifráveis. Cavalos relinchavam. As solas de suas sapatilhas batiam na trilha de terra compactada.

Ela estava correndo. Quando ela havia começado a correr?

Bram a acompanhava, andando a passos largos. A mão dele estava na base de sua coluna, dando-lhe equilíbrio. Empurrando-a para frente. Eles viraram a esquina e se juntaram à multidão de gente que corria na direção dos estábulos.

Havia sangue. Em grande quantidade. Ela sentiu o cheiro antes de ver a mancha vermelha no chão coberto de palha. O odor pungente serviu como antídoto ao pânico que se aproximava. Ela não podia perder a cabeça. Alguém estava ferido, e ela tinha trabalho a fazer.

"Quem se machucou?", perguntou Susanna, empurrando para o lado Sally, que chorava, e abrindo caminho até a porta do estábulo. "O que aconteceu aqui?"

"Foi o Finn." Lorde Payne estava lá, e a puxou em meio à multidão para uma baia vazia, iluminada por uma lanterna de carruagem. "Ele se machucou."

Dizer que Finn Bright havia se machucado era um eufemismo e tanto. A perna esquerda do garoto estava um horror abaixo do joelho, com as carnes estraçalhadas e expostas. Seu pé, ou o que restava dele, permanecia ligado à perna em um ângulo grotesco. Pedaços brancos de ossos brilhavam na ferida aberta.

Susanna ajoelhou-se ao lado do garoto. Pela lividez de seu rosto, ela percebeu que ele já havia perdido grande quantidade de sangue.

"Precisamos parar a hemorragia imediatamente."

"Precisamos de um torniquete", disse Bram. "Um cinturão ou uma cilha da estrebaria, vai servir."

"Enquanto isso..." Susanna virou-se para Lorde Payne. "Dê-me sua gravata."

Ele obedeceu, afrouxando o nó com os dedos trêmulos e puxando o tecido solto. Susanna pegou a gravata e envolveu a perna de Finn logo abaixo do joelho, puxando-a com toda sua força.

Feito isso, ela voltou sua atenção para o garoto. A respiração dele estava curta, o olhar sem foco. O pobre garoto ia entrar em choque.

"Finn", disse ela, em voz alta e clara, "você pode me ouvir?"

Ele anuiu. Seus dentes bateram quando ele sussurrou:

"Sim, Srta. Finch."

"Estou aqui." Ela pôs a mão no rosto dele e tentou olhar em seus olhos.

Aaron Dawes agachou ao lado dela.

"Estamos preparando uma carroça. Vamos levá-lo para a forja para endireitar os ossos."

Ela aquiesceu. Enquanto Susanna dispensava unguentos e tinturas para os aldeões, tudo o que exigisse força bruta, endireitar ossos, arrancar dentes e coisas assim, ficava com Dawes, o ferreiro da vila. Só que, pela aparência do ferimento de Finn, ela não tinha certeza se aquela lesão poderia ser curada. Havia uma boa possibilidade de ele perder o pé por completo. Caso ele sobrevivesse...

Susanna tirou cabelo da testa suada de Finn.

"Você está com muita dor?"

"N-n-não", disse ele, tremendo. "Só frio."

Aquilo não era bom sinal.

Bram achava o mesmo. Ele passou para Susanna uma tira forte de couro curtido. Enquanto ela passava a tira ao redor da perna de Finn, Bram encontrou uma manta de cavalo, com a qual cobriu o tronco do garoto.

"Pronto", murmurou ele. "Seja forte, Finn."

Bram pegou a ponta da tira de couro e a puxou forte, deixando-a mais apertada do que Susanna conseguiria. Obviamente, o campo de batalha havia proporcionado a ele mais experiência com ferimentos daquele tipo do que com ataques de asma. A perda de sangue diminuiu instantaneamente.

Rufus ajoelhou perto da cabeça do irmão. Susanna notou que ele fazia força para segurar as lágrimas.

"Ele vai ficar bem, Srta. Finch?"

"Ele vai ficar ótimo", disse ela, tentando convencer a si mesma. "Mas como isso aconteceu?"

Lorde Payne balançou a cabeça, consternado.

"Os fogos de artifício. Eu queria que fossem uma surpresa para amanhã, mas..." Ele virou a cabeça para o lado para praguejar. "Parece que eu não consigo tocar em coisa alguma sem estragar tudo. Eu me distraí e os garotos enfiaram na cabeça que tinham que testar alguns."

"Mas fogos de artifício não poderiam ter causado uma explosão tão forte. Poderiam?"

"Não", disse ele. "Isso foi o canhão."

"O canhão?" Pavor assentou-se como uma pedra em suas vísceras.

"Depois dos fogos de artifício, eles convenceram Sir Lewis a fazer uma demonstração. A coisa deu errado."

Oh, Deus.

"Onde está meu pai?" Soltando Finn, ela se esforçou para ficar em pé. Susanna subiu na ponta dos pés e esticou o pescoço para vasculhar a multidão. "Papai?"

Os homens estavam agitados, preparando uma carroça para transportar Finn até a forja. Susanna abriu caminho em meio à multidão. Ela encontrou o pai no pátio, remexendo nos destroços do canhão.

"Maldição", disse ele, com a voz angustiada. "Como isso foi acontecer?"

"Papai, não!" Ela agarrou o braço dele quando Sir Lewis estava para pegar um fragmento de bronze. Puxando-o com toda sua força, Susanna conseguiu arrastá-lo do local. "O senhor vai se queimar. Nem deveria estar perto dos destroços, com tanto explosivo ainda por aí."

Nesse exato momento uma fagulha caiu em uma caixa aberta de fogos, acendendo a palha e disparando um foguete, que saiu voando de lado.

"Cuidado!", gritou ela, empurrando o pai para o chão e pulando ao lado dele. Ela tropeçou e caiu de mal jeito, aterrissando de lado. Uma pedra semienterrada acertou suas costelas.

Ignorando as costelas doloridas, ela engatinhou até o pai.

"O senhor está bem, papai? Seu coração o está incomodando?"

"Como poderia não incomodar?" Fazendo força para se erguer sobre um cotovelo, ele levou um lenço ao rosto, enxugando uma mistura de suor e lágrimas. "Que destruição sem sentido."

"Foi um acidente, papai." *Um que nunca deveria ter acontecido.*

"Eu não sei o que deu errado", murmurou ele. "Pólvora demais? Um erro na fundição? Eu tinha tanta certeza desta vez."

"O senhor teve a mesma certeza várias vezes antes."

"Oh, Deus", gemeu ele. "Que tragédia. Meu lindo canhão."

Susanna olhou para ele, horrorizada.

"Papai!" Splash. "Para o inferno com seu canhão. Finn pode morrer."

Sir Lewis olhou para ela, surpreso. Susanna também estava. Ela havia xingado o próprio pai, além de ter lhe dado um tapa na cara. Foi horrível. E muito bom...

"Desculpe, papai, mas o senhor mereceu." Ela aproveitou a surpresa do pai para colocar a mão no pescoço dele e sentir seu pulso. Durante alguns segundos assustadores, ela não conseguiu encontrar as batidas do coração. Mas, afinal, seus dedos localizaram o pulso.

As batidas estavam apressadas, mas regulares. Saudáveis e fortes.

Lágrimas de alívio chegaram aos seus olhos. Seu pai podia ser um velho egoísta, escravizado por sua ambição. E talvez ele nunca fosse amá-la como precisava uma garota desajeitada e sem mãe. Mas ele lhe tinha dado a vida. Não uma vez, mas duas. E ele lhe tinha dado aquela casa, que Susanna tanto adorava. Ele era seu pai, e Susanna o amava. Ela não queria perdê-lo naquele dia.

Ela acenou para um cavalariço que passava.

"Leve meu pai até a governanta. Diga para ela que a Srta. Finch falou que Sir Lewis precisa ir para a cama e descansar. Sem discussão."

Com isso ajeitado, ela voltou para o estábulo, onde os homens prendiam os cavalos à carroça. Os animais relinchavam e empinavam, nervosos com as explosões e com o cheiro de sangue.

Um criado lhe ofereceu a mão, ajudando-a a subir na carroça, onde ficou perto do joelho de Finn. Susanna se ajeitou sobre a palha. O cabo Thorne e Aaron Dawes já estavam na carroça, agachados um de cada lado de Finn, para mantê-lo imóvel. Thorne segurava firmemente a perna do garoto, logo acima do torniquete, usando a força de suas mãos para estancar de vez o fluxo de sangue.

"Podem ir", Bram ordenou ao condutor. Ele e seu primo preparavam-se para montar seus cavalos. "Nós alcançaremos vocês na estrada."

A carroça foi colocada em movimento, saindo de Summerfield e pegando a estrada de terra. Eles estavam quase chegando à forja quando Susanna percebeu que não era a única mulher presente.

Diana Highwood estava lá e mantinha a cabeça de Finn em seu colo, enquanto enxugava o suor de sua testa com um lenço branco rendado.

"Muito bem", murmurava ela. "Você está indo muito bem. Estamos quase chegando."

Quando chegaram ao pequeno pátio da forja, Aaron Dawes pulou da carroça e correu para abrir as portas. Bram apeou do cavalo e se apressou a pegar Finn em seus braços para levá-lo para dentro. Thorne e Payne foram ao seu lado, para ajudar.

Quando Susanna desceu da carroça, contraiu o rosto, pois sentiu uma pontada na costela que bateu na pedra. Ela parou por um instante, apertando o flanco dolorido com a mão até a dor diminuir. Então ela foi se juntar aos homens dentro da forja.

Diana Highwood fez o mesmo. Susanna segurou a moça pelo braço.

"Srta. Highwood… Diana. Essa não vai ser uma cena agradável. Acredito que você não deveria assistir a isso." Susanna não tinha certeza de que ela própria conseguiria presenciar aquilo, que ia muito além de cataplasmas e unguentos, sua área de atuação.

"Eu quero ajudar", disse a jovem, claramente determinada. "Vocês todos me ajudaram quando eu precisei. O senhor, Lorde Rycliff, o Sr. Dawes. Rufus e Finn também. Eu quero retribuir a gentileza. Não tenho a força dos homens nem seu conhecimento, Srta. Finch, mas não sou do tipo de garota que desmaia por qualquer coisa, e vou fazer tudo o que puder."

Susanna olhou com admiração para a jovem à sua frente. Pelo que tudo indicava, a delicada Srta. Highwood era feita de uma fibra muito mais forte do que todos imaginavam… Inclusive Susanna.

Que ótimo!

"Você promete sair, se achar que é demais?"

Diana concordou.

"E estou com minha tintura, é claro."

Susanna deu um leve aperto de gratidão no braço da moça, antes de soltá-lo.

"Então vamos entrar juntas."

Aaron Dawes correu na frente de todos e tirou as ferramentas de cima de uma comprida mesa de madeira, que moveu para o centro do ambiente.

"Coloque-o aqui, milorde."

Bram hesitou por um instante, como se relutante em soltar Finn, mas então ele se adiantou, calmamente, e deitou o jovem machucado na superfície lisa. Thorne continuava segurando a perna ferida do garoto.

"Calma, Finn", murmurou Bram. "Nós vamos cuidar de você." Ele se virou para Dawes. "Láudano?"

"Mandei Rufus…"

"Estou aqui." Rufus entrou apressado no salão, segurando uma garrafa de vidro marrom. "Peguei na Tem de Tudo."

"Vou pegar uma colher ou um copo", prontificou-se a Srta. Highwood.

"Deixe para depois", disse Dawes. "Ele já está inconsciente, e não podemos esperar até fazer efeito." O ferreiro mexeu cuidadosamente no que até recentemente tinha sido um pé. "Não há como salvar o pé. Vou preparar as ferramentas."

Susanna ficou triste, mas não surpresa. Mesmo que o osso não estivesse despedaçado, o ferimento estava um horror, cravejado de fragmentos de metal, couro da bota e outros detritos. Seria impossível limpá-lo adequadamente. Se a hemorragia não tirasse a vida de Finn, a infecção o faria.

"O que eu posso fazer?", perguntou Lorde Payne, de onde observava a cena, junto à parede, o rosto pálido e sombrio. "Dawes, diga-me o que fazer."

"Alimente o fogo. Está apagando." O ferreiro indicou a forja com a cabeça. "E tem uma lanterna na minha casa, do outro lado do pátio."

"Vou pegar a lanterna", disse Diana.

"Todo mundo parado!", gritou Bram. Ele estendeu os braços sobre Finn, seu rosto duro e autoritário. "Ninguém vai tocar no pé deste garoto, estão me ouvindo? Eu vou buscar um cirurgião."

Susanna franziu o rosto. Ela deveria saber que Bram não aceitaria bem aquela solução, depois de quase ter perdido sua perna. Mas aquele era outro tipo de ferimento, em circunstâncias muito diferentes.

Endireitando as costas e olhando para todos do alto, Bram falou com autoridade:

"Ninguém vai cortar este garoto. Não até que eu retorne. É uma ordem." Ele se virou para seu oficial. "Está me ouvindo, Thorne? Ninguém deve encostar nele. Você tem minha permissão para usar os meios que julgar necessários."

Ele se virou e saiu da forja a passos largos, deixando todos os presentes estarrecidos, entreolhando-se sem saber o que fazer. Todos sabiam o que Bram se recusava a admitir – que a tentativa de salvar o pé de Finn poderia significar sua morte.

"Vou falar com ele", disse Lorde Payne, movendo-se em direção à porta.

Susanna o deteve.

"Espere, milorde. Deixe-me tentar."

Eles trocaram um olhar de compreensão mútua. Colin anuiu.

"Esse tolo teimoso nunca me ouve", disse ele. "Aposto que nunca ouve ninguém, mas ele ama você, então talvez isso ajude."

Susanna piscou, espantada.

"Ele não lhe disse, ainda?" Payne deu de ombros. "Esse maldito covarde não a merece. Agora vá!" Ele a empurrou amistosamente.

Susanna saiu correndo da forja e encontrou Bram no pátio, onde ajustava a sela do cavalo, preparando-se para montar.

"Bram, espere", chamou Susanna, correndo para seu lado. "Eu sei que isso é horrível para você. É uma verdadeira tragédia, mas não podemos esperar pela opinião de um cirurgião. Dawes tem que fazer isso logo, para que Finn tenha alguma chance."

"Não vou deixar que vocês o aleijem. Ele tem 14 anos, pelo amor de Cristo. Cheio de sonhos e planos para a vida. Tirem esse pé, e com ele irá todo o futuro do garoto. Os Bright não são uma família privilegiada. Eles têm que trabalhar para viver. Que tipo de vida Finn vai ter, com uma perna só?"

"Não sei, mas pelo menos ele *terá* uma vida. Se esperarmos, Finn vai morrer."

"Você não pode afirmar isso, Susanna. Eu vi muito mais ferimentos dessa natureza do que você, que pode ter muito talento com ervas e tinturas, mas não é uma cirurgiã."

"Eu…" Ela recuou um passo, sentindo-se magoada pela repreensão. A dor nas costelas ressurgiu. "Eu sei que não sou."

"Sabe mesmo?" Bram apertou a boca ao firmar a correia da sela. "Você parece querer acreditar que é. Você sentenciaria esse garoto a uma vida de inválido, só porque foi magoada no passado. Você está deixando seu medo de médicos colocar Finn em risco."

Susanna agarrou o braço dele, forçando-o a olhar para ela.

"Não é meu medo que está colocando Finn em risco. É o seu, não percebe? Você continua preso a essa ideia de que não pode ser um homem por inteiro, de que não vale nada a menos que possa provar que tem duas pernas perfeitamente funcionais para conduzi-lo a uma batalha. Você até me arrastaria para Portugal para não admitir o contrário. Mas isto não diz respeito a você, Bram."

Ele lançou um olhar defensivo para ela.

"Eu não planejei *arrastar* você a lugar algum, Susanna. Eu planejei levar você comigo prazerosa e alegremente. Ou não levaria. Você está querendo me dizer que não deseja ir?"

Como ele podia esperar que ela tomasse uma decisão dessas, naquele momento?

"Eu amo você. E quero ficar com você. Mas correr para Portugal na próxima terça-feira, só porque meu pai é um velho egoísta e insensível? Parece romântico, claro… mas também um pouco juvenil. Não somos um pouco velhos demais para fugir de casa?"

"Aqui pode ser sua casa, Susanna, mas nunca será a minha."

"Você está errado, Bram. Nossa casa é onde as pessoas precisam de nós." Ela apontou a forja. "E neste momento, as pessoas lá dentro precisam desesperadamente de você. Aaron Dawes precisa de cada par de mãos fortes para ajudar. Finn precisa que você esteja ao lado dele, ajudando-o a ter coragem. Para lhe mostrar que um homem pode ser homem, tendo duas pernas boas ou só uma. E depois que tudo acabar, vou precisar que você me abrace. Porque ajudar nessa cirurgia será a coisa mais difícil que já fiz na vida."

Quando viu que ele não parava de se preparar para partir, um nó de medo se formou em sua garganta.

"Bram", disse ela, a voz trêmula, "você não pode fazer isso. Faz menos de uma hora que você prometeu que nunca me deixaria."

Ele parou de lutar com a sela e soltou um suspiro de raiva.

"Susanna, há menos de uma hora você afirmou que confiaria sua vida a mim."

"Então acho que não começamos muito bem, não é?"

"Acho que não."

Eles ficaram se olhando. Depois Bram virou, colocou o pé no estribo e montou agilmente no cavalo.

A dor em seu flanco voltou. Embora pela lógica ela soubesse que a dor era muito baixa, Susanna não pôde deixar de suspeitar que ela vinha do coração sendo partido.

"Não posso acreditar que você vai mesmo."

"Nunca pensei em não ir, Susanna." O cavalo dançava debaixo dele, sentindo a impaciência do cavaleiro. "A única questão que fica é se terei um motivo para voltar. Se você deixar que tirem o pé desse garoto enquanto eu estiver fora... nunca mais conseguirei olhar para você."

Dizendo isso, ele virou o cavalo e partiu.

Susanna ficou olhando até ele desaparecer no escuro da noite. Então ela se virou e voltou lentamente para a forja.

Quando entrou sozinha, todos os presentes se voltaram para ela.

"Lorde Rycliff partiu", disse ela, embora parecesse totalmente desnecessário dizê-lo. "Como está Finn?"

"Mais fraco", respondeu Aaron Dawes, o rosto sério. "Tenho que fazer isso logo."

Todos olharam para Thorne, que havia recebido ordens de Bram para impedi-los. O soldado carrancudo e robusto, que certa vez montou guarda ao lado de um Bram ferido, pistola engatilhada, pronto para atirar assim que avistasse uma serra de osso. Ele os enfrentaria naquela noite?

Thorne estava em menor número, diante de Dawes e Payne. Mas mesmo se houvesse uma dúzia de homens, ela tinha a impressão de que as probabilidades ainda favoreceriam Thorne.

"Cabo Thorne", disse ela. "Eu sei que você é leal ao seu lorde. Mas ainda que ele esteja furioso, como está agora, se ao voltar ele encontrar este garoto morto, ficará devastado. Nós precisamos permitir que o Sr. Dawes opere."

Ela não deixou de amar Bram quando ele se afastou cavalgando. Não importavam as ameaças ou os ultimatos que ele tinha dado, Susanna cuidaria do que era melhor para Finn e Bram.

"Você compreende?", insistiu ela. "Nós temos que salvar a vida de Finn, ou Bram irá se sentir responsável para sempre. Todos nós nos preocupamos com ele. E não queremos que ele viva com o fardo dessa culpa."

O entendimento da situação brilhou nos olhos do cabo. E Susanna ficou imaginando que fardos de culpa aquele homem silencioso e implacável carregava.

Thorne aquiesceu.

"Façam o que têm de fazer."

～ *Capítulo Vinte e Sete* ～

Bram passou a cavalgada de três horas até Brighton espumando de raiva justificada, sentindo-se um herói incompreendido, difamado.

E passou o percurso de três horas de volta a Spindle Cove afogado em arrependimentos, sentindo-se um verdadeiro idiota.

Daniels não estava ajudando.

"Deixe-me ver se entendi", disse o amigo, quando eles pararam para trocar de cavalos, na metade do caminho, "agora que consegui acordar um pouco."

Daniels andava de um lado para outro na área iluminada em frente aos estábulos, e passou a mão pelo cabelo preto e desalinhado.

"O garoto teve o pé despedaçado na explosão de um canhão. Você tinha um ferreiro habilidoso e uma farmacêutica experiente, todos preparados para a amputação, mas você lhes disse para esperar umas oito ou nove horas para que você pudesse cavalgar como um louco até o Quartel de Brighton…" Ele fez um gesto para a direita. "Arrancar-me da cama quente e arrastar-me o caminho todo de volta…" Ele fez outro gesto, com a mesma mão, para a esquerda. "Para fazer o quê, exatamente? Atestar o óbito do garoto?"

"Não. Você vai salvar a perna dele. Do mesmo jeito que salvou a minha."

"Bram." Os olhos duros e cinzentos do cirurgião foram implacáveis. "Uma única bala passou *através* do seu joelho, em uma reta e limpa trajetória. Claro que ela rasgou seus ligamentos, mas pelo menos a bala deixou bordas que puderam ser costuradas. Ferimentos de artilharia pesada são como ataques de tubarão. Tudo que resta é carne moída. Você já esteve em combate. Eu não deveria precisar dizer isso para você."

Bram passou a mão pelo rosto, absorvendo a repreensão.

"Fique quieto e monte logo."

Joshua Daniels e Susanna Finch eram duas das pessoas mais inteligentes que Bram conhecia. Se os dois concordavam em algo, isso garantia com toda certeza que Bram estava errado. Maldição. Se ele não tivesse partido com tanta pressa, provavelmente acabaria cedendo à razão. Mas ele enlouqueceu com a ideia de ficar lá, só observando inutilmente, enquanto Finn era permanentemente mutilado. Susanna tinha razão; depois de sua própria luta para recuperar a força na perna, o acidente de Finn afetou sua objetividade.

Mas Susanna era teimosa, Bram disse para si mesmo. Cabeça-dura e corajosa. Ela não o escutou quando não lhe foi conveniente, então por que começaria a escutar justamente naquela noite? Não importavam as ordens e ameaças sinistras que ele havia feito, com certeza Susanna não se curvaria a elas. Não se pusessem em perigo a vida de Finn. Mas, por outro lado, ele havia dito a Thorne que usasse os meios que julgasse necessários para evitar a amputação. E Thorne tinha alguns meios formidáveis e impiedosos em seu repertório.

Jesus Cristo, o que ele havia feito?

O dia estava raiando quando eles passaram pelo cume e conseguiram avistar Spindle Cove. Seu coração falseou com a visão. A vilazinha encantadora, aninhada em seu vale. As ruínas antigas do castelo, de sentinela no alto das falésias. A enseada, calma e azul, cravejada de barquinhos de pesca. A luz solar quente, derretendo-se sobre as colinas.

Susanna tinha razão. Ele era o lorde daquele recanto sossegado da Inglaterra e podia se orgulhar disso. Spindle Cove reivindicava sua honra e seu coração. E pela primeira vez em sua vida, Bram sabia que havia encontrado um lar de verdade. Ele só podia esperar que ela o aceitasse de volta.

Eles chegaram à forja em questão de minutos. Bram se jogou da sela assim que sua montaria diminuiu a velocidade. Enquanto os cavalos faziam bom uso de um cocho com água de chuva, Bram conduziu Daniels até a pequena construção de madeira. Eles encontraram a forja vazia, a não ser por uma pessoa. Finn Bright jazia esticado sobre uma mesa comprida no centro da forja, coberto por um lençol do pescoço para baixo. Olhos fechados.

O garoto estava branco como o tecido que o cobria. O cheiro de sangue e carne chamuscada pesava no ar. Por um instante, Bram temeu que o pior tivesse acontecido e que o dia que nascia marcaria em sua consciência a morte do garoto.

"Ele vai sobreviver", disse Dawes, que estava em pé na outra entrada, ocupando todo o vão da porta. Ele parecia ter tomado banho havia pouco. Seu cabelo molhado agarrava-se à testa, e ele ainda não havia terminado de vestir uma camisa limpa. "Desde que não tenha uma infecção", acrescentou ele, "vai sobreviver."

"Graças a Deus." Bram inspirou. "Graças a Deus."

Ele sabia que usava demais aquela frase, mas dessa vez falou com sinceridade. Ele estava realmente, verdadeiramente grato a Deus. E não sabia como pagar aquela dívida.

"Mas não foi possível salvar o pé dele, milorde. A explosão fez a maior parte do trabalho. Eu só fiz o meu melhor para limpar o ferimento."

"Eu entendo. Você agiu bem."

Bram olhou para o rosto pálido e suado do garoto. Felizmente, ele parecia ter recebido láudano suficiente para conseguir superar a dor. Por enquanto. Quando acordasse, Finn iria se sentir em um inferno ardente. Bram havia passado por isso.

Pigarreando, ele apresentou Daniels.

"Ele é cirurgião e meu amigo. Vai cuidar do garoto de agora em diante."

Daniels levantou o lençol que cobria a perna de Finn. Bram franziu o rosto.

"Não está bonito, mas deve cicatrizar bem", disse Daniels, após avaliar a perna. "Fez um bom trabalho, Sr. Dawes."

Dawes agradeceu inclinando a cabeça, enquanto enxugava as mãos em uma toalha pequena. Bram olhou para além do homem, para a casa adjacente. Uma mulher de cabelos claros dormia sobre a mesa, com a cabeça descansando em seu braço estendido.

Bram caminhou na direção de Dawes, dando mais espaço a Daniels para examinar o garoto.

"Aquela é a Srta. Highwood?"

Dawes olhou por sobre o ombro e suspirou forte.

"Ela mesma."

"O que ela está fazendo aqui?"

"Honestamente, milorde? Não faço a menor ideia. Mas ficou aqui a noite inteira. Nem todo o sangue ou toda a gritaria do mundo a fizeram ir embora. Cabelo dourado e determinação férrea tem essa moça, senhor. Lorde Payne foi pegar emprestado a carruagem do Sr. Keane, para levá-la de volta à pensão."

"E quanto à Srta. Finch? Onde está?"

"Lorde Rycliff", uma voz tênue e fraca o chamou. "É o senhor?"

"Isso mesmo, Finn. Sou eu." Bram voltou para a mesa e se debruçou sobre o garoto, perto de seu rosto. "Como está se sentindo?"

Pergunta estúpida.

"S-s-sinto muito." O jovem de olhos arregalados conseguiu balbuciar. "Minha culpa. Eu não devia…"

"Não, não." Culpa revirou as vísceras de Bram. "A culpa não é sua, Finn. Foi um acidente." Um acidente que nunca deveria ter ocorrido. "Não tente falar. Você vai ter tempo para isso mais tarde."

Ele pegou a garrafa de uísque no bolso interno do casaco, com a intenção de presenteá-la a Finn. Aquela garrafinha havia embalado Bram durante sua recuperação do ferimento na perna, e aquele garoto tinha conquistado o direito de beber como um homem. Mas então ele pensou melhor, e refletiu sobre as lutas do ausente Sr. Bright com o álcool. Ele não queria que o garoto fosse pelo mesmo caminho problemático.

Em vez disso, ele colocou a mão calorosamente no ombro de Finn.

"Eu sei que é um horror isso pelo que você está passando, mas vai conseguir. Você é forte.

"Estou preocupado", disse Finn, através dos dentes cerrados. "Como vou ajudar mamãe e Sally com a loja desse jeito?"

"De mil formas. Vamos arrumar para você o melhor pé postiço que existe, nada de perna de pau de pirata. Logo, logo você estará andando e trabalhando de novo. Ou mandarei você para a escola, se quiser. Existem muitas formas para um homem ser útil e que não envolvem carregar caixas."

Ou lutar em batalhas, Bram pensou consigo mesmo.

"Nossa... escola!? Eu não poderia aceitar..."

"Sem discussão, Finn. Eu sou o lorde, e está é minha milícia. Não vou deixar que digam que meus homens feridos não têm uma pensão excelente."

"Pelo menos isso tem um lado bom." Com um lampejo fraco de humor, Finn olhou na direção de seu pé amputado. "Ninguém vai mais me confundir com Rufus, vai?"

"Não." Um sorriso abriu o rosto de Bram. "Não mesmo. E vou lhe contar um segredo. As mulheres acham incrivelmente romântico um soldado ferido. Elas vão ficar atrás de você como abelhas no mel."

"Imagino que sim. Rufus pode ter dois pés, mas eu continuo sendo quem dançou com a Srta. Charlotte. Duas vezes." A tosse o interrompeu.

Bram pegou o copo de água que Dawes trouxe e o levou aos lábios de Finn, ajudando-o a levantar a cabeça para beber.

"Minha mãe já sabe?", perguntou o jovem, fazendo uma careta ao deitar novamente a cabeça.

"Sabe", disse Dawes. "Ela esteve aqui durante a cirurgia, mas Rufus e Sally tiveram que levá-la para casa, pois estava muito nervosa."

"Vou lhe dizer que você está bem e perguntando por ela", disse Bram.

"Diga-lhe para não deixar a pequena Daisy bater no meu tambor." O jovem arregalou os olhos. "Droga. A demonstração. É hoje, não é?"

"Não se preocupe com isso."

"Mas como os homens irão marchar se eu não marcar o passo com o tambor?"

"Não irão", disse Bram. "Vamos cancelar a demonstração."

Aquilo não era problema, na verdade. Após ficar sabendo da fraude montada por Sir Lewis, ele sabia que a milícia não tinha muito significado, a não ser criar o clima para a apresentação do canhão condenado.

"Mas a demonstração tem que acontecer", disse Finn. "Não cancele por minha causa. Todos trabalharam tanto."

"Sim, mas..."

Com uma careta de dor, Finn lutou para se erguer com o cotovelo.

"A Srta. Finch disse que, se a milícia não der certo, as moças serão mandadas para casa. Elas precisam deste lugar, e a loja da minha família precisa delas. Nós trabalhamos muito duro para desistir agora, milorde. Todos nós..." Ele deixou-se cair novamente, exausto pelo esforço de falar.

"Descanse, Finn." Bram passou a mão pelo cabelo do garoto. A culpa o consumia. Após todo aquele trabalho, ele não sabia como dizer aos moradores da vila que a tarefa havia sido inútil desde o começo. Apenas um exercício para o ego inchado de um tolo.

Dois tolos, se Bram incluísse a si mesmo.

Do lado de fora da forja, passos apressados se aproximaram.

"Você não pode fazer isso", era a voz de Thorne, rouca e baixa.

"Posso, sim", disse voz feminina, aproximando-se.

"Droga, mulher. Eu disse que não."

"Bem, vamos ver o que Lorde Rycliff tem a dizer a respeito disso, que tal?"

O par entrou na forja e Bram ficou de boca aberta.

"Eu tentei detê-la", disse Thorne, fazendo um gesto de contrariedade.

Detê-la?

Sim, claro. Ele a reconheceu facilmente pela marca de nascença bordô na testa. Mas fora isso, a Srta. Kate Taylor estava caracterizada como um garoto do tambor. Com sua pouca altura e a figura esguia, o uniforme da milícia cabia facilmente nela.

"O que está fazendo?", perguntou Bram. Ele fez um gesto indicando o casaco vermelho e a calça. "De quem é esse uniforme?"

"Do Finn, é claro", disse ela. "Serei ele, hoje. O senhor precisa de alguém para tocar o tambor, e eu sou a única pessoa que pode substituí-lo."

"Srta. Taylor, não posso lhe pedir que..."

"O senhor não me pediu. Eu me ofereci."

Bram olhou para Thorne. O homem endureceu o rosto.

"Não", disse ele. "Você não pode permitir."

Havia mais de cinco anos que Thorne servia sob o comando de Bram. Ele vinha sendo não apenas seu braço direito, como também a perna direita, quando Bram precisou de uma. E nunca, nem uma só vez, naqueles cinco anos de treinamentos, marchas e combates, Thorne havia hesitado para obedecer a menor ordem de Bram. E certamente nunca ele mesmo tinha emitido uma ordem.

Até aquele dia.

"Estamos perdendo tempo aqui", disse a Srta. Taylor, aproximando-se de Bram. "Temos apenas algumas horas para nos prepararmos para o exercício, e o senhor precisa me deixar participar. Ao contrário das outras moças, eu não tenho família, nem guardião. Spindle Cove é meu único lar, e eu quero ajudar da forma que puder. Não fiz isto à toa."

Com um gesto dramático, ela retirou seu chapéu alto preto para revelar o cabelo. Ou a falta dele. A jovem havia cortado suas madeixas castanhas à altura do colarinho, e às prendeu para trás imitando um corte masculino.

"Meu Jesus Cristo", murmurou Thorne. "O que você fez consigo mesma?"

A Srta. Taylor tocou o lóbulo da orelha com a ponta do dedo e segurou corajosamente as lágrimas que assomaram aos seus olhos.

"Vai crescer de novo. É só cabelo."

É só cabelo.

Bram sentiu o coração apertar dentro de seu peito. Ela o lembrava muito de Susanna, naquele dia na praça, oferecendo seu lindo cabelo comprido para manter Finn e Rufus fora do corpo de voluntários. Se apenas ele a tivesse escutado...

Onde estava ela? Bram começava a ficar desesperado para vê-la.

"Lorde Rycliff", disse a Srta. Taylor. "Há mais gente. Estão todos reunidos no Touro e Flor."

"Touro e Flor?"

"A casa de chá", explicou ela. "E taverna... Já que agora o estabelecimento é as duas coisas, o casal Fosbury fez uma nova placa. De qualquer forma, com o ocorrido em Summerfield, pensamos que seria melhor levar a festa desta noite para lá. E a maioria dos moradores se reuniu esta manhã. Todos estão esperando suas ordens."

"Isso não é realmente necessário", disse Bram, sem muita convicção.

"Talvez não", disse Aaron Dawes. "Mas talvez nós queiramos fazer a demonstração mesmo assim."

Que boa ideia! Ir adiante com a demonstração da milícia e uma grande festa, não pelo orgulho de Sir Lewis ou de Bram, mas por Spindle Cove.

"Todos nós trabalhamos tanto e esperamos este dia com muita ansiedade. Queremos fazer a demonstração por nós mesmos e por Finn. E pelo senhor, Lorde Rycliff." A Srta. Taylor ajeitou sua manga. "A Srta. Finch disse que o senhor voltaria, e que deveríamos estar prontos para deixá-lo orgulhoso."

"Susanna disse isso?"

"Disse." A garota juntou as mãos, entusiasmada. "Oh, Lorde Rycliff. Eu sabia que vocês dois estavam apaixonados. Eu sabia que o senhor não poderia deixá-la." Ela dava pulinhos no lugar. "Isso está sendo tão romântico."

"Com todo esse romantismo, ninguém vai acreditar que você é um garoto", disse Bram, rindo. Para dizer a verdade, ele próprio estava se segurando para não dar pulinhos de alegria. "Onde ela está agora?"

"Ela foi para casa descansar e mudar de vestido, mas prometeu nos encontrar no castelo."

Ajeitando seu casaco e passando as mãos pelo cabelo, Bram olhou para os outros homens.

"Então, o que estamos esperando? Vamos lá."

"Onde ela está?" Horas depois, Bram estava impaciente na entrada do castelo, observando a trilha, em busca de qualquer sinal de Susanna. Durante toda a manhã, o povo subia pela antiga estrada, em carroças, cavalos ou a pé; algumas vindo de lugares a quinze quilômetros de distância, ou até mais, para assistir à demonstração. Mas nenhuma delas era a mulher que Bram queria ver.

"É provável que ela tenha caído no sono", disse Thorne. "Ela trabalhou duro a noite toda."

"Talvez eu devesse ir até Summerfield."

"Eu já enrolei pelo máximo de tempo que posso", disse Colin. "Se fosse apenas a multidão, eu diria que esperasse. Mas generais e duques não estão acostumados a esperar. E talvez a Srta. Finch precise mesmo descansar."

Bram aquiesceu, relutante. A demonstração em si não demoraria muito. Se Susanna não chegasse até o final, ele iria imediatamente até Summerfield.

Ele caminhou até o centro do campo e sinalizou a seus homens para que entrassem em formação. Ele passou a tropa em revista, sentindo uma boa dose de orgulho; seu corpo de voluntários, todos envergando uniformes novos e reunidos para servir sob seu comando. Que grupo eles formavam. Pastores, pescadores, clérigos. Um ferreiro, um confeiteiro, um garoto, uma moça...

E um carneiro. Jantar estava a seus pés, enfeitado com uma fita vermelha exagerada e um sino.

Que ninguém se enganasse, ali *era* Spindle Cove.

Debaixo de barracas decoradas, os dignitários visitantes e as moças da Queen's Ruby aguardavam para assistir. Os moradores da vila e as pessoas do campo perfilavam-se junto ao perímetro do castelo. Crianças pequenas demais para enxergar por cima da multidão haviam subido nas muralhas. Bandeiras de cores vivas esvoaçavam em cada torre.

Com todo mundo no lugar, Bram montou seu cavalo e falou a seus homens. E mulher.

"Quero que todos vocês se lembrem que não estamos sozinhos no campo. Há muitos outros contando com nosso sucesso. Todas as moças da Queen's Ruby, Finn e a Srta. Finch. A fé que eles depositam em nós está costurada no forro de cada casaco, enrolada em cada cartucho de pólvora. E está em cada batida do nosso coração. Não iremos decepcionar nenhuma dessas pessoas."

Ele passou os olhos de um rosto solene e determinado para outro, fazendo contato visual com cada um de seus homens. Para a Srta. Taylor, ele deu um sorriso.

"Vigário, por favor, abençoe-nos." Abaixando a cabeça, ele murmurou: "Nós vamos precisar".

Entre a catástrofe do dia anterior e a subsequente falta de sono, Bram não sabia como os homens reagiriam. Mas, apesar de todo o receio, a exibição desenrolou-se surpreendentemente bem. As manobras de pivô, que causaram tantas confusões nas últimas semanas, ocorreram sem problemas, até mesmo a invertida. Eles perderam um pouco o passo nas oblíquas, dada à insistente confusão que Fosbury fazia entre esquerda e direita, mas com o exercício de tiro, a demonstração foi encerrada em alta. Graças às orientações de Susanna, os homens atiraram com impressionante destreza – individualmente e como companhia.

Como planejado, eles concluíram a exibição com um *feu de joie*. Todos os homens se colocaram em uma única fila, carregaram os mosquetes e dispararam em rápida sucessão – como dançarinos de teatro batendo o pé um após o outro. A onda de fumaça e fogo correu de um lado a outro da fila.

Quando o exercício terminou, a multidão irrompeu em vivas e aplausos.

Bram olhou homem por homem. Ele só podia imaginar que todos, como ele, sentiam-se orgulhosos e aliviados. Somente uma coisa poderia tornar aquele momento ainda melhor.

"Bram!"

Era ela. A voz de Susanna. Ela veio. Finalmente chegou, e a tempo de assistir ao triunfo de seus amigos.

"Bram!", ela chamou novamente. Susanna estava sem fôlego. E parecia tão empolgada quanto ele.

Bram desmontou do cavalo e virou, procurando-a em meio à multidão.

Lá estava ela, em pé junto ao arco em ruínas perto do portão. As provações da noite anterior deixaram suas marcas nela. Susanna estava pálida, e sombras escuras acumulavam-se sob seus olhos. O cabelo estava desgrenhado. Seu xale indiano arrastava no chão. Se alguém tivesse pintado para ele aquela mesma cena, um ano antes, e dito: *Algum dia você vai querer beijar essa mulher mais do que qualquer coisa...* Bram teria rido e feito alguma piada sobre artistas e ópio.

Mas naquele dia, essa era a verdade.

"Susanna..."

Quando ele se aproximou, ela se encostou no arco de pedra.

"Bram."

"Sinto muito." Ele tinha que dizer isso em primeiro lugar. "Eu realmente sinto muito. Eu nunca deveria ter dito o que disse. Eu não deveria ter partido. Fui um idiota, e você fez o que era melhor para o Finn. Muito obrigado."

Ela não respondeu. Simplesmente ficou parada ali, no arco, pálida e parecendo estarrecida. Será que um pedido de desculpas de sua parte era assim tão chocante?

Talvez fosse. Ele *era* um tolo teimoso.

Ele deu mais alguns passos na direção de Susanna, parando à distância de um braço de onde ela estava. Estava acabando com ele, não pegá-la nos braços.

"Eu deveria ter ido a Summerfield antes, apenas para pedir desculpas, mas a Srta. Taylor disse que você queria ver isso acontecer..." Ele gesticulou, indicando as festividades. "Todos trabalharam duro, e... Fizeram tudo isso por você, Susanna. Tudo transcorreu maravilhosamente, e foi tudo por você."

Ela engoliu em seco e colocou a mão nas costelas. Ela ficou tanto tempo em silêncio que ele começou a ficar preocupado.

Com motivo, aparentemente.

"Bram, eu..." Ela arregalou os olhos, e em seguida inspirou com dificuldade. Na mão com que ela segurava as costelas, as juntas ficaram brancas. "Bram, eu me sinto tão estranha."

"Susanna?"

Era bom que ele tivesse se aproximado até ficar a apenas um braço de distância dela, porque quando Susanna caiu, ele teve apenas um instante para evitar sua queda.

Capítulo Vinte e Oito

Susanna detestava ficar doente. Ela desprezava e temia, completamente, aquele sentimento de não ter controle sobre o próprio corpo. E aquilo – problema, doença, ou o que fosse – era pior do que qualquer coisa que ela havia sentido em anos.

O desconforto foi crescendo durante toda a noite, mas piorou muito depois que ela saiu de Summerfield. A certa altura, ela até parou para sentar na margem da estrada, sem saber se seus pés suportariam continuar a carregá-la. Mas então Susanna ouviu os sons da demonstração chegarem até ela. As batidas no tambor, rifles disparando em uníssono.

Bram....

Encorajada pelos sons, de algum modo ela conseguiu se pôr em pé e cambalear o resto da distância até o castelo. Mas depois que chegou até o arco da entrada, não pôde dar nem mais um passo.

Ela não conseguia respirar. O peito doía, e muito. Ela havia esquecido que aquele tipo de dor existia. Dor que parecia ser uma entidade tangível. Uma coisa monstruosa, feita de bordas agudas e cores vibrantes.

Mas Bram estava lá. E apesar de suas palavras furiosas quando partiu, ele *foi* capaz de olhar novamente para ela. Com um sorriso e um pedido de desculpas, até. Os braços dele estavam ao seu redor, e seus sussurros calmantes afastaram parte dos temores dela.

"Está tudo bem, meu amor. Está tudo bem. Apenas descanse e me deixe ajudar."

Eles a carregaram até uma barraca e a deitaram no chão. A grama fria e o solo macio cederam sob seu peso. Ela abriu os olhos. O padrão em listras da lona da barraca a deixou tonta.

Aquilo não podia ser verdade. Ela não podia estar *morrendo*. Não naquele momento de sua vida.

Mas talvez estivesse. Ela ouviu as pessoas discutindo sobre ela. E isso era o que as pessoas faziam quando achavam que alguém estava morrendo. Elas *discutiam* sobre você, mesmo estando bem ao seu lado. Ela já tinha passado por aquilo antes.

"Pobre Srta. Finch. O que aconteceu?"

"Talvez esteja apenas esgotada. Foi uma noite infernal."

"A Srta. Finch esgotada? Não acredito nisso, não ela", disse alguém. "Ela é muito forte."

Bem, se ela tinha que morrer, pelo menos seria ali – em seu amado castelo, com Bram a seu lado, rodeada por muitas das pessoas que amava. Ela conseguia sentir a preocupação de todos, que a envolvia como um cobertor quente de algodão.

"Eu sou médico", disse alguém que falava com sotaque do norte. "Se vocês me derem espaço, eu gostaria de examiná-la."

Oh, Deus. Um médico não. O calor de Bram se afastou, e ela apertou sua mão. *Não me deixe.*

"Está tudo bem", disse ele. "Vou ficar bem aqui."

"Noite passada", ela se esforçou para dizer, apertando a mão de Bram. Cada respiração produzia uma dor lancinante, que piorava a cada sílaba que pronunciava. "Perto do estábulo, eu… caí." Outra pontada dolorosa. "Minhas costelas, eu acho."

"As costelas", disse Bram. "Ela disse que são as costelas."

"Deixe-me vê-las, então."

Com o canto do olho, ela viu uma valise de couro preto ser aberta. Só isso fez com que tivesse vontade de gritar. Nada de bom saía daquelas valises. Apenas dor e mais dor.

Alguém cortou, depois rasgou, seu corpete em dois. Ela se sentiu muito exposta. Susanna foi tomada pelo instinto de lutar.

"Fique calma, meu amor." Bram tocou seu cabelo. "Ele é o Daniels. É um amigo meu, e também um médico de campo brilhante. Foi ele que salvou minha perna. Você pode confiar nele. Eu confio."

Você pode confiar nele. Não, ela não achava que podia. Susanna tentou permanecer calma, com inspirações curtas e rápidas, enquanto aquele Dr. Daniels auscultava, palpava e avaliava. Enquanto isso, pânico corria por suas veias.

"A Srta. está dizendo que pode ter sofrido algo em suas costelas?"

Ela aquiesceu.

"Noite passada."

"Mas à noite a dor não era tão severa."

Ela negou com a cabeça.

"O que há de errado com ela?", perguntou Bram.

"Bem, se você quer saber o que eu acho..."

"Não, eu não quero saber o que você acha", disse Bram, com raiva. "Quero saber o que é."

O Sr. Daniels não se abalou com aquele rompante, o que tranquilizou Susanna um pouco. Ele e Bram deviam ser amigos muito chegados.

"Eu *sei*", disse Daniels pacientemente, "que ela quebrou algumas costelas, mas costelas quebradas, apenas, não produzem esse tipo de dificuldade e dor. Não de repente, depois de tantas horas. Porém, se ela esteve fazendo atividades físicas desde o ferimento inicial, os ossos quebrados podem ter causado algum sangramento interno. Ao longo das horas o sangue se acumulou dentro do peito dela, sem ter como sair. Agora o sangue está pressionando os pulmões, tornando difícil que ela respire. Chama-se hemo..."

"...tórax", concluiu Susanna. Hemotórax. Sim, ela pensou, preocupada, havia lido a respeito. Aquilo fazia todo sentido.

"Ah", disse o médico, em tom de surpresa. "Então a paciente é inteligente, além de linda."

"E também é minha", rosnou Bram. "Não tenha ideias. Ela é minha."

Susanna apertou a mão dele. Aquele tipo de declaração era muito medieval e possessiva. E ela o amou por falar daquela forma.

"Muito bem." Daniels pigarreou e pegou a valise. "A boa notícia é que isso é algo muito comum no campo de batalha."

"E como isso pode ser uma boa notícia?", perguntou Bram.

"Vou dizer de outro modo. A boa notícia é que já vi esse ferimento muitas vezes, e existe uma cura simples. É um tratamento novo e controverso, mas eu o usei com muito sucesso no campo de batalha. Tudo que precisamos fazer é drenar o sangue de seu peito, o que vai resolver o problema."

"Não." Em pânico, ela lutava para formular as palavras. "Bram, não. Não... deixe que ele me sangre."

"Você não pode sangrá-la", disse ele. "Susanna já sofreu muito com isso na juventude, e as sangrias quase acabaram com ela." Bram virou o pulso dela, cheio de cicatrizes, para o médico ver.

"Compreendo."

E então o Sr. Daniels fez algo que realmente surpreendeu Susanna. Algo que nenhum daqueles médicos ou cirurgiões de sua juventude haviam feito. Ele se agachou junto ao ombro dela, onde Susanna podia olhá-lo nos olhos. E então ele conversou *com* ela, não *sobre* ela. Como se ela fosse dona de um cérebro e tivesse controle total de seu corpo.

"Srta. Finch, se posso dizer algo sem correr o risco de apanhar do nosso Bramwell, você me parece ser uma mulher muito inteligente. Espero que me compreenda e acredite quando lhe digo que este procedimento não tem nada a ver com aquelas sangrias feitas por charlatões. A pressão em seu peito não vai se resolver sozinha. Se não fizermos nada, há uma boa chance de você morrer. É claro que sempre corremos o risco de infecção com um procedimento assim, mas você é jovem e forte. Acho que você tem mais chance de enfrentar uma febre do que isto." Ele bateu de leve no peito distendido dela, que produziu um estranho som oco. "Contudo, não farei nada sem seu consentimento."

Susanna olhou para ele com verdadeira admiração. Ele parecia ser jovem. Talvez pouco mais velho do que ela. Seu cabelo estava desgrenhado, mas os olhos eram calmos e inteligentes. Ainda assim, ela o conhecia havia pouco tempo, e Susanna não conseguia se convencer de que podia confiar em um homem que carregasse uma daquelas horríveis valises pretas.

Mas havia outra pessoa. Alguém que ela acreditava que sempre a protegeria.

Susanna olhou para Bram.

"Você... confia... minha vida a ele?"

"Totalmente."

"Então..." Ela apertou a mão de Bram e puxou outra dolorosa porção de ar através de vias que se estreitavam rapidamente. "Eu confio em você. Eu *amo* você." Ela precisava dizer aquilo mais uma vez.

Bram mostrou o alívio no rosto.

"Pode fazer", disse ele ao amigo.

Susanna podia aguentar aquilo. Desde que fosse sua opção e que Bram estivesse a seu lado... ela poderia aguentar qualquer coisa.

Pelo menos era o que ela pensava até ver o brilho prateado de uma lâmina ser pressionado contra sua pele pálida. Aquela visão fez com que se retraísse de medo. Seu corpo todo se contraiu.

Daniels levantou o bisturi.

"Onde está o ferreiro? Nós vamos precisar segurá-la." *Não. Por favor, meu Deus, não.* Todas as lembranças aterrorizantes voltaram correndo. Os criados segurando-a na cama. O frio cortante do bisturi em seu pulso.

"Não", disse Bram com firmeza. "Ninguém irá segurá-la. Ninguém irá tocá-la, a não ser eu." Ele se voltou para ela. "Não olhe para o que ele está fazendo. Olhe apenas para mim."

Susanna obedeceu e fixou seu olhar nas feições atraentes de Bram e deixou-se mergulhar naqueles acolhedores olhos verde-jade.

Bram entrelaçou seus dedos aos dela. Com a outra mão, ficou acariciando seu cabelo. Carinhosamente.

"Escute-me bem, Susanna. Você lembra daquela primeira noite em que nos encontramos na enseada? Eu posso refrescar sua memória, se necessário. Você estava vestindo aquele traje de banho horrendo, e eu usava um instrumento medieval de tortura."

Ela sorriu. Somente Bram para fazê-la rir num momento daqueles.

"Naquela noite, você sugeriu que nós fizéssemos promessas um ao outro. Bem, vamos fazê-las agora. Eu vou prometer não partir. E você vai prometer não morrer. Tudo bem?"

Ela abriu a boca para falar, mas nenhum som saiu.

"Eu prometo ficar a seu lado", disse ele, "até tudo isto acabar. E pela vida toda depois disso. Agora você também tem que prometer." Os olhos dele reluziram e sua voz ficou rouca de emoção. "Prometa, Susanna. Diga-me que você não vai morrer. Não posso viver sem você, meu amor."

Ela cerrou os dentes e conseguiu assentir com a cabeça.

Então a lâmina a cortou. E se ainda lhe restasse algum ar nos pulmões, ela teria gritado.

A dor ardeu como fogo. Quente e intensa. Mas o alívio veio logo depois, como uma chuva refrescante.

Aquela primeira golfada de ar em seus pulmões... deixou Susanna tonta, virou-a de cabeça para baixo. O mundo ficou menor, e ela sentiu como se estivesse caindo em um poço profundo e escuro. E enquanto caía, ela ouvia vozes distantes. De Bram. Do médico.

"Acredito que ela está inconsciente."

"Talvez isso seja bom."

Sim, ela pensou, rodopiando e caindo na escuridão.

Sim, isso seria muito bom.

~~ *Capítulo Vinte e Nove* ~~

Ela logo ficará boa, se não tiver febre.

Aquelas foram as palavras que Daniels lhe falou, após terminar o procedimento. Mas era claro que não poderia ser tão simples. Algumas horas depois – praticamente assim que ela foi instalada em Summerfield –, a febre apareceu.

Mas Bram não saiu de seu lado durante dias.

Ele manteve uma vigília incessante à sua cabeceira. Ele passou o tempo cuidando dela de diversas formas. Fazendo-a tomar colheradas de chá de casca de salgueiro e enxugando o suor febril de sua testa. Às vezes ele falava com ela, ou lia o jornal para ela, ou então contava histórias da sua infância e de seus anos em campanha. Qualquer coisa que lhe passasse pela cabeça. Outras vezes, ele simplesmente implorava que ela acordasse e ficasse bem.

Ele dormia um sono agitado e entrecortado. Bram rezava com tanta frequência e fervor, que deixariam um beneditino com vergonha.

Outras pessoas entravam e saíam do quarto da convalescente. Daniels. As empregadas. Sir Lewis Finch. Até Colin e Thorne apareceram. Todos instavam Bram a fazer uma pausa de vez em quando. Descer até a sala de jantar para fazer uma refeição decente, diziam. Descansar no quarto que prepararam para ele no fim do corredor.

Ele recusou todas aquelas sugestões bem-intencionadas. Cada uma delas. Ele tinha prometido não deixá-la. Ficar a seu lado até que tudo acabasse. E ele não daria a Susanna nenhuma desculpa para que ela não cumprisse sua parte do acordo.

Desde que ele ficasse ali, ela não morreria.

Sir Lewis sentou-se com ele certa tarde, ocupando a cadeira do outro lado da cama. O velho esfregou a nuca.

"Ela parece melhor hoje, eu acho."

"Ela está melhor", anuiu Bram. "Nós achamos."

Naquela manhã, enquanto Bram ajustava os travesseiros debaixo da cabeça dela, ele tocou com o braço em seu rosto. Em vez de queimando de febre, a pele estava fria ao toque. Ele chamou Daniels para confirmar sua impressão, sem confiar em si mesmo após tantas horas esperando em vão.

Mas parecia ser verdade. A febre cedeu. Restava, então, esperar para ver se ela acordaria sem sequelas. A vigília foi mais fácil a partir de então, mas ainda insuportável devido ao suspense.

"Sir Lewis, há algo que precisa saber." Bram pegou a mão de Susanna com a sua. Ela descansou maravilhosamente fresca e calma sobre sua palma. "Tenho planos de me casar com ela."

"Ah. Você tem *planos* de se casar com ela?" Sir Lewis encarou-o com o penetrante olhar azul. "É assim que você pede a um cavalheiro a mão de sua única filha? Bramwell, eu pensava que seu pai o tivesse educado melhor que isso."

"Sua bênção seria bem-vinda", disse ele, tranquilo. "Mas não, não estou lhe pedindo a mão dela. Susanna é sábia o bastante para tomar suas próprias decisões."

Isso seria o máximo que ele se aproximaria de pedir a aprovação de Sir Lewis. De modo algum ele pediria permissão àquele homem. Bram entendia que, no momento em que Sir Lewis havia acendido o pavio do canhão, ele abriu mão de toda responsabilidade pelo bem-estar de Susanna. O velho tinha arriscado o trabalho da filha, de suas amigas, e até a vida dela, tudo em nome da glória.

Bram a protegeria a partir de então. Como marido, se ela o quisesse.

"Minha única filha, casando-se. Ela está totalmente adulta, não é?" Com a mão trêmula, Sir Lewis tocou o cabelo da filha adormecida. "Parece que foi ontem que ela era um bebê nos meus braços."

"Não foi ontem", disse Bram, sem conseguir se conter. "Ontem ela estava deitada nesta cama, ardendo em febre e perto da morte."

"Eu sei. Eu sei. E você me culpa. Você acha que eu sou um monstro egoísta." Ele fez uma pausa, como se esperasse que Bram dissesse o contrário.

Bram não disse nada.

"Um dia", disse Sir Lewis, apontando para si mesmo, "a maior invenção deste monstro egoísta será aperfeiçoada e entrará em combate. Aquele canhão diminuirá a duração dos cercos. Permitirá que as tropas ataquem de uma distância mais segura. Ele irá salvar a vida e os membros de muitos soldados ingleses."

"Talvez."

"Eu amo minha filha." A voz de Sir Lewis ficou rouca. "Você não sabe dos sacrifícios que já fiz por ela. Não faz ideia."

"Talvez não, mas eu sei os sacrifícios que ela fez pelo senhor. E o senhor não faz ideia da pessoa admirável que ela se tornou. O senhor se deixa absorver por seu próprio trabalho, por suas realizações. Não tenho dúvidas de que ama Susanna, Sir Lewis, mas é muito ruim nisso."

Sir Lewis empalideceu.

"Como ousa falar comigo dessa forma?"

"Acredito que eu possa falar do jeito que quiser. Sou o Conde de Rycliff, lembra?"

"Eu nunca deveria ter lhe conseguido esse título."

"Não está em suas mãos tirá-lo de mim. Agora eu sou o lorde." Bram inspirou profunda e lentamente, tentando acalmar sua raiva. Ele estava furioso com Sir Lewis por colocar Susanna, Finn e todos os outros em perigo. Mas com um pouco de sorte, aquele homem logo se tornaria seu sogro. Pelo bem de Susanna, os dois precisavam se entender.

"Meu pai tinha-lhe muita admiração", disse Bram. "Então eu também tenho, profissionalmente. O senhor é um inventor brilhante, sem dúvida. Suas criações ajudaram o Exército Britânico a prevalecer no campo de batalha, e, considerando as tantas vezes que empreguei minha pistola Finch em minha defesa, provavelmente lhe devo minha vida. Mas sua filha, Sir Lewis..."

Bram olhou para Susanna, que dormia, e apertou sua mão.

"Sua filha conserta as pessoas; moças que desafiam a fórmula racional. Mas ela também encontra tempo para o eventual soldado desgarrado e ferido. Talvez eu não deva minha vida a ela, mas devo-lhe meu coração."

Seus olhos queimavam nos cantos. Ele piscou com força.

"Se o senhor acha que aquele canhão estriado será sua maior invenção, é um tolo. Sua maior invenção está bem aqui, dormindo nesta cama. Susanna é seu legado. E por causa do seu orgulho, quase a perdeu."

Bram também quase a havia perdido. Ele não tinha se permitido considerar o que aquilo representaria. Ele andou muito concentrado na próxima colher de chá, na troca do curativo, na toalha limpa para secar sua testa. Mas agora que a febre havia cedido, e Daniels estimava uma excelente chance de recuperação completa... Jesus. As possibilidades passaram por ele como um vento arrasador e congelante. Um sopro forte o bastante para arrancar da terra tudo que fosse quente e verde.

Ele quase a perdeu. Se aquela provação infernal lhe ensinava uma lição, era de que ele nunca mais deveria permitir que seu orgulho ficasse entre os dois.

"Você tem razão, Bramwell." Lágrimas afloraram aos olhos do velho. "Eu sei que você tem razão. Só posso esperar que ela encontre, em seu coração, uma razão para me perdoar."

"É claro que ela irá perdoá-lo, sendo tão boa como ela é. Mas esperar o perdão dela *não* é a única coisa que pode fazer, Sir Lewis. O senhor pode fazer por merecê-lo."

Os lençóis da cama farfalharam, e ele voltou seu olhar para Susanna. Os cílios de bronze dela estremeceram.

Esqueça passarinhos cantando, sinos repicando, riachos borbulhando serenamente sobre pedras. Coros angelicais não são nada. A voz de Susanna, ainda que fraca e trêmula, foi a coisa mais linda que Bram poderia ouvir.

"Bram? É você?"

Susanna abriu os olhos para o que parecia ser apenas mais um sonho delicioso. Bram estava lá, ao lado dela. E, finalmente, eles tinham uma cama de verdade. Ela estava cansada de amá-lo em enseadas e pérgolas.

"Bram", sussurrou ela.

"Sou eu." Ele deu um beijo firme na mão dela, e o bigode de vários dias arranhou sua pele.

Ela começou a se erguer com os cotovelos, mas então algum espírito malvado fez o colchão girar como um pião.

"Não tente se sentar", disse ele. "Você ainda está muito fraca."

Ela aquiesceu e fechou os olhos até o quarto parar de girar.

"Você quer água?" Ele pegou um copo.

"Daqui a pouco. Primeiro..." Com grande esforço, ela virou a cabeça. "Papai?"

As mãos calejadas do pai envolveram a dela.

"Estou aqui, minha querida. Estou aqui."

Ela apertou os dedos dele.

"Quero que o senhor saiba que eu o amo muito, papai."

"Eu..." A voz dele falhou. "Também amo muito você, Susanna Jane."

"Que bom." Ouvir aquelas palavras de seu pai era inesperado e inesperadamente libertador. Ela inspirou profundamente. "Agora o senhor pode descer até à cozinha e pedir que me façam um caldo de carne?"

"Vou mandar a Gertrude até lá agora mesmo."

"Não, papai. Eu preferia que o senhor fosse. Quero algum tempo a sós com Bram."

O pai fungou e aquiesceu.

"Entendo."

"Obrigado por compreender." Ela esperou até que ele se levantasse da cadeira, limpasse as lágrimas com as costas da mão e saísse do quarto. Quando ouviu a porta fechando, Susanna virou-se para Bram.

"Você ouviu muita coisa da nossa conversa?", perguntou ele, o olhar preocupado.

"O suficiente. Oh, Bram. Você foi incrível. Nem consigo dizer o quanto eu queria..."

Ele estalou a língua.

"Vamos ter tempo para isso mais tarde. Agora, beba." Ele levou o copo de água até os lábios dela, que tomou vários goles pequenos. "Você está com muita dor?"

"Não muita", respondeu ela, assim que Bram baixou o copo. Ela tentou sorrir. "Só dói quando eu respiro.

A resposta dele foi uma repreensão.

"Sem brincadeira. Não é engraçado. Não aguento ver você sofrendo."

Que homem querido e carinhoso.

"Vou ficar bem. De verdade. A dor está muito melhor do que antes. E o Finn, como está?"

"Recuperando-se bem, foi o que me disse Daniels. Ele está com muita dor, que está sendo atenuada por muita companhia feminina."

"Dá para imaginar", sorriu ela. "Que dia é hoje?"

Ele esfregou o rosto com uma mão.

"Terça-feira, acho."

Terça-feira. Havia algo importante na terça-feira.

"Ah, não." Ela se ajeitou nos travesseiros, fazendo uma careta de dor. "Bram, suas ordens. O navio. Pensei que partisse hoje."

Ele deu de ombros.

"Provavelmente partiu."

"Mas... você não foi."

"E você não morreu." Finalmente, ele sorriu um pouco. "Uma promessa mantida merece retribuição."

Ele ficou sentado ali, ao lado da cama de Susanna, sem se mexer. Da mesma forma que estava há dias. E ela, deitada, ficou admirando Bram sob a luz quente do dia – o cabelo desalinhado, a camisa amarrotada, o rosto sem barbear e os olhos vermelhos. Somente aquele homem conseguia estar tão desarrumado e ainda assim ser arrebatadoramente lindo.

"Santo Deus", disse Susanna, repentinamente horrorizada. Ela levantou a mão para investigar seu próprio cabelo. Como ela temia, estava totalmente embaraçado. E depois de todos aqueles dias de cama, a perda de sangue, a febre... "Eu devo estar medonha."

"Ficou louca? Susanna, você está viva e acordada. Você é a coisa mais linda que eu já vi."

Ela apertou os lábios rachados.

"Então por que você não me toca, não me abraça?"

"Não é por falta de vontade." Ele estendeu a mão na direção de seu rosto, e então hesitou por um instante, para depois finalmente passar um dedo pelo rosto dela. "Amor, você tem pelo menos três costelas quebradas e um ferimento no peito. Não tenho permissão para abraçá-la. Na verdade, Daniels me deu ordens bem claras para quando você acordasse. Não devo abraçá-la, beijá-la, nem tocá-la. Não devo fazê-la rir, chorar, ficar brava nem estimular suas emoções de nenhuma maneira. O que significa" – ele aproximou sua cadeira da cabeceira da cama – "que se vamos mesmo conversar agora..."

"É claro que vamos."

"...devemos falar fria e calmamente."

Ela anuiu, forçando seriedade na voz.

"Eu consigo fazer isso."

"Veja..." Ele pegou gentilmente a mão dela. "Eu tenho uma pergunta para fazer à Srta. Finch."

"Oh." Ela adotou um tom formal. "E qual seria essa pergunta, Lorde Rycliff?"

"Eu gostaria de saber, Srta. Finch, se você, com seu olhar aguçado e seu bom gosto, faria a gentileza de me ajudar a escolher alguns tecidos para decoração."

Ela piscou, surpresa.

"Decoração?"

Bram aquiesceu.

"Acredito que essa seria uma ocupação bastante segura para você, enquanto está em convalescência. Vou mandar que lhe entreguem algumas amostras."

"Muito bem", disse ela lentamente. "Isso é tudo que deseja me perguntar?"

"Não. É claro que não. Se tudo correr bem e sua recuperação permitir, na próxima semana, quem sabe, você possa avaliar cortinas."

"Cortinas", ela estreitou os olhos. "Bram, eu sei que você foi proibido de me provocar. Mas o Sr. Daniels falou algo sobre os perigos de atiçar minha curiosidade?"

"Vou começar novamente." Ele fez uma pausa enquanto olhava fixamente para as mãos dos dois, com os dedos entrelaçados. "Eu escrevi para os meus superiores."

"Sobre decoração? Ou cortinas?"

"Nenhuma dessas coisas. Foi a respeito da minha ordem."

"Bram, você não fez isso", ela bufou. "Você não pediu baixa."

"Calma", pediu ele, apertando os dedos dela. "Muita calma, completamente fria. Lembra?"

Ela anuiu e inspirou cautelosamente.

"Eu não pedi baixa." Com o polegar, ele desenhou um círculo nas costas da mão dela. "Eu aceitei a promoção que me ofereceram há algum tempo. Vou ser transferido para o Ministério da Guerra, encarregado de garantir que os regimentos de infantaria recebam os suprimentos de que necessitam em batalha. Não é um comando de campo, mas é trabalho importante."

"É mesmo. Oh, e você será maravilhoso nisso, com tanta experiência de combate. Quem sabe melhor que você do que eles precisam?"

"Vou ter que viajar um pouco, mas a maior parte do tempo estarei trabalhando na cidade. Então vou precisar de uma casa lá, imagino. E nunca comprei uma casa antes. Quando estiver melhor, espero que você possa me ajudar a escolher uma. E depois eu espero que você possa me ajudar a torná-la um lar de verdade. Você sabe, bem decorada. Com cortinas. E... talvez bebês, um dia."

"Oh. Bebês." Ela deixou escapar um risinho. "Você pretende me enviar amostras disso também?"

"Não ria." Ele tentou acalmá-la, colocando a mão sobre seu ombro, para mantê-la parada. "Não ria."

"Não posso evitar." Ela segurou o impulso o melhor que pôde. Então, com a mão trêmula, enxugou as lágrimas dos olhos.

Bram ficou em pânico.

"Maldição. Agora você está chorando. Daniels vai me matar."

"Está tudo bem", ela garantiu. "Tudo bem. O riso, as lágrimas... valem qualquer dor. Estou muito feliz. Simplesmente, dolorosamente, feliz."

Bram baixou as sobrancelhas, e por trás delas seus olhos ficaram muito sérios.

"Você" – ele apertou a mão dela entre as suas – "me deu o maior susto da minha vida."

"Também fiquei com medo", admitiu ela. "Mas você me ajudou a passar por tudo isso. E aqui estamos. Se eu sobrevivi a isso, imagino que possamos passar por qualquer coisa."

Ele não respondeu, apenas olhou para Susanna com muito afeto.

Com certeza ele a amava. Nem precisava dizer. Cada ato dele – de aceitar a promoção em Londres a passar um pano frio em sua testa, como fazia naquele momento – era uma declaração para Susanna.

Ele não *precisava* dizer. Mas assim mesmo Susanna estava ficando impaciente para ouvir aquelas palavras.

Bram se endireitou e começou a arrumar os lençóis ao redor dela.

"Você precisa descansar. Ou tomar chá. Ou alguma coisa. Eu não sei, você é a curadora. Se estivesse no meu lugar, o que faria agora?"

"Isso é simples. Eu avisaria Daniels que o paciente dele acordou. Depois eu faria uma boa refeição e dormiria um sono longo e restaurador. E tomaria um banho e me barbearia. E não me preocuparia com mais nada."

Ele passou a ponta do dedo pelo nariz dela.

"Sua pequena mentirosa."

"Mas sabe qual seria a primeira coisa que eu faria? Daria um beijo na minha futura noiva." Quando ele hesitou, Susanna abriu um sorriso convidativo. "Você já ignorou todas as outras restrições. Não vai querer honrar essa, vai?"

Ele se inclinou sobre ela e afastou o cabelo de sua testa.

"Eu nunca consegui resistir a roubar um beijo seu. Desde aquele primeiro dia."

Seus lábios tocaram os dela.

E como aquele primeiro beijo, esse também foi quente e firme, e então... acabou. Maldito, ele era um modelo de autocontrole.

"Bram", ela sussurrou, incapaz de resistir. "Você acha que poderia me amar, só um pouquinho?"

"Bom Deus, não", ele riu.

"Não?" Susanna mordeu o lábio, sentindo-se contrair por dentro. "Oh."

Oh, céus. Susanna baixou o olhar para a lapela dele, estudando suas opções. Será que ela conseguiria casar com Bram, mesmo que ele não a amasse?

Claro que sim. A alternativa passou diante de seus olhos: um futuro que prometia ser terrivelmente solitário e sombrio. Ela não conseguia imaginá-lo claramente, mas supôs que seu futuro sem Bram teria muitos gatos e hortelã.

Quem se importava com o amor? Ela podia se virar com desejo, admiração ou qualquer outra coisa que ele lhe oferecesse. Até uma afeição morna seria melhor do que gatos e hortelã.

Ele tocou sua face, atraindo o olhar dela para seu rosto forte e belo.

"Não, Susanna", disse ele. "Não posso amá-la um pouquinho. Se é isso que você quer, precisa encontrar um homem diferente." Os olhos verdes de Bram carregavam uma intensidade arrebatadora. Ele passou o polegar pelo lábio inferior dela. "Porque eu só posso amá-la por completo. Com tudo que eu sou, e tudo que sempre serei. Corpo, mente, coração e alma."

O coração dela foi às alturas.

"Oh!", finalmente ela conseguiu exclamar. "Assim é melhor. Muito melhor." Ela o puxou para um beijo.

Ele se afastou.

"Tem certeza?", perguntou ele, parecendo muito sério. "Pense bem, querida. Esteja certa de que quer isso. Estou lhe oferecendo tudo o que eu sou. E se me permite dizer, sou um homem e tanto. Vou proteger você ferozmente, irei desafiá-la diariamente e desejá-la todas as noites, no mínimo. Você não conseguirá me controlar da maneira que controla os outros homens."

"Oh, acredito que isso nós ainda vamos ver." Ela sorriu.

"Eu posso ser um animal, como você tanto gosta de me chamar. Forte como um touro, teimoso como um jumento."

"E mais bonito do que ambos, graças a Deus."

Ele juntou as sobrancelhas, fingindo uma repreensão.

"Estou falando sério. Quero que você saiba em que está se metendo."

"Eu sei muito bem em que estou me metendo. É amor. E eu já mergulhei tão fundo, que deveria estar com traje de banho." Ela acariciou o rosto dele. "Não aguento esperar para ser sua esposa."

Ele levou a mão dela até o rosto e a beijou calorosamente.

"Mesmo que moremos em Londres, pelo menos parte do tempo?"

"Eu o teria seguido até os Pireneus. Londres fica logo ali."

"Viremos até aqui com frequência, eu prometo. Natal, Páscoa. Todos os verões, é claro, para que possa receber suas amigas. Eu sei que para você Spindle Cove sempre será seu lar."

"E para você não?"

Ele balançou a cabeça.

"Você é meu lar, Susanna. Meu lar, meu coração, meu maior amor. Onde quer que você esteja, esse é meu lugar. Sempre."

❦ *Epílogo* ❦

Seis semanas depois.

Era bom estar em casa.

Voltando após uma semana de ausência da vila, Bram parou diante da porta vermelha do estabelecimento anteriormente conhecido como o Touro Ereto. Que antes era conhecido como O Amor-Perfeito.

A placa com letras douradas acima do batente podia ser nova, mas assim que abriu a porta da casa que agora se chamava Touro e Flor, Bram imediatamente encontrou a prova de que algumas coisas nunca mudavam.

Seu primo continuava um idiota encrenqueiro.

A taverna estava vazia, sem mesas nem cadeiras. Colin, de costas para a porta, orientava homens, em dois cantos opostos da sala, que içavam uma espécie de chassi soldado, usando uma intrincada rede de polias e cordas. Bram não tinha ideia do que eles faziam, mas sabia que não podia ser coisa boa.

"Segurem as cordas agora", ordenou Colin, enquanto movia os dois braços como um maestro. "Thorne, puxe um pouco mais para o seu canto. Não tanto! Esse espaço vai ficar menor depois que as cortinas forem penduradas, e nós precisamos deixar um bom espaço para a bela Salomé fazer sua Dança dos Sete Véus. Não podemos fazer com que ela seja obrigada a tirar apenas seis."

Bram pigarreou.

Colin virou-se parcialmente. Sua expressão era propositalmente calculada para ser neutra.

Bram sabia que o primo queria parecer inocente.

Mas ele não era bobo.

"Salomé e os sete véus? O que, exatamente, está acontecendo aqui?"

"Nada." Colin deu de ombros. "Nada mesmo."

Atrás dele, os dois homens faziam força e suavam para manter o chassi imóvel. Os malandros nem ousavam olhar para ele. Bram olhou de Thorne para...

"*Keane?*"

O rosto do clérigo ficou vermelho.

Bram virou-se para o primo.

"Agora você está arrastando o *vigário* para a devassidão? Bom Deus, homem. Você não tem vergonha?"

"Eu? Vergonha?" Bufando, Colin mandou os homens prenderem as cordas. Então ele se voltou para Bram, com uma expressão resignada e coçando a nuca. "Bram, você só deveria voltar amanhã."

"Bem, a julgar por esta cena, foi sorte eu chegar mais cedo."

Fosbury entrou no salão, limpando as mãos enfarinhadas no avental.

"Tudo pronto com o bolo, milorde. E está uma obra de arte, se me permite dizê-lo. Usei pasta de amêndoas para o tom de pele; ficou lindo. Peitos grandes e bonitos feitos de merengue. Contudo, tive dificuldade para decidir se usava rosetas cor-de-rosa ou gotas de canela nos mamilos. Os homens têm seus gostos individuais quanto a isso..." Fosbury finalmente notou os gestos frenéticos que Colin fazia para que ficasse quieto. Ele então se voltou para Bram, e engoliu em seco. "Oh. Lorde Rycliff. O senhor está... aqui."

Bram fulminou o primo com um olhar acusador.

"Nada mesmo?"

Colin levantou as mãos abertas.

"Juro pela minha vida. Agora, se você nos..."

Nesse momento, um Rufus ofegante entrou no salão.

"Lorde Payne, sua entrega chegou. Onde você quer o tigre?"

Dessa vez, Bram não se preocupou em esperar por uma desculpa. Ele avançou e agarrou Colin pelo colarinho.

"Você não aprendeu sua lição depois do primeiro desastre? É exatamente por causa disso que não lhe dou um centavo para ir morar em outro lugar, seu vira-lata inútil. Se você consegue causar tanta confusão em uma vila pequena e calma como Spindle Cove, só o diabo sabe o que aprontaria em outro lugar." Ele sacudiu o primo. "O que você pensa que está fazendo?"

"Planejando sua despedida de solteiro. Seu pateta."

Bram ficou imóvel. Então franziu o rosto.

"Oh."

"Satisfeito? Agora você arruinou a surpresa." Colin ergueu a sobrancelha. "Não lhe ocorreu que seus homens pudessem querer lhe fazer uma festa? Ou você se esqueceu que vai casar dentro de alguns dias?"

Bram balançou a cabeça, rindo para si mesmo. Não, ele não tinha se esquecido de que iria se casar com Susanna em alguns dias. Ele passou o mês inteiro sem pensar em outra coisa. E como acabava de voltar à vila, após passar a semana em Londres, ele estava ficando desesperado para tocar sua noiva.

Por que diabos, então, ele estava tocando Colin?

Bram soltou o colarinho do primo.

"Muito bem. Vou sair deste estabelecimento pelo mesmo lugar que entrei. E fingir que não vi nada disto."

"Excelente." Colin deu-lhe um empurrão carinhoso para fazê-lo se mexer. "Bem-vindo. Agora caia fora."

Bram saiu da trilha longa e tortuosa para Summerfield e decidiu cortar caminho, indo diretamente pelas terras cultivadas e pelo pasto.

Fazia apenas uma semana desde que tinha visto Susanna pela última vez. Deus, parecia um ano. Como ele imaginou que conseguiria deixá-la para trás e ir para o continente?

Apesar da dor em seu joelho, ele aumentou o ritmo ao subir a colina gramada. A partir dali, seu caminho descia por um vale verdejante, atravessado por um riacho. Ele baixou os olhos para escolher com cuidado onde pisar.

"Bram!"

Bum.

Do nada, algo lançou-se sobre ele. Um projétil macio e quente que cheirava a jardim e usava um vestido de musselina. Ele foi pego apoiado na perna ruim e os dois caíram. Bram fez malabarismos heroicos para garantir que absorveria o impacto da queda, atingindo a encosta da colina com um baque surdo.

Ela aterrissou sobre ele. Os dois se enrolaram no chão, chegando a uma pequena depressão. As encostas baixas do vale bloqueavam as paisagens distantes. Todo o mundo de Bram era céu azul, grama verde... e ela.

"*Susanna.*" Sorrindo como um bobo, ele passou os braços pela cintura dela e rolou um pouco, para que ficassem se olhando, deitados de lado na grama alta. "De onde você veio?" Ele tocou as costelas dela. "Não se machucou?"

"Estou ótima. Mais do que ótima." Dedos gentis afastaram o cabelo de sua testa. "E você, como está?"

"Não sei. Acho que estou enxergando tudo em dobro. Dois lábios, dois olhos... milhares de sardas."

"Nada que um beijinho não conserte." Um sorriso curvou os lábios doces dela. Então, aqueles lábios doces tocaram os dele. "Eu soube que você estava na vila e não aguentei esperar para vê-lo. Por que não veio para Summerfield logo?"

"Eu tinha que parar na vila primeiro. Eu tinha negócios para tratar com Colin e Thorne. E depois parei na forja."

"Você foi ver o *ferreiro* antes de *me* ver?"

Ele ergueu a mão e abanou os dedos.

"Eu tinha que pegar isto."

Susanna fixou o olhar no anel preso firmemente na segunda articulação do dedo mínimo dele. E perdeu o fôlego.

"Minha nossa."

Ela tentou pegá-lo, mas Bram a provocou, afastando a mão com o anel.

"Peça desculpas por duvidar de mim."

O azul dos olhos dela era só sinceridade.

"Eu nunca duvidei de você, nem por um segundo. Só estava impaciente. Quer você vá para a forja, para Londres ou até Portugal, Bram... eu sei que você vai voltar para casa, para mim."

"Sempre." Ele aprisionou os lábios dela em um beijo.

"Espere, espere", disse ela, afastando-se. "Primeiro o anel, beijos depois."

Ele pigarreou e resmungou algo sobre as prioridades femininas. Bram precisou fazer um pouco de força para tirar o anel de seu dedo e depois o colocou no anelar de Susanna, que era onde deveria ficar. Ele adorou a aparência do anel ali, bem ajustado e brilhante.

"Eu achei que você gostaria de ter um anel feito aqui, já que vamos passar tanto tempo em Londres. Dessa forma, você sempre vai carregar um pedacinho de Spindle Cove com você, aonde quer que nós formos."

"Oh, Bram." Ela piscou repetidas vezes, como se tentasse segurar lágrimas. Ele só esperou que fossem lágrimas de alegria.

Sentindo uma insegurança repentina, ele começou a falar das características do anel.

"Eu pedi que ele usasse ouro e cobre na peça, como você pode ver. Porque seu cabelo tem os dois tons. E a safira me lembra seus olhos, mas é claro que seus olhos são mais bonitos." Deus, tudo aquilo parecia incrivelmente idiota, quando falado em voz alta. "Acho que Dawes fez um trabalho excelente, mas se você preferir algo mais fino, posso levá-la até um joalheiro em Londres, ou..."

Ela o interrompeu.

"Está perfeito. Adorei o anel. Eu adoro você."

Anel primeiro, beijos depois, ela havia dito. Ele exigiu, então, que ela cumprisse sua parte no acordo, tomando sua boca em um beijo profundo, apaixonado, por inteiro. Para que ela soubesse o quanto ele tinha sentido sua falta, em cada minuto de cada hora de cada dia que estiveram separados.

Algum tempo depois, ela descansou a cabeça no peito dele e soltou um suspiro satisfeito.

"Você sabe que dia é hoje?"

"É quarta-feira, Srta. Finch." Ele acariciou o cabelo de bronze derretido. "Mas você não está no jardim."

Ela ergueu a cabeça.

"Eu não quis dizer o dia da semana, mas a importância deste dia em particular."

"Hum... faltam três dias para o nosso casamento?", disse ele, depois de refletir.

"Que mais?"

"Três dias e duas semanas antes de nos mudarmos para Londres."

"Também. E...?"

Bom Deus, que tipo de prova infernal era aquela?

"Eu sei. Três dias e nove meses antes do nascimento de nosso primeiro filho."

Ela riu, surpresa.

"Que foi?", perguntou Bram. "Eu pretendo trabalhar muito em nossa lua de mel. Espero que esteja bem descansada, porque você não vai dormir muito na primeira semana. Você não está fazendo planos de passear por Kent, está?"

Eles iriam alugar uma casa de campo por deliciosos quinze dias antes de se mudarem para Londres. Na cidade, ele havia arrumado residência temporária na melhor vizinhança, onde ficariam só até Susanna escolher uma casa para eles. Bram não aguentava esperar para levá-la a Londres como sua esposa. Ele estava ansioso para mostrar mais do mundo para ela, e também para que ela fizesse parte do seu mundo.

"Hoje", ela o informou, "faz exatamente seis semanas desde que me machuquei. Não estou apenas descansada, mas também oficialmente curada. E isso significa..." A mão dela deslizou timidamente pelo peito dele, e Susanna olhou para Bram com olhos baixos, através dos cílios. "Nós não precisamos mais ter cuidado."

Parte dele quis agarrá-la após ouvir aquela informação. Ele fez força para se conter.

"Susanna, você sabe que não é questão de quantos dias ou semanas se passaram."

"O Sr. Daniels me visitou dois dias atrás. Ele disse que estou liberada para fazer qualquer atividade." Uma das pernas esguias dela se enroscou entre as dele, e Susanna deu um beijo de boca aberta em sua orelha, traçando o contorno delicado de pele. "Adivinhe qual é a atividade que estou mais ansiosa para retomar?"

Agora, *aquele* convite Bram não tinha forças para ignorar.

Eles se beijaram avidamente, dando e recebendo. Ele ocupou suas mãos com ela, reaprendendo o traçado do seu corpo. Tocando e acariciando cada curva voluptuosa. Os dedos dela também exploraram com ousadia o corpo de Bram, e ele gemeu, encorajando-a.

Mas quando ela alcançou os fechos de sua calça, Bram segurou a mão dela.

"Sério", disse ele, esforçando-se para respirar. "Faltam só três dias. Eu posso esperar."

"Bem, eu não posso. Senti muito a sua falta. E estou cansada de brincar de inválida. Quero me sentir viva novamente."

Bram soltou um suspiro resignado. Como ele poderia lhe negar aquilo?

Arqueando a coluna, Susanna esfregou o corpo no dele. Ela pegou a mão dele, que acariciava sua panturrilha, e a fez subir, passando pelo joelho e pela liga da meia. E subiu ainda mais, até a pele sedosa de suas coxas nuas e o calor atraente onde as duas se encontram.

Ele gemeu.

"Deus, como eu amo você."

"Também amo você, Bram." Ela movimentou os quadris, pressionando o toque dele. "E eu preciso de você Bram, preciso muito."

Então os dois trabalharam rapidamente. Unidos em objetivo e urgência, deixando de lado dobras de camurça e anáguas, até que não houvesse nada entre eles. Nada mesmo. Finalmente Bram deslizou para dentro de Susanna, encaixando-se naquele lugar apertado, gostoso, do qual ele sabia que fazia parte.

"*Isso*", suspirou ela, puxando-o para perto.

Era bom demais estar em casa.

LEIA TAMBÉM

Uma semana para se perder
Tessa Dare
Tradução de A C Reis

A dama da meia-noite
Tessa Dare
Tradução de A C Reis

A Bela e o Ferreiro
Tessa Dare
Tradução de A C Reis

Uma duquesa qualquer
Tessa Dare
Tradução de A C Reis

Como se livrar de um escândalo
Tessa Dare
Tradução de A C Reis

Este livro foi composto com tipografia Electra e impresso em papel Off-White 70 g/m² na Gráfica Paulinelli.
